Michael Wallner

In Zeiten der Liebe und des Krieges

MICHAEL WALLNER

In Zeiten der Liebe und des Krieges

DIE KORFF-SAGA

Roman

PENDO

Mehr über unsere Autoren und Bücher:
www.pendo.de

Für Werner und Uschi,
die besten Freunde in der Heimat

ISBN 978-3-86612-438-7

Satz: Kösel Media GmbH, Krugzell
Gesetzt aus der Minion
Druck und Bindung: GGP Media GmbH, Pößneck
Printed in Germany

Das Duell

Sommer 1912

1
Du lauschige Nacht

»Wehr dich nicht, ruhig, wehr dich nicht, sag ich, dann geht es schneller«, raunte die Stimme hinter Ferry.

Leutnant Ferry von Pankau, ein Mann von niedrigem Adel und noch niedrigerer Gesinnung, besaß die Kräfte eines Dreiunddreißigjährigen, der im Kavalleriekorps Seiner Majestät eine solide Ausbildung erhalten hatte, ein wendiger junger Mann von raschen Reflexen. Trotzdem war Leutnant Pankau den Händen, die sich jetzt um seinen Hals legten, wehrlos ausgeliefert. Er hatte den Angreifer nicht kommen sehen, der aus einer der Häusernischen der Kleeblattgasse getreten war. Das sonderbare Gässchen, das einem Hufeisen glich, lief zweimal um die Ecke und mündete an beiden Seiten auf die Tuchlauben. Es war eine der ältesten Gassen Wiens, die Bezeichnung *Zum steinernen Kleeblatt* fand sich bereits in Aufzeichnungen des Jahres 1350.

Pankau hatte diesen Abend im Kleeblattgewölbe vertrunken, das den Ruf hatte, die Mädchen dort ließen sich nicht lange bitten.

»Grüß dich, Ferry, gefall ich dir noch?« Die Blonde, deren Name ihm entfallen war, hatte sich unaufgefordert auf Ferrys Schoß gesetzt.

»Du gefällst mir immer.« Erhitzte Wangen, gelöstes Haar, ihre straffen, nackten Arme, daran erinnerte er sich und hatte doch keine Ahnung, wie sie hieß. Pankau wandte sich zu dem Mann mit dem Akkordeon. »Sing was«, befahl er ihm.

Der Leutnant kommandierte nur, wenn er beim Wein saß. Tagsüber in der Kaserne hatte er wenig zu sagen. Wegen eines Reitunfalls hatte er den aktiven Dienst auf dem Pferd aufgeben müssen und war in die Nachschubkanzlei des Dritten k. u. k. Kavallerieregiments abkommandiert worden. Tagein, tagaus saß Pankau im Büro und schrieb »zufolge« und »auftragsgemäß« und war mit der stumpfsinnigen Arbeit nicht einmal unzufrieden. Nachts aber wollte er der verfluchte Kerl sein, als den ihn die Frauen früher bewundert hatten. Seit seinem dreißigsten Geburtstag fühlte sich der Leutnant von den Frauen nicht mehr so glühend beäugt, die Avancen von Damen der Gesellschaft, sogar die der Stubenmädchen hatten nachgelassen. Wenn Ferry heute in den Spiegel blickte, sah ihm ein Mann von schwindender Jugend entgegen, dem die Geistlosigkeit ins Gesicht geschrieben stand. Die Jugendzeit war eine kurze Spanne, darum wollte Pankau die feschen Jahre, die ihm noch blieben, in vollen Zügen genießen.

»Spiel *Die lauschige Nacht*«, rief er dem Musiker zu.

»Bitte sehr, der Herr.« Der alte Mann mit den nüchternen Augen griff in sein Instrument. *»Sei gepriesen, du lauschige Nacht, hast zwei Menschen so glücklich gemacht«*, sang er mit dem Schmelz eines Tenors, der es nie weiter als zum Kneipensänger gebracht hatte.

»Glücklich gemacht«, grölte Pankau mit und massierte das Hinterteil der Blonden. »Bist du heute mein Schlamperl?«, fragte er lachend.

»Trinken wir erst einmal was.« Sie küsste ihn auf die Stirn. »Bestellst du mir einen Likör?«

Ferry wusste, dass die Mädchen hier auf Kommission arbeiteten, und hatte keine Lust, doppelt zu zahlen: erst den überteuerten Schnaps, später für die Gefälligkeit der Kleinen. »Ich muss morgen um vier Uhr raus. Wenn wir noch was erleben wollen, sollten wir gehen.«

»Nur einen Likör.«

»Eine Marille für Madame«, seufzte Ferry und sah zu, wie

der Wirt das Glas füllte. »Wo wohnst du? In der Nähe, hoffe ich.«

»Du bist aber von der schnellen Truppe.«

»Wundert dich das bei einem Kavalleristen?«

»Was gibt es so Wichtiges, dass du um vier Uhr schon aufstehen musst?«

»Ich werde jemanden erschießen«, antwortete er in bester Laune.

Einen Moment lang wurde das betrunkene Frauengesicht ernst. »Geh, mach keine Witze.«

»In Angelegenheiten der Ehre pflege ich niemals Witze zu machen«, erwiderte er mit einem Ausdruck, den er für würdevoll hielt.

»Ferry, du duellierst dich? Schon wieder?«

Es schmeichelte ihm, dass er als Mann bekannt war, der seine Ehre mit der Waffe verteidigte. Der Ruf, der beste Schütze seines Regiments zu sein, war ihm offenbar bis ins Kleeblatt vorausgeeilt.

»Die Angelegenheit ist geheim, ich bitte dich, kein Sterbenswort darüber zu verlieren.« Bedeutungsvoll legte er seinen Finger auf ihre Lippen und sang den Operettenschlager ausgelassen mit: »*Auch der Klapperstorch blieb nicht lang aus, brachte klappernd den Segen ins Haus …*«

Eine halbe Stunde später verließen Ferry und die Frau, deren Name nicht gefallen war, das Gewölbe und machten sich auf den Weg zu ihrem Zimmer. Gesprochen wurde nichts, was sollte man auch sagen? Es gab nur eine Sache, wegen der man um diese Zeit noch unterwegs war.

Ferry bemerkte den Schatten nicht, der sich ihm unauffällig angeschlossen hatte, doch der Frau fiel er auf.

»Wer ist da?«, fragte sie in die Nacht.

Ein Mann tauchte hinter dem Paar auf. Sein dunkler Umhang ließ ihn massig erscheinen. Er packte Ferry mit beiden Händen.

»Jesus Maria!«, schrie die Blonde mit jener sich überschlagenden Stimme, die ihr manchmal in unangenehmen Situationen half. Wenn in der Inneren Stadt laut geschrien wurde, dauerte es nie lange, bis Menschen zusammenliefen. »Zu Hilfe!« Sie erhob ihre Stimme zu voller Kraft, aber diesmal wurde es ihr zum Verhängnis. Die Pranke des Angreifers holte aus, schlug ohne Schwung zu und traf die Frau doch so kräftig an der Schläfe, dass sie das Bewusstsein verlor und auf das Pflaster stürzte.

»Wer … wer sind Sie?«, stammelte Pankau, der nicht so sehr die Statur des Angreifers fürchtete, als dessen schweigsame Entschlossenheit, diese graue Gewalt, von der Ferry spürte, dass sie sich durch nichts aufhalten lassen würde. Fahrig tastete er nach dem Säbel, doch er war seiner Waffe entwöhnt, konnte sich kaum noch erinnern, wann er sie zuletzt gezogen hatte. Im Halbdunkel schlug der Unbekannte Ferry den Säbel aus der Hand. Im nächsten Moment packten die Hände zu, nicht gewaltsam oder impulsiv, sondern mit der Ruhe von jemandem, der den Ausgang des Kampfes schon kannte. Dabei sprach der Mann zu Ferry wie zu einem kranken Tier: »Wehr dich nicht. Ganz ruhig, nur ruhig.«

Wie stählerne Zwingen pressten die Finger die Gurgel des Kavallerieleutnants zusammen. Sosehr Ferry die Halsmuskeln auch anspannte, gelang es ihm nicht, der Gewalt dieser Hände zu entgehen.

»Jetzt ist es gut«, sagte der Unbekannte und drückte Ferry den Kehlkopf ein. Als der Leutnant aufs Pflaster sank, war er noch nicht tot. Röchelnd versuchte er, Luft in seine Lungen zu saugen. Das Letzte, was Ferry von Pankau wahrnahm, war der Geruch des Pferdehaufens, neben dem sein Kopf im Rinnstein lag. Er sah schwarz polierte Schuhe über sich hinwegsteigen und die Kleeblattgasse verlassen. Im Licht der Laterne schimmerte der Umhang des Mörders dunkelblau. Eine Glocke schlug von der Kirche zu St. Peter. Ferry starb, ohne seine Seele in Gottes Hände gelegt zu haben.

2
Donaukiesel

Katrin Hierzer war erst fünfundzwanzig, diente der Familie Korff aber schon seit acht Jahren. Angefangen hatte sie als Küchenhilfe, war zum Zimmermädchen avanciert, und vor einem Jahr hatte der gnädige Herr ihr einen überraschenden Vorschlag gemacht.

»Zum Bettenmachen und Ofenanzünden sind Sie mir zu schade, Kathi.« Vom Fenster seines Studierzimmers aus hatte er auf die Donau hinuntergeschaut. »Zu jeder Jahreszeit sieht das Wasser anders aus, ich staune immer wieder.«

»Wollen Sie mir etwa kündigen?«.

Er hatte sich umgedreht und sie aus lebendigen, wachsamen Augen betrachtet. Die Augen des gnädigen Herrn hatten einen hellen Ton, ähnlich wie Bernstein. Er hielt den blonden Bart so kurz gestutzt, dass man ihn bei schwacher Beleuchtung kaum sah. Maxim Korff war groß auf eine besondere Art. Betrat er einen Raum, drehten sich die Menschen nach ihm um. In seiner Freizeit ruderte er und spielte Tennis, in jüngeren Jahren hatte er sämtliche Viertausender der Alpen bezwungen. Er kleidete sich etwas nachlässig, mit Ausnahme der Schuhe; Korff putzte seine Schuhe selbst.

»Wenn Sie weiter so dumm fragen, überlege ich mir das mit Ihrer Beförderung noch einmal«, hatte er sie zurechtgewiesen. »Für ein Zimmermädchen sind Sie mir zu gut und auch schon ein bisschen zu alt.« Ein Zwinkern. »Ich mache Sie mit sofortiger Wirkung zur Hausdame.«

Korff hatte recht. Wenn man als Zimmermädchen nicht rechtzeitig heiratete oder eine bessere Stellung fand, schuftete man bis an sein Lebensende. »Was habe ich als Hausdame zu tun?«

»Das wird Ihnen alles meine Frau erklären.« Er hasste Details, sofern sie den Haushalt betrafen.

»Danke. Ich werde mit der gnädigen Frau reden.«

Das war erst vor zwölf Monaten gewesen, doch Katrin kam es wie die Erinnerung an ein anderes Leben vor. In nur einem Jahr hatte sie sich den Respekt der Dienerschaft und der Familie erworben. Gäste, die zu Besuch in die *Außenfestung* kamen, behandelten Katrin wie ein Familienmitglied. Die Damen suchten ihren Rat in modischen Fragen, die Herren waren auf eine Art galant, als ob sie zur guten Gesellschaft gehören würde.

Die Korff-Villa wurde die Außenfestung genannt, weil sie von der Familie hauptsächlich in der schönen Jahreszeit bewohnt wurde, während man in den dunklen Monaten im Stadtpalais in der Jasomirgottstraße lebte, nur einen Steinwurf vom Stephansdom entfernt. Zurzeit herrschte der schwere, träumerische Wiener Sommer. Es lebte sich angenehm in dem schönen Haus über der Donau, inmitten der Ausläufer des Kahlenberges. Die Korff-Villa hatte nicht nur Blick auf das Wasser, sondern einen direkten Zugang zum Strom und stellte damit eine Ausnahme dar, über die sich keiner der anderen Anwohner freuen konnte. »Das einzige Hindernis, das uns vom Fluss trennt, ist der Kaiser«, lautete ein beliebter Spruch im Kahlenbergerdorf. Auch die Korffs mussten damit leben, dass die Franz-Josefs-Bahn dem Uferverlauf folgte und damit das Grundstück mitten durchschnitt. Maxim hatte vor Jahren bei der kaiserlichen Staatsbahn erstritten, dass er an der nordöstlichen Ecke des Parks einen Tunnel graben durfte, der unter der Bahnlinie hindurch bis ans Ufer führte. Somit erfreuten sich die Korffs ihres eigenen privaten Donaustrandes.

Katrin folgte dem Mädchen, das die Limonadenkrüge hinunter in den Pavillon brachte, wo die Badegesellschaft Zuflucht vor der Sonne suchte.

»Wissen Sie, ob Maxim uns später zum Essen die Ehre gibt, Kathi?«, fragte Theodor Zeska, kaum dass sie eintrat.

»Herr Korff hat telefoniert, dass es später werden könnte«, antwortete sie und beaufsichtigte das Mädchen beim Eingießen der Limonade.

»Dann weiß er es also schon«, rief Zeska, der langjährige Kompagnon der Korffs. Er hatte die Physiognomie eines satt gefressenen Bären, doch jedermann wusste, Zeska war ein gefährlicher Mensch. Seine kleinen Augen leuchteten. »Maxim kennt den Ausgang des Duells bestimmt bereits.«

Die Zusammensetzung der Sommergesellschaft änderte sich selten. Julius und Abel Hahn waren unter den Gästen, Vater und Bruder der gnädigen Frau. Der stets korrekte Abel trug trotz der Hitze Weste, Krawatte und Jacke, während sein Vater einen blau gestreiften Badeanzug vorzog. Nach dem Schwimmen hatten seine nackten Füße Pfützen auf den Dielen gemacht, in die er hin und wieder mit den Zehen hineintappte. Seine Zigarre war ausgegangen. Katrin zündete ein Streichholz an.

»Danke, das ist lieb«, sagte der alte Mann und sah sie aus klugen Augen an. »Wie geht es Ihnen, Kathi?«

»Danke der Nachfrage, Herr Geheimrat.« Sie ließ das Schwefelholz brennen, bis die Flamme fast ihre Finger berührte.

Julius Hahn blies es aus. »So, jetzt darfst du mich küssen, mein Schatz.« Auf die verblüfften Mienen der anderen lachte er. »Lautet das Sprichwort nicht so?«

»Vater, bitte.« Mit einem Blick entschuldigte sich sein Sohn bei Katrin.

»Spar dir dein *Vater, bitte*«, konterte Julius. »Ich kannte Kathi schon, da steckte sie noch in den Kinderschuhen.«

»So lange wohl nicht, Herr Hahn.«

Julius setzte sich rauchend im Korbstuhl zurecht. »Wie lange sind Sie jetzt im Haus meines Schwiegersohnes?«

»Acht Jahre.«

»Herrgott, wo ist die Zeit geblieben?« Er paffte versonnen. »Zwölf Jahre sind wir schon in dieses neue Jahrhundert hineingeschlittert, aber man hat noch keine so rechte Ahnung, was daraus werden soll.«

»Was soll denn aus einem Jahrhundert werden?«, rief Zeska. »Gut verdienen werden wir, leben und uns amüsieren werden wir wie eh und je. Nicht wahr, mein Schatz?« Er streichelte das Knie seiner Frau.

»Wie eh und je.« Camilla Zeska trug einen bodenlangen, durchbrochenen Mantel mit aufgestickten Pfauenmotiven über dem Badeanzug. Ihre Stimme erinnerte an ein schwirrendes Insekt. Camilla hatte früher eine Karriere als Sängerin angestrebt, war aber nach ein paar Jahren klug genug gewesen, sich für die Ehe mit dem reichen Geschäftsmann zu entscheiden.

Julius betrachtete die Zigarrenglut. »Krieg oder Frieden. Ich tippe darauf, dass das 20. Jahrhundert ein kriegerisches sein wird.«

»Das glaube ich nicht. Unsere Majestät wird gewiss als Friedenskaiser in die Geschichtsbücher eingehen.« Camilla schloss den Mantel über ihren Beinen.

»Und was geschieht, wenn man dem Kaiser einen Krieg aufzwingt?« Julius wurde unterbrochen, da Raphael Hofteuffel gerade den Pavillon betrat.

»Ich bitte meine Verspätung zu entschuldigen, aber die aktuellen Ereignisse …« Hofteuffel stockte, da er jemanden in der Runde entdeckte, für dessen Ohren die Neuigkeit nicht gemacht war.

Julius verstand sofort. »Xandi, warum gehst du nicht schwimmen?«, fragte er das fünfzehnjährige Mädchen, das der Unterhaltung bisher gelangweilt gefolgt war.

»Muss ich wirklich?«, fragte Alexandra ihren Vater.

»Es ist so ein herrlicher Tag«, antwortete Abel ausweichend.

»Ich weiß eh, wovon ihr redet«, erwiderte das Mädchen trotzig. »Von Onkel Ludwig.«

»Wenn du ans Ufer kommst, richte meiner Tochter aus, dass

sie sich bald in ein Donauweibchen verwandeln wird, wenn sie so lange im Wasser bleibt«, sagte Julius.

Während die Anwesenden lachten und einen Blick zum Fluss warfen, wo Livia Korff im glitzernden Fluss ruhige Schwimmstöße ausführte, schickte Julius seine Enkelin aus dem Pavillon.

»Erzählen Sie schon«, forderte er den Neuankömmling auf.

Raphael Hofteuffel war stämmiger geworden, seit er die Professur an der naturhistorischen Fakultät angenommen hatte und nicht mehr so häufig auf Reisen war. Er hatte ein breites, sonnenverbranntes Gesicht mit freundlichen schwarzen Augen. Der weit geschnittene Leinenanzug konnte seine kräftigen Muskeln nicht verbergen. Raphael war ein gut aussehender Mann, doch es fehlte ihm die Aura, die seinen besten Freund Max umgab. Maxim Korff war ein Mann des Mittelpunktes. Wo er auftrat, bildete sich das Zentrum des Geschehens. Raphael stellte eher eine Randfigur dar. Er war damit stets zufrieden gewesen, bis auf einen einzigen Punkt: Vor Jahren hatten sowohl Maxim als auch Raphael der blutjungen Livia Hahn Avancen gemacht. Schon während Hofteuffel um Livia geworben hatte, musste er gewusst haben, dass sein Freund das Rennen machen würde. Maxim gewann Livias Liebe, dazu die Unterstützung ihres Vaters und das große Geld, das hinter dem Bankhaus Hahn stand.

»Machen Sie es nicht so spannend.« Julius stampfte mit dem nassen Fuß auf.

»Wie es aussieht, hat das Duell gar nicht stattgefunden.« Raphael bedankte sich, als Katrin ihm ein Glas Limonade reichte.

»Hat Ludwig etwa gekniffen?«, fragte der alte Mann.

»Im Gegenteil. Er war heute Morgen pünktlich um halb fünf in den Praterauen, zusammen mit seinen Sekundanten. Ludwig soll es allerdings erbärmlich gegangen sein, plötzlicher Durchfall während der Nacht.« Hofteuffel setzte sich neben das Ehepaar Zeska.

»Wundert mich nicht, dass der arme Teufel die Scheißerei kriegt, wenn er gegen einen Mann wie Pankau antreten soll. Entschuldigen Sie meine Ausdrucksweise«, sagte Julius in Camillas Richtung.

»Es ist aber doch unvorstellbar, dass der Leutnant zurückgesteckt hat«, mischte sich Zeska ein. »Das Renommee seines Regiments steht auf dem Spiel, wenn er sich der Ehrenpflicht entzieht.«

Während die Herren die Merkwürdigkeit eines nicht stattgefundenen Duells besprachen, gab Katrin dem Mädchen Anweisung, den Kirschkuchen von oben aus dem Haus zu holen. Katrin wusste mehr über die Ereignisse im Morgengrauen als die Übrigen, weil sie vorhin mit Herrn Korff telefoniert hatte. Allerdings sollte sie Stillschweigen wahren.

Vor ein paar Tagen war Ludwig Korff, der jüngere Bruder von Maxim, mit dem Kavallerieleutnant Pankau in Streit geraten. Die Auseinandersetzung hatte dazu geführt, dass Ludwig von dem Offizier Satisfaktion verlangt hatte. Zu spät war ihm klar geworden, dass er einen stadtbekannten Pistolenschützen gefordert hatte. Laut Verabredung hätte das Duell heute im Morgengrauen ausgetragen werden sollen.

Obwohl sich die Gesellschaft dem Schein nach zum Baden an der Donau eingefunden hatte, waren sie insgeheim gekommen, um den Ausgang der tragischen Angelegenheit zu erfahren. Ludwig wusste mit einer Pistole umzugehen, trotzdem musste man mit dem Schlimmsten rechnen.

Eine Bewegung am Fluss ließ Katrin aufblicken. Livia Korff hatte lange gebadet, jetzt stieg sie aus dem Wasser. Sie legte ihren hellgrünen Mantel um, schüttelte das rote Haar aus und hob das Gesicht zur Sonne. Livia war eine ungewöhnlich schöne Frau. Ihre helle Haut, das Haar, das im nassen Zustand kastanienfarben leuchtete, ihre Gesichtszüge, die slawisch anmuteten, all das trug die Merkmale der Makellosigkeit und erzählte nichts vom Alter der Mutter eines sechzehnjährigen Sohnes. Katrin verließ den Pavillon und brachte Livia ein Badetuch.

»Seht nur, Madame ist den Wellen entstiegen«, scherzte Theodor Zeska und beobachtete, wie Livia den Mantel abwarf und sich von Katrin das Tuch reichen ließ. »Schön wie eine Göttin.«

»Die Göttin wird sich eine Blasenentzündung holen, wenn sie so lange im Wasser bleibt.« Julius kam aus dem Korbstuhl hoch. »Was mich auf die Idee bringt, vor dem Essen selbst noch ein wenig zu schwimmen.« Er wandte sich zu seinem Sohn. »Willst du nicht wenigstens einmal untertauchen?«

»Heute nicht, Papa.« Abel nahm ein Stück Kirschkuchen.

Auf spindeldürren Beinen machte sich Julius zum Ufer auf.

»Und du?«, ermunterte Zeska seine Frau. »Schwimmst du gar nicht?«

»Da müsste ich mir nachher die Frisur neu machen. Das ist mir zu dumm.«

Zeska wandte sich an Hofteuffel. »Wie wär's, gehen wir ins Haus und spielen eine Runde Karambol?«

»Später, lieber Zeska. Ich möchte Livia noch Guten Tag sagen.«

»Natürlich.« Zeskas Ton blieb höflich, doch in seinen Augen las man die pure Anzüglichkeit. Der Ruf, Livias abgelehnter Verehrer zu sein, folgte Hofteuffel selbst heute noch.

Am Strand hielt Katrin den Bademantel der gnädigen Frau, während die sich abtrocknete. Plötzlich zuckte Livia zusammen.

»Was haben Sie?«

»Ein spitzer Stein.« Livia hob den Fuß.

Katrin bückte sich. »Lassen Sie sehen.«

In der Mitte des Stromes fuhr gerade ein Lastenkahn vorüber. Obwohl er bereits ein gutes Stück Richtung Klosterneuburg weitergekommen war, erreichte seine Bugwelle das Ufer erst jetzt. Katrin konnte nicht mehr rechtzeitig zurückspringen, ihre Schuhe und der Rocksaum wurden umspült.

»Das tut mir leid, Kathi.« Livia setzte sich auf das Badetuch und untersuchte ihre Ferse.

»Sie bluten ja.«

»Ein kleiner Schnitt.«

»Wir müssen Jod darauf tun.«

Als sich die beiden Frauen zum Pavillon aufmachten, hinkte Livia. Katrin reichte ihr den Arm. Aus der Villa kam ihnen Maxim Korff entgegen. Er hatte die Jacke über den Arm geworfen. Der Schatten des Strohhutes bedeckte sein Gesicht zur Hälfte.

Livia machte sich von Katrin los. »Lassen Sie nur. Maxim braucht mich so nicht zu sehen.« Während sie weiterlief, versuchte sie, das Hinken zu verbergen.

3
Die schmeichlerische Schöne

»Tot ist er.«

Mit langsamen Schritten näherte sich Maxim der Gesellschaft.

»Wer ist tot?«, rief Zeska. »Ludwig?«

»Ludwig ist tot?«, wiederholte Julius, der zusammen mit seiner Enkelin von der anderen Seite des Ufers kam. Die kleine Gruppe umdrängte Maxim.

»Nein, der Leutnant ist tot.« Er wandte sich zu seiner Frau, die abseits stehen geblieben war. »Wie findest du das, meine Liebe? Ferry Pankau, der schneidige Pistolenheld, hat es nicht geschafft, meinen Bruder zu erschießen.«

Livia hielt dem Blick ihres Mannes stand. »Ich bin froh, dass Ludwig nichts passiert ist.«

»Das heißt, Ludwig hat den Leutnant erschossen?«, fragte Julius ungläubig.

»Es wurde gar nicht geschossen. Man hat Pankau stranguliert.« Maxim zog sein Zigarrenetui aus der Tasche und schaute auf den Fluss hinaus.

»Stranguliert, in den Praterauen?«

»Nein, nahe dem Judenplatz.«

»Was hatte der Leutnant denn auf dem Judenplatz zu suchen?«

Obwohl Abel Hahn seinem Vater bedeutete, dass dies nicht für Alexandras Ohren bestimmt sei, machte der Großvater keine Anstalten, das Mädchen ins Haus zu schicken.

»Hat jemand Feuer?«, fragte Maxim.

Katrin hatte die Streichhölzer schon zur Hand, aber Hofteuffel war schneller. »Wo ist Ludwig jetzt?«

»Er hat noch in der Stadt zu tun, mit seinen Sekundanten.«

»Ich an seiner Stelle würde mich auch besaufen, wenn mir so unverhofft das Leben wiedergeschenkt würde.« Theodor Zeska legte seiner Frau den Arm um die Schulter. »Auf einen Zufall wie diesen lässt sich doch wunderbar anstoßen.«

»Zufall?« Maxim tat den ersten Zug. »Was wollen Sie damit sagen?«

»Es ist schon ziemlich auffällig, dass der schneidige Leutnant, der Ihren Bruder heute Morgen vielleicht erschossen hätte, kurz vor dem Duell erwürgt wird.«

»Ich verstehe Ihre Andeutung nicht.«

»Ich deute gar nichts an.« Zeska lächelte. »Ich finde nur, dass das Leben mitunter die schönsten Kapriolen spielt.« Sein Lächeln blieb, doch Zeskas Blick wurde eiskalt.

Maxim warf die Zigarre ins Wasser. Sanft trug die Donau sie davon. »Lasst uns ins Haus gehen. Vielleicht ist Ludwig schon eingetroffen.«

Die Gesellschaft machte sich zur Villa auf. Katrin begleitete die Übrigen nur eine kurze Strecke, dann nahm sie den Weg, der hinter den Buchenhecken zur straßenseitigen Einfahrt führte. Dort stand das Automobil mit offener Motorhaube.

»Wieso bist du nicht ans Wasser gekommen?«, rief sie, obwohl niemand zu sehen war.

Hinter dem Kühler tauchte ein runder Kopf auf. Die kurzen blonden Locken konnten nicht verbergen, dass diesem Mann die Haare ausfielen. Er war in seinen Zwanzigern.

Katrin lief um den roten Overland Roadster herum, das neueste amerikanische Modell, das in Wien immer noch Aufsehen erregte. Aus einer Flasche goss Hannes Gattinger, der Chauffeur, Wasser in den Kühler.

»Wo wart ihr so lange?«

»Zuerst in den Praterauen, später auf der Polizei.« Als Katrin sich in seinen Arm drängen wollte, hob Gattinger die Hände. »Nicht. Ich bin schmutzig.« Er verschraubte den Kühler und schloss die Motorhaube.

Sie umarmte ihn. »Ich habe dich vermisst, mein großer Hannes.«

Bevor er Katrins Kuss erwiderte, warf Gattinger einen Blick zu den Fenstern hinauf.

»Weshalb die Vorsicht? Kein Mensch interessiert sich für uns. Die haben gerade Wichtigeres zu besprechen.«

»Ich weiß.«

»Du weißt es schon?«

»Schließlich war ich die ganze Zeit mit dem gnädigen Herrn unterwegs.«

»Ludwig soll wie durch ein Wunder mit dem Leben davongekommen sein.«

»Ein Wunder?« Gattinger rückte auf Distanz. »Was heißt das?«

»Gar nichts, ich meine nur … Glaubst du etwa auch, dass Pankaus Tod kein Zufall war?«

»Wer behauptet das?«

»Zeska.«

»Das hätte ich mir denken können. Zeska sucht seine Rache.«

»Die Affäre zwischen Camilla und dem gnädigen Herrn ist doch längst vorbei.«

»Trotzdem wird Zeska Maxim nie verzeihen.« Gattinger schüttelte den Kopf. »Zeska ist imstande, das dumme Gerücht in Wien in Umlauf zu bringen.«

»Welches Gerücht?«

»Dass Maxim etwas mit der Sache zu tun haben könnte.« Er starrte vor sich hin. Wasserblau waren seine Augen, rötlich seine Haut. »Wie gut kanntest du Pankau?«

»Er war ein paarmal im Haus. Was ist denn auf einmal mit dir los, Hannes?«

»Sehen wir uns heute noch?«, fragte er ausweichend.

»Wenn du willst, komme ich später zu dir.«

Er wandte sich wieder zum Auto.

Katrin lief ins Haus. Bevor sie in den Salon trat, warf sie einen Blick in den Spiegel. Wer einen Chauffeur liebte, durfte sich nicht wundern, wenn er mit Schmieröl in Berührung kam. Rasch wischte sie sich einen dunklen Fleck vom Hals und strich das blau gestreifte Sommerkleid glatt.

Das Abendessen war längst vorüber. Man hatte die geleerten Sherrygläser in die Küche gebracht, der Zigarrenrauch verflüchtigte sich. Die Gesellschaft war aufgebrochen, nachdem sie Ludwig Korff, dem traurigen Helden wider Willen, ihre Aufwartung gemacht hatte. Maxims jüngerer Bruder war der zarte, künstlerisch Veranlagte, der stets im Schatten seines dynamischen Bruders stand.

Zu dritt saßen sie nun im Salon beisammen. Über seine Mappe gebeugt las Ludwig aus dem Abschiedstext vor, den er vor dem Duell verfasst hatte. Das farbige Glas der chinesischen Lampe versetzte den Raum in eine traumartige Stimmung.

»Bei Tag ist Wien eine schmeichlerische Schöne, eigensinnig und verschwenderisch regiert sie durch die Macht der Verführung. Nachts wird Wien zu einer zahnlosen Alten von unappetitlichem Aussehen, ein Wesen, das irgendwann vergessen hat, zu sterben. Morgen werde ich den Tod kennenlernen. Morgen ist das Sterben an mir.« Ludwig blickte von den handgeschriebenen Seiten auf. Sein langes schwarzes Haar war ihm in die Stirn gefallen und bedeckte das rechte Auge. Durch den Vollbart wirkte er älter, keinesfalls wie der jüngere der Korff-Brüder.

Nach einer Weile fragte Maxim aus dem Halbdunkel: »Weshalb verherrlichst du in deinen Werken immer den Tod? Hättest du heute nicht jeden Grund, das Leben zu besingen?«

Ludwig legte die Mappe auf das offene Klavier. »Das Leben ist immer da, es ist die Normalität. Der Dichter ist angehalten, das Besondere zu beschreiben, das, was außerhalb der Existenz liegt.«

»Unsinn.« Maxim beugte sich in den Lichtkegel. »Eine Dichtung, die nichts mit dem Leben zu tun haben will, ist nutzlos.«

Ludwigs Stimme klang entfernt. »Das Leben. Hat sich der Sinn meines Lebens heute etwa entschlüsselt?«

»Was willst du damit sagen?«

»Ich war bereit, zu sterben. Meiner Ehre wäre Genüge getan gewesen und man hätte mich in mein Grab gelegt.«

»Ein paar Ohrfeigen hätte man dir runterhauen sollen, statt dich in dein Grab zu legen.« Maxim stand auf und goss sich vom Cognac nach.

Ludwig ließ sich vom saloppen Ton des Bruders nicht beirren. »Statt mir ist ein anderer gestorben. Warum er? Weshalb nicht ich, Max?«

»Vielleicht hat Pankau heute nur seine längst überfällige Strafe bekommen.« Mit lautem Klick ließ Maxim den Verschluss in die Karaffe zurückgleiten.

»Seine Strafe?« Livia hatte sich während Ludwigs Lesung auf der Ottomane ausgestreckt, nun richtete sie sich auf. »Das kenne ich nicht an dir, Max, dass du an das Gesetz von Schuld und Sühne glaubst.«

»Wofür kennst du mich sonst, meine Liebe?«

»Du nimmst dir, was du haben möchtest, und wenn die Rechnung präsentiert wird, willst du von allem nichts mehr wissen.«

Ohne darauf einzugehen, ließ Maxim sich neben Ludwig auf die Klavierbank sinken. »Heute hat Pankau seine Rechnung präsentiert bekommen, und er hat bezahlt. Siehst du, so ist das Leben, so sieht die Existenz aus. Darüber solltest du schreiben und nicht dieses verblasene, unappetitliche Zeug.« Als ob er die Vorfälle des Tages endgültig abstreifen wollte, wandte sich Maxim an seine Frau: »Hast du Nachricht von Philipp?«

»Er kommt ein paar Tage später, schreibt er.«

»Der Lausbub.« Maxim schüttelte den Kopf. »Hat seine werten Eltern ein halbes Jahr nicht gesehen und will sich sogar noch in den Sommerferien rarmachen.«

»Es gefällt ihm so gut in Neuengland.«

»Selbstverständlich gefällt es ihm in einem Internat am Meer. Wann kommt er also?«

»Freitag schifft er sich von Boston aus ein und trifft fünf Tage später in Liverpool ein. Von dort nimmt er die Bahn.«

»Er braucht die Bahn nicht zu nehmen, ich werde ihn abholen.«

»Du?«, entgegnete Livia. »Ich hatte eigentlich überlegt, ihm entgegenzufahren.«

»Ich habe geschäftlich in London zu tun. Dort können Philipp und ich ein paar nette Tage verbringen, bevor wir gemeinsam heimfahren.«

»Du nimmst ihn mir schon weg, bevor er überhaupt zurückgekommen ist?«

»Ich nehme ihn dir nicht weg. Der Bub wird dir ohnehin meistens zu viel mit seiner Attitüde, die Welt aus den Angeln zu heben.«

»Von wem er das wohl hat?«

»Von mir nicht«, lachte Maxim überrascht. »Ich war mein Leben lang Realist.«

»Mit einem unverkennbaren Hang zum Größenwahn«, wandte Ludwig ein.

»Habt ihr euch gegen mich verschworen? Wann hätte ich mich je größenwahnsinnig aufgeführt?«

»Zum Beispiel damals, als du den Korff-Akkumulator als Weltneuheit angekündigt hast, obwohl er noch gar nicht ausgereift war.«

»Ich war felsenfest davon überzeugt, dass er funktionieren würde. Manchmal genügt das.« Amüsiert über die Wendung des Gesprächs schlug Maxim das zweigestrichene Cis am Klavier an.

»Da haben wir ja deinen Größenwahn«, lächelte Ludwig. »Hätte dir Livia damals nicht geholfen, wäre sie nicht zu ihrem Vater gegangen, der eine gewisse Summe für dich flüssiggemacht hat …«

»Ja, ja, das ist bekannt und tut hier nichts zur Sache.« Hart hieb Maxim auf die schwarze Taste, unschön laut erklang der hohe Ton. »Was damals geschehen ist, hat zum Erfolg geführt, nur das zählt. Morgen wird sich übrigens zeigen, ob es mir gelingt, diesen Erfolg in die Welt hinauszutragen.«

Livia strich ihr malvenfarbenes Kleid glatt. »Bedeutet das …? Ist es dir gelungen?«

Ein füchsisches Lächeln breitete sich auf Maxims Gesicht aus. »Das sollte eigentlich die Neuigkeit sein, die ich heute mit euch feiern wollte.« Er stieß Ludwig in die Rippen. »Leider hast du mir mit deinem Pistolenduell die Überraschung verdorben.«

»Man gibt dir die Erlaubnis, das Geschäft mit den Amerikanern abzuschließen?« Livia versuchte nicht, ihre freudige Neugier zu verbergen. Impulsiv stand sie auf. »Mein Vater hat mir kein Sterbenswörtchen davon gesagt.«

»Weil Julius es selbst noch nicht weiß. Die im Handelsministerium machen ein Geheimnis daraus.«

»Warum?«

»Weil den angestaubten Ministerialräten die aufstrebende amerikanische Nation unheimlich ist. Die Herren führen sich auf, als ob mein Patent in die Hände von Indianern fallen würde.«

»Könnte der Abschluss also noch gekippt werden?«

»Morgen bekomme ich den Bescheid, und zwar von allerhöchster Stelle.«

»Wen triffst du?«

»Man darf das als mehr als ein *Treffen* bezeichnen.«

»Den Minister? Den Erzherzog?« Livia trat in die Beuge des Flügels. In diesem Licht leuchteten ihre Augen veilchenblau. »Doch nicht etwa …?«

Maxim schenkte ihr jene Art von Lächeln, das zwischen ihnen selten geworden war.

»Wirst du etwa zu Seiner Majestät vorgelassen?« Ungläubigkeit schwang in ihrer Stimme.

Maxim machte eine galante Kapriole, die an adelige Umgangsformen erinnern sollte. »Was sagst du jetzt zu meiner großen Neuigkeit? Wenn Zeska davon erfährt, wird er zerspringen. Er versucht seit Jahren, Audienz zu bekommen.«

»Wann ist es so weit?«

»Morgen um sechs Uhr dreißig. Wie wir wissen, ist Seine Majestät Frühaufsteher. Gattinger soll in aller Herrgottsfrühe anspannen.«

»Du willst den weiten Weg zu Pferd machen?«

»Pferd und Wagen sind die einzig standesgemäße Art, in Schönbrunn vorzufahren.«

Livia betrachtete ihn liebevoll. »Da hätte es heute tatsächlich etwas zu feiern gegeben, und wir haben den ganzen Abend über die unselige Sache geredet.«

Maxim trat vor seine Frau. »Zu viel Ehre für einen Leutnant, den wir nicht einmal besonders gut kannten.« Seine Augen wurden schmal. »Zumindest, was mich betrifft.« Er leerte sein Glas. »Wenn ihr erlaubt, werde ich mich jetzt zurückziehen.«

»Es ist noch nicht einmal zehn Uhr«, erwiderte Ludwig überrascht.

Gönnerhaft zerstrubbelte Maxim Ludwigs Haar. »Deine Dichterlesung über die Eitergeschwüre Wiens haben mir die letzte Kraft geraubt.« Ohne sich von Livia zu verabschieden, wandte sich Maxim zur Tür, warf ein allgemeines Gute Nacht in den Raum und ging.

Auf dem Korridor fiel sein Blick zu dem Anbau hinüber, wo zu ebener Erde die Garage lag und darüber das Zimmer des Chauffeurs. An den bewegten Silhouetten hinter dem Fenster erkannte Maxim, dass Gattinger nicht allein war.

Eines Nachmittags im Frühling waren Katrin und der Chauffeur in Maxims Studierzimmer gekommen. Gattinger war nervös gewesen, Katrin dagegen selbstbewusst und voller Freude. Maxim hatte sich die Neuigkeit der beiden mit der Gelassenheit eines väterlichen Freundes angehört, sie beglückwünscht und gefragt, wie sie sich im Falle der Eheschließung ihre Zukunft vorstellen würden. Beide hatten versichert, dass sie ihre

Pflichten im Hause Korff noch gewissenhafter erfüllen wollten. »Was mich betrifft, habt ihr meinen Segen«, hatte Maxim geantwortet. Nichts hätte erlogener sein können. Gattinger, dieser ungebildete Mensch, der einer Frau nichts bieten konnte als die tümelnde Heimeligkeit eines Dienstbotenlebens, sollte Katrin nicht haben. Mit ihm würde sie in eine Zukunft ohne Perspektive schlittern, die sie in wenigen Jahren altern lassen würde.

Maxim nahm die Treppe in die Küche, von wo er, nur einen Steinwurf von der verräterischen Garage entfernt, ins Freie trat. Er vermied es, auf dem Kies zu laufen, und blieb auf den Platten, die das Haus säumten. Im Gehen zündete er sich eine Zigarre an und trat unter das Fenster seines Chauffeurs.

Die Stille im ersten Stock verriet eine Sprache der Lust, eine Anspannung der Sinne, die sich zu verschleiern suchte, als ob die Hauptanstrengung der beiden darin lag, keinen Lärm zu machen. Von Zeit zu Zeit gab Katrin kurze Laute von sich, in denen Zärtlichkeit und Wollust lagen. Ein rasches Atmen jetzt, ein Hecheln, hinter dem Maxim ein Weinen erkannte, ein seliges, selbstvergessenes Weinen des Glücks.

In diesem Moment hasste er Gattinger. Er hasste beide, die sich einem Rausch hingaben, der das Siegel des Erlaubten trug, denn sie waren einander schließlich versprochen.

Maxim dachte an seine eigene Frau, der er vor Jahren auch ein heiliges Versprechen gegeben hatte. Inzwischen war ihre Verbindung geprägt von Abstumpfung und Überdruss. Sie führten eine graue, ereignislose Ehe. Maxim dachte auch an das Verhältnis, das er mit Camilla Zeska gehabt hatte; wie unwichtig und schal war das im Vergleich zu dem, was er für Katrin empfand. Hatte er sie etwa deshalb zur Hausdame gemacht, damit sie sich mit dem Chauffeur in ein billiges Glück davonstahl? Er träumte davon, mit ihr zu verreisen, an ein fernes Meer, wo Livia und Wien weit entfernt sein würden. Katrin wusste nichts von seiner Sehnsucht, da sie Maxims Offenbarung durch ihre eigene zuvorgekommen war.

Er warf die Zigarre ins Gras, wo sie im nächtlichen Tau verlöschte. Oben, in dem dunklen Zimmer, war es inzwischen still geworden.

4
Die Birke

Maxim verfluchte die Idee, mit dem Pferdegespann vorgefahren zu sein. Viel praktischer hätte er die Bahn vom Kahlenbergerdorf herein genommen und den Rest des Weges in einer Droschke zurückgelegt. Stattdessen diese elende Schaukelei. Wegen der ausgeleierten Blattfederung hatte sich außerdem das leidige Kopfweh bei ihm wieder eingestellt. Gattinger auf dem Kutschbock schien dagegen seine helle Freude an der Ausfahrt zu haben.

»Gleich sind wir da«, rief er mit kehliger Stimme.

Der Moment, wenn man sich entlang des Flusses dem Schlosskomplex näherte und über die Hof-Allee auf Schönbrunn zufuhr, war allerdings etwas Besonderes. Selbst Maxim konnte sich des Gefühls der Kaisertreue nicht erwehren. Doch gleich beim äußeren Tor wurde man auf den Boden der Realität zurückgeholt. Für die sogenannte *kleine Audienz* sei eine Zufahrt über das Haupttor nicht gestattet. Gattinger ließ sich vom Pförtner die Route entlang der Grünbergstraße erklären, die über die Taubenhausallee zum Hintereingang führte.

»Als ob ich ein Lieferant wäre«, schimpfte Maxim vor sich hin.

Sie hielten an der bezeichneten Zufahrt, Maxim wurde vom Adjutanten eines Oberst Loderer empfangen, der ihn in die obere Etage führte. Gattinger blieb bei den Pferden.

Der Adjutant schlug die Hacken zusammen und ließ Maxim in einer Vorhalle mit zahllosen Stühlen zurück, die eine Vorstellung davon gab, wie viele Bittsteller sich täglich im kaiserlichen Vorzimmer einfanden. Heute war der Saal bis auf die livrierten Türsteher leer. Maxim verzichtete darauf, sich zu setzen, und spazierte in der Halle auf und ab. Was sollte er denn mit einem Oberst Loderer besprechen? War der Mann etwa ein Puffer, dessen sich Seine Majestät bediente, um die Audienzzeiten zu verkürzen? Aus dem Fenster blickte Maxim über die Parkanlage bis hinauf zum Neptunbrunnen.

Stiefelknallend trat Oberst Loderer auf, ein kurzer Händedruck und die Bitte, ihm zu einer Tür zu folgen, hinter der Maxim das Allerheiligste erwartete. »Seine Majestät sind abgereist«, sagte Loderer und führte den konsternierten Maxim in sein eigenes Büro.

»Abgereist?« Seine Enttäuschung hätte nicht größer sein können.

»Staatsgeschäfte.« Mit einer bedeutungsvollen Geste forderte Loderer Maxim auf, sich zu setzen.

»Hätte man mich in diesem Fall nicht informieren können?« Er kaschierte seine Wut über den Beamtenschlamassel. »Ich will das Privileg der Audienz gern zu einem späteren Zeitpunkt wahrnehmen.«

»Langsam, Herr Korff. Ich wurde von höchster Stelle angewiesen, mir zunächst einen Überblick über Ihr Anliegen zu verschaffen.«

»Einen Überblick?« Hörbar ließ Maxim die Luft ausströmen. »Mein Geschäftsentwurf liegt den kaiserlichen Ministerien in ausführlicher Dokumentation vor. Das Projekt ist über einen *Überblick* längst hinaus.«

»Ich wurde anders informiert.« Loderer blätterte in den Unterlagen.

»Wann darf ich hoffen, einen neuen Termin zu erhalten?« Er hatte nicht vor, sich in Diskussionen mit einem subalternen Offizier zu verlieren.

»Mir wurde aufgetragen, Ihnen ein Treffen mit Seiner Exzellenz, Erzherzog Friedrich vorzuschlagen.

Erzherzog Friedrich Maria Albrecht Wilhelm Karl von Österreich war eine der ranghöchsten Persönlichkeiten nach dem Kaiser und galt gemeinhin als Idiot. Von Jugend an Soldat war er wegen seiner engen Verwandtschaft zum Monarchen zu dessen Generaltruppeninspektor ernannt worden. Friedrich verstand von Wirtschaft weniger als das Pferd, auf das er manchmal bei Manövern gehoben wurde.

Trotz seiner Ernüchterung und der Befürchtung, dass sich der Vertragsabschluss um Monate verzögern könnte, überlegte Maxim, ob er sich die Unbelecktheit des Erzherzogs taktisch zunutze machen konnte, indem er ihm ein Bild geschäftlicher Prosperität mit den Amerikanern ausmalen würde. Vielleicht durfte man von dieser Witzfigur eines Heerführers mehr Aufgeschlossenheit erwarten als von den Bürohengsten im Handelsministerium.

»Ich bin Ihnen sehr verbunden, Herr Oberst«, antwortete er Loderer, der daraufhin telefonierte und um eine Verabredung mit dem Erzherzog ansuchte.

Unverrichteter Dinge zog Maxim aus Schönbrunn wieder ab. Die Aussicht, die ganze Strecke ein zweites Mal im Pferdewagen zu machen, war ihm derart zuwider, dass er sich von Gattinger zur Bahnstation bringen ließ und von dort den Zug nahm.

Katrin lief in den Park und setzte sich unter die Birke. Der schlanke Stamm beugte sich über die Wiese, als ob er die Nähe zum Wasser spürte. Wegen der Bahnlinie war die Donau aber an dieser Stelle den Blicken verborgen.

Selten verstieg sich Katrin zu Träumereien über ihre Zukunft, heute jedoch brachte eine trübe und mutlose Stimmung sie dazu, sich eine fantasierte Zukunft auszumalen. In dieser Zukunft ging es ihr allerdings nicht besser, sondern schlechter als in der Gegenwart, weil sie gezwungen sein würde, ihre Arbeit aufzugeben. Katrin trug im Hause Korff eine hohe Verantwortung. Ob es im Sommer um die Anbringung der Markisen ging oder im Winter um die Befeuerung der Heizung, ob ein großes

Bankett oder eine kleine Teegesellschaft ausgerichtet werden sollte, ob der Arzt gerufen wurde, weil Ludwig einen Migräneanfall hatte, ob es Streit unter den Dienstboten zu schlichten oder ein Geburtstagständchen einzustudieren galt, Katrin war diejenige, die es anordnete, koordinierte und in manchen Fällen ausführte. Die Blumenarrangements in der Eingangshalle stellte beispielsweise sie zusammen. Sie kombinierte Farben und Formen und freute sich, wenn die gnädige Frau zu ihren Gästen sagte: »Die schönen Blumen hat unsere Kathi arrangiert.«

In jener unseligen Zukunft, die Katrin vor sich sah, war es damit endgültig vorbei. Eine Hausdame mit Kind war ein Ding der Unmöglichkeit. Katrin wollte natürlich Kinder, später, wenn sich ihre Verbindung zu Hannes gefestigt hatte. Was er bei den Korffs verdiente, war anständig, aber um eine Familie zu ernähren, würde es kaum reichen. Der Gedanke an das Kind, dessen Entstehen nicht mehr lange zu verbergen sein würde, hatte nichts Verheißungsvolles. Ein Kind bedeutete, dass Katrin nicht mehr im Dienstbotentrakt wohnen konnte. Es galt als ungeschriebenes Gesetz, dass weibliche Dienstboten, die Mutter wurden, ihr altes Leben beenden und sich in dem neuen zurechtfinden mussten.

Während Katrin mit angezogenen Knien unter der Birke saß, kam es ihr vor, als ob sie auf einem reißenden Fluss dahintrieb, an dessen Mündung ein Wasserfall lauerte, über den sie in die Tiefe zu stürzen drohte. Unter dem Eindruck dieses Bildes begann sie zu weinen. Monate, bevor es so weit war, weinte Katrin ihrer schönen Zeit als Hausdame hinterher.

»Kathi?« Maxim Korff war unbemerkt näher gekommen. »Was machen Sie denn da?«

Hastig wischte sie sich über die Augen. »Gnädiger Herr, Sie sind schon aus der Stadt zurück?« Sie wollte aufspringen, doch ihr Absatz verfing sich im Rocksaum, sie taumelte.

Korff fing sie und half ihr auf die Beine. »Hoppla.«

»Verzeihen Sie.«

»Träumen Sie hier unten vor sich hin?«

»Ich habe gerade Pause.« Sie strich den Rock glatt. »Was kann ich für Sie tun?«

»Nichts.«

»Haben Sie mich denn nicht gesucht?«

»Genau wie Sie bin ich zum Nachdenken ins Freie gegangen. Warum begleiten Sie mich nicht ein Stück?« Er machte eine Geste zum Tunnel hin.

»Ans Wasser?«

Katrin schob eine Haarsträhne zurück, die sich aus der Frisur gelöst hatte. Vielleicht konnte der gnädige Herr ihr einen Rat geben. Dabei durfte sie ihm das kommende Ereignis nicht einmal andeuten. Solange man noch keine äußerliche Veränderung sah, war jeder Tag, den sie hierbleiben durfte, ein gewonnener Tag.

Kathi lief in den Tunnel. Maxim war bereits in das unterirdische Gewölbe eingetreten. Sie holte ihn erst am Ufer ein.

»Wollen wir stromaufwärts oder abwärts spazieren?«

»Aufwärts.«

»Schwimmen Sie gern gegen den Strom?«

»Wieso fragen Sie das?«

Er setzte seinen Strohhut auf. »Weil Sie Ihr Leben so mühelos führen, als ob Sie immer der Flussrichtung folgen würden. In kürzester Zeit haben Sie es von der Küchenhilfe zur Hausdame gebracht, neuerdings kommt auch noch ein Verlobter hinzu. Das bedeutet doppeltes Gehalt. Ich muss sagen, Sie machen Ihre Sache richtig, Kathi.«

Sie lief ein paar Schritte voraus, um ihn nicht ansehen zu müssen. »In meinem Leben ist nicht alles so richtig, wie Sie glauben.«

»Was wäre denn das Richtige für Sie, Kathi?« Er blieb stehen. »Oder lassen Sie es mich so formulieren: Wenn ich eine Fee wäre, was würden Sie sich von allen Dingen am meisten wünschen?«

»Sie, eine Fee?«, erwiderte Katrin todernst.

»Ich bin eine geizige Fee. Bei mir haben Sie nur einen einzigen Wunsch frei.«

Katrin schaute aufs Wasser, das so langsam dahinfloss, dass man die Strömung nur am Treibgut erkannte. »Ich wünsche mir, dass alles so bleibt, wie es ist.«

»So wie hier und heute?«, fragte er überrascht.

»Ja, gnädiger Herr. Für Sie da zu sein, für Sie und Ihr Haus, das ist mein ganzes Glück. Das ist alles, was ich mir von der Zukunft wünsche.«

»Für mich? Für mich da sein zu dürfen?« Seine Augen bekamen einen warmen Glanz. »Das finde ich sehr schön, Kathi.« Er nahm ihre Hand so spielerisch, als ob er ihr Gewicht wiegen wollte, beugte sich darüber und hauchte einen Kuss darauf. »Möge Ihr Wunsch in Erfüllung gehen. Allerdings ist das ein recht bescheidener Wunsch.« Er bekam wieder den verschmitzten Ausdruck, den Kathi so mochte. »Ich kann kaum glauben, dass Sie sich vom Schicksal so wenig erhoffen. Sind Sie glücklich mit Ihrem Verlobten?«

»O ja. Hannes ist ein lieber Mensch.«

»Fleißig, verlässlich und treu, der reinste Mustergatte, mein guter Gattinger.« Korff lachte. »Gibt es gar nichts, was Sie an ihm stört? Mir können Sie es schon sagen.«

»Was mich stört, ist etwas anderes, gnädiger Herr. Seit ich hier bin, habe ich in Ihrem Haus die ... die Schönheit der Schönheit kennengelernt.«

Neugierig, was das Wortspiel zu bedeuten habe, umkreiste Maxim sie. »Was ist das?«

Aus großen und durch den Ernst der Stimmung dunklen Augen sah sie ihn an. »Ich habe als Kind nichts gelernt außer Lesen, Schreiben, Häkeln und Kochen. Als ich hierherkam, wusste ich nichts von Dingen, die außerhalb dieser Fähigkeiten liegen. Erst bei Ihnen habe ich all das kennengelernt. Durch Sie und die gnädige Frau und Ihren Bruder mit seiner Dichtung und Komposition, durch all die Leute, die täglich hierherkommen und so viel können.«

»Was können diese Leute denn Ihrer Meinung nach?«, fragte Maxim, sichtlich überrascht über ihr impulsives Bekenntnis.

»Klavier spielen und aus Büchern zitieren. Sie wissen über Politik Bescheid und kennen die Mitglieder des Herrenhauses. Jedes Mal, wenn ich Ihre Gäste bediene, versuche ich, möglichst viel aufzuschnappen und mir zu merken.« Sie fuhr sich durchs Haar. »Sie wissen ja nicht, wie sich das anfühlt, wenn man Mitte zwanzig ist und spürt, dass man schon so viel verpasst hat.«

»Sie haben noch das ganze Leben vor sich, Kathi.«

»Und was bietet mir dieses Leben? Einen braven Mann, eine wunderbare Anstellung, aber sonst …« Sie trat von ihm zurück. »Mir ist klar geworden, dass ich die wichtigsten Jahre, in denen ich hätte lernen können, versäumt habe.«

Während sie all das hervorhaspelte, dachte Katrin, dass sie ihr wirkliches Problem damit umkreiste. Nicht ihr Leben als Dienstbote kam ihr vergeudet vor, was ihr Angst machte, war die Aussicht, das Paradies am Fuße des Kahlenberges verlassen zu müssen, sobald sie das Kind bekam.

Maxim überlegte, wie zauberhaft das war, dass dieses anbetungswürdige Geschöpf das oberflächliche Geschwätz seiner Gäste als Weisheit missverstanden hatte. Die Leute, die hier ein und aus gingen, waren im traditionellen Sinn natürlich gebildet. Man hatte ihnen Französisch und Algebra und den Stammbaum des Hauses Habsburg eingebläut, sie hatten Reiten und Tennis und Musizieren gelernt, sie gingen in die Oper, wo sie sich langweilten, auf Bälle oder ins Herrenhaus, wo sie sich aufspielten. Diese Leute interessierten nur ihre Geschäfte, ihr Rang in der Hackordnung der Monarchie und von Zeit zu Zeit die Liebe, oder was man darunter verstand.

Während Maxim mit Katrin stromaufwärts schlenderte, fragte er sich, ob er denn besser war als diese Leute: Wozu unternahm er all seine Anstrengungen? Weil er Geschäfte machen wollte. Von Wien bis Moskau, von New York bis Kalkutta sollte der Korff-Akkumulator Energie liefern. Er wollte als der Mann bekannt werden, der ein österreichisches Industrieprodukt in die Welt hinausgetragen hatte. Und er wollte diese wunderbare Frau erobern. Maxim war kein Don Juan, es kam ihm nicht auf die Vielzahl der Eroberungen an. Es musste Katrin sein, Katrin, die Tag für Tag um ihn war.

Er warf ihr einen heimlichen Blick zu. Sie war ihm kostbarer, als eine Fürstin es hätte sein können. Mit ihr hoffte er sein nicht mehr junges, versteinertes Herz wieder zum Schlagen zu bringen. Mit ihr hätte alles von vorn beginnen können. Das wünschte er sich tief und zärtlich und auch ein wenig ängstlich.

»Erinnern Sie sich noch an das Jahr, als Philipp so krank war?«, fragte er.

»Die Kinderlähmung?«

»Die er gottlob überwunden hat.« Maxim blieb stehen. »Er sollte trotz der Krankheit den Anschluss beim Lernen nicht verlieren, daher habe ich ihm einen Hauslehrer bestellt.«

»Ein älterer Herr, ich weiß es noch.«

»Was halten Sie davon, wenn ich diesen Professor wieder engagieren würde, sagen wir, einmal die Woche?«

»Für mich?«

»Ja, für Sie, Kathi. Würde Ihnen das gefallen?«

Katrin kam nicht dazu, ihrer Überraschung und Dankbarkeit Ausdruck zu verleihen, denn im Hintergrund tauchte jemand auf.

»Herr Korff! Herr Korff!«

»Was will denn der Hallhuber hier unten?« Maxim erkannte den alten Kammerdiener. Während Hallhuber in seiner schwarz-weiß gestreiften Livree und den Lackschuhen über das Ufergeröll stolperte, wirkte er wie ein Pinguin, der sich verlaufen hatte.

»Seine *Exlens!*« rief er.

»Lassen Sie sich Zeit, Hallhuber.« Maxim und Katrin traten den Rückweg an.

»Seine Exlens, Seine Exlens!« Hallhuber verschliff die komplizierte Ehrenbezeichnung zu einem markigen Ausruf. »Die Exlens, der Erzherzog ist am Telefon!«

»Welcher? Wir haben eine ganze Menge davon.«

Als ob Hallhuber gegen eine unsichtbare Wand gelaufen wäre, blieb er stehen. »Welcher Erzherzog? Herr, mein Heiland, das habe ich vergessen, zu fragen. Ich kann tatsächlich nicht sagen, um welche der Exlensen es sich handelt.«

»Dann ist es wahrscheinlich Friedrich«, erwiderte Maxim. »Wer spricht gerade mit ihm?«

»Die gnädige Frau.«

»Laufen Sie hinauf und sagen Sie, dass ich komme, Hallhuber. Und dass ich mich freue, Seine Exzellenz zu sprechen.«

Hallhuber machte kehrt, rutschte auf den Kieseln kurz aus und verschwand wieder im Tunnel.

»Müssen Sie sich denn nicht beeilen?«, fragte Katrin, als sich Maxim ohne Hast zum Haus aufmachte.

»Wenn Friedrich anruft, will er etwas von mir. Und in dem Fall hat er auch die Zeit, auf mich zu warten.«

Maxim ließ Katrin im Tunnel den Vortritt.

5
Liverpool

»Es sieht alles ganz friedlich aus, Papa.«

Philipp Arthur Korff, jüngster Spross der Familie, war zu einem schlaksigen Burschen von sechzehn Jahren herangewachsen. Sein dunkelblondes Haar war gewellt, die graugrünen Augen blickten neugierig und bereits ein wenig erfahren in die Welt. Während Vater und Sohn entlang der Docks und später über die Langton Street zur Bahnstation spazierten, wurde Maxim durch Philipp daran erinnert, wie er selbst in diesem Alter gewesen war, wie begierig darauf, etwas Außergewöhnliches zu leisten, eine Erfindung, eine Eroberung, eine Idee, was es auch sei, es sollte die Welt verändern. Inzwischen hatte Max verstanden, dass sein himmelstürmendes Feuer sich damals aus dem Antrieb gespeist hatte, die kleinbürgerliche steirische Welt seiner Familie zu verlassen und es in Wien, im Herzen des Kaiserreiches, zu etwas zu bringen. Maxims Vater war Bahnhofsvorsteher im Mürztal gewesen und hatte alles darangesetzt, seinen Ältesten auf dem Polytechnikum studieren zu lassen.

Welche Pläne hatte Philipp, welche Ziele? Welcher Antrieb mochte ihn bewegen, der keinen ähnlichen Antrieb brauchte wie sein Vater, da Philipp bereits Mitglied der gehobenen Kreise war. Maxim hütete sich, den Buben nach dessen halbjähriger Abwesenheit sofort mit Fragen zu überschütten. Stattdessen redete er von Dingen, die ihn selbst bewegten, vom britischen Empire, das Maxim liebte, von der englischen Wirtschaft und den Hindernissen, die man ihr in den Weg legte.

»Äußerlich mag es dir friedlich erscheinen«, antwortete er. »Die sozialen Veränderungen sind hier zu früh, zu schnell und zu unüberlegt gekommen. Die Engländer sind ihrem glorreichen viktorianischen Zeitalter noch nicht entwachsen. Darum musste der Arbeiteraufstand blutig enden.«

Philipp lief dem Vater ein paar Schritte voraus. »Bloody Sunday, meinst du das, Papa?«

Maxim drehte sich um die eigene Achse. »Schau dich um. Wir befinden uns auf dem größten Umschlagplatz der Welt. Dreißig Prozent des Welthandels werden über Liverpool abgewickelt. Ausgerechnet hier haben die Dockarbeiter und Seeleute und die von der Bahn ihre Arbeit niedergelegt. Lebensmittel verrotteten, Tausende Tonnen Rohstoff haben ihren Bestimmungsort nicht erreicht. Erwartungsgemäß hat der englische König das Militär nach Liverpool geschickt. Er konnte gar nicht anders reagieren. Ein solches Gemetzel wäre allerdings nicht nötig gewesen.«

»Was würdest du tun, wenn die Leute in unserem Werk die Arbeit niederlegen würden, Papa?«

Unser Werk, das hörte Maxim gern. Es schien Philipp keine Mühe zu machen, sich als kommender Herr einer Industrie zu sehen, der die Zukunft gehörte.

»Was ich tun würde? Das ist gar nicht so leicht zu beantworten.«

Maxim legte seinen Arm um Philipps Schulter, der Junge schmiegte sich ungewohnt zärtlich an den Vater. Mochte es an der Wiedersehensfreude liegen, an der genussreichen Reise durch England oder an der bloßen Abwesenheit aus Wien, Maxim war so glänzender Laune, dass er, seit er Philipp vom Transatlantik-Liner abgeholt hatte, in einem fort plauderte.

Ein Mahnmal besonderer Art ließ Vater und Sohn stehen bleiben. Es war ein zerrissenes, vom Regen aufgeweichtes Plakat der White-Star-Line-Reederei, das in fetten Lettern die Jungfernfahrt des größten Schiffes der Welt ankündigte. Alle anderen Bekanntmachungen dieser Art waren aus Liverpool verschwunden, doch dieses eine Plakat musste übersehen worden sein. Der Name des Ozeanriesen, dessen Katastrophe erst ein paar Monate zurücklag, war nur noch zur Hälfte zu lesen – *ANIC.*

»Kannst du dir vorstellen, wie deine Mutter und ich erschrocken sind, als wir davon hörten? Ursprünglich war deine Überfahrt im April geplant, weißt du noch? Wie leicht hätte die Titanic das Schiff sein können, auf der du die Passage gemacht hättest.«

»Ich bin der beste Schwimmer meines Jahrgangs«, erwiderte Philipp mit jugendlichem Hochmut. »Ich hätte die Katastrophe überlebt.«

»Bei fünf Grad Wassertemperatur, im Nordatlantik?« Maxim las die vier verhängnisvollen Buchstaben. »Fünfzehnhundert Menschen sind ertrunken und erfroren.«

»Jetzt erzähl endlich von zu Hause, Papa.« Philipp lief weiter. »Wie geht es der Mamschi, wie geht's dem treuen Gattinger und unseren Automobilen? Was gibt es Neues von Onkel Ludwig? Komponiert er immer noch seine schaurigen Sachen?«

»Neuerdings schreibt er einen Roman«, antwortete Maxim ausweichend, da Philipp von der Sache mit dem Duell noch früh genug erfahren würde. »Mit dem neuen Overland habe ich es am Sonntag auf achtundsechzig Stundenkilometer gebracht, was sagst du? Ja richtig, was du noch nicht weißt, der gute Gattinger hat sich verlobt.«

»Mit wem?«

»Kannst du dir das nicht denken?«

»So sag schon.«

»Mit unserer Kathi.«

Für einen Moment fasste Maxim den Jungen ins Auge, wandte sich aber im Weitergehen ab, da er Philipp durch einen entlarvenden Blick nicht bloßstellen wollte. Das Geheimnis, das der Vater kannte, wovon der Sohn aber nichts wusste, war von besonderer Art.

»Die Kathi und der Gattinger?«, fragte Philipp konsterniert.

»Früher oder später wäre sie ja doch unter die Haube gekommen. Da ist es mir lieber, die Sache findet unter unserem Dach statt. So bleibt sie uns erhalten.«

»Unsere Kathi … heiratet den Gattinger?« Es gelang Philipp nicht, seine Verwirrung zu verbergen.

Da die Bahnstation in Sicht kam, wurden Maxims Schritte schneller. Er wechselte das Thema. »Sobald wir eingestiegen sind, muss ich dir die Sache mit dem Erzherzog erzählen. Da tun sich unglaubliche Dinge.« Er streckte den Arm aus, damit der Junge sich beeilen möge.

Philipp erreichte ihn mit langen Schritten. »Fahren wir denn gleich weiter?«

»Ich habe morgen in London zu tun.«

»Und wir sind wirklich heute Nacht schon da?«

»Bei der englischen Eisenbahn wird ordentlich Dampf gemacht. Da könnte sich unsere verschlafene kaiserliche Staatsbahn ein Beispiel daran nehmen.« Im Wohlgefühl, mit seinem Sohn nun eine ganze Weile allein auf Reisen zu sein, trat der Vater das letzte Stück des Weges an.

Livia Korff saß am Rande ihres Rosengartens in der prallen Sonne. Katrin betrachtete ihre Herrin vom Schatten einer Zeder aus. Die Sommerbrise versetzte Kathi in jene heitere Müdigkeit, die zugleich eine angenehme Ruhe gab. Um Livia nicht zu überraschen, räusperte sie sich beim Nähertreten. »Darf ich Ihnen etwas bringen, gnädige Frau?«

Livia machte keinen Versuch, ihre Tränen zu verbergen. »Danke, Kathi. Ich gehe gleich hinein.«

»Geht es Ihnen nicht gut?«

Livia beschirmte die Augen und blickte zu der schlanken Person auf. »Was machen Sie gerade?«

»Ich schreibe die Einladungen für die Begrüßungsfeier des jungen Herrn.«

»Es wird Philipp wahrscheinlich nicht recht sein, dass wir so ein Aufheben wegen seiner Heimkehr machen.«

»Immerhin war er ein halbes Jahr nicht zu Hause.«

»Sie mögen ihn gern, Kathi, nicht wahr?«

»Der junge Herr war immerhin mein Zögling«, antwortete sie ausweichend und suchte nach einem Taschentuch.

»Ich vergesse immer wieder, wie lange Sie schon bei uns sind. Das war eine schöne Zeit, als Philipp noch klein war. Sie waren damals selbst fast noch ein Kind. Und jetzt werden Sie bald heiraten.«

»Wie es sich eben so ergeben hat«, sagte Katrin reserviert.

»Na hören Sie, so redet man aber nicht von der Liebe.«

»Die Liebe, gnädige Frau?« Katrin gab ihr das Taschentuch.

»Sie sprechen von dem Mann, mit dem Sie bis ans Ende Ihres Lebens …« Als ob der Satz versiegen würde, schwieg Livia plötzlich.

»Was bis zum Lebensende sein wird, lässt sich schwer voraussagen.«

Livia gab ihr das Tuch zurück. »Gattinger ist ein solider Mensch.«

»Komisch, das sagen alle, wenn sie über ihn reden.«

»Es soll Ihnen nie etwas Schlimmeres passieren, als einen soliden Mann zu kriegen. Wissen Sie, warum ich vorhin geweint habe?«

»Ich möchte nicht in die gnädige Frau dringen.«

»Es ist so dumm, so kindisch. Ich habe Tränen vergossen, weil mein Mann den Buben jetzt früher zu sehen bekommt als ich. Ist das nicht lächerlich? Ursprünglich wollte ich Philipp abholen, aber selbst das gönnt mir Maxim nicht.« Irritiert blickte Livia auf. »Das soll natürlich nicht heißen, dass mir mein Mann nichts gönnt.«

»Ich hätte nichts dergleichen gedacht.«

»Wieso nicht? Alle denken das«, entgegnete Livia ungewohnt schroff. »Die Leute glauben, Maxim hat alles! Reichtum, Erfindergeist, Charme, einen wunderbaren Sohn und eine Frau, die sich alles gefallen lässt.«

»Niemand denkt so, gnädige Frau.«

Trotzig musterte Livia die Hausdame. »Mein Mann ist der große Pionier, der die Welt mit seiner Erfindung beglückt hat, und Livia, ohne die es seine Erfindung gar nicht gäbe, sitzt daheim und stutzt die Rosen.«

Auch Katrin hatte die Gerüchte gehört, was den Ursprung des korffschen Vermögens betraf, aber sie hielt sich an die Grundregel, dass ein Angestellter so neutral zu sein hatte wie eine weiße Wand. »Vielleicht bringe ich Ihnen doch eine Limonade.«

Unvermittelt ergriff Livia Katrins Hand. »Entschuldigen Sie, ich höre schon auf mit meinem Gejammer. Ich mag mich ja selbst nicht, wenn ich so bin. Es macht mich nur traurig, dass die beiden jetzt zusammen durch das sommerliche England reisen und sich benehmen, als wären sie gute Freunde. Philipp wäre so gern schon ein Mann, aber er ist im Grunde noch ein Kind.«

In Katrins Erinnerung war Philipp tatsächlich alles andere als ein Mann, doch als Kind durfte man ihn auch nicht bezeichnen. »Wenn der junge Herr erst einmal hier ist, wird Ihr Wiedersehen sicher sehr schön.« Sie wandte sich zum Gehen. »Ich überlasse Sie jetzt Ihren Rosen.«

»Nein, bleiben Sie noch. Setzen Sie sich zu mir, oder wissen Sie was, helfen Sie mir mit den Rosen. Wir könnten einen prächtigen Strauß zusammenstellen, zu Ehren von Philipps Rückkehr. Was halten Sie davon?«

»Die beiden werden erst übermorgen in Wien eintreffen«, gab Katrin zu bedenken. »Ich fürchte, bis dahin sind die Rosen …«

»Schon verblüht.« Freude und Zuversicht verschwanden so schnell aus Livias Zügen, wie sie gekommen waren. Sie ließ die Rosenschere sinken. Ernüchtert starrte sie auf die Farbenpracht, die sich vor ihr ausbreitete.

6

London bei Nacht

Philipps graugrüne Augen hatten früher stets einen zuversichtlichen Schimmer ausgestrahlt, dass das Leben etwas Leichtes und Heiteres sei. Während seiner Abwesenheit war etwas Neues in diese Augen getreten, ein hungriger Glanz, ein forderndes Leuchten, eine Neugier, unberechenbar wie ein unterirdischer Fluss, der in Kürze ans Tageslicht brechen würde. In Philipps Augen lag die Forderung nach *Erlebnis*. Während Maxim und Philipp viele Stunden in der Eisenbahn beisammensaßen, hatte der Vater den Eindruck gewonnen, dass der Junge nicht nur endgültig dem Kokon des Kindes entschlüpft war, sondern den Übergang zur Larve übersprungen und sich in sechs Monaten zu einem ausgewachsenen Schmetterling entwickelt hatte, einem jungen Mann, dem die Lust nach Leben ins Gesicht geschrieben stand. Maxim sah voraus, dass Livia die Verwandlung ihres Buben erschrecken und traurig machen würde, ihn jedoch faszinierte die Metamorphose seines Sohnes.

Es gehörte für Maxim zur Tradition jeden Londonaufenthalts, im Charing Cross Hotel abzusteigen. Das Hotel hatte den Vorteil, unweit des gleichnamigen Bahnhofs zu liegen, und galt als eine der luxuriösesten Adressen der Stadt. Die beiden Gentlemen aus Wien kleideten sich gerade für das gemeinsame Dinner um. Maxim war bereits im Frack, er rauchte, während Philipp noch seine Schleife band.

»Was tanzt man in Amerika heutzutage für Tänze?«, leitete Maxim ein vorsichtiges Verhör ein, an dessen Ende er sich

Gewissheit erhoffte, ob Philipp bereits etwas erlebt hatte oder ob ihm der entscheidende Schritt noch bevorstand.

»Tänze, Papa?«

»Ich denke mir, dass ihr nicht Tag und Nacht büffeln werdet.« Maxim beobachtete seinen Sohn im Ankleidespiegel.

»Obwohl Amerika doch das Land der Büffel ist.« Philipp hatte Freude an dem Wortspiel. »Neben den Schulfächern legen sie in Stanton großen Wert auf Sport.« Er sprach das Wort in der englischen Betonung aus, wodurch es etwas Hochnäsiges bekam.

»Ach ja? Tennis, nehme ich an.« Maxim überschlug die Beine, zufrieden betrachtete er den makellosen Glanz seiner Lackschuhe.

»Wir haben diesen Winter sogar auf der zugefrorenen Narraguagus Bay Eishockey gespielt.«

»Ich vergesse immer wieder, wie nahe dein Internat an der kanadischen Grenze liegt.«

»Wie spielen auch Fußball, nur finde ich diese amerikanische Abart ehrlich gestanden vulgär.« Zum dritten Mal scheiterte Philipp beim Binden der Fliege.

Maxim suchte einen Weg, zu der Frage, die ihn eigentlich interessierte, zurückzukehren. »Wie darf ich mir das Gesellschaftsleben an der Narraguagus Bay vorstellen?«

»Langweilig zum Erbarmen, das kannst du mir glauben. In der weiteren Umgebung gibt es nur eine einzige Möglichkeit zur Ablenkung.«

»Und das wäre?«

»Nichts, was sich mit Wien vergleichen ließe, aber turbulenter als im Kahlenbergerdorf geht es allemal zu. Das Internat liegt nahe des Städtchens Milbridge, das nur eine einzige Attraktion zu bieten hat, The Old Moon.«

»The Old Moon? Ein Wirtshaus im amerikanischen Stil, nehme ich an?«

»Es ist mehr als eine Wirtschaft. Dort werden auch Darbietungen gezeigt.«

»Welcher Art?«

»Ein Damenorchester spielt abends, es wird gesungen und manchmal auch getanzt.«

Nach und nach fand Maxim heraus, dass die Wagemutigeren unter den Insassen des Knabeninternats manchmal nach Milbridge aufbrachen, natürlich ohne Erlaubnis. Maxim erfuhr von ersten Erfahrungen mit kanadischem Whisky, der Alkohol schien jedoch keinen besonderen Eindruck auf Philipp gemacht zu haben. Im Old Moon war allerdings eine Künstlerin aufgetreten, von deren Qualitäten der Junge ausführlich berichtete. Ihre Interpretation des Liedes *I Love You Dearly* hatte es Philipp so sehr angetan, dass er sich die Grammofonplatte des Gassenhauers besorgt hatte.

»Hattest du Gelegenheit, die Sängerin persönlich kennenzulernen?«, fragte Maxim, während er seine Zigarre in der Sandschale ausdrückte.

»Das war schwierig. Wenn Trudy nicht sang, spielte sie im Orchester die Oboe, übrigens exzellent, muss ich sagen.«

»Du hast sie Trudy genannt?«

»Alle nannten sie so. Nach ihrem Auftritt kam sie manchmal an unseren Tisch und hat mir erlaubt, ihr etwas zu trinken zu bestellen.«

»Wie charmant von Trudy.« Maxim stand auf. Philipps Frackfliege befand sich nach wie vor in einem erbärmlichen Zustand. Der Vater drehte den Sohn zu sich herum. »Lass mich das machen.« Er band ihm die Schleife. »Wie weit ging deine Bekanntschaft mit der hochbegabten Trudy?«

»Was meinst du damit?« Philipps Stimme klang wie früher, doch seine Augen verrieten ihn.

Routiniert vollendete Maxim den Knoten. »Du weißt genau, was ich meine. Frauen wie Trudy haben in Etablissements wie dem Old Moon meistens mehrere Funktionen.«

»Willst du andeuten, Trudy sei eine Frau von zweifelhaftem Ruf?«

»Ich deute gar nichts an. Ich hoffe, du erzählst es mir.«

»Ich habe mir nichts Unehrenhaftes zuschulden kommen lassen«, erwiderte Philipp mit großem Ernst.

»Ein Abenteuer mit einer Frau wie Trudy wäre nicht unehrenhaft.« Im selben Augenblick begriff Maxim, dass er den Jungen gekränkt hatte. »Entschuldige, so habe ich es nicht gemeint.«

»Wir haben uns über Musik unterhalten. Ich habe ihr angeboten, sie am Klavier zu begleiten.«

Maxim drehte Philipp zum Spiegel. »So soll das aussehen. Bringen sie euch solche Sachen in Stanton nicht bei?«

»*Ein Abenteuer mit Trudy* – was meintest du damit?« Philipp zog den Frack über.

Maxims Blick wurde kühl. Was spielte der Junge ihm bloß für eine Komödie vor? Wollte er ihm weismachen, in Trudy seiner großen romantischen Liebe begegnet zu sein? Er wollte den Pubertierenden von seinem hohen Ross holen. »Hat Trudy dir Küsse angeboten?«

»Das tat sie tatsächlich«, antwortete Philipp überrascht. »Natürlich nur zum Spaß.«

»Und was hat der Spaß dich gekostet?«

»Du meinst …?« Philipps Lächeln verschwand.

»Zu meiner Zeit hat man in Wien zwanzig Kreuzer für einen Kuss bezahlt. Ich kenne den aktuellen Preis amerikanischer Küsse nicht.«

»Zwanzig Kreuzer?«

»Weitergehende Annehmlichkeiten waren teurer.«

»Wir haben uns tatsächlich geküsst«, bekannte Philipp.

»Und hattest du danach keine Lust, die Begegnung mit der Künstlerin zu vertiefen?« Maxim wischte eine Fussel von der Schulter des jungen Mannes.

»Ja, ich hatte Lust, Papa. Aber ich wagte nicht, es ihr vorzuschlagen. Trudy ist mir zu teuer, ich empfinde zu viel für sie.«

Lächelnd musterte Maxim den Jungen. »Ich bin froh, dass du es mir erzählt hast. Wir gehen jetzt soupieren und dann bummeln wir ein bisschen durch die Stadt, einverstanden?«

Heute Abend hatte Maxim vor, in einem bestimmten Sinn erzieherisch auf seinen Sohn einzuwirken. Es war ein heikler Schritt, aber London war die richtige Stadt dafür, und die Zeit schien reif zu sein. Er nahm sich vor, alles auf den Augenblick ankommen zu lassen.

Maxim liebte diese Musik. Bei aller Leichtigkeit hatte britische Musik etwas Nobles und Elegantes, nicht den Geruch des Billigen wie oft in Wien. Der alte Pianist spielte Gilbert und Sullivan, von deren Melodien Maxim einige leise mitsummte. Er hätte noch wochenlang in London bleiben können. Hier fühlte er sich jünger, wacher als zu Hause, er fühlte sich frei. Die kleine intime Nische gab Maxim die Möglichkeit, das Treiben im Salon zu beobachten, ohne sich daran beteiligen zu müssen. Von Zeit zu Zeit erkundigte sich die Hausdame, ob er noch etwas zu trinken wünsche, dann zeigte Maxim auf sein halb volles Glas Portwein. Er wandte den Blick. Wie lange mochte Philipp schon fort sein? Eine halbe Stunde wenigstens. Maxim nippte am Port und dachte über sein Gespräch mit dem Erzherzog nach.

Erzherzog Friedrich galt in Wien als Witzfigur, ein Ignorant, außer bei militärischen Fragen, weshalb man ihm die Patronanz des k. k. Heeresmuseums übertragen hatte. Dort spielte er gern mit Zinnsoldaten und stellte die Aufmarschformationen ruhmreicher österreichischer Schlachten nach.

Maxim hatte einen anderen Eindruck gewonnen. Der Mann, der die gleiche Barttracht trug wie Seine Majestät, war ihm in schlichter feldgrauer Uniform entgegengetreten, in einem Raum, dem die Nüchternheit einer Soldatenstube anhaftete. Während des Gesprächs über Maxims geplante Expansion in die USA hatte sich Friedrich als Kenner der Materie gezeigt.

»Die Firma, mit der Sie in New York zusammenarbeiten wollen, gilt als ein Unternehmen, das sich eher durch seine Sprunghaftigkeit als durch verlässliche Geschäftsplanung hervorgetan hat, lieber Korff.« Friedrich hatte Kaffee servieren lassen, den er ausgiebig zuckerte.

»Was Exzellenz als Sprunghaftigkeit bezeichnen, sollte man vielleicht besser dynamischen Unternehmergeist nennen. Meine Partner, Mister Wilson und Mister Taft, suchen vor allem nach technischer Innovation.«

»Auf dem Gebiet der Energiespeicherung gibt es keine modernere Entwicklung als die des Hauses Korff. Unsere Sorge liegt darin, dass Ihre Erfindung, der Blei-Akkumulator, seinen Wert vor allem in Kriegszeiten unter Beweis stellen dürfte. In diesem Fall würden Sie Ihr Patent an einen potenziellen Kriegsgegner veräußern.«

»Krieg?«, fragte Maxim irritiert. »Ist denn ein Krieg in irgendeiner Weise abzusehen?«

»Seine Majestät hält unverändert an Seiner Friedenspolitik fest. Aber darf man die Friedfertigkeit unseres Monarchen sorglos auf andere Nationen übertragen?«

Maxim kam in den Sinn, dass der Erzherzog im Generalstab den Falken zuzurechnen war, jener Gruppierung von Offizieren, die es satthatte, mit ihren Verbänden jahrein, jahraus in den Kasernen zu versauern und ihre Schlagkraft ausschließlich in Manövern unter Beweis zu stellen. Dieser Teil des Militärs wünschte sich, nach allzu vielen Friedensjahren endlich wieder Kampfesklirren und das Tönen von Signalhörnern über einem rauchenden Schlachtfeld zu hören. Die Offiziere wollten ihre Waffen im Ernstfall einsetzen, statt zuzusehen, wie der Militäretat von Jahr zu Jahr gekürzt wurde, da sich unter der Regentschaft von Franz Joseph ohnehin niemand einen Krieg vorstellen konnte. Mit wem sollte ein Krieg auch geführt werden? Fast die gesamte europäische Hocharistokratie war miteinander verschwägert. Der deutsche Kaiser, der russische Zar und der englische König waren Cousins ersten Grades, die einander Willy, Nicky und Georgie nannten. Wilhelm II. und Kaiser Franz Joseph standen in tiefer Bündnistreue zueinander, und die verwandtschaftlichen Verästelungen der Adelshäuser ließen sich bis ins zweite und dritte Glied verfolgen. Der Krieg, den Österreich am meisten fürchten musste, war ein Krieg im Inneren.

Die nationalistischen Bestrebungen der Völker der Vielvölkermonarchie hatten bereits zu bewaffneten Aufständen geführt, in Ungarn, Böhmen und auf dem Balkan, auch in den italienischen Provinzen Österreichs war es zu Bluttaten gekommen. Hier lag die Lunte am Pulverfass, und es war nicht abzusehen, wann es in die Luft fliegen würde. Ein Krieg mit Amerika erschien Maxim dagegen so absurd, als ob Österreich vorhätte, die Mongolei anzugreifen.

An diesem Punkt hatte das Gespräch mit dem Erzherzog eine überraschende Wendung genommen.

»Statt sich Hals über Kopf in ein Abenteuer mit den Amerikanern zu stürzen, hätte ich Ihnen einen anderen Vorschlag zu machen«, waren Friedrichs Worte gewesen.

Maxims Überlegungen wurden unterbrochen, da Philipp aus dem hinteren Teil des Etablissements zurückkam. Der Junge war korrekt gekleidet, selbst die Frackschleife saß makellos. Hatte er sich das Abenteuer etwa versagt, oder war er gescheitert?

»Ich habe eine Frage, Papa.« Philipp wirkte nachdenklich, als ob er mit einem kniffligen philosophischen Problem beschäftigt wäre. »Besuchst du Häuser dieser Art häufig?«

Sowenig Maxim mit der Frage gerechnet hatte, so selbstverständlich erschien sie ihm. »Nein, Philipp. Ich suche derartige Etablissements normalerweise nicht auf.«

»Woher wusstest du dann, wohin wir gehen müssen?« Philipp setzte sich zu ihm in die Nische.

»Ich habe mich an die Empfehlung eines Geschäftspartners gehalten.« Es stimmte, Theodor Zeska hatte von einem Haus der Freuden in London geschwärmt. Zeska war vulgär, geschmacklos und bekannt für seine Indiskretion.

»Nimmst du es deinem Vater übel, dass er dich hierher gebracht hat?« Maxim wusste, welche Umwälzung gerade in dem Jungen stattfand und dass das Leben für ihn ab heute eine neue Seite hatte. Verwirrt blickte Philipp vor sich hin.

»Du wirst in deinem Leben viele Frauen kennenlernen, mein

Sohn. Aber vielleicht dauert es noch lange, bis du der einen, der Richtigen begegnen wirst.«

»Meinst du, so wie du und Mamschi?«

»So wie wir ... in unserer besten Zeit«, antwortete Maxim ausweichend. »Du wirst dich bald in der Gesellschaft umtun und dir manchmal wünschen, eine der Frauen, die dir begegnen, lieben zu dürfen. Aber mit der Liebe verhält es sich so, dass man sie beherrschen sollte, genauso wie ...«

»Das Fußballspielen?« Plötzlich hatte Philipp diesen ironischen Zug in den Augenwinkeln, der ihn zweifellos als Maxims Sohn auswies.

»Mit dem Fußballspielen sollte man die Liebe nicht vergleichen, aber prinzipiell hast du recht. Wir sind heute hierhergekommen, weil ich dir peinliche Erläuterungen meinerseits ersparen wollte, aber zugleich auch ein hilfloses Herumprobieren, wie es passieren kann, wenn ein junger Mann nicht vorbereitet ist auf das, was ihn erwartet.« Maxim lächelte beinahe scheu. »Wie heißt das Mädchen von vorhin?«

»Sie heißt Mabel und ist wunderschön. Gerade ist sie an uns vorbeigegangen, ohne mich noch einmal anzusehen.«

»Das ist der Lauf der Dinge in diesen Fällen. Konnte Mabel etwas in dir erwecken, was dir Freude bereitet hat.«

»Das konnte sie, Papa.«

»War es mit dem Gefühl zu vergleichen, das du der Künstlerin Trudy entgegengebracht hast?«

»Es war wesentlich intensiver und ausgiebiger als mit Trudy.«

»Du nimmst es mir also nicht übel, dass wir hier waren?«

»Im Gegenteil, Papa.«

Maxim winkte der Hausdame und bestellte Portwein für Philipp. Innerlich atmete er auf. Er glaubte, seinen Sohn gut zu kennen, doch wer konnte bei einer derart außergewöhnlichen Erziehungsmaßnahme schon sicher sein?

»Wir sollten noch ein Glas zusammen trinken und dann dem König unsere Aufwartung machen.«

»Dem König? In welcher Weise?«

»Es ist ein Ritual, das ich nie versäume, wenn ich London besuche. Ich nehme eine Droschke und lasse mich entlang der Mall vor den Buckingham Palace fahren. Dort ziehe ich meinen Hut vor der Majestät und fahre exakt die gleiche Strecke wieder zurück.«

»Einverstanden.« Philipp suchte jemanden mit den Blicken. »Sollte ich mich von Mabel nicht verabschieden?«

»Das wird nicht nötig sein. Ihr habt es genossen und ihr habt Abschied genommen.«

Philipp schob sein lockiges Haar nach hinten. Aus halb geschlossenen Augen beobachtete er das Kommen und Gehen im Salon. »So ist das also«, sagte er versonnen. »So ist das.«

7
Das Feuer

Katrin öffnete die Tür zum Zimmer des Chauffeurs. »Hannes?«

Gattinger fuhr herum. »Warum schleichst du dich so an?«

»Ich habe dich vom Küchenfenster aus gerufen, aber du bist vorbeigelaufen.«

Er hatte Kleidungsstücke aus dem Schrank genommen und auf sein Bett gelegt. »Ist mir nicht aufgefallen.«

»Fährst du irgendwohin?«

»Wieso?«

»Weil du zu packen scheinst.«

»Ich habe keinen Platz mehr im Schrank, darum schmeiße ich ein paar alte Sachen hinaus.«

»Du und wegwerfen?« Lächelnd trat sie näher. »Sonst bist du wie ein Eichkätzchen, das alles hortet.« Katrin hielt einen blauen Stoff in Händen. »Wirfst du den etwa auch weg?«

»Den Wetterfleck? Nein, den habe ich nur rausgelegt, um eine bessere Übersicht zu haben.«

»Die andern setzen sich in der Küche schon zum Essen.«

»Ich komme gleich.«

»Ich kann leider nicht mit euch essen. Die gnädige Frau braucht mich.«

»Wegen des Besuchs?« Gattinger nahm ihr den Wetterfleck aus der Hand. »Ich habe den schwarzen Wagen vorfahren sehen.«

»Merkwürdige Herren sind das. Sie wollen Herrn Ludwig sprechen.«

»Was hat die gnädige Frau gesagt?«

»Dass er nicht da ist.«

»Ich habe Ludwig vorhin im Park gesehen.«

»Ich weiß. Er ist in Wirklichkeit oben in seinem Zimmer.«

»Weshalb hat die Gnädige gelogen?«

»Ich glaube, dass sie Ludwig schützen will, solange der gnädige Herr nicht aus England zurück ist.« Selbstvergessen drängte sich Katrin in Gattingers Arm.

»Wovor beschützen?«

»Dieser Besuch scheint mit Ludwigs Duell zu tun zu haben.«

»Polizei?«

»Vielleicht. Solange ich im Salon war, haben sie nichts gesagt. Ich bringe ihnen jetzt den Tee.«

»Vielleicht erfährst du dann mehr.« Während er Katrins Wange streichelte, schaute Gattinger durch das Fenster hinüber zum Haupthaus. »Sehen wir uns heute Abend?«

»Warum sollten wir uns nicht sehen? Was hast du denn noch zu tun?«

»Die Autos sind poliert, das Zaumzeug ist frisch eingelassen.«

»Jetzt verstehe ich, warum du am Ausräumen bist. Dir ist langweilig.« Sie lachte. »Immer musst du irgendwas *tun,* mein Großer. Warum legst du dich nicht einfach auf die faule Haut, solange dein Herr im Ausland ist?« Sie zog seinen Schädel zu sich herunter, küsste ihn auf die Stelle, wo das Haar schon schütter war, und verließ das Zimmer.

Auf der Treppe musste Katrin stehen bleiben, da ihr in der Sekunde schwindelig geworden war. Sie lehnte sich gegen die Mauer. Hoffentlich kam Hannes nicht ausgerechnet jetzt herunter. Mehrmals war Katrin kurz davor gewesen, ihn einzuweihen, dass sie schwanger war, aber jedes Mal hatte sie es wieder verschoben. Hannes wollte noch keine Kinder, Kathi sei ja noch so jung, sagte er. Fünfundzwanzig war nicht mehr jung, überall in Katrins Bekanntenkreis hatten die Frauen schon Kinder.

Heute Abend wollte sie es ihm sagen. Heute würde Hannes nicht so müde sein wie nach einem normalen Arbeitstag, sie würden nicht gleich ins Bett gehen, das kurze Liebesvergnügen genießen und einschlafen. Heute war der Abend, an dem sich alles friedlich klären ließ. Vorsichtig lief Katrin die letzten Stufen ins Freie.

In der Küche nahm sie das Teetablett entgegen und trug es zur gnädigen Frau. Auf dem Korridor hörte sie ein verräterisches Geräusch aus dem Zimmer darüber. Wenn Ludwig sich nicht ruhig verhielt, würde er seine Schwägerin womöglich Lügen strafen. Katrin hoffte, dass die Sache mit dem Duell keine weiteren Kreise ziehen möge. Der tote Kavallerieleutnant war ihr kein Unbekannter gewesen. Pankau hatte die Korff-Villa mehrmals besucht. Sie hatte ihm die Uniformmütze und das Waffengehänge abgenommen, bevor sie ihn zur gnädigen Frau brachte. Nie hatte Livia später ein Wort darüber verloren. Das musste nichts zu bedeuten haben, doch es blieb die Frage, warum der Grund für das Duell, die Beleidigung, die Ludwig gegen den Leutnant ausgesprochen hatte, bis heute ein Geheimnis war. Während des An- und Auskleidens schnappten die Kammerdiener und Zofen meistens irgendetwas auf, einen hingeworfenen Satz oder eine Bemerkung. Nur über das Duell, das nie stattgefunden hatte, wurde der Mantel des Schweigens gebreitet.

»Der Tee, gnädige Frau«, sagte Katrin beim Eintreten.

»Danke, Kathi. Wollen wir ihn im Wintergarten nehmen?«, fragte Livia zwei Herren, die trotz der Sommerhitze Schwarz trugen.

»Gern, Frau Korff«, antwortete der dicke Besucher mit eigentümlich hoher Stimme. Trotz seiner Leibesfülle hatte er schmale Hände und flinke Bewegungen.

Katrin stellte das Tablett zwischen den Zwergpalmen und dem Orangenbäumchen ab.

»Sie erwarten Herrn Korff erst morgen zurück?« Der Dicke betrat den Wintergarten gemeinsam mit Livia.

»Frühestens am Abend. Wenn Sie meinen Mann sprechen wollen, müssten Sie sich also bis übermorgen gedulden.«

»Und wann wird Ihr Herr Schwager wieder zugegen sein?«

»Lieber Herr ...« Livia machte eine suchende Geste, da ihr der Name nicht einfiel.

»Sklenka, Hauptmann Joseph Sklenka, gnädige Frau.«

»Lieber Hauptmann, der Bruder meines Mannes ist mit unserer Familie nicht direkt attachiert. Ludwig führt ein vollkommen eigenständiges Leben.«

Beim Eingießen warf Katrin Livia einen bewundernden Blick zu, wie leicht ihr die Lüge über die Lippen gegangen war. Sie hatte die wahren Zustände im Haus einfach in ihr Gegenteil verkehrt.

»Ich weiß nicht, wann Ludwig wieder hier sein wird, Herr Sklenka. Er kommt und geht, wie es ihm gefällt.« Katrin fiel auf, dass Livia Schweißperlen auf der Oberlippe standen.

»Danke, Kathi, ich mache das schon«, sagte sie, als Katrin sich mit dem Tee zu viel Zeit nahm.

Während sie den Wintergarten verließ, dachte Katrin, dass Hannes womöglich recht hatte. Sklenka musste Polizeioffizier sein, vielleicht sogar einer von den Geheimen aus dem berüchtigten Evidenzbüro. Der Besuch war mysteriös, da sich die Staatspolizei bei gewöhnlichen Kriminaldelikten nicht einschaltete, sondern nur bei Fällen besonderer Natur.

Katrin hatte keine Lust, mit den anderen zu Mittag zu essen, lief in den Park und wollte zu ihrer Lieblingsbirke, als sie am anderen Ende des Grundstücks ein Feuer sah. Es war ungewöhnlich, um diese Jahreszeit Laub zu verbrennen. Katrin lief näher und beobachtete, wie Hannes dürre Zweige in die Flammen warf.

8
Der Frosch

»Aber doch nicht so, doch nicht auf diese Weise!« Livia lief unter den Lampions auf und ab.

»Es hat ihm nicht geschadet, und später wird es ihm von Nutzen sein.« Maxim saß im Korbstuhl vor dem Pavillon und rauchte. Es ärgerte ihn, dass Philipp seiner Mutter gegenüber nicht den Mund gehalten hatte.

»Ich hätte dem Buben gewünscht, dass er es anders kennenlernt, einmaliger, unvergesslicher, statt auf diese … rein mechanische Weise.« Wütend schlug Livia einen Lampion beiseite, der zu tief hing. Das weiße Sommerkleid schwang um ihre Beine.

»Nun ist es einmal geschehen und lässt sich nicht mehr rückgängig machen.« Maxim schmeckte die Zigarre nicht, er warf sie ins Gras. Während er die Glut austrat, schweifte sein Blick über Livias fröhlich anmutenden Lampiongarten. Sie gestaltete das Fest zu Ehren Philipps, als ob ein Kind nach Hause gekommen wäre. Japanische Lampions passten einfach nicht zur Begrüßung eines jungen Mannes.

Hinter dem Pavillon, am Ende des Seiles, mit dem die Papierlichter aufgereiht wurden, hob Gattinger den Kopf. Keinem anderen aus der Dienerschaft hätte Maxim erlaubt, bei einem Gespräch wie diesem in der Nähe zu sein.

»Wieder einmal hast du selbstherrlich entschieden, was wir zuvor hätten besprechen müssen.« Der Wind fuhr Livia in die Frisur und ließ eine rote Strähne über ihr Gesicht tanzen. »Ich hätte nie meine Einwilligung gegeben, dass Philipp so ein Haus besucht.«

»Was stört dich daran? Dass dein Herzensbub die Wirklichkeit dieser Welt kennenlernt?« Maxim wollte nicht streiten, doch Livias Selbstgerechtigkeit fuhr ihm wie ein heißer Funke in den Leib. Livia, die Unfehlbare, die nur das Gute im Menschen sah, für die weder Niedrigkeit noch Dummheit existierten, für sie war der Mensch Gottes erhabenste Schöpfung und nicht die triebgesteuerte Kreatur, als die Maxim sie kannte. Er musste seiner Frau diesen Widerspruch von Zeit zu Zeit ins Gesicht schleudern, weil ihm die Vorstellung, eine Madonna geheiratet zu haben, sonst unerträglich geworden wäre. Maxim bewunderte Livia, weil sie sich für Wohltätigkeit engagierte und die Dienerschaft als gleichberechtigte Menschen behandelte, so wie er sich seinen Arbeitern gegenüber nicht als Herr, sondern als Frontmann präsentierte, der die Korff-Werke nur mit ihrer Hilfe steuern konnte. Aber er hasste es, wenn Livia ihn in moralischer Hinsicht ihre Überlegenheit spüren ließ.

»Haben die Frauen, deren schädlichen Einfluss auf Philipp du fürchtest, kein Recht, ihr Gewerbe so gut wie möglich auszuüben? Diese junge Frau in London hat dem Buben wahrscheinlich mehr beigebracht als seine Tutoren in Amerika.«

»Aber wie muss Philipps Bild der Frau von nun an aussehen?« Livia senkte die Stimme, da ihr Gattingers Gegenwart nicht geheuer war. »Soll er glauben, dass alle Frauen willige Wesen sind, die den Wünschen des Mannes gehorchen, wann immer es ihm beliebt? Muss er nicht annehmen, dass er jede so einfach *kriegen* kann wie dieses Mädchen in London?«

»Unser Sohn ist kein geistloser Rüpel, sondern ein sensibles Wesen. Er wusste, dass der Besuch des Hauses einem Geschäft gleichkommt.«

»Weshalb musstest du dieses sensible Wesen dann verwirren, indem du ihm die Liebe als etwas Triebhaftes vorgeführt hast?«

»Er hat mit seinen Trieben schon vor dem Londoner Erlebnis Bekanntschaft gemacht.«

»Inwiefern?«

»In der Nähe des Internats trat eine Künstlerin namens Trudy auf, die unserem Sohn Küsse verkauft hat.«

Livia war unter den Lampions umhergegangen, jetzt blieb sie stehen. »Ich dachte, in Stanton legen sie Wert auf tadellose Sitten.«

Maxim stand aus dem Korbstuhl auf. »Sie können darauf Wert legen, so viel sie wollen, die Jungs sind in der Pubertät.« Sanfter fuhr er fort: »Philipp ist in vielem bereits ein Mann. Es ist an dir, die Verwandlung unseres Sohnes zu akzeptieren.«

Ohne ihr die Möglichkeit zu geben, etwas zu erwidern, ging er an Livia vorbei und näherte sich dem Chauffeur auf der Leiter. »Gut machen Sie das, Gattinger. Wer hätte gedacht, dass in Ihnen ein Gartendekorateur steckt?«

»Ich mache es, weil Hallhuber auf der Leiter Höhenangst bekommt«, antwortete der Chauffeur nüchtern.

»Werden Sie die Lampions später auch selbst anstecken?«

»Kathi hat versprochen, mir zu helfen.«

»Ja, die Kathi. Ich habe sie heute noch gar nicht gesehen.«

»Sie hat viel zu tun. Immerhin kommen hundert Gäste.« Gattinger hängte den nächsten Lampion auf.

Kopfschüttelnd betrachtete Maxim seine Frau mit dem zerzausten Haar. »Das ist übertrieben.«

»Was ist übertrieben, Herr Korff?«, fragte Gattinger von seiner erhöhten Position aus.

»So ein Aufhebens zu machen, nur weil ein Rotzbub aus Amerika zurückkommt. Hundert Gäste, man könnte glauben, ein Fürst wäre heimgekehrt.« Er legte die Arme auf den Rücken und schlenderte davon. »Ich sage der Kathi, dass Sie sie brauchen.« Maxim verschwand im Tunnel.

Alexandra Hahn trug ein saphirblaues Kleid, weil ihr das ewige Weiß des jungfräulichen Mädchens schon zum Hals heraushing. In dem Wissen, dass nur der Großvater ihr gestatten würde, das korffsche Sommerfest in dieser Aufmachung zu besuchen, hatte Alexandra die Wahl des Kleides vor Vater und Mutter geheim gehalten. Es war bodenlang und am Rücken reizend ausgeschnitten. Vorn bedeckte das Dekolletté hauchdünne Spitze. Das Blau der Seide und das Blond von Alexandras hochgestecktem Haar kontrastierten auf das Schönste.

Abel, ihr Vater, mied größere Festivitäten und hatte heute die perfekte Ausrede dafür, nämlich Mama und ihren Rücken. Alexandra tat ihre Mutter von Herzen leid, sie ging krumm wie eine alte Frau, weder im Sitzen noch im Liegen ließ das Leiden nach. Alexandra hatte sich von den Eltern verabschiedet, war mit dem verpackten Kleid ins Haus des Großvaters geeilt und von der Zofe umgekleidet worden. Sie hatte die Komplimente von Julius entgegengenommen und war mit ihm unter heiterem Geplauder ins Kahlenbergerdorf gefahren.

Hohe Fackeln flankierten die Einfahrt, ein Band aus schwimmenden Kerzen wies den Ankommenden den Weg ans Donauufer, wo Livias Lampiongarten die Hauptattraktion darstellte. Der Abend war warm und sternenklar, selbst die Stechmücken hielten sich mit ihrer Quälerei zurück. Am Arm von Julius folgte Alexandra den Schwimmlichtern, gemeinsam erreichten sie den Tunnel.

»Das letzte Stück gehst du allein«, lächelte der alte Mann.

»Warum, Großvater?«

»Weil dein großer Auftritt nicht durch einen alten Zausel wie mich ruiniert werden soll.«

»Alter Zausel, hör doch auf.«

»Wenn mich die Leute an der Seite eines so schönen Mädchens sehen, halten sie mich für einen Hundertjährigen. Geh schon«, winkte er sie weiter.

Alexandra betrat den Tunnel. Lächelnd stellte sie sich vor, wie sie auf der Flussseite als eine andere hervortreten würde. Ein fünfzehnjähriges Mädchen lief in das Gewölbe hinein, eine geheimnisvolle junge Dame tauchte an der Donau wieder auf, eine, die der Gesellschaft wegen ihres mysteriösen Schweigens und ihrer hoheitsvollen Art auffiel. Als Alexandra über ihre kleine Fantasie kicherte, hallte das Lachen von den Wänden wider.

»Grüß dich, Xandi«, sagte Theodor Zeska auf der anderen Seite. »Wird das nicht zu kühl, was du anhast?« Damit entzauberte er den Auftritt der geheimnisvollen Dame in Sekunden.

»Hör nicht auf ihn«, mischte sich Camilla Zeska ein. »Entzückend siehst du aus. Woher hast du das Kleid?«

»Ich habe unserer Näherin den Schnitt gegeben.«

Zeska fiel ihr ins Wort. »Wo ist dein Vater? Ich hätte einiges mit ihm zu besprechen.«

»Er ist bei Mama geblieben.«

»Immer noch Schmerzen, die Arme?«, erkundigte sich Zeska höflich, aber teilnahmslos. »Mutterseelenallein wirst du doch nicht hergekommen sein?«

»Julius hat mich gebracht.«

»Dann werde ich die Angelegenheit eben mit dem Seniorchef besprechen.«

»Die ewigen Geschäfte.« Camilla hakte Alexandra unter. »Komm, wir gehen hinunter.« Gemeinsam näherten sie sich dem Lampiongarten.

»Auch dein Kleid ist außergewöhnlich«, sagte Alexandra mit Blick auf Camillas Tournüre, die schwarzen Fransen und den Schlitz, der das feuerrote Kleid hinten raffte.

»Der alte Fetzen?«, lachte Zeskas Frau. »Den hatte ich fast schon ausgemustert. Siehst du deinen Cousin Philipp irgendwo?«

Alexandra war nicht wegen Philipp gekommen, im Gegenteil. Sie besuchte das Fest trotz seines offiziellen Anlasses. Ihr Cousin war ein verzogener Lümmel, dem alles in den Hintern geblasen worden war. Als Internatszögling konnte seine Überheblichkeit nur schlimmer geworden sein. Alexandra hatte Philipp oder Pipp, wie sie ihn nannte, nie gemocht. Sein Vater, Onkel Maxim, war ein beeindruckender Mann, doch er hatte seinen Hang zur Selbstüberschätzung offenbar seinem Sohn vererbt.

Plaudernd verlor sich Camilla unter den Gästen und ließ Alexandra am Eingang des Lampiongartens zurück. Sie begrüßte Familienmitglieder und Bekannte, meistens ältere Herrschaften. Waren denn nur alte Leute eingeladen? Hatte Philipp keine seiner früheren Schulkollegen hergebeten? Ihr Blick wanderte zu der sechsköpfigen Kapelle, deren Spiel so verhalten klang, als ob sie die Gespräche durch ihre Musik nicht stören wollten. Das Steinquadrat unter dem nachgemachten griechischen Torbogen lud zum Tanzen ein, aber niemand nahm die Gelegenheit wahr. Hatte Alexandra ihr schönes Kleid etwa umsonst ausgeführt? Würde das heute ein weiterer langweiliger Abend werden, wie so viele im Kreise der Familie?

Sie entdeckte Raphael Hofteuffel, den Forscher, den Weltenbummler. Er war wie meistens unpassend gekleidet. Niemand trug an einem Sommerabend einen schwarzen Wollanzug.

»Grüß Sie, Raphael«, sagte Alexandra salopp. Sie hatte es satt, dass alle immer noch Xandi zu ihr sagten, während sie die Umgangsformen eines Mädchens aus gutem Haus wahren sollte.

»Guten Abend, Fräulein Hahn.« An eine Säule gelehnt stand Hofteuffel da, ein Glas Weißwein in der Hand. »Ich hätte Sie kaum erkannt. Das ist ein reizendes Kleid.«

»Gefällt es Ihnen? Was trinken Sie da?«

»Einen Veltliner.«

Ein Wink Alexandras zu Hallhuber, und der Kammerdiener trat mit dem Tablett näher. »Darf ich Ihnen Traubenmost anbieten, gnädiges Fräulein?«, fragte er mit seiner verhauchten Stimme.

»Haben Sie Champagner?«

»Sollte das gnädige Fräulein nicht lieber …?«

»Bringen Sie mir ein Glas.« Als Hofteuffel über die Szene schmunzelte, fragte sie: »Wann brechen Sie zu Ihrer nächsten Reise auf?«

»Das ist ungewiss. Wie Sie vielleicht wissen, unterrichte ich inzwischen.«

»Wird Ihnen das nicht langweilig?«

»Die Wissenschaft ist nie langweilig. Außerdem stelle ich fest, dass ich viel von meinen Studenten lerne.«

»Immer nur in Wien, im Lehrsaal, im Institut, das kann ich mir bei Ihnen gar nicht vorstellen. Zieht es Sie nicht hinaus?«

»Im Winter gäbe es die Möglichkeit, nach Indien zu reisen.«

»Warum Indien?«

»Ich unterhalte eine Brieffreundschaft mit Vedanayagam Azariah, dem ersten indischstämmigen anglikanischen Bischof des Landes. Er hat die Diözese Dornakal übernommen.«

»Wo liegt Dornakal?« Alexandra nahm von Hallhuber ein Champagnerglas entgegen.

»Im Osten. Azariah könnte mir das Tor zu einer Region Indiens eröffnen, die ich noch nicht kenne. Sie liegt zwischen Ostbengalen und dem nördlichen Burma, in den Ausläufern des Himalajas.«

»Bengalen … Burma …« Alexandra lächelte. »Damit verbindet man den Urwald, wilde Tiere und unerklärliche Geheimnisse.«

»Ich verbinde damit Einfachheit, Armut und den unerschütterlichen Glauben in das Wirken eines Gottes. Wer dieses Land betritt, wird einmalige Dinge sehen und erfahren. Ich weiß nicht, ob man danach ein Leben wie unseres weiterführen kann.«

»Wollen Sie das überhaupt, Raphael?«

»Eine kluge Frage.« Er stellte sein leeres Glas ab. »Wir klammern uns an Dinge, die uns vertraut sind, nennen sie Heimat und Tradition und schaffen damit die Begründung, die Traditionen anderer Völker nicht verstehen zu müssen. Es gibt Zeiten, in denen auch ich das Heimatgefühl brauche, aber manchmal halte ich es in der Enge des Ererbten fast nicht mehr aus.«

»Die Enge des Ererbten.« Staunend, welche Richtung das flüchtige Gespräch nahm, trank Alexandra einen tiefen Schluck.

»Das ist ein schwerer Champagner«, lächelte Hofteuffel. »Den sollte man nicht so hinunterstürzen.«

»Ich würde gern so zu denken lernen wie Sie.« Sie leckte einen Tropfen von der Oberlippe.

»Denken lernen ist ein schöner Ausdruck. Einige in diesem Kreis sollten lernen, etwas mehr zu denken und etwas weniger zu wollen.« Er gab Alexandra sein Taschentuch, damit sie sich den Mund abtupfen konnte. »Ich will mich nicht besser machen, als ich bin. Auch ich bin hergekommen, weil ich mich in diesem Kreis geborgen fühle.«

Alexandra hatte währenddessen Livia näher kommen sehen. Lächelnd fragte sie: »Und wen aus diesem Kreis mögen Sie am liebsten?«

Hofteuffel hatte Livia noch nicht entdeckt. Dort, wo sich die dichteste Gruppe drängte, stand Maxim. »Ich bewundere Max«, antwortete Raphael. »Er hat seine eigene Art, zu denken. Er entscheidet alles aus dem Bauch heraus, und erst nachdem eine Entscheidung gefallen ist, denkt er darüber nach, warum er sie getroffen hat. Bei vielen wäre diese Vorgehensweise fatal, doch Maxim ist sein Leben lang von einem Engel geleitet worden. Was er auch anpackt, stets ist es von Erfolg gekrönt.«

Livia hatte inzwischen das Orchesterpodest betreten und bat um Ruhe. Es dauerte eine Weile, bis alle verstanden, dass sie etwas sagen wollte.

Maxim trat aus der Gruppe. »Seid doch still«, rief er, als weiter hinten noch geredet wurde. In Sekunden trat Ruhe ein.

»Entschuldigt, dass ich die Heiterkeit des Abends unterbreche.« Livia trug ein flaschengrünes Kleid, das ihr rotes Haar wunderbar zur Geltung brachte. »Danke, dass ihr so zahlreich zu einem Anlass erschienen seid, der einer Mutter viel bedeutet. Unser Sohn ist ein halbes Jahr fort gewesen, jetzt habe ich ihn endlich für ein paar Wochen wieder.« Sie stockte. »Und Maxim natürlich auch. Wir freuen uns auf den Sommer mit Philipp.« Sie streckte den Arm Richtung Maxim aus, er winkte salopp zurück.

»Es ist keine Anmaßung, wenn eine Mutter die Leistungen

ihres Kindes schildert, das so lange fort gewesen ist. Philipp hat, wie ihr wisst, ein Internat an der Ostküste der Vereinigten Staaten besucht.«

Während Livia weitersprach, spürte Alexandra plötzlich einen Stoß in der Rippengegend. Sie glaubte, Hofteuffel wolle sie auf etwas aufmerksam machen, doch er war weitergegangen und hörte Livia zu.

»Grüß dich, du Frosch«, sagte eine Stimme hinter Alexandra. »Wieso hast du dich als Prinzessin verkleidet?«

Hektisch fuhr sie herum. »Philipp?«

Sein Gesicht hatte immer noch den verwöhnten, herablassenden Ausdruck, doch seine Züge kamen ihr weicher und auf eine Art verändert vor, für die sie keine Worte fand.

»Wieso bin ich ein Frosch?«

»So hast du früher manchmal ausgesehen. Heute allerdings …« Er musterte ihr Kleid. »Kann man das nicht behaupten.«

Gern hätte Alexandra etwas Geistreiches gekontert, doch Philipps Verwandlung verwirrte sie. »Willst du deiner Mutter nicht bei ihrer Lobeshymne zuhören?«

»Ich würde mich am liebsten verkriechen. So vorgeführt zu werden, ist das schiere Grauen«, erwiderte er mit erstaunlicher Offenheit. »Du, Xandi, den Frosch nehme ich zurück. Du bist heute wirklich wunderhübsch.«

In diesem Moment wurde Livia auf ihren Sohn aufmerksam. »Philipp, steh doch nicht dahinten«, rief sie. »Komm zu mir und zeige allen, wie sehr du dich für deine stolze Mutter schämst.«

Es wurde geklatscht. Philipp zuckte die Schultern. »Sehen wir uns später noch?« fragte er Alexandra.

»Ich bin gerade erst gekommen.«

»Willst du tanzen? Ich kann ein paar neue Sachen. Lass uns die ausprobieren, vorausgesetzt, dass die Musiker vorher nicht an Altersschwäche sterben.«

Sie lachte und erntete ein Lachen von ihm, das ihr gefiel.

»Du bist meine erste Tanzdame«, sagte Philipp, bevor er von der Gruppe der Wohlwollenden verschluckt wurde.

Alexandra leerte ihr Glas. Tänze aus Amerika? Wer hätte gedacht, dass der Abend noch diese unverhoffte Wendung bringen würde? Lächelnd lehnte sie sich an den kühlen Stein. Im Hintergrund wurde applaudiert, als Philipp das Podest bestieg.

9
Onestep

»Woher weißt du das?« Erhitzt trat Katrin in den Schatten des Pavillons.

»Die Frauen in der Küche reden. Die Frauen beobachten dich. Die Frauen haben einen Blick dafür.« Gattinger trug die für ihn ungewohnte Livree eines Kammerdieners. An einem solchen Abend musste auch der Chauffeur bei der Bedienung mithelfen. Er hatte benutzte Gläser in einen Korb gestellt, der von Hallhuber zum Haus getragen wurde. Gerade kam Resi mit frischen Gläsern von dort zurück.

»Stell sie nur dahin«, ordnete Katrin an. »Ich schenke selber ein.«

Resi verschwand, Gattinger baute sich vor Katrin auf. »Also, was ist? Stimmt es?«

»Wer hat es dir verraten, die Köchin?«

»Ob es stimmt, will ich wissen.«

Als Gattinger sich auf das Buffet stützte, fielen Katrin seine massigen Hände auf. Sie mochte diese Hände, weil sie von einem tatenreichen Leben erzählten. Manchmal machten diese Hände ihr aber Angst. »Ich war lange Zeit nicht sicher«, begann sie vorsichtig.

»Also stimmt es!« Gattinger hieb mit der Faust so heftig auf den Serviertisch, dass die Gläser klirrten und einige Gäste sich umdrehten.

»Wir können das unmöglich hier besprechen.« Fahrig richtete sie die Gläser aus.

Er drängte sich in ihr Blickfeld. »Wenn es wahr ist, müssen wir etwas unternehmen. Das ist dir hoffentlich klar.«

»Unternehmen?« Ihre Augen wurden groß.

»Du weißt schon.«

»Was denn unternehmen, Hannes?«

»Wir können es nicht haben.«

Als ob ein Blitz das Sommerfest erhellen würde, stürzte in derselben Sekunde Katrins Gebäude, jene Konstruktion, die sie in ihrer Vorstellung so liebevoll errichtet hatte, in sich zusammen. Eine Partnerschaft mit Hannes sei durch das Fundament ihrer gemeinsamen Anstellung gesichert, hatte sie geglaubt. Befürchtungen, wonach ein Kind diese Stellung gefährden würde, hatte Katrin zuletzt mit der Hoffnung beiseitegedrängt, dass man für die Übergangszeit vielleicht die Großmutter im Waldviertel um Hilfe bitten könnte. Später wäre die Angelegenheit gewiss mit Livia zu besprechen, hatte Katrin überlegt, da sie den Eindruck hatte, dass sie sich bei den Korffs auf eine Weise unentbehrlich gemacht hatte, die bei der Überwindung solcher Schwierigkeiten helfen würde.

Bei allen Überlegungen hatte sie jedoch das Entscheidende vergessen. Ihre Liebe war eine herbeigewünschte, ihre Partnerschaft eine konstruierte. Hatte sie Hannes je geliebt oder ihn nur lieben wollen? Wenn sie ihn wirklich liebte, müssten seine rüden Worte nun ein schmerzvolles Gefühl der Zurückweisung in ihr auslösen. Hannes und sie hatten häufig miteinander geschlafen. Sein bloßer Wunsch, kein Kind zu kriegen, hatte nicht ausgereicht, es zu verhindern. Die Schuld lag also auch bei ihm. Während Katrin ihn anstarrte, verwünschte sie den Gedanken, ihr Kind auch nur für einen Moment als *Schuld* angesehen zu haben.

»Schauen Sie bitte nach den Lampions? Einige sind schon ausgegangen.« Livia war näher getreten, ohne dass Katrin es bemerkt hätte.

»Natürlich, gnädige Frau, ich hole gleich die Leiter.«

»Gattinger, Sie helfen ihr.«

Katrin brachte durch eine fahrige Bewegung zwei Gläser zum Umfallen, sie zerbrachen. Als sie Schlimmeres verhindern wollte und hingriff, fasste sie in die Scherben. Gattinger bemerkte es, nicht aber Livia.

»Was haben Sie, Kathi?«, fragte sie, als sie das verzerrte Gesicht der Hausdame bemerkte.

»Nichts, gnädige Frau.«

»Denken Sie bitte an die Lampions«, sagte Livia, während sie schon ging.

Gattinger nahm Katrins Hand. »Das ist ziemlich tief.«

»Lass mich.«

»Wir müssen es verbinden, sonst machst du die Gläser blutig.«

»Nicht hier.«

»Dann im Haus.«

»Wir können nicht beide von hier weggehen«, sagte sie mit gläserner Stimme. »Ich bin gleich zurück.«

»Über das andere reden wir später, ja?«, rief er ihr nach. Es war Gattinger anzusehen, dass es ihm leidtat, weil seine Worte sie verletzt hatten. Doch seine Erkenntnis konnte die ihre nicht auslöschen, jene gleißende Sekunde, in der Katrin sich über ihre wahren Gefühle klar geworden war. Sie verband die Hand notdürftig mit einem Geschirrtuch und machte sich zum Tunnel auf.

»Haben Sie meine weichen Schuhe gesehen, Kathi?« Philipp stand hinter ihr.

Im ersten Stock war es so still, dass Katrin über sein Auftauchen erschrak. Sie war nicht zum Wasserbecken der Dienerschaft gelaufen, sondern nach oben, wo das Verbandszeug war.

»Welche weichen Schuhe?« Sie versuchte, ihre Wunde zu verbergen.

»Die, die ich aus Amerika mitgebracht habe.«

Bei seiner Ankunft hatte Katrin Philipps Koffer ausgepackt. »Die grauen mit den hellen Bändern?«

»Ja, die suche ich«, sagte er in einem Ton, der andeutete, dass Katrin für ihn suchen sollte.

»Ich werde nachsehen.« Sie wandte sich zur Waschschüssel.

»Haben Sie sich verletzt?«

»Nur ein Schnitt.«

Es war ihr unangenehm, mit Philipp allein zu sein. Es war ihr unangenehm, weil er sich vor seiner Zeit im Internat schamlos gegen sie verhalten hatte. Die Vorfälle lagen inzwischen ein Dreivierteljahr zurück, für Katrin waren sie aber noch präsent.

Seit sie bei den Korffs in Dienst getreten war, hatten Katrin und Philipp sich gut verstanden, weshalb sie seine Gouvernante geworden war. Maxim und Livia fanden es richtig, dass der lebhafte Bursche in die Obhut der jungen, aber verständigen Hausdame kam. Wenn es Katrins Dienst zuließ, hatten sie ausgelassen miteinander gespielt, oft im Park, manchmal auch auf seinem Zimmer. Vor einem Jahr waren Philipps Spiele immer toller geworden, bis Katrin den Grund seiner Tollheit begriffen hatte. Philipps kindlich anzüglichen Scherze waren die Vorstufe seiner Männlichkeit. Da er sich anderen Frauen nicht zu nähern wagte, wurde er bei einer Frau, die Angestellte seines Vaters war, frech und anzüglich.

Katrin hatte ihn zuerst liebevoll, dann scherzhaft, dann kategorisch wissen lassen, dass dies eine Grenze sei, die auch der junge Herr Korff nicht überschreiten durfte. Philipp hatte sie nur ausgelacht. Sein Ungestüm war schließlich so weit gegangen, dass er sie eines Abends im Wintergarten küsste. Daraufhin sah Katrin keine andere Möglichkeit, als seinen Vater einzuweihen.

»Darf ich offen über eine Angelegenheit mit Ihnen sprechen, gnädiger Herr?«

»Wann hätten Sie das nicht gedurft? Setzen Sie sich, Kathi.«

Katrin hatte sich einen Stuhl herangezogen. »Ich möchte Sie bitten, mich von der Aufsicht über Herrn Philipp zu entbinden.«

»Was ist vorgefallen?« Er klappte eine Akte zu.

»Nichts Gravierendes. Ich finde nur, es passt nicht mehr.«

»Was passt Ihnen nicht, Kathi?«

Der warme Bernsteinton seiner Augen machte ihr Mut. »Philipp ist zu alt, als dass er noch ein Kindermädchen brauchen würde.«

»Sie waren nie sein Kindermädchen. Während wir hier draußen an der Donau leben, bekommt Philipp selten Besuch von Freunden. Daher bin ich froh, dass er eine Gefährtin hat.«

»Ich möchte diese Art von Gefährtin aber nicht mehr sein.«

Maxim musterte sie aufmerksam. »Was hat Philipp getan?«

»Wie gesagt, nichts Schlimmes.«

»Heraus mit der Sprache.«

Katrin erzählte es ihrem Herrn. Danach dauerte die Aussprache nur noch Minuten. Zum Thema selbst wurde kaum mehr etwas gesagt. Katrin hatte nie erfahren, ob Maxim seinen Sohn ins Gebet genommen, ob Philipp den Vorwurf zugegeben oder abgestritten hatte. Einige Wochen später wurde bekannt, dass der junge Herr Korff ins Internat geschickt werden sollte. Nicht auf irgendein Internat, sondern ans andere Ende der Welt, auf die renommierte Knabenschule Stanton im US-Bundesstaat Maine. Alle im Haus waren von Maxims Entscheidung überrascht gewesen. Später, als Philipp schon in die Verbannung geschickt worden war, wie er es nannte, waren ihr Bedenken gekommen, ob Maxim etwa wegen ihrer Beschwerde eine derart weitreichende Entscheidung getroffen hatte. Seitdem war nie wieder ein Wort darüber gesprochen worden.

»Ich suche Ihnen jetzt die Schuhe«, sagte Katrin, nachdem sie ihre Wunde verbunden hatte.

Philipp blieb an ihrer Seite, während sie seinen Kleiderschrank öffnete. »Kennen Sie den Onestep?«

»Was ist das?«

»Ein Tanz, ein großartiger Tanz. Drüben wird er überall getanzt.«

Mit einem Griff hatte Katrin das gewünschte Paar herbeigezaubert. »Meinen Sie die?«

»Wo waren die? Ich habe sie ehrlich nicht gesehen.« Er setzte sich auf sein Bett. »Wissen Sie noch, wie Sie mir, als ich klein war, die Schnürsenkel gebunden haben?« Er zog seine Lackschuhe aus.

»Haben Sie sonst noch einen Wunsch?«, erwiderte Katrin korrekt.

»Wollen Sie mir diesmal nicht helfen?« Er lachte harmlos.

»Inzwischen sind Sie gottlob nicht mehr so klein.« Katrin schloss den Schrank und ging zur Tür.

»Warten Sie, gehen Sie noch nicht, Kathi.« Er schlüpfte in die grauen Schuhe. »Wollen wir uns nicht wieder vertragen, so wie früher, in der schönen Zeit, als wir noch Freunde waren?«

»Das ist alles lange her.« Sie verstand, was er meinte, aber Katrin wollte nur noch als Hausdame mit ihm verkehren.

Während er die Schleife band, sah er sie an. »Haben Sie eine Ahnung, wie es dort drüben war, im Internat? Das halbe Jahr über herrscht Winter, außerdem ist es sterbenslangweilig. Papa hätte mich genauso gut an den Nordpol schicken können.« Er sprang auf. »Ich habe für meine Jugendsünden wirklich gebüßt, finden Sie nicht auch?« Seine Hand berührte ihren Ellbogen.

Irritiert trat sie zurück. Was war denn los mit diesem Abend, der das Zeug hatte, Katrin ins Chaos zu stürzen? Vorhin hatte ihr Verlobter seine Maske fallen lassen. Gerade wurde sie durch Philipp mit einer unangenehmen Episode ihrer Vergangenheit konfrontiert, und zugleich wuchs ein Kind in ihrem Leib. Nie hatte sie sich so sehr als Spielball männlicher Wünsche gefühlt, als Leidtragende ihrer Umstände.

»Ich muss mich wieder um die Gäste kümmern.«

»Gehen Sie zum Fluss hinunter?«

»Natürlich.«

»Dann dürfen Sie nicht verpassen, wenn ich mit Xandi übers Parkett wirble.« Philipp schien den peinlichen Moment schon vergessen zu haben.

»Viel Vergnügen, gnädiger Herr.«

Katrin beeilte sich, das Treppenhaus zu erreichen.

10
Immer nur Katrin

»Pass auf, Papa, jetzt kommen wir!«, rief Philipp.

Maxim drehte sich um. Der Junge führte seine Cousine am Arm und manövrierte sie zwischen den anderen Gästen hindurch.

»Lass dir nichts gefallen, Xandi«, antwortete er.

»Keine Sorge, Onkel Maxim.«

Während die beiden das Orchesterpodest erreichten, entdeckte Maxim Katrin wieder, die das Fest seit einiger Zeit verlassen hatte. Der Verband an ihrer Hand fiel ihm auf. Gattinger trat ihr mit besorgtem Ausdruck entgegen und sagte etwas. Ohne zu antworten, wandte sich Katrin ihrer Arbeit zu.

Philipp bat den Orchesterleiter, sein Spiel zu unterbrechen. Der alte Mann, der sich die Haarpracht Franz Liszts stehen ließ, senkte die Violine und bedeutete den Kollegen, aufzuhören.

»Danke. Sehr schön, was Sie da spielen«, sagte Philipp, nun doch ein wenig verwirrt, weil sich in der Stille alle Blicke auf ihn richteten. »Ich möchte Sie um etwas bitten. Kennen Sie den Onestep?«

Da die Reaktion des Geigers an Unverständnis kaum zu überbieten war, erklärte Philipp: »Das ist einfach, Sie brauchen nicht einmal Noten dafür. Es ist ein Zweivierteltakt und klingt so: Pa pabababa, pa baba …« Er unterbrach sich, da er fürchtete, sich mit seinen linkischen Tönen zum Narren zu machen. »Lassen Sie mich mal da hin.«

Maxim beobachtete, wie sein Sohn den Pianisten zur Seite

drängte, selbst in die Tasten griff und eine freche amerikanische Melodie spielte. Er schmunzelte, als sich im Park seiner altehrwürdigen Villa plötzlich eine neue Stimmung breitmachte. Was bedeutete *amerikanisch?* Für Maxim war es ein Ausdruck für Arglosigkeit und Naivität, zugleich auch für Aufbruchsdrang und das Fehlen jeglicher Angst vor dem Neuen. Genau so hörte sich auch dieses Lied an, das Philipp in die Tasten hämmerte.

In dieser Sekunde fällte Maxim eine weitreichende Entscheidung. Er würde das Angebot Seiner Exzellenz Erzherzog Friedrichs ausschlagen. Das Anerbieten lautete, dass die Korff-Werke sich monopolistisch in den Dienst der k. u. k. Armee stellen sollten. Friedrich hatte der Korff-Industrie maximale Auftragserteilung zugesichert, falls Maxim davon absähe, Fusionen im Ausland zu schließen. Er hätte also weder mit den Engländern, die sich für ihre Truppen in Britisch-Indien für den Korff-Akkumulator interessierten, noch mit Wilson und Taft in New York Verträge schließen dürfen. Er hätte seine moderne Erfindung an die überholten Erfordernisse einer veralteten Armee anpassen müssen. Patriotisch gesehen war das Angebot gediegen, aber in wirtschaftlicher Hinsicht empfand Maxim wenig Patriotismus. Er wusste noch nicht, wie er dem Erzherzog gegenüber vorgehen sollte, doch würde er morgen schon die Korrespondenz mit den Amerikanern wiederaufnehmen. Wenn er die Zustimmung des Kaiserhauses für die Übersee-Fusion nicht erhalten sollte, würde er die Zoll- und Kartellbestimmungen auf irgendeine Art umgehen müssen. In diesem Sinn war Maxim seinem Sohn dankbar, weil er ihm durch eine Melodie, die in ihrer Schlichtheit und Frische die neue Zeit repräsentierte, gerade die Augen geöffnet hatte.

»So klingt das, verstehen Sie?«, rief Philipp, während er spielte. Er hob den Kopf zum Geiger. »Können Sie das Thema aufnehmen?«

Der Doppelgänger von Franz Liszt warf einen suchenden Blick in die Runde, entdeckte Livia Korff, die Herrin des Festes, die ihm ermunternd zunickte. Der überforderte Mann hob sein Instrument an die Schulter und begann den Gassenhauer, der für ihn wohl eine grobe Geschmacksverletzung darstellte, in der Melodiestimme mitzuspielen. Sein Blick ging zu den Kollegen, die nach und nach einsetzten. Philipp hatte seinen Willen durchgesetzt, ein kaiserliches Kurorchester den Onestep intonieren zu lassen.

Kaum hatte sich die Melodie, die in der Art eines Kehrreims immer von Neuem begann, eingeprägt, sprang Philipp vom Podest, eilte zu Alexandra, fasste sie um die Hüften und legte mit ihr einen wenn auch nicht besonders raffinierten, so doch äußerst wilden Tanz hin, der die übrigen Gäste dazu brachte, zurückzutreten und die Tanzfläche für den jungen Korff frei zu machen.

Maxim liebte seinen Sohn für das, was er gerade tat, für seine Impulsivität und die Furchtlosigkeit, sich mit dem albernen Tanz blamieren zu können. Zugleich beobachtete Maxim Livias erstaunten Ausdruck, die von der spontanen Einlage ihres Sohnes nicht begeistert war.

Alexandra dagegen genoss den Tanz in vollen Zügen. Sie bog sich weit in Philipps Arm zurück, lachte, schrie sogar manchmal auf, wenn er sie in unerwartete Figuren führte, von rechtsherum auf linksherum wechselte und die Leute am Rand der Tanzfläche animierte, nicht bloß Zaungast zu sein, sondern mitzumachen.

Als sich die Mehrheit zierte, weil man sich genierte, beschloss Maxim, das Eis für seinen Sohn zu brechen. Er hätte Camilla Zeska, die neben ihm stand, auffordern können, doch das wäre ihm angesichts der nicht verstummenden Histörchen über ihre Affäre unpassend erschienen. Maxim wechselte über das Parkett hinüber zu seiner Frau und bat sie um den Tanz.

»Ich kann so etwas nicht«, flüsterte sie.

»Hopsen wie ein Indianer kann doch jeder«, lachte er.

»Nicht vor allen Leuten.« Sie sperrte sich in seinem Arm.

»Gerade vor allen Leuten, darin liegt doch der Spaß.« Wie

häufig in solchen Fällen ließ Maxim keinen Widerspruch gelten und führte Livia auf die Tanzfläche.

»Ja, ausgezeichnet, Papa.« Philipp strahlte seine Eltern an. »Gut macht ihr das.«

Maxim war sicher, dass Livia bei erster Gelegenheit versuchen würde, den Tanz zu beenden, daher hielt er sie eisern umklammert. Wie sein Sohn sprang Max umher, riss seine Frau dabei mit und fühlte sich so jung wie schon lange nicht mehr. Wenn er nur öfter Gelegenheit hätte, die Respektsperson Maxim Korff abzulegen und den verspielten teuflischen Kerl hervorzuholen, um wie viel aufregender könnte sein Leben sein.

Nachdem das Orchester auf Philipps Zuruf immer weitergespielt hatte, spürte Maxim bald, dass Livia nicht mehr konnte. Sie nahm ihre Atemlosigkeit zum Anlass, sich aus seinem Arm zu befreien.

»Danke, das war einmal etwas anderes.« Lächelnd wandte sich die Keuchende an die Umstehenden und erhielt von einer Dame ein Taschentuch mit Eau de Cologne gereicht.

Maxim wollte noch nicht aufhören. Er war in Fahrt und animierte die jüngeren Herren, sich nicht zu zieren. Allmählich füllte sich die Tanzfläche zu den Klängen des leierkastenartig wiederholten Onesteps.

Unvermittelt stand Maxim Katrin gegenüber. »Tanzen Sie nicht, Kathi?«, fragte er mit fliegendem Atem.

»Nein, gnädiger Herr.«

»Wieso?«

»Ich bin im Dienst.«

»Darauf pfeifen wir doch jetzt, auf Ihren Dienst. Wo ist Ihr Verlobter? Er soll mit Ihnen tanzen.«

»Hannes kann so etwas nicht«, erwiderte sie mit gedämpfter Stimme, da im Umkreis einige dem Gespräch amüsiert lauschten.

»Das hätte ich mir bei dem langweiligen Gattinger denken können.« Maxim entdeckte den Chauffeur auf der Leiter, wo er ausgebrannte Lampions auswechselte.

»Dann nehmen wir beide unsere Chance eben wahr.« Maxim machte vor Katrin eine übertriebene Verbeugung. »Fräulein Hierzer, darf ich bitten?«

»Das geht nicht«, konterte sie, weniger aus Scheu, sondern wie ein Majordomus, der die Sittenregeln des Hauses zu wahren sucht.

»Alles geht. Wer sollte mir verbieten, mit meiner Hausdame zu tanzen?«

»Und wenn ich nicht möchte?«, entgegnete sie mit großem Ernst.

Augenblicklich nahm er seine Hand von ihrer Taille. »Wenn Sie nicht wollen, dann trete ich sofort zurück.« Weicher, freundlicher fügte er hinzu: »Wollen Sie es denn wirklich nicht?«

Sie zögerte, sie errötete und senkte den Blick. In diesem Augenblick hätte Maxim einen Luftsprung machen können. Katrin hatte sich verraten. Er war ihr nicht gleichgültig, war nicht bloß der Dienstherr für sie. Sein Anerbieten, zu tanzen, war ihr nicht unangenehm.

»Dann kommen Sie, eine kurze Runde«, lockte er.

»Ich kenne diesen Tanz nicht.«

»Das ist ein Tanz für junge Leute, und Sie sind fast die Jüngste auf dem Parkett.« Sachte zog er sie auf die Tanzfläche. »Wahrscheinlich werden Sie mir beibringen, wie man so etwas tanzt.«

»Ach, gnädiger Herr …«

Unendlich berührt erlebte Maxim, wie Katrin, der er seit Jahren ehrerbietig und respektvoll begegnet war, wie seine heimliche Liebe, sich an ihn schmiegte. Sie tat es nicht etwa vertraut und hingebungsvoll, sondern Schutz suchend, als ob sie ihm die Ausführung dieses seltsamen Experiments überantworten würde.

Maxim achtete nicht auf die verwunderten Blicke der Anwesenden, auf Livias hochgezogene Augenbrauen, nicht auf das Getuschel und die höhnischen Bemerkungen, die Theodor Zeska von sich gab, Maxim gab sich dem Augenblick hin. Während sein Sohn mit Alexandra in großen Runden im Kreis hopste, drehte sich Maxim sachte in der Mitte der Steinfläche und hielt dabei die schöne, zarte Person im Arm, Katrin, seine Katrin, nach der er sich schon so lange sehnte.

Eiswind

Februar 1913

11
Fieber

»Ich bin so ratlos. Wenn nicht bald Besserung bei Philipp eintritt, weiß ich nicht mehr, was ich machen soll. Hochsinger sagt, er möchte die Dosis des Medikaments erhöhen.«

»Doktor Kuhn empfiehlt frische Luft und Ruhe.«

»Frische Luft, im Winter?«, gab Livia vehement zurück. »Wo überall in der Stadt die Kohleöfen brennen und die Dunstglocke über Wien hängt und verhindert, dass der pestilenzartige Qualm abziehen kann? Unser Wetter macht einen krank. Wie soll es da einem wirklich Kranken zur Genesung dienen?«

Livia war zu Maxim ins oberste Geschoss des Stadtpalais gekommen, was selten vorkam, meistens respektierte sie seinen Rückzugsort. So groß das Haus war, fühlte sich Maxim in der Jasomirgottgasse oft wie ein Gefangener. Nicht zuletzt deshalb stieg er, kaum dass er aus der Firma kam, am liebsten in sein Atelier hinauf, einen Raum, der schwer zu beheizen war, doch ein idealer Raum, wenn man sich nach Weite und Ausblick sehnte. In drei Himmelsrichtungen war das Atelier verglast, man hatte von hier aus Blick auf die Dächer der Jasomirgottgasse, die Peterskirche und natürlich den Stephansdom, der sich so nahe vor Maxims Fensterfront erhob, dass man glaubte, hinübergreifen und ihn anfassen zu können.

Als Livia im kalten Licht des Februartages vor Maxim stand und ihr Schultertuch enger um sich zog, rührte ihn dieser Anblick. »Du frierst ja.«

»Bei dir ist es immer so eisig.«

»Verkühl dich nicht.« Er zog sie in seine Arme und begann, ihren Rücken zu rubbeln. Mit beiden Händen glitt er die Wirbelsäule auf und ab, was den Effekt hatte, dass ihm selbst warm wurde.

Der Widerstand ihrer zarten Wirbel schenkte Maxim eine Erinnerung. Siebzehn Jahre war das jetzt her, doch er sah noch jede Einzelheit vor sich. Auf der Universität hatte es sich zugetragen, nicht im Hörsaal, wo Frauen damals noch keinen Zugang hatten, sondern beim Sport. Die blutjunge Livia Hahn hatte ihren Bruder Abel zum Tennis begleitet, um ihn beim Doppel anzufeuern. Der Zufall wollte es, dass Abel bei einer abrupten Rückhand mit dem Knöchel umknickte und nicht weiterspielen konnte. Das Match, dessen Gegner Maxim und sein Freund Hofteuffel waren, hätte abgebrochen werden müssen, wäre Livia nicht aufgesprungen und hätte Abels Rackett ergriffen.

»Geht die männliche Ignoranz auf diesem Campus so weit, dass Frauen sogar vom Tennis ausgeschlossen werden?«, rief sie.

Maxim hatte damals noch nicht gewusst, wie sehr Livia unter der Diskriminierung litt, dass Frauen in Wien nicht studieren durften. Livia, die sich glühend für Physik interessierte, hatte sich von ihrem reichen Vater, dem Bankier Julius Hahn, ein Experimentierlabor einrichten lassen, in dem sie imstande war, Versuche durchzuführen, um die man sie auf der naturwissenschaftlichen Fakultät, wo Maxim seine Studien gerade abschloss, beneidet hätte.

»Meinen Sie *Ignoranz* oder *Arroganz*, Fräulein Hahn?«, hatte er schlagfertig zurückgerufen.

»Das eine zieht das andere nach sich.« Selbstsicher betrat sie den Tennisplatz.

»Trauen Sie sich das denn zu?« Hofteuffel kam ans Netz. Auf Livias abschätzigen Blick korrigierte er seine Frage: »Ich meine, wird das denn gehen in dem langen Kleid?«

»Lassen wir es auf den Versuch ankommen.« Sie sprach

sich mit Abels Tennispartner ab, und das Match wurde fortgesetzt.

Maxim und Hofteuffel gewannen, aber nicht so haushoch, dass man Livias Beteiligung am Spiel die Schuld dafür hätte geben können. Man gratulierte einander per Handshake. Es war der erste Händedruck, den Maxim mit seiner späteren Frau wechselte.

»Wo kann ich mich erfrischen?«, fragte sie.

»Ich fürchte, in den Männerkabinen würde das einiges Aufsehen erregen.«

Man fand eine Gelegenheit hinter einer Bretterwand. Um sich frisch zu machen, öffnete Livia ihr Kleid am Rücken. Sie wusste nicht, dass Maxim sich unweit der Wand unter eine Kastanie gesetzt hatte und rauchte. Ohne es zu beabsichtigen, bekam er, viele Monate, bevor er ihr Mann wurde, Livias nackten Rücken zu sehen. Wie zauberhaft ihre Wirbel auf ihn wirkten, ihre wunderbare helle Haut, ihr rötliches Haar, das sie im Nacken hochschob, um sich mit einem nassen Tuch zu waschen. Weil er sie durch seine Beobachtung nicht in Verlegenheit bringen wollte, war Maxim aufgestanden und gegangen.

»Jetzt ist mir wärmer, danke.« Livia trat zurück. »Was können wir nur tun, Maxim? Wollen wir Philipp zu ausländischen Ärzten bringen?«

»Die verstehen auch nicht mehr davon als unsere Wiener Koryphäen.« Er betrachtete ihre großen, ängstlichen Augen. Grüne Augen und rotes Haar – was die Schönheit betraf, hatte Gott sich bei Livia besonders angestrengt. Ihre ersten gemeinsamen Jahre waren unvergleichlich gewesen, nicht nur wegen ihrer Leidenschaft füreinander, auch auf geistigem und geschäftlichem Terrain war Livia eine ideale Partnerin.

Lange vor der Ehe hatte Maxim sich schon mit seiner großen Idee getragen, Energie nicht nur zu gewinnen, sondern auch aufbewahren zu können. Seit es die Dampfkraft gab, seit Entdeckung der Elektrizität, seit der Revolution des Telegrafen hatten die Menschen gelernt, die modernen Energien zu nutzen, allerdings nur im Zustand ihrer Entstehung. Kolben wurden nur so lange angetrieben, als der Dampfdruck hoch genug war, Glühlampen erhellten Straßen und Wohnungen, solange die Generatoren sich drehten. Maxims Vision war es, Energie zu speichern, um sie zu nutzen, wann es einem beliebte. Dazu hatte es weltweit bereits Anstrengungen gegeben, zunächst durch Wilhelm Josef Sinsteden, später durch Siemens und durch Faure bei den Franzosen. Im ersten Jahrzehnt des neuen Jahrhunderts waren bereits Tausende Tonnen Blei in der Schwachstromtechnik verwendet worden. Doch erst der korffsche Akkumulator hatte den entscheidenden Durchbruch gebracht. Seine Weiterentwicklung lag darin, durch eine besondere Schwefelbeschichtung dem Blei-Akkumulator bereits nach wenigen Ladezyklen eine hohe Kapazität zu verleihen. Der Korff-Akku verhielt sich daher zu herkömmlichen Modellen wie ein Riese in einer Liliput-Welt.

Als Pionier der ersten Stunde war Maxim nicht allein gewesen, er hatte liebevolle Hilfe gehabt. Livias Unterstützung hatte ihm zu seiner großen Chance verholfen. Maxim hatte zwar mit gewissem Erfolg experimentiert, doch fehlten ihm neben dem Studium die Zeit, vor allem aber das Geld und die damit verbundenen Ressourcen. Livia hatte ihr privates Labor auf Maxims Forschung umgerüstet und bei ihrem Vater die nötigen Mittel lockergemacht. Daneben hatte sie Maxim Liebe und Kraft geschenkt und ihn in dem Glauben bestärkt, dass seine Arbeit zum Durchbruch führen würde. So und nicht anders war die Liebe zwischen Maxim und Livia gewachsen, die Wissenschaft hatte sie zusammengeschweißt. Gemeinsam hatten sie es zum Erfolg gebracht, einen Erfolg, Maxim wusste es nur zu gut, dessen Folgen er allein geerntet hatte. Man hatte ihn als den großen Erfinder gefeiert, unter seinem Namen war die Firma gegründet worden und expandierte unter Maxims Banner, obwohl Livia den gleichen Anteil am Erfolg hatte.

Lag hierin der Grund für die Entfremdung, die zwischen

ihnen seit Jahren fortschritt? War es Maxims Unfähigkeit, mit Livias Großmut umzugehen? Nie hatte sie die Lorbeeren für ihre Hilfe eingefordert, nie in der Öffentlichkeit verlauten lassen, dass Maxim es ohne sie nicht so weit gebracht hätte. Auch im Privaten ließ sie ihn selten spüren, dass sie sich als Partnerin geringgeschätzt fühlte. Doch genau das, Livias Schweigen zu den Vorgängen der Vergangenheit, vergrößerte Maxims Unbehagen und die Distanz zu ihr. Er fühlte sich seiner Frau unterlegen, da sie während ihrer Ehe nur gegeben hatte, während er stets nur nahm.

Impulsiv zog Maxim Livia an sich und küsste sie, erst auf die Stirn, dann auf den Mund. Sie erwiderte zögernd. Es war ein inniger Moment, wie sie ihn lange nicht gehabt hatten.

»Was, wenn wir Philipp in die Schweiz schicken würden, nach Davos?«, schlug er vor.

»Unser Sohn ist nicht lungenkrank, er leidet unter einem unbekannten Fieber.«

»Kuhn behauptet, es sei ein Nervenfieber«.

»*Nervenfieber* sagen die Mediziner jedes Mal, wenn sie keine Ahnung haben, worum es sich handelt.«

Er führte sie zu seinem alten Ledersofa. »Hast ja recht. Wollen wir uns setzen? Ich mache den Ofen an.«

»Dass du es hier aushältst, bei der Kälte.« Sie ließ sich den blau karierten Plaid von ihm über die Beine legen. »Du könntest das Personal morgens für dich einheizen lassen, dann hast du es warm, wenn du heraufkommst.«

»Ich mag es kühl, das hält die Gedanken frisch.« Er schichtete ein Häufchen Spanholz im Ofen auf.

»Ich muss wieder hinunter zu Philipp. Meinetwegen brauchst du nicht einheizen.«

»Lass mich doch.«

»Das Zündeln, das hast du immer gemocht«, erwiderte sie zärtlich.

»Und du hast mich deswegen immer ausgelacht.« Er strich ein Schwefelholz an.

Ihre Miene wurde ernst. »Philipp ist jetzt schon den dritten Monat krank. Er fiebert, isst kaum etwas, manchmal halluziniert er sogar.« Sie senkte den Blick zu Maxim, der das Feuer mit vorsichtigem Blasen anfachte. »Hat er dir gegenüber nie erwähnt, wodurch die Krankheit ausgelöst worden sein könnte? Ihr seid doch wie zwei Freunde, seid doch die Korff-Buben, die keine Geheimnisse voreinander haben«, fügte sie voll Wärme hinzu.

»Wenn ich an seinem Bett sitze, denke ich manchmal, jetzt kommt er gleich damit heraus. Aber meistens hüllt er sich in Schweigen. Jammerschade, dass er die Ausbildung in Stanton abbrechen musste.«

»Ach, lass mich in Ruhe mit dem dummen Internat. Mir war das nie recht, dass er so weit fortgehen soll von mir. Jedes Jahr, das wir jetzt noch mit ihm verbringen können, ist ein Geschenk. Was sollte er denn lernen von diesen Hinterwäldlern in Maine, was man ihm nicht auch in Wien beibringen kann? Ich bin froh, dass er wieder bei uns ist.«

Maxim beobachtete das Feuer. »Du hast recht. Lassen wir es dabei bewenden, dass er Stanton abgebrochen hat.« Er setzte sich neben sie.

»Jetzt hast du mir innerhalb von fünf Minuten zweimal recht gegeben.«

Ihr staunender Ausdruck, ihr liebevoller Blick zeigten Maxim, wie schrecklich er sich oft gegenüber seiner Frau benahm. »Wollen wir zusammen Tee trinken?«

»Unten?«

»Lieber bei mir.« Er streichelte ihre Hand. »Sobald der Ofen heiß ist, setze ich Wasser auf.«

»Du bist so sonderbar heute.«

»Sonderbar war ich noch nie.« Er lächelte. »Ich tu uns einen Tropfen Brandy in den Tee. Wenn dir davon nicht warm wird, ist dir nicht zu helfen.« Er lief zum Regal und entkorkte die Flasche. »Warst du heute schon bei Katrin?«

»Nein. Ich habe mit Philipp genug zu tun. Außerdem sage ich

dir ganz ehrlich, ich mag nicht täglich an zwei Krankenbetten sitzen. Warum gehst du nicht zu ihr hinauf?«

»Ich ins Zimmer von Kathi?«

»Sie gehört doch praktisch zur Familie. Du wirst dich hoffentlich nicht genieren.«

»Wenn du meinst, besuche ich sie die Tage einmal.«

»Es geht ihr nicht gut, es geht ihr sogar hundsmiserabel. Sei nett zu ihr, muntere sie ein bisschen auf. Wenn eine Frau sich zu so etwas entschließt, ist das ein schrecklicher Schritt für eine junge Mutter.«

»Ich werde mein Möglichstes tun.«

Maxim stellte den Wasserkessel auf den Ofen. »Merkst du, wie warm es schon wird?« Er hielt seine Hände vor die gusseiserne Ofentür.

12
Was einer sucht, das hat er nicht

Den Blick nach oben gerichtet, schlug Katrin den Arm über ihre Augen. Sie weinte, ohne Angst, gehört zu werden. Um diese Stunde des Tages hielten sich alle unten in der Beletage auf und bedienten die Herrschaft. Katrin war zurzeit keine Angestellte, sondern Gast im Haus, sie lag den Korffs gewissermaßen auf der Tasche. Katrin hasste diesen Zustand, für Kost und Logis keine Gegenleistung erbringen zu müssen, und hätte ihn lieber heute als morgen beendet. Aber der Arzt verbat es, und sie selbst spürte, es wäre noch zu früh gewesen, aufzustehen.

Das Kind war gegangen, wie es gekommen war, beinahe unsichtbar. Dass es ein Mädchen war, hatte Katrin wohl erfahren, doch es war sofort abgeholt worden, damit der Mutter jegliche Gewöhnung erspart bleiben sollte. Man erzählte ihr nicht, wo es hingebracht wurde, wer es betreute, man sagte ihr nicht einmal den Namen, der jedem Kind, das im katholischen Wien zur Welt kam, gegeben werden musste. Es war, als ob Katrin nur die Trägerin dieses Wesens gewesen sei, nicht seine Mutter.

Sie hatte keinen Zweifel daran, dass die Korffs jede Anstrengung unternommen hatten, damit es dem Kind gut ging, doch das nahm die Schuld nicht von ihrer Seele. Niemals würde Katrin den Augenblick vergessen, als Dr. Hochsinger das kleine faltige Wesen, kaum dass es geboren war, aus diesem Zimmer trug, um es ihr nie wiederzubringen. Sie durfte es nicht im Arm halten, durfte nicht zu ihm sprechen, es nicht nähren.

Während der vielen einsamen Stunden, die darauf folgten,

hatte sie sich gefragt, was für eine Frau das sein musste, die in vorehelicher Lust ein Kind empfangen, es trotz der Trennung vom Kindesvater ausgetragen, aber schließlich fortgegeben hatte. Sie sah eine Frau vor sich, die sich durch den eingeschlagenen Weg zwar von ihren Zukunftsängsten befreit hatte, nun aber von schrecklichen Schuldgefühlen gepeinigt wurde. Ihr Körper war darauf eingestellt, Mutter zu sein. Ihr Instinkt rebellierte gegen die Entscheidung, das Angebot der Natur ausgeschlagen zu haben. Katrin fühlte sich wie eine Verräterin, manchmal wie eine Mörderin. Sie hatte ihr Kind in eine Welt ohne Liebe geschickt, hatte es fortgegeben, ohne zu wissen, was mit dem hilflosen Wurm geschehen würde.

Es war Livias Idee gewesen. Sie hatte diesen Ausweg erdacht, nachdem Katrins Zustand sich nicht mehr hatte verheimlichen lassen. Die gnädige Frau fand es bedauerlich, dass Katrin und Hannes kein Paar mehr waren. Katrin aber staunte, wie glasklar ihre Entscheidung feststand. Hannes' Versuche, sie umzustimmen, waren halbherzig gewesen, insgeheim war er wohl froh, dass sie ihm den endgültigen Schritt abgenommen hatte. Er werde *das Seine tun,* hatte er versichert, sobald das Kleine auf der Welt sei, aber mit jedem Tag, an dem das Baby deutlicher zu sehen war, hatte er sich Katrin gegenüber reservierter benommen. Bei der Geburt war Gattinger nicht anwesend gewesen und hatte Katrin seither erst ein Mal besucht. Ähnlich wie in der Tierwelt, wo Paare, nachdem sie kopuliert hatten, einander vergaßen und bald nicht mehr wiedererkannten, hatten sie und Hannes sich in zwei einander Fremde verwandelt. Sie bedauerte es nicht. Er war ein grober Mensch. Inzwischen durchschaute sie ihn als den dumpfen Büttel seines Herrn, der er immer gewesen war. Wenn es eine Menschenseele gab, der Gattinger sich bedingungslos zugehörig fühlte, war es Maxim Korff. Vielleicht hatte Hannes in seinem Herrn tatsächlich die wahre Liebe gefunden.

Katrin streckte die Hand zum Nachttisch aus, wo die Bücher lagen. Es war in der Vorweihnachtszeit gewesen, Katrin hatte ihren Dienst nur noch mit Mühe versehen können, als Maxim sie in die Bibliothek bestellt hatte. Das war ein Raum, der ihr jedes Mal einen Schauder der Ehrfurcht einjagte. Mit Ausnahme der Fensterfront erhoben sich an allen Wänden Bücherregale bis zur Decke, angefüllt mit Werken, deren Wucht und Masse Katrin den Atem verschlug. Eine fahrbare Leiter ermöglichte es, auch zum entferntesten Band zu gelangen. Auf dieser Leiter hatte Maxim Korff gestanden.

»Heute ist der erste Tag in Ihrem Leben als wissender Mensch«, hatte er sie begrüßt.

Es kam Katrin wie ein Hohn vor, dass er sie, die Hochschwangere, so ansprach. Beim Einkaufen in der Stadt hatte man ihr neulich einen treffenderen Namen gegeben. Sie hatte in der Warteschlange gestanden, als sich der Viktualienhändler plötzlich an die anderen Kunden wandte: »Lasst's doch die blade Urschel vor, die kippt uns ja sonst mit ihrem Bauch noch vornüber.«

Eine *blade Urschel,* ja, war sie, und als blade Urschel hatte sie dem gnädigen Herrn in der Bibliothek gegenübergestanden. Da hatte sich plötzlich noch jemand aus dem Schatten einer Ecke gelöst und war, mehrere Bücher in der Hand, auf Katrin zugekommen.

»Ich habe ein Geschichtsbuch und einen leichten Roman für Sie ausgesucht«, sagte Raphael Hofteuffel. »Falls er Ihnen zu banal ist, verzeihen Sie mir. Ich dachte nur, falls Sie bisher nicht oft zum Lesen kamen, würde Ihnen eine Liebesgeschichte den Weg dazu erleichtern.«

»Liebesgeschichte?« Mit flinken Beinen war Maxim die Leiter heruntergekommen. »Du willst mir die Kathi doch nicht verderben? Ich habe ein medizinisches Handbuch für Sie ausgesucht und ein Bändchen mit Aphorismen, von Plato bis Grillparzer.«

»Aphorismen sind Pralinen für den Geist«, hatte Hofteuffel erwidert. »Sie schmecken gut, ernähren das Hirn aber nicht.«

»Was sind Aphorismen?«

»Sinnsprüche.«

»Ich möchte gern solche Sprüche lesen«, hatte Katrin gesagt.

»Siehst du, Kathi versteht mich. Da, nehmen Sie das noch und dieses und dieses gleich am besten auch.« Er hatte ein Buch nach dem anderen in ihre Arme gelegt, wobei der Stapel auf der Wölbung von Katrins gewaltigem Bauch auflag.

Sie nahm das Buch mit den Sinnsprüchen zur Hand. Katrin liebte diese kurzen Weisheiten, über die man so gut nachdenken konnte. Sie gaben ihr das Gefühl, dass das Leben nicht so dunkel und ausweglos war, wie es sich gerade anfühlte. Katrin schlug das Buch auf.

Was einer sucht, das hat er nicht. Nun sucht die Liebe stets das Schöne und Gute: Also hat sie solches nicht.

Das hatte ein Mann namens Platon geschrieben. Katrin ließ sich zurücksinken und beschloss, ein wenig über das Wesen der Liebe nachzusinnen.

13
Der Schwelbrand

Alexandra und Julius Hahn saßen im Salon des Großvaters und spielten wie jeden Donnerstag Schach.

»Brot und Lohn, Brot und Lohn haben sie gerufen.« Alexandra schob ihren weißen Springer tief in die gegnerischen Reihen hinein.

»Davon habe ich auch gelesen«, nickte Julius. »Dem verehrten Victor Adler gelingt es nicht länger, seinen roten Haufen an der Kandare zu halten.« Julius hätte die Attacke seiner Enkelin augenblicklich mit dem Läufer bestrafen können, entschied sich aber dafür, lieber seinen Bauern zu opfern.

»Ich habe es nicht *gelesen*, Großvater, ich bin dort gewesen.« Alexandra räumte den gegnerischen Bauern vom Feld. »Wir sind dem Demonstrationszug so nahe gekommen, dass ich die roten Nelken an ihren Aufschlägen sah.«

»Wäre es eine Demonstration gewesen, hätte die Polizei sie zerschlagen müssen«, entgegnete Julius. »Es kann also lediglich eine friedliche Kundgebung gewesen sein. In diesem Punkt hat Adler in der neuen Gesetzgebung geschickte Formulierungen eingebracht.« Er hob den Blick. »Was hattest du überhaupt im Prater zu suchen?«

»Felix, ein Mitschüler, lenkte seinen Einspänner in den Venedigerpark, wo wir das Pferd ein bisschen traben lassen wollten. Da kam uns diese *friedliche Kundgebung* entgegen.« Da es Alexandra zu langweilig wurde, auf Julius' Zug zu warten, sprang sie auf. »Darf ich die Balkontür aufmachen?«

»Mach nur, die Luft tut uns gut.«

Sie trat auf den weitläufig geschwungenen Balkon hinaus und überblickte den Rudolfsplatz bis zur Gonzagagasse. »Du magst die Sozialisten nicht, stimmt's, Großvater?«, rief sie nach drinnen.

»Wer sagt das?«

»Das denke ich mir.«

»Ich finde Herrn Adler mit seiner kaiserlich-königlichen Sozialdemokratie eigentlich recht erfrischend.«

»Aber der Sozialismus und dein Bankhaus, wie soll das zusammengehen?«

»Du würdest dich wundern, mit wie vielen Sozis ich ebenso gute Kontakte unterhalte wie zu den Herren unserer Regierung. Mit der Durchsetzung des allgemeinen Wahlrechts hat Adler dem Kaiserreich einen enormen Dienst erwiesen. Überhaupt tanzt der Mann einen bewundernswerten Tango zwischen Krone, Bürokratie und Arbeiterschaft. Wenn Adler sich jetzt noch mit dem alten Herrn in Schönbrunn gut stellt, könnte er unser nächster Regierungschef werden.«

»So habe ich dich noch nie reden hören.« Durch das Glas der Balkontür betrachtete sie den alten Mann, der sich über das Schachbrett beugte.

»Von einem Geschäftsmann wird erwartet, dass er die Interessen beider Seiten abwägt.«

Alexandra warf sich in eine heroische Arbeiterpose. »Brot und Lohn, Brot und Lohn«, rief sie, und zwar so laut, dass Julius aufstand und zu ihr ins Freie eilte.

»Was fällt dir ein, vom Balkon eines jüdischen Bankhauses solche Parolen auszuposaunen? Komm herein, du holst dir sonst den Tod.«

Gerade wollte Alexandra ihm folgen, als ihr Blick auf die Spitze des Stephansdoms fiel, der im Herzen der Inneren Stadt aufragte. Im Grunde lag Philipp nur ein paar Straßenzüge von ihr entfernt im Bett und war zugleich doch unerreichbar. Sie hatte gehört, dass die Ärzte nach wie vor über seine Krankheit rätselten. Dabei hätten sie nur Alexandra nach der wahren Ursache zu fragen brauchen. Die Wahrheit war so unaussprechlich, dass sie im selben Moment zu frösteln begann.

»Du zitterst ja.« Der Großvater brachte sie in den geheizten Raum zurück.

Vorbei am Schachbrett lief Alexandra zum offenen Kamin. »Ich habe keine Lust mehr, zu spielen.«

»Wo ich gerade am Gewinnen bin?«

»Du kannst nicht gewinnen. Du hast deine Dame ohne Deckung gelassen.« Sie stellte sich mit dem Rücken zum Feuer.

»Wenn du dich da nur nicht irrst.« Er zog. »Schach.«

»Unmöglich.«

»Komm her und überzeug dich.«

Alexandra konnte ihre Gedanken unmöglich länger auf das Spiel konzentrieren. »Wärst du mir böse, wenn ich spazieren gehe, Großvater?«

»Was ist denn auf einmal los mit dir?« Mit der Fingerspritze hielt er seine Dame fest.

»Ich habe nicht besonders gut geschlafen.«

»Wenn ein alter Mann nicht schlafen kann, verstehe ich das, aber du mit deinen fünfzehn Jahren? Hast du Sorgen?«

»Nein. Ich brauche nur frische Luft.«

Im Schein der Flammen musterte er sie. »Es ist bisher nicht oft vorgekommen, dass du deinen Großvater belogen hast. Gerade hast du es getan.«

»Vielleicht«, antwortete sie zurückhaltend.

»Warum?«

»Weil ich es dir nicht sagen kann.« Ihre Hände zuckten vor der Hitze zurück. »Obwohl ich es wahrscheinlich niemandem besser sagen könnte als dir.« Plötzlich fühlte sich Alexandra überschwemmt von einem Gefühl, das sie seit Langem zurückhielt. Sie rang um Fassung, kämpfte mit den Tränen und stürzte schließlich zu dem alten Mann, dem sie sich in die Arme warf. »Ach Großvater, es ist so schrecklich.«

»Na komm, so schlimm?« Nach einer verblüfften Pause

führte er Alexandra zur Chaiselongue, auf der Julius seinen Nachmittagsschlaf zu halten pflegte. »Soll ich dir was sagen? Ich kann es mir schon denken.«

»Wirklich? Was denkst du dir denn?«

Gemeinsam setzten sie sich. »Es gibt gar nicht so viele Möglichkeiten. Krank bist du nicht. Ein Pony wünschst du dir auch nicht, weil du bereits ein ausgewachsenes Pferd hast. Also wirst du wahrscheinlich verliebt sein.«

»Wie kommst du denn darauf?«, gab sie scheinbar brüskiert zurück.

»Deine Entrüstung steht dir schlecht zu Gesicht.« Er schüttelte sie leicht an der Schulter. »Entweder du erzählst es mir oder du wäschst dir dein Gesicht und spielst die Schachpartie mit mir zu Ende.«

»Ach Großvater, wie kommt es, dass du alles so gut verstehst?«

»Das kommt daher, dass ich nicht immer wie ein verschrumpelter Geier ausgesehen habe. Früher hatte ich pechschwarzes Haar und war für meine leuchtenden Augen berühmt.«

Schmunzelnd betrachtete sie seinen kahlen Schädel mit dem dünnen weißen Flaum. »Pechschwarz?«

»Ich habe oft geliebt, das kannst du mir glauben, Alexandra. Keine Frau so sehr wie deine Großmutter natürlich, aber es gab Zeiten, da habe ich unter der Liebe schrecklich gelitten. Und genau wie ich weiß, dass ich diese Schachpartie gewonnen hätte, weiß ich, dass du mit der ersten Liebe in Berührung gekommen bist. Also erzähle dem alten Geier endlich, was vorgefallen ist.«

»Es war auf dem Sommerfest«, begann Alexandra zaghaft.

»Auf welchem? Ich war letzten Sommer auf vielen Festen.«

»Als ich das saphirblaue Kleid trug.«

»Ach, der Abend unter den Lampions, die das Gewitter so gründlich verblasen hat? Ich weiß noch, wie die ganze Gesellschaft zum Haus flüchten wollte, es wegen des Wolkenbruchs aber nicht mehr geschafft hat. Wie die Schafe standen wir in dem stockdunklen Tunnel beisammen.«

»Vor dem Gewitter habe ich getanzt, erinnerst du dich?«

»Ich erinnere mich nur, dass du mit deinem Cousin herumgehopst bist, als ob euch ein Schwarm Hornissen in den Allerwertesten gestochen hätte.«

»Das war wunderbar.« Mit einem Mal wirkte Alexandra ganz verloren.

»Was war weiter?«

»Nach dem Gewitter haben wir Klavier gespielt.«

»Wer?«

»Ich und Philipp.«

»Wurde im Salon denn Musik gemacht?«

»Wir haben im Billardzimmer gespielt.«

»Billard?«

»Nein, Klavier. Philipp hat mir die neue Musik aus Amerika vorgespielt.«

Zwinkernd rückte Julius ein wenig von ihr ab. »Bis jetzt habe ich nur Familiengeschichten gehört. Wann wird es endlich ein wenig romantisch?«

»Das ist es schon, Großvater.«

»Das … ist es schon?« Ungläubig beugte er den Kopf vor, seine Miene versteinerte. »Was ist zwischen euch passiert?«

»Ich hatte Champagner getrunken und bin müde geworden. Mein Kopf drehte sich. Jedenfalls musste ich mich hinlegen.«

»Wo hast du dich hingelegt?« Seine Stimme klang zaghaft, zugleich fordernd.

»In Philipps Zimmer.«

»Gerade seid ihr noch im Billardzimmer gewesen.«

»Dann aber nicht mehr.«

»Du warst betrunken? Und Philipp?«

»Auch ein bisschen.«

»Und dann?«

»Bin ich eingeschlafen. Als ich aufwachte, saß er neben mir und hat mich gestreichelt.«

Wie von einer Schnur gezogen kam Julius hoch. »Wo hat Philipp dich gestreichelt?«

»Auf eine schöne Art.«

»Das habe ich nicht gefragt.«

»Überall.« Auf Julius' erschrockenen Blick sagte sie: »Ganz lieb, verträumt und zärtlich.«

Der Ton des alten Mannes verschärfte sich. »Und dann?«

»Ich habe mich nicht gewehrt, weil es schön war. Weil wir betrunken waren und glücklich. Dann habe ich ihn geküsst.«

»Du ... ihn?« Julius lief zum Spieltisch und nahm fahrig eine Zigarre aus der Schatulle. »Und fandest du das auch noch schön?«

»Wunderbar war es. Wir haben uns lange geküsst.«

Mit dem brennenden Streichholz in der Hand starrte er seine Enkelin an. »Was noch?«

»Nichts.«

»Das glaube ich dir nicht.«

»Es stimmt aber. Philipp sagte, dass ich nun gehen müsse, weil es ihm sonst schwerfiele, mich fortzulassen.«

»Wie großmütig von meinem Enkel«, konterte Julius. »Und hast du seinen chevaleresken Rat angenommen?«

»Nicht sofort.«

Er prallte zurück. »Was hat dich aufgehalten? Etwa seine Küsse?«

Alexandra stützte die Ellbogen auf die Knie. »Ich hätte natürlich gehen sollen, aber ich konnte nicht. Danach sind wir beide eingeschlafen. Ich erwachte davon, dass du mich von unten gerufen hast. Ich habe Philipp Adieu gesagt und bin mit dir nach Hause gefahren.«

»Und das war alles?« Julius ließ das Streichholz in die Messingschale fallen.

»Auf dem Sommerfest war das alles, ja.«

»Was heißt das? Kam noch etwas danach?«

Alexandra antwortete nicht gleich. Sie hatte sich dem einzigen Menschen anvertraut, von dem sie hoffte, er würde sie nicht verdammen. Doch wie es aussah, stand Julius kurz davor. »Ich weiß, was du jetzt sagen wirst, Großvater.«

»Was werde ich denn sagen?«

»Dass Philipp mein Cousin ist.«

»Dein Cousin ersten Grades.«

»Du wirst sagen, dass nicht sein kann, was nicht sein darf.«

»Das würde ich erst dann sagen, wenn du mir anvertraust, was sonst noch passiert ist.«

»Nicht das, was du denkst. Und zugleich alles auf einmal.«

»Himmelherrgott, komm mir nicht mit Poesie! Werde ich jetzt eine vernünftige Antwort kriegen? Was habt ihr getan?«

»Verliebt haben wir uns.«

»Das sagt sich schnell«, erwiderte er fast ein wenig beruhigt.

»Das fühle ich. Und Pipp fühlt es auch.«

»Da gibt es zwischen nahen Verwandten aber nichts zu *fühlen*.«

»Hundertmal haben wir uns das klargemacht.«

»Und die Folge?«

»Wir versuchten, uns nicht mehr zu sehen.«

»Ihr habt euch aber doch gesehen.« Sie nickte. »Und habt euch wieder geküsst?« Sie nickte. »Mehr nicht?«

»Ich wäre vielleicht weiter gegangen, aber Philipp …«

Julius schlug mit der flachen Hand auf den Spieltisch, dass die Schachfiguren durcheinandersprangen. »Ich kann nicht glauben, was du gerade gesagt hast.«

»Du wolltest die Wahrheit hören.«

»Aber nicht *diese* Wahrheit.« Julius marschierte in dem weitläufigen Zimmer auf und ab. »Philipp hat sich also beherrscht?« Er lachte höhnisch. »Da kann ich nur sagen: Gott schütze die standhaften Männer des Hauses Korff, wenn die Frauen des Hauses Hahn sich so liederlich benehmen.«

»Es ist Liebe, Großvater.«

»Es darf aber nicht Liebe sein! Du kannst deinen Cousin nicht lieben. Es ist unmöglich.« Weil ihm heiß geworden war, warf er den Hausmantel ab und lief in Hemd und Hosenträgern an Alexandra vorbei. »Herrgott, wäre der Junge nur wieder in sein amerikanisches Internat abgedampft! Dann hätte die Sache ein schnelles Ende gefunden. Aber ausgerechnet jetzt musste er krank werden.«

»*Deshalb* ist er ja krank geworden, Großvater«, sagte sie leise. »Ich habe Philipp für einen überheblichen Bengel gehalten, aber er ist zarter, als ihr alle glaubt. Er ist feiner und noch dazu scheuer als …«

»Von seiner Scheuheit hat er ja treffliche Beweise abgelegt«, fuhr Julius dazwischen.

»Philipp sagte, dass wir uns nicht mehr sehen dürfen, und er stand zu seinem Wort. Ich habe ihm noch zweimal geschrieben. Er antwortete, dass er mich über alle Maßen liebt, dass er noch verrückt wird, weil er mich nicht lieben darf. Aber er hat sich in dem Brief auch endgültig von mir verabschiedet.«

»Habt ihr euch seither wiedergesehen?«

»Nein.«

»Wann war das?«

»Im September.«

»Seit einem halben Jahr seid ihr getrennt?«

»Ja, Großvater.«

»Dann ist ja alles zum Besten.«

»Im Gegenteil. Das versuche ich dir doch zu erklären. Philipp wurde krank.«

Der alte Mann lachte auf eine Art, die Alexandra wütend machte. »Wegen einer verrückten Mittsommernachtsschwärmerei soll er krank geworden sein? Das glaube ich nicht.«

»Lach nicht!«

»Mein liebes Kind, die Zeiten, in denen schwindsüchtige Jünglinge vor Liebe sterben, sind vorbei. Und den Romanen, die so etwas behaupten, solltest du unbedingt misstrauen.«

»Philipp leidet an einem gefährlichen Fieber«, ging sie dazwischen. »Die Ärzte haben keine Erklärung dafür.«

»Sie wissen noch nichts Genaues.«

»Was soll es denn sonst sein?«

»Bildest du dir etwa ein, dass Philipp sich aus Liebe zu seiner Cousine in Fieberkrämpfen windet?« Julius ließ von seinem gehässigen Ton nicht ab. »Sobald er wieder aufstehen darf, wird er sich in der Stadt umtun und die nächste Blume am Wegesrand pflücken.«

»So ist Philipp nicht!«

»So muss er aber sein«, blaffte der Großvater zurück.

»Verstehst du nicht, wie leid er mir tut, wie er da in der Jasomirgottgasse liegt und so schrecklich krank ist? Wenn ich ihm irgendwie helfen könnte ...«

»Untersteh dich, ihn zu besuchen.« Die Hände in den Hosentaschen baute Julius sich vor seiner Enkelin auf. »Ich werde mit Philipps Eltern reden. Und mit deinen auch.«

»Nein, Julius.«

»Doch. Weil in unserer Familie scheinbar ein Schwelbrand ausgebrochen ist, der unter allen Umständen gelöscht werden muss.«

»Verrate uns nicht, Großvater. Ich habe dich ins Vertrauen gezogen, weil ich dachte, du wärst auf meiner Seite.«

»Über jede Schulschwärmerei hätte ich geschwiegen, aber nicht darüber, darüber nicht.«

»Und wenn ich dir verspreche, ihn nicht wiederzusehen?« Sie lief auf ihn zu.

»Die Familien besuchen einander häufig. Das sähe komisch aus, wenn einer von euch jedes Mal fehlen würde. Und jetzt entschuldigst du mich, Alexandra. Ich will mir etwas Anständiges anziehen.«

Er lief in Richtung des kleinen Zimmers, in dem der reiche Mann seine Anzüge hängen hatte. Es waren genau sieben Stück. Julius mochte es elegant, aber übersichtlich. Im Gehen öffnete er seine Manschetten.

Alexandra dachte nach. Selten in ihrem Leben hatte sie so fieberhaft darüber nachgedacht, was nun zu tun sei.

14

Die Herren in Schwarz

Maxim hatte die Dienstbotenetage seit Langem nicht mehr betreten. Als Katrin kurz vor der Entbindung stand, hatte er es so eingerichtet, geschäftlich nach Triest zu müssen, und war erst zurückgekommen, als das Kind bereits aus dem Haus war.

Wie unsinnig, auf Zehenspitzen zu schleichen. In seinem eigenen Palais setzte Maxim die Füße vorsichtig auf, damit die alten Dielen nicht knarrten. Mehrere Schritte vor Katrins Tür blieb er stehen.

Düster war der Korridor, der Wandleuchter erhellte ihn nur schwach. Das Gas zischte. Maxim hatte Angst davor, mit Katrin zu sprechen. Es lag nicht daran, dass sie das Kind eines anderen entbunden hatte; Maxim kam es eher vor, als ob er seine Schutzbefohlene verloren hätte. Mit siebzehn war Kathi in sein Haus gekommen, jeden Tag hatte er sich seither an ihrer Gesellschaft erfreut. Doch die Frau hinter dieser Tür trauerte um ihr verlorenes Kind. Er bedauerte sie, auch wenn er es gewesen war, der ihr aus der misslichen Lage geholfen hatte. Unverheirateten Müttern stand in Wien ein herbes Schicksal bevor. Aus Gründen der Moral verloren die meisten ihre Stellung. Wenn ihnen die Familie nicht beistand, landeten sie oft an den traurigsten Orten der Stadt. Wären die Korffs nach den geltenden Regeln ihrer Gesellschaft verfahren, hätten sie sowohl Gattinger als auch Katrin den Dienst aufkündigen müssen. Livias Besonnenheit war es zu verdanken, dass sie eine andere Lösung gefunden hatten.

Maxim klopfte zweimal leise. »Sind Sie wach?«, fragte er, ohne die Tür ganz zu öffnen.

»Gnädiger Herr? Ja, ich bin … Warten Sie bitte eine Sekunde.«

»Ich kann auch später kommen.«

»Nein, bitte, treten Sie ein.«

Er ging in das Zimmer und schloss die Tür hinter sich. »Ich will wirklich nicht stören.«

»Das tun Sie nicht.«

Er sah, dass sie gerade mehrere Bücher zugeschlagen hatte und auf dem Nachttisch stapelte.

»Es war nur ein bisschen unordentlich.« Katrin setzte sich auf und zog das wollene Tuch vor ihrer Brust enger.

»Was lesen Sie gerade?«

»Eigentlich alles gleichzeitig. Ich habe mit den Büchern begonnen, die Sie und Herr Hofteuffel für mich ausgesucht haben.«

»Welches mögen Sie am liebsten?«

»Der Liebesroman ist schön, manchmal macht er mich aber auch traurig, weil ich daran denken muss …« Sie senkte das Kinn.

Maxim betrachtete ihr glattes dunkles Haar, das sich in die Kuhle des Halses schmiegte. »Tja, die Liebe«, sagte er ein wenig hilflos. »Die Dichter wissen wenig über die Liebe. Sie schildern sie lüstern oder sie schildern sie sentimental, doch die wahre Natur der Liebe erfährt man aus diesen Büchern nicht.«

»Die wahre Natur«, wiederholte Katrin.

»Was hören Sie von Gattinger?«

»Nichts.« Sie hob den Blick. »Und das ist gut so.«

Maxim schaute in die Augen von jemandem, der sich verändert hatte. Das waren nicht mehr die fragenden, ein wenig scheuen Augen, die er so liebte, in diesem Blick hatte die Wirklichkeit ihr Werk getan.

»Kann ich irgendetwas für Sie tun?«

»O Gott, gnädiger Herr.« Ihr Ausruf kam aus voller Kehle. »Sie haben schon so viel für mich getan. Wissen Sie das denn nicht? Sie und die gnädige Frau waren die reinen Engel, Schutzengel waren Sie beide für mich. Ich werde Ihnen das nie danken können.«

»Das tun Sie, wenn Sie uns das Gefühl geben, dass es Ihnen besser geht.« Maxim nahm das oberste Buch zur Hand, es waren die Aphorismen. »Soll ich Ihnen ein bisschen vorlesen? Ich täte es gern.«

»Bitte, Sie bringen mich in Verlegenheit. Ich habe ohnehin schon ein schlechtes Gewissen, weil ich so viel von Ihnen nehme und nichts zurückgebe.«

Du gibst mir etwas, wovon du nichts weißt, dachte er. Vielleicht wirst du es nie erfahren. Aber du hast recht, es wäre seltsam, wenn ich dir die klugen Sentenzen von Männern vorlese, die sich auch nur nach Liebe und Glück gesehnt haben. Alle Umwege über den Geist verschleiern nur unsere wahre Sehnsucht. Was wir auch tun, tun wir für euch, weißt du das nicht, schöne Kathi? Wir erobern Länder, erklimmen die höchsten Gipfel, wir erfinden Blei-Akkumulatoren, dabei wollen wir im tiefsten Herzen nur euer Vertrauen und eure Liebe.

Maxim schlug das Buch an irgendeiner Stelle auf. »Einen Spruch will ich Ihnen aber doch vorlesen, dann lasse ich Sie in Ruhe.«

Da bei Katrin kein Licht brannte, trat er ans Fenster und hielt die Seite ins Licht des schwindenden Tages. »Wir können den Wind nicht ändern, aber es liegt in unserer Macht, die Segel anders zu setzen«, begann er und bemerkte in diesem Moment, dass im Innenhof ein schwerer Wagen hielt. Die Männer in den schwarzen Mänteln, die gerade ausstiegen, waren Polizeioffiziere. Nebeneinander strebten sie auf den Eingang zu. Maxim war ihnen bereits einmal begegnet, als er vor Monaten seine Aussage im Fall des ermordeten Leutnant Pankau gemacht hatte.

»Was haben Sie?«, fragte Katrin.

»Ich fürchte, diese Lebensweisheit wird noch ein bisschen warten müssen. Ich sehe gerade, ich habe Besuch.«

»Natürlich, ich verstehe.«

»Verschieben wir die Lesung auf ein anderes Mal.« Er gab ihr das Buch und berührte dabei Katrins Finger. Mit einem Nicken verließ er das Zimmer.

»Vielen Dank«, rief sie ihm nach, während er die Tür leise schloss.

Maxim baute sich vor seinem Chauffeur auf. »Ludwig ist mein Bruder. Sollten Sie in irgendeinem Zusammenhang mit dem Tod von Leutnant Pankau stehen, fällt der Verdacht automatisch auf ihn, und damit auch auf mich. Man wird glauben, ich hätte meinen Bruder beschützen wollen und hätte Sie daher gedungen, die Mordtat zu begehen.«

»Aber so war es nicht«, entgegnete Gattinger mit der Vehemenz des einfachen Menschen.

»Natürlich war es nicht so. Aber würde man Ihnen Glauben schenken? Während der Untersuchung sind Andeutungen gefallen, dass ich mit Pankaus Tod in Verbindung stehen könnte. Wieso will die Polizei nun nach so vielen Monaten etwas von Ihnen?«

»Ich weiß es nicht, Herr Korff.« Wie ein Hund, der etwas angestellt hatte, wagte Gattinger nicht, Maxim in die Augen zu sehen. »Ich möchte Sie nicht in Schwierigkeiten bringen.« Obwohl keine Ausfahrt bevorstand, trug der Chauffeur seine ordnungsgemäße Montur, die schwarze Jacke mit den Aufschlägen, Breecheshosen und Stiefel. Er drehte die Mütze zwischen den Händen. »Sagen Sie mir, was ich tun soll, und ich werde es tun.«

Maxim warf einen Blick durch das Innenfenster seines Büros. Er hatte die Polizeioffiziere in den kleinen Salon gebeten und dort Kaffee servieren lassen. Bei der Begrüßung hatte Hauptmann Sklenka das Kunststück zuwege gebracht, zugleich höflich und unverschämt aufzutreten. Ohne es mit einem Wort zu erwähnen, hatte er klargemacht, dass Maxims Aussage im Mordfall Pankau zwar keine Konsequenzen für ihn nach sich gezogen hatte, dass die Sache deshalb aber noch nicht ausgestanden sei.

»Wir sind hier, um Hannes Gattinger zu sprechen.« Der Hauptmann hatte den Mantel geöffnet, darunter trug er einen Dreiteiler aus feinem Zwirn. Die silberne Uhrkette blitzte auf seinem gewölbten Bauch. Der andere Mann stand stumm daneben.

»In welcher Angelegenheit wollen Sie meinen Chauffeur sprechen?«

»Es ist angeordnet, Herrn Gattinger auf die Wachkanzlei mitzunehmen.«

»Wer hat das angeordnet?«, erwiderte Maxim verblüfft.

»Seine Exzellenz.«

»Ich weiß nicht, ob mein Chauffeur im Haus ist.«

»Ihr Wagen steht auf dem Hof.«

»Gattinger könnte zu Fuß in der Stadt Besorgungen machen.« Während sie weiterredeten, überdachte Maxim, was das formlose Auftauchen der Polizei in Wirklichkeit bedeutete. Die korrekte Vorgehensweise wäre gewesen, den Besuch zweier subalterner Offiziere im Hause Korff vorher anzukündigen. Doch man hatte Maxim gleichsam überfallen.

»Ich werde nachsehen, ob er da ist.«

»Wären Sie so freundlich, ihn holen zu lassen?«, entgegnete Sklenka füchsisch.

»Wozu der Umstand?« Maxim ging zur Flügeltür. Er wusste, dass die Beamten verhindern wollten, dass er sich mit seinem Chauffeur absprach. Doch er hatte nicht vor, die Hausmacht in seinem Palais so einfach abzugeben. »Sie wollen meinen Chauffeur sprechen. Ich hole ihn.«

Durch den hinteren Zugang hatte er Gattinger daraufhin in sein Büro geholt.

»Gehen wir hinüber«, sagte er nach der Unterredung mit dem Chauffeur. »Wir dürfen die beiden nicht länger warten lassen.« Maxim fasste Gattinger noch einmal ins Auge. »Was man Sie auch fragen wird, Sie haben den Mund zu halten. Ist Ihnen das klar?«

»Jawohl.«

»Ich verständige sofort Dr. Riegler. Er wird sich um die Angelegenheit kümmern.«

»Jawohl.«

Maxim ging in den Salon voraus. »Meine Herren.« Er ließ Gattinger eintreten. »Der gute Gattinger hatte sich versteckt.«

Sklenka stellte die Kaffeetasse ab. »Versteckt?«

»Unter meinem Auto. Da musste ich ihn erst hervorholen.«

Der Hauptmann musterte Gattingers sauberen Hände, seine makellose Montur und gab Maxim durch einen Blick zu verstehen, dass er ihm kein Wort glaubte. »Hannes Gattinger, Sie werden uns zum Polizeiwachkorps begleiten«, sagte er in offiziellem Ton. »Wir haben einige Fragen an Sie.«

»Jawohl«, sagte Gattinger und stand unnötigerweise vor zwei Zivilbeamten stramm.

»Von der Beantwortung dieser Fragen wird es abhängen, wie wir weiter mit Ihnen verfahren.«

»Jawohl.« Gattinger warf Maxim einen Blick zu, wie er trauriger nicht hätte sein können. Ein langes Lebewohl lag darin und die Versicherung, dass der Diener für seinen Herrn durchs Feuer gehen würde.

15
Die Ohrfeige

»Wach auf, Philipp.« Alexandra wisperte. »Ich bitte dich, wach um Gottes willen auf.«

Sie flüsterte, weil vor Philipps Zimmer Tag und Nacht eine Krankenschwester saß und weil rund um dieses Zimmer jenes besondere Schweigen herrschte, das Besorgnis und Ratlosigkeit ausdrückte. Alexandra flüsterte, obwohl es in ihrem Inneren brannte. Das schwelende Feuer, von dem Julius gesprochen hatte, ließ sich nicht mehr löschen.

»Ich muss dir etwas Wichtiges sagen. Philipp, bitte wach auf«, flehte sie.

Eine Frau in weißer Montur steckte den Kopf zur Tür herein. »Der junge Herr ist zurzeit selten ansprechbar«, sagte sie, als ob sie alles mit angehört hätte.

»Schade«, antwortete Alexandra in völlig verändertem Ton. Sie schlüpfte in die Rolle einer blasierten Verwandten, die ihrem erkrankten Cousin einen Höflichkeitsbesuch abstattete. »Der arme Pipp kann einem leidtun«, fuhr sie näselnd fort. »Wie nimmt er in seinem Zustand die Mahlzeiten zu sich?«

»Er isst kaum etwas. Wenn das Fieber es zulässt, gibt Dr. Hochsinger ihm kräftigende Injektionen.«

»Ist Pipp denn ständig in diesem Dämmerzustand?« Als wäre sie eine junge Dame von Adel, ließ Alexandra sich auf das brokatbespannte Sofa sinken.

Die grauhaarige Frau trat näher und fühlte Philipps Puls. »In letzter Zeit ist es sogar schlimmer geworden.«

Mit Bestürzung betrachtete Alexandra den früher so lebensfrohen jungen Mann. Seine eingefallenen Wangen, seine dunkel umrandeten Augen erfüllten sie mit Angst und ließen sie ihre Rolle fast vergessen.

»Man muss doch irgendetwas für ihn tun können.« Alexandras Worte klangen so flehentlich, dass die Schwester sich verwundert umdrehte. »Was sagen denn die Ärzte?«

»Dr. Hochsinger vermutet, es könnte ein Tropenfieber sein.«

»Tropenfieber? Philipp war doch nicht in den Tropen, sondern in einem Internat im eisigen Norden«, entgegnete Alexandra wieder in dem blasierten Tonfall.

»Das Internat liegt am Meer, habe ich gehört«, antwortete die Schwester. »Solche Krankheiten gelangen meistens auf dem Seeweg in die entlegensten Gegenden der Welt.«

Alexandra unterdrückte die Befürchtung, dass ihr Großvater recht haben könnte: Ein derart lebensbedrohliches Fieber bekam man nicht, weil man unglücklich verliebt war. Wäre die Liebe tatsächlich ein Gift, hätte Alexandra ja wohl auch daran erkranken müssen.

Die Schwester legte Philipps kraftlosen Arm auf die Decke, tauchte ein Tuch in die Waschschüssel und begann, seinen Hals zu waschen.

»Kann ich das nicht machen?«, schlug Alexandra vor.

»Sie, gnädiges Fräulein?«

»Ich finde Philipps Konversation etwas eintönig.« Sie lachte mit gespielter Arroganz und nahm der Schwester den nassen Zellstoff ab. »Nur neben ihm zu sitzen langweilt mich.«

»Ich bin draußen, wenn etwas sein sollte.«

Alexandra benetzte das Tuch und betupfte Philipps Stirn damit. Kaum hatte die Schwester das Zimmer verlassen, änderte sich ihr Ton.

»Philipp, mein Liebster, hör zu. Du musst mir jetzt unbedingt zuhören!«

Da er kein Lebenszeichen von sich gab, entschloss sie sich zu einem radikalen Schritt. Zuerst sanft, dann fester tätschelte sie

Philipps Wange. »Wach auf, bitte.« Der nächste Schlag war bereits eine schallende Ohrfeige. »Wach jetzt auf, verdammt!«

Philipp stieß einen Seufzer aus, einen knurrenden Laut des Unmuts.

»Sehr gut, das spürst du also.« Sie streichelte die geschlagene Wange. »Siehst du, du kriegst sogar rote Backen.« Sie lachte unsicher, weil sie Philipp gerade aus Liebe geschlagen hatte.

»Wenn du wüsstest, was ich hinter mir habe, bis man mich zu dir gelassen hat. Ich hatte Angst, dass Großvater seine Drohung wahr macht und unsere Eltern einweiht. Ich habe mit deinem Vater gesprochen. Onkel Maxim schien noch ahnungslos zu sein. Er hatte nichts dagegen, dass ich dich besuche. Ich habe mir eine Tageszeit ausgesucht, wenn Livia in ihrem Wohltätigkeitskomitee ist. Zuletzt musste ich Hallhuber davon abhalten, mich in dein Zimmer zu begleiten. Und das alles nur, um dir zu sagen, dass ich …« Sie holte tief Luft. »Dass ich dir gehöre, Philipp. Ich liebe dich, ich liebe dich aus ganzem Herzen und tiefster Seele. Kein Großvater und keine Familie könnten mich davon abbringen. Hörst du? Hörst du, Philipp?« Ängstlich sah sie sich nach der Krankenschwester um.

Philipps Kopf war ein wenig zur Seite gesunken.

»Nein, schlaf nicht wieder ein.« Alexandra hob die Hand, brachte es aber nicht über sich, ihn noch einmal zu schlagen. »Also jetzt weiß ich mir keinen anderen Rat mehr.« Sie beugte sich über ihn. »In den Märchen gilt das als die beste Methode, um eine bestimmte Wirkung zu erzielen. Also verzeih mir und wach endlich auf.«

Sie küsste ihn fest auf den Mund. Sie küsste ihn mit einer Innigkeit, die sie noch in keinen Kuss gelegt hatte. Erregt und ein wenig atemlos kam sie hoch. Angesichts seiner unverändert geschlossenen Augen runzelte Alexandra die Stirn. »Ich verlange nicht, dass du dich sofort in einen Prinzen verwandelst, aber schau mich wenigstens an.«

Philipp tat nicht, worum sie ihn bat, aber er murmelte etwas.

»Was, wie? Noch einmal, Philipp. Was?«

»Mama«, sagte er. »Mama?«

»Nein, ich bin nicht deine Mama. Ich bin es, Alexandra.«

Der Name löste eine Veränderung in Philipp aus. Er warf den Kopf unruhig zur Seite, räusperte sich, hustete und hob die Hände so plötzlich vor das Gesicht, dass er Alexandras Schulter streifte.

»Alexandra, ja, ich bin Alexandra«, wiederholte sie. »Hörst du mich?«

Endlich schlug Philipp die Augen auf und bewegte die Lippen. Nichts war zu hören, aber sie erkannte, dass er ihren Namen formte.

»Gottlob, du bist wach.« Ein Lächeln breitete sich in ihrem Gesicht aus. »Mein Philipp.«

»Xandi, wo kommst du denn her?«, fragte er, als ob er noch in einer anderen Welt weilen würde.

Sie nahm seine Hand. »Wir hatten vereinbart, uns nicht wiederzusehen, ich weiß. Ich habe es dir versprochen. Aber ich muss dir etwas unglaubliches Wichtiges sagen. Deshalb musste ich herkommen.«

»Nein, dass du hergekommen bist«, wiederholte er mit dem gleichen Ausdruck nebeligen Staunens.

Sie konnten jeden Moment unterbrochen werden, daher setzte Alexandra alles auf eine Karte.

»Liebst du mich?«, fragte sie. »Wenn du mich liebst, dann sag es. Denn ich liebe dich über alle Maßen, Philipp. Ich bin deine Frau und werde immer deine Frau sein, deshalb muss ich wissen, ob du dasselbe empfindest.«

»Aber ja. Sicher liebe ich dich.« Sein überraschtes Lächeln zeigte, dass er die Antwort selbstverständlich und die Frage überflüssig fand. »Ich denke die ganze Zeit nur an dich. Ich träume von dir. Dann sage ich mir, ich darf nicht an dich denken, aber indem ich es sage, denke ich schon wieder an dich.«

»Dann ist ja alles gut«, nickte sie, als hätte er genau die richtige Antwort gegeben.

»Nichts ist gut.« Er erwiderte ihren Händedruck. »Sie werden es nie erlauben.«

»Natürlich erlauben sie es nicht. Was hast du denn gedacht? Sogar mein geliebter Julius ist vor Schreck fast in Ohnmacht gefallen, als ich ihm davon erzählte.«

»Du hast es erzählt?« Philipps müde Augen wurden groß.

»Es hat sich so ergeben. Aber ich habe eine Idee, Philipp. Hör mir zu.«

»Xandi, Xandi …« Er strich schwach über ihren Handrücken. »Nein, dass du zu mir gekommen bist.«

»Sei still. Hör zu. Es geht um Venedig.«

»Ich war schon lange nicht mehr in Venedig.«

Sie hielt ihm zärtlich den Mund zu. »Jeden Moment kann die Schwester kommen oder deine Mutter, also hör einfach zu, Pipp. Wir müssen uns einig sein. Wir müssen uns gemeinsam dazu entscheiden. Denn dann bestimmt nicht mehr die Familie über unser Schicksal, sondern wir selbst.«

»Unser Schicksal?«

»Es ist der reine Irrwitz, was ich vorhabe, aber es ist unsere einzige Chance. Vertrau mir.«

Sie warf einen Blick zur Tür, rückte dicht an Philipp heran und begann, ihm ihren Plan auseinanderzusetzen. Von draußen schlug eine Glocke. Es war ein Uhr mittags.

16

Durch die Himmelpfortgasse

Maxim wählte denselben Weg, den sonst Gattinger fuhr. Von Favoriten, wo die Hauptfabrik der Korff-Werke lag, ging es sonst gemächlich über den Laurenzergrund zur Wieden, wo Gattinger in die Prinz-Eugen-Straße einbog, die an den Gärten des Schlosses Belvedere vorbeiführte. Gattinger war ein bedächtiger Fahrer, Maxim das Gegenteil. Diese Fahrt hatte nichts Gemächliches, sie glich einem Ritt auf dem Tiger.

»Gattinger sitzt im Gefängnis. Der Erzherzog kocht vor Wut über meinen Alleingang, und die Amerikaner lassen mich zappeln«, rief Maxim gegen das Knattern des Motors an.

»Wir haben diese Reise seit Langem geplant.« Livia hasste es, wenn Maxim den Wagen selbst lenkte.

Er raste mit fünfunddreißig Stundenkilometern auf den Schwarzenbergplatz zu. Obwohl er spürte, dass sie sich ängstigte, war er außerstande, sich zu mäßigen. »Dieses Jahr wird nichts aus dem Karneval.«

»Aber Philipp wünscht es sich so sehr.« Als sie in die Kurve gingen, hielt Livia sich an der Halteschlaufe fest.

»Von einem Tag auf den anderen? Gestern war er noch sterbenskrank und heute sagt er aus heiterem Himmel: Ich will nach Venedig.« Maxim hupte, da ein Droschkenkutscher den Linksverkehr missachtete und die Abzweigung zum Rennweg nahm.

»Es ist ein kleines Wunder«, erwiderte Livia glücklich. »Ein Wunder.«

Maxim umfuhr den Hochstrahlbrunnen, der in der kalten Jahreszeit mit Holz verschalt war, und ließ das Palais Schwarzenberg hinter sich. »Warum ausgerechnet Venedig?«

»Weil er sich nach Wärme und hellen Farben sehnt, sagt er. Philipp möchte die Leichtigkeit Italiens genießen. Musst du eigentlich so rasen?«

»Venedig ist saukalt um die Jahreszeit. Außerdem ist es feucht und klamm. Wenn man nicht schon krank ist, beim Karneval in Venedig wird man es.« Knirschend schaltete er einen Gang tiefer.

Sie überquerten die Lothringerstraße. »Wir haben uns vor Langem im Palazzo Contarini angesagt.«

»Mein Gott, es gibt hundert Gründe, so etwas wieder abzusagen.« Maxim manövrierte geschickt zwischen dem vierspurigen Verkehr auf der Ringstraße hindurch. In der Inneren Stadt ging es wieder flotter.

»Du warst in Venedig immer glücklich«, entgegnete Livia. »Wir beide waren es. Und diesmal könnten wir unserem Sohn eine große Freude machen.«

»Ich kann hier nicht weg.« Mit Fingern, die in schwarzen Wildlederhandschuhen steckten, trommelte Maxim auf das Lenkrad. »Wir sind in einer äußerst brenzligen Situation. Jeden Tag könnte der Erzherzog mich ins Ministerium einbestellen. Und dann noch die Sache mit Gattinger.«

»Hast du Gattinger nicht Dr. Riegler zur Seite gestellt?«

»Allerdings.«

»Du mobilisierst den besten Strafverteidiger der Stadt, um einen Chauffeur zu vertreten?«

»Gerechtigkeit muss jedermann zuteilwerden.«

»Wenn Dr. Riegler Gattinger vertritt, ist deine Anwesenheit in Wien also nicht nötig. Der Erzherzog hat sich ein halbes Jahr Zeit gelassen, um seinen Zorn wegen des Amerikageschäfts über dir zu entladen. Da wird er sich auch noch bis nach dem Karneval gedulden können.«

»Ich verstehe gar nicht, warum du so insistierst.«

»Weil ich will, dass unser Sohn gesund wird«, rief Livia und streckte den Finger nach vorn. »Vorsicht, da kommt ...«

»Schon gesehen.« Maxim wich einem Aschenmann aus, der seine Kraxe auf dem Rücken über die Straße schleppte. Während Max in die Himmelpfortgasse einbog, wurde er nachdenklich. »Hast du eine Ahnung, ob Winnaretta Singer auch in Venedig sein wird?«

»Das nehme ich an. Es ist immerhin ihr Palazzo. Aber was hat Winnaretta mit unserer Venedigreise zu tun?«

»Unsere geschätzte Freundin, die Millionenerbin, hat beste Kontakte zur Industrie.« Ein feines Lächeln stellte sich bei Maxim ein. »Durch Winnarettas Vermittlung habe ich Wilson und Taft kennengelernt. Heute könnte ich ihre Vermittlung durchaus wieder gebrauchen.«

Livia musterte ihn von der Seite. »Du bist unglaublich, weißt du das?«

»Schau mich nicht so an.« In der Nähe des Stock-im-Eisen-Platzes drosselte Maxim das Tempo. »In Wirtschaftskreisen nennt man das eine Doppelstrategie.«

»Um unserem Sohn eine Freude zu machen, willst du nicht nach Venedig fahren, aber um Winnaretta Singer zu treffen, kommt es dir gelegen?«

Als Geste der Versöhnung legte Maxim die Hand auf ihren Arm. »Unser Amerikageschäft steht auf der Kippe, Livia. Ich kann es mir nicht leisten, beide Seiten zu verlieren, den Erzherzog und die Amerikaner.« Der Overland bog in die Jasomirgottgasse ein. »Einverstanden, dann fahren wir also nach Venedig.« Er nickte dem Pförtner zu, der das Flügeltor aufdrückte.

Livias Reserviertheit war noch nicht verflogen. Erst als Maxim auf dem Innenhof hielt, sagte sie: »Was hältst du davon, wenn Kathi uns begleitet? Sie will so bald wie möglich wieder Dienst tun. Andererseits ist sie erst seit zwei Tagen wieder auf den Beinen.«

»Kathi mit uns in Venedig?« Während er aus dem Wagen sprang und Livia die Tür öffnete, bemühte sich Maxim, seine

Freude zu verbergen. »Ich glaube, eine Beschäftigung täte ihr tatsächlich gut. Außerdem kann sie in Venedig schneller vergessen, was geschehen ist.«

»Du hast recht.«

Maxim küsste ihre Hand. »Zwei Kranke sollen auf einen Schlag wieder gesund werden«, lachte er. »Venedig als Allheilmittel für jedes Wehwehchen.«

Lachend lief er zur Tür, die in sein Büro führte. Dort drehte er sich noch einmal um. »Glaubst du, Winnaretta wird dort eine ihrer modernistischen Künstlersoireen abhalten?«

»Natürlich wird sie das.«

»Ich fürchte, das Gedudel und Geschrei ertrage ich nicht noch einmal.«

»Winnaretta Singer gilt als bedeutende Mäzenin zeitgenössischer Kunst.«

Maxim seufzte. »Weshalb müssen Amerikanerinnen immer und überall die Kultur fördern?«

»Weil sie selbst keine haben«, antwortete Livia schlicht. Lächelnd sagte sie: »Wenn du solche Angst vor Kultur hast, warum nehmen wir dann nicht Ludwig mit?«

Wortlos kam er zurück und küsste Livia ein zweites Mal die Hand. »Das ist die beste Idee des Tages. Ludwig soll inspirierte Gespräche über Kunst mit Winnaretta führen, während ich mit ihr das Geschäftliche erörtere. In der Zwischenzeit genießt unser Sohn Venedig. Ein ausgezeichneter Plan.« Er lief zurück. »Redest du mit Kathi?«

»Wenn du willst.«

»Sag ihr, dass wir uns freuen.« Der dunkle Korridor nahm Maxim auf.

Karneval der Sinne

17

Palazzo Contarini

Katrin stand an der Hinterseite der Terrasse, den Blick auf die Gartenanlage gesenkt. Sie war zum ersten Mal im Leben in Venedig, und nur ihre Position als Hausdame verbat ihr, der Schwärmerei für die wunderbare Stadt unentwegt Ausdruck zu verleihen. Andauernd hätte sie schauen und riechen und lauschen mögen. Tag und Nacht wollte sie das Wunder einer Stadt, die auf hunderttausend Baumstämmen errichtet war, in sich aufnehmen. Wenn es ihr nicht möglich war, das Haus zu verlassen, um auf verwirrenden Spaziergängen die Stadt zu erkunden, las Katrin in Reiseführern über Venedig und seine Stadtgründer, die Istriens Wälder abholzen und über die Adria hatten schaffen lassen, woraufhin die Bäume mit den Kronen nach unten in den Boden gerammt worden waren. Mit Sand, Teer und Öl waren die Stämme so lange zu einer festen Fläche verkittet worden, bis sie die Laguneninseln dauerhaft verbanden und man dreißigtausend Häuser, Kirchen und Paläste darauf errichten konnte. Die Rinnsale dazwischen wurden Venedigs Verbindungsstraßen, die Kanäle.

Der Palazzo Contarini Polignac, am Canal Grande gelegen, hatte sich bis ins 18. Jahrhundert im Familienbesitz der Contarinis befunden, die für sich in Anspruch nahmen, die Geschicke Venedigs seit dem Jahr 960 mitbestimmt zu haben. In ihrer langen Familiengeschichte hatten die Contarinis dem Stadtstaat acht Dogen gestellt. Insgesamt elf Palazzi in Venedig trugen ihren Namen. Im Jahr 1900 hatte Winnaretta Singer, verehelichte

Princesse de Polignac, den Palazzo Contarini nahe der Accademia-Brücke erworben. Sie ließ ihn von Grund auf renovieren, ersteigerte einige Fresken von Tiepolo aus einem anderen Palazzo, ließ sie auf Leinwand übertragen und in ihrem Haus anbringen. Aus Paris hatte sie einen Érard-Flügel herbeitransportiert und veranstaltete alljährlich musikalische Soireen, bei denen unter anderem auch Caruso gesungen hatte.

»Singt Caruso auch diesmal?« Camilla Zeska schickte ihr Mädchen nach drinnen, um ihr die wollene Stola zu holen. »Ich weiß nie, wie ich mich in Venedig anziehen soll. In der Sonne wird einem zu heiß, aber kaum kommen die Wolken, ist es mit der feuchten Kälte ärger als bei uns daheim.«

»Egal, ob Caruso singt oder nicht, wir werden dann leider schon abgereist sein.« Theodor Zeska quetschte seine massiven Beine unter den schmiedeeisernen Tisch auf der Terrasse, die zwar nur einen eingeschränkten Blick auf den Kanal bot, aber weitläufiger als die Loggien zur Wasserseite war.

»Können wir wirklich nicht länger bleiben, Theo?«

Er tätschelte ihre Wange. »Leider nicht, mein Vogel. Es ist schon ein Wunder, dass ich mir die paar Tage Venedig herausreißen konnte. Wenn du nicht zufällig Livia getroffen hättest ...«

»Ja, was für ein Zufall, das muss man sagen.« Livia betrat die Terrasse. »Wenn ich Camilla nicht anvertraut hätte, wann wir nach Venedig fahren, hätten wir uns hier womöglich gar nicht getroffen.«

Katrin entging Livias ironische Spitze nicht. Das Ehepaar Zeska hatte sich selbst eingeladen. Zwar wohnten sie auf der anderen Kanalseite, ließen sich aber täglich übersetzen, um den weitläufigen Charme des Palazzo Contarini zu genießen.

Katrins Blick schweifte über die Nachmittagsgesellschaft. Bis auf Maxim waren alle anwesend. Die Zeskas, Raphael Hofteuffel, der von den Korffs herzlich gebeten worden war, mitzureisen, außerdem Ludwig, der in der Karnevalsstadt immer düsterer und verschlossener wurde. Philipp Korff lagerte auf einem ausladenden Liegebett, das einem Pharao zur Ehre gereicht hätte. Er durfte bereits aufstehen, doch seine Anreise per Bahn war noch in einem gesonderten Krankenabteil erfolgt, woraufhin ihn das Privatschiff der Millionärin abgeholt und in den Palazzo befördert hatte. Selbst Katrin, die in ihrem eigenen geschwächten Zustand von Philipps Erkrankung wenig mitbekommen hatte, staunte darüber, wie rasch er sich erholte. Seine Züge waren straff, seine Augen neugierig, er hatte sogar ein wenig zugenommen.

In den Momenten, wenn Katrin in Venedig zu frohgemut wurde, zu glücklich, ja manchmal zu ausgelassen, musste sie an ihr Kind denken. Ein paar Wochen war es mittlerweile alt. Sie stellte es sich als wundersüßes Baby vor, das an ihrer Brust lag, mit dem sie reden und im Park hätte spazieren gehen können. Stattdessen genoss Katrin das verwöhnte Leben im Palast einer Prinzessin, nahm an feudalen Diners teil, begleitete die Familie auf Gondelfahrten zum Lido, sie spielte Karten mit Philipp und tat im Übrigen so, als ob sie niemals Mutter gewesen wäre. Statt den Mut zu haben, den Schwierigkeiten die Stirn zu bieten und zu ihrem Kind zu stehen, hatte Katrin das luxuriöse Leben einer Hausdame vorgezogen. Niemand machte ihr deshalb einen Vorwurf, sie selbst aber würde sich das nie verzeihen. Mit gesenktem Kopf stand sie auf der Terrasse und lehnte sich an die Brüstung.

»Ist Ihnen nicht gut, Kathi?«

Es war seine Stimme. Sie zwang sich zu einem Lächeln. »Doch, mir geht es gut, gnädiger Herr.«

»Wird Ihnen der Dienst nicht zu anstrengend?« Im Widerspruch zur Farbenpracht des Karnevals trug Maxim von Kopf bis Fuß Schwarz.

»Was ich hier tue, kann man nicht als Dienst bezeichnen. Sie haben mich ins Paradies mitgenommen, Herr Korff.«

»Schön zu sehen, dass sie wieder ganz die Alte sind.« Er korrigierte sich im nächsten Moment. »Nicht die Alte natürlich. Ich meine …« Eine Geste der Unsicherheit.

»Ich weiß, was Sie meinen, danke.«

Er lächelte auf eine Weise, die ihr schon mehrmals aufgefallen war. In seinem Lächeln lagen Wärme und Herzlichkeit, wie man sie für Angestellte normalerweise nicht aufbrachte.

»Bestimmt wollen Sie erfahren, ob es Neuigkeiten über Gattinger gibt«, sagte er.

Wenn sie ehrlich war, interessierten sie diese Neuigkeiten wenig. Sie ängstigte sich sogar davor. Hannes war abgeholt worden und nicht mehr wiedergekommen. Unter der Dienerschaft ging das Gerücht, dass ein neuer Chauffeur eingestellt werden sollte, da mit Gattingers Rückkehr nicht zu rechnen sei. Was die Tat betraf, schwankte Katrin zwischen der Ungläubigkeit, dass Hannes zu so etwas fähig sei, und der dunklen Befürchtung, dass eigentlich nur er für den Mord infrage kam. Hannes war der Familie Korff mit Leib und Seele ergeben, er hätte es schwerlich ertragen, wenn man den Bruder seines gnädigen Herrn totgeschossen hätte. Doch wenn Hannes den Mord in der Kleeblattgasse begangen hatte, brachte das Maxim Korff nicht auch in Verdacht? Hätte Hannes eine kapitale Tat wie diese ohne Auftrag ausführen können, er, der sonst nichts ohne die Weisung seines Herrn tat?

Da Katrin schwieg, fragte Maxim: »Sie machen sich Sorgen um Ihren früheren Verlobten. Glauben Sie mir, Dr. Riegler wird die Angelegenheit ins rechte Licht rücken.«

»Davon bin ich überzeugt«, antwortete sie zurückhaltend und machte Maxim ein Zeichen, dass jemand ihn sprechen wollte.

Winnaretta Singer, die Prinzessin von Polignac, die mit Ludwig Korff deux à deux saß, winkte Maxim.

»Vielleicht können Sie uns bei einer Streitfrage helfen.« Mit dem Finger pikte sie in seine Richtung, als ob sie ihn einer Prüfung unterziehen wollte. »Ist der *Feuervogel* wirklich ein derart neuartiges Werk, als das es gefeiert wird? Ihr Bruder ist der Meinung, dass der russische Komponist nur eine Mischung dessen collagiert, was in Wien bereits seit zehn Jahren zur neuen Tonsprache gehört.«

Durch eine versteckte Grimasse gab Maxim Katrin zu verstehen, dass er keine Ahnung hatte, wovon die Prinzessin sprach.

»Dazu müsste ich diesen Vogel erst einmal fliegen sehen.« Lächelnd näherte er sich den beiden.

»Fliegen *hören*«, erwiderte Ludwig. Seit den verhängnisvollen Vorfällen im vergangenen Sommer hatte Maxims Bruder sein Haar noch länger wachsen lassen. Er trug es nach hinten gescheitelt, im Nacken wurde es von einer Silberspange zusammengehalten.

»Wollen Sie sagen, dass Sie den *Feuervogel* noch gar nicht kennen?« Das Markenzeichen der sagenhaft reichen Winnaretta Singer war der Mispelkranz, den sie in ihrem kurz geschnittenen Haar trug. Die schmale, lange Nase, der strenge Mund, die riesigen Augen verliehen ihr die Ausstrahlung einer griechischen Tragödienfigur. In Wirklichkeit war Winnaretta eine lustige, bösartige und zärtliche Frau, alles in einem. Sie machte wenig Hehl aus ihrer Homosexualität und hatte Ende des vergangenen Jahrhunderts den homosexuellen Komponisten Edmond de Polignac geheiratet, mit dem sie bis zu seinem Tod 1901 eine perfekte Ehe in getrennten Betten geführt hatte. In Winnaretta kam die Liebe zur Kunst leibhaftig zum Ausdruck. Ihr Hauptinteresse lag darin, reiche Menschen zu inspirieren, ihr Geld in Kunst zu investieren.

»Ich habe dir den *Feuervogel* schon einmal vorgespielt«, sagte Ludwig.

»Dann habe ich es wohl mit einer deiner eigenen Kompositionen verwechselt.« Maxim setzte sich auf die breite Lehne des in der Form eines S geschwungenen Sitzmöbels.

»Wenn ich solche Töne setzen könnte, sähe mein Leben anders aus«, seufzte Ludwig.

Winnaretta stand auf, ihr rostrotes Kleid fiel bis zu den Knöcheln. »Ich habe mir die Klaviertranskription des *Feuervogels* schicken lassen. Ich würde gern einige Ausschnitte aus dem ersten Akt hören. Wären Sie so nett, es für uns zu spielen?«, fragte sie Ludwig.

Bevor Maxim sich davonstehlen konnte, legte Winnaretta ihm die Hand auf den Arm. »Führen Sie mich hinein, Maxim. Ich bin gespannt auf Ihre Meinung.«

»Aber gern«, log er, warf einen letzten Blick zu Katrin und geleitete die Hausherrin ins Innere des Palazzo.

Katrin sprang über brüchige Pflastersteine. Dunst stieg vom Wasser auf, Nebel erfüllte die Gassen. Die Calle, durch die sie ihren Weg nahm, war menschenleer. In den Tagen des Karnevals waren menschenleere Gassen ein ungewöhnliches Bild, ein beängstigendes. Wie Schemen ragten links und rechts die Fassaden empor, gleich trüben Inseln leuchteten einzelne Fenster darin. Je weiter sie lief, desto mehr versank die Welt rundum im Nebel. Die Nacht war warm für die Jahreszeit, aber die schleichende Furcht, die Katrin befiel, ließ sie frösteln. Mehrmals hatte sie sich schon in Venedig verlaufen. Tagsüber war das ein wunderbarer Spaß, denn irgendwann stieß man ja doch wieder auf einen der großen Kanäle.

Aus der Ferne erklang Musik, doch umhüllt von dem milchigen Nichts bekamen selbst die heiteren Melodien etwas Grelles und Beängstigendes. Katrin überquerte eine düstere Piazza und tauchte in die nächste Gasse ein. Sie tastete sich an der Hausmauer entlang. Ihre harten Absätze machten ein unangenehmes Geräusch. Lockte ihr lauter Schritt etwa das Gesindel an, vor dem man gewarnt wurde? Während des Karnevals fielen neben den Gästen auch Heerscharen von Dieben und Halsabschneidern über die Stadt herein, und die Polizei war machtlos dagegen. Wie leicht hätte sich jemand an Katrin heranschleichen können. Keiner würde es sehen, keiner hörte das Opfer schreien. Nachdem man sie beraubt hätte, würde man sie einfach in den Kanal werfen.

Da war ein Geräusch, als ob jemand rannte und unvermittelt stehen blieb. Katrin drehte sich um. Jetzt nichts mehr, nur das leise Schwappen des brackigen Wassers gegen die Ufersteine. Sie spürte das Pochen der Ader am Hals. Wäre ich nur im

Palazzo geblieben, dachte sie, hätte ich doch nur auf Herrn Hofteuffel gehört. Er hatte abgeraten, zu dieser Stunde allein auszugehen, und angeboten, sie zu begleiten. Sie hatte es nicht ausgeschlagen, doch als er sich wieder ins Gespräch mit Livia vertiefte, war Katrin aus dem Salon entwischt, hatte Tuch und Mantel genommen und war aufgebrochen. Ihr Dienst war zu Ende, man brauchte sie heute nicht mehr. Sie wollte noch einmal auf den Markusplatz laufen, wo allabendlich die großen Spektakel stattfanden, wo die Masken einander an Prächtigkeit übertrumpften, wo der Genuss der Menschen mit Händen zu greifen war.

»Hallo?«, rief Katrin leise. Das Echo ihrer Stimme brach sich so unheilvoll an den Wänden, dass sie kein zweites Mal rief. Vorsichtig hielt sie vor einer unbeleuchteten Brücke an und lief nach kurzem Zögern darüber. Dort hinten schien es heller zu werden, vorsichtig schaute sie um die Ecke.

So war Venedig, in einem Augenblick schien alles verlassen und leer, dann glaubte man, die einzige lebende Seele hier zu sein. Aber nur wenige Meter weiter schlug einem die unbändige Lebensfreude eines venezianischen Abends entgegen.

Katrin betrat einen Platz, an dessen Ende ein breites Wasser glitzerte. Das musste der Canale Grande sein. Hätte der Nebel nicht alles verschleiert, war sie sicher, dass sich zur Linken die Rialto-Brücke erhob. Katrin war also in die falsche Richtung gelaufen. Doch für einen neugierigen Venedigbesucher gab es eigentlich keine Richtung.

Der Karnevalsreigen wogte auf sie zu, Männer und Frauen in Masken, bunte oder pechschwarze oder sphinxisch weiße Masken waren darunter, Frauen in bodenlangen Dominos, Männer mit Radmänteln, einige hatten Zierdegen umgeschnallt. Es wurde gelacht und gesungen, Musikanten zogen voraus, Musikanten baten um eine Gabe, Musikanten umdrängten auch Katrin. Eilig zog sie ihre Börse und warf ihnen eine Münze hin. »Andiamo«, sagte der mit der Violine, dem Katrins Gabe wohl zu gering erschien.

Sie spazierte bis an das große Wasser weiter, das Venedig in zwei Hälften teilte. Nun war die mächtige Marmorbrücke deutlich zu sehen. Mit den Augen folgte Katrin den Umzügen, die sich über den fürstlich gespannten Rialto-Bogen wälzten. Sie neigte den Kopf zur Seite und sah zu. Sie fühlte sich leicht und für Minuten vollkommen unbeschwert.

18
Die Begegnung

Und dann schwankte alles, kippte alles, Katrin entglitt sich selbst. Sie konnte der Dunkelheit, der sie sich mit Gewalt fernzuhalten versuchte, nicht länger entkommen. Der Anlass war so banal wie unentrinnbar. Sie hatte die Piazza verlassen und befand sich auf dem Heimweg. Da hörte sie im beleuchteten Fenster eines Hauses plötzlich ein Kind. Sein zaghaftes Greinen verwandelte sich in ein Jammern und schließlich in das breite Kinderweinen, dem das Elend der Welt innezuwohnen schien. Schon gesellte sich eine zweite Stimme dazu, eine warme, fürsorgliche, verlässliche Stimme, die das Kind mit heimeligen Lauten beruhigte. Die beiden ließen ein kleines Duett erklingen, bestehend aus den untröstlichen Trompetentönen des Säuglings und dem beruhigenden Cello der Mutter. Es war eine Melodie, die in jeder Sprache Gültigkeit hatte und von der älteren Stimme schließlich in ein italienisches Wiegenlied verwandelt wurde. Nur wenige Töne, und die kleine Trompete verstummte.

Katrin stand mit erhobenem Kopf unter dem Fenster und lauschte der Weise, die so anders klang als die Tarantellamelodien, die auf dem Platz gespielt wurden. Dies Lied bestand nur aus Wärme und Umarmung, es war die reinste Zärtlichkeit und die Gewissheit dieser singenden Mutter, dass sie, solange sie lebte, für dieses Kind sorgen würde. All das zusammen brachte Katrin zu Fall. Hier unten stand sie, die ihre Tochter verraten und verkauft hatte, dort oben sang eine Mutter ihr Kind in den

Schlaf. Als ob man sie in dieser venezianischen Gasse an den Pranger gestellt hätte, empfand Katrin ihre Sünde plötzlich mit aller Wucht, auch ihre Schuld und die unfassbare Einsamkeit. Sie hatte keinen einzigen Menschen auf der Welt. Ihre Mutter war tot, der Vater hatte im Mährischen wieder geheiratet. Sie war verlobt gewesen, hatte ihr Kind geboren und fortgegeben. Alles war zerbrochen, jede Perspektive war ihr genommen worden. Katrin führte ein schales, unentschiedenes, ein erbärmliches Leben. Sie mimte die Rolle der Hausdame, die weder ganz zur Familie gehörte noch eine eigene gründen konnte.

Eingesponnen in ihre Selbstanklage krümmte sich Katrin langsam zusammen, bis ihre Arme die Oberschenkel berührten und sie schließlich verzweifelt auf dem nebelfeuchten Pflaster kauerte, die Hände gegen die Schläfen gepresst, und weinte, lautlos zuerst, dann brach es hervor. Das Schluchzen vervielfältigte sich an den aufragenden Wänden über dem milchigen Wasser.

»Katrin?«

Erschrocken blickte sie auf. In diesem Moment wollte sie seine Stimme nicht hören. So durfte er sie nicht sehen, ihr in diesem Zustand nicht begegnen.

»Katrin, Sie sind es ja wirklich.« Maxim nannte sie beim vollen Vornamen, weil er die geschundene Frau, die ihre Not der Nacht anvertraute, nicht mit der eleganten, kühlen Person in Einklang brachte, als die sie sich sonst präsentierte. »Was um Himmels willen ist los?« Er wollte zu ihr.

Ruckartig stand Katrin auf. Auch sie wollte zu ihm, denn neben ihrer Scham, von Maxim überrascht worden zu sein, war der gnädige Herr ein Freund und Beschützer, auf den sie sich immer hatte verlassen können. Aber es ging nicht. Sie waren in der unseligen Lage, nah voreinanderzustehen und doch getrennt zu bleiben. Durch einen Torbogen war Maxim in eine namenlose Gasse getreten und stand Katrin auf der anderen Seite eines schmalen Kanals gegenüber. Das Wasser dampfte, der entfernte Schein einer Laterne ließ es gelblich erscheinen.

Sie standen, jeder am äußersten Trittstein des Ufers, ohne näher zu können.

»Wo kommen Sie her?«, fragte sie.

»Aus dem Palazzo.«

»War die Gesellschaft denn schon zu Ende?«

»Was kümmert mich die Gesellschaft? Nachdem Raphael mir erzählt hat, dass Sie mitten in der Nacht in die Stadt gelaufen sind, war ich in Sorge. Wissen Sie nicht, dass es in Venedig nicht geheuer ist, besonders im Karneval, besonders für eine Frau?«

»Sie sind mir nachgegangen?«, fragte sie ungläubig.

»Ich habe Sie gesucht.«

»Aber der Nebel, die vielen Gassen, wie haben Sie mich gefunden?«

»Das habe ich gar nicht.« Der Anflug eines Lächelns. »Verlaufen habe ich mich, hatte keine Ahnung mehr, wo ich bin.«

»Woher wussten Sie überhaupt, wo Sie mich suchen sollten?«

»Der Pförtner des Palazzo hat mir gesagt, in welche Richtung Sie gelaufen sind. Von dort gibt es eigentlich nur zwei Wege, beide führen zur Rialto-Brücke.« Er nahm den Hut ab und strich das Haar aus der Stirn. »Wie Sie sehen, habe ich Sie gefunden. Allerdings befinden wir uns jetzt in einer klassischen Hero-und-Leander-Situation.«

Sie schüttelte unsicher den Kopf. »Ich weiß nicht …«

»Das waren zwei Liebesleute. Hero wird von ihrem Gemahl, dem König, streng bewacht. Ihr heimlicher Geliebter durchschwimmt jede Nacht die Meerenge, um zu ihr zu gelangen. Ein Leuchtfeuer zeigt ihm den Weg. Der böse König löscht das Feuer, und der Jüngling ertrinkt. Voilà. Da haben wir beide es besser, nicht wahr?«

»Wie meinen Sie das?«

»Wir brauchen diesem Kanal nur so weit folgen, bis wir eine Brücke finden. Dann nehme ich Sie mit nach Hause und schimpfe unterwegs ein bisschen mit Ihnen, weil Sie so unvorsichtig waren.« Maxim stand da, den Hut in der Hand, und sah

Katrin merkwürdig an. »Wie schön Sie in diesem Licht sind«, sagte er leise.

»Ach was. Ich bin nass vom Nebel und mein Haar ...«

»Warum haben Sie geweint?«, fiel er ihr sanft ins Wort.

»Ich weiß nicht.«

Maxim hob den Kopf zu dem Fenster, wo noch immer leises Singen erklang. »Schön ist das.«

»Ja. Es ist einfach. Es lässt einen glauben, dass man sein Leben lang beschützt wird.«

»Aber das wird man nicht.«

»Nein.« Sie sah ihn an. »Weshalb haben Sie mich persönlich gesucht? Hätten Sie nicht einen Diener ausschicken können?«

»Nein. Das konnte ich nicht.«

»Weshalb?«

»Weil ... weil es gewisse Dinge gibt, die man selbst erledigen muss.« Maxim machte eine unerklärliche Bewegung. Er hob den Fuß, als ob er vorhätte, durch die Luft zu Katrin zu gehen.

»Vorsicht.« Sie streckte die Hand aus. »Was für Dinge muss man selbst erledigen, gnädiger Herr?«

»Die Liebe zum Beispiel.« Sein Fuß sank auf das Pflaster. Den Blick unverwandt auf Katrin gerichtet, begann Maxim ruhig und selbstverständlich zu sprechen. »Ich liebe dich, Katrin. Ich liebe dich rein und ehrlich und gewiss nicht auf eine Weise, wie man es in Dreigroschengeschichten liest, wo eine kurze Leidenschaft des Herrn zu seiner Hausdame entbrennt. Ich liebe dich schon so lange, musst du wissen, und ich kann nicht das Geringste dagegen tun. Ich bin froh, dass gerade jetzt ein Wasser zwischen uns liegt, denn so brauchst du meine Berührung nicht zu fürchten, brauchst dir keine beschämenden Ausreden einfallen lassen, weil dich das Liebesgesäusel eines älteren Mannes peinlich berührt. Wir können gesittet miteinander reden und danach den Heimweg antreten.«

Katrin hatte den Atem angehalten, nun tat sie einen tiefen

Seufzer. »Was reden Sie denn da, Herr Korff?« Ihre Erwiderung kam ihr zu barsch vor. »Entschuldigen Sie.« Sie wich seinem Blick aus.

»Nein, ich muss mich entschuldigen. Ich hätte mich beherrschen und schweigen sollen. Wenn ich es in all den Jahren zustande gebracht habe, verstehe ich nicht, warum eine nebelige Februarnacht in Venedig meinen Mund geöffnet hat.«

»In all den Jahren?«

»Das ist keine plötzliche Leidenschaft, Kathi, das ist etwas Tieferes. Es hat sich seit langer Zeit in meinem Herzen eingenistet.«

Verlegen, weil sie nichts erwiderte, stampfte er mit dem Fuß auf. »Gut, jetzt ist es heraus. Entweder tun wir so, als ob nichts gewesen wäre, gehen heim und führen unser gewohntes Leben weiter oder …« Er betrachtete seine Schuhspitze, die über den Bordstein ragte. »Oder du sagst mir, was mein Bekenntnis bei dir auslöst.«

»Ihr Bekenntnis«, wiederholte sie, als ob sie sich den Sinn des Wortes erst klarmachen müsste.

»Meine Aufdringlichkeit, wenn Sie so wollen.« Von ihrer Reserviertheit verunsichert, kehrte er zum nüchternen Sie zurück.

»Es ist nicht aufdringlich, gnädiger Herr.«

»Hör auf mit dem dummen *gnädigen*.«

»Es ist nur so … unerwartet. Es ist wie ein Ruf in einer Sprache, die ich nicht beherrsche.«

»Möchtest du diese Sprache denn lernen?«, fragte er weicher.

»Das kann ich nicht.«

»Wieso?«

»Weil ich in Ihrem Haus arbeite.« Ihr Kopf war erhoben, der Mantel stand offen. »Weil ich Ihre Angestellte bin.«

»Fürchtest du das Gerede der anderen Dienstboten?«

»Verstehen Sie denn nicht, Herr Korff?«

»Nein, nein …«, antwortete er drängend.

»Ich könnte das der gnädigen Frau niemals antun. Ich könnte

ihr nicht mehr in die Augen schauen, wenn zwischen Ihnen und mir mehr wäre als das, was erlaubt ist.«

»Wegen Livia?« Er versuchte nicht, seine Erleichterung zu verbergen. »Ist das der einzige Grund?«

»Ist das nicht ausschlaggebend?«

»Aber siehst du nicht, wie es um unsere Ehe steht? Wir sind freundlich und höflich zueinander. Livia ist ein wunderbarer Mensch, aber es besteht kein Grund, anzunehmen, dass da noch Liebe wäre.«

»Bei der gnädigen Frau ist es Liebe.«

»Woher willst du das wissen?«

»Das sehe ich, das spüre ich. Sie liebt Sie, Herr Korff, traurig vielleicht und verzweifelt, aber da ist immer noch Hoffnung bei ihr. Sie stoßen Ihre Frau doch nicht deshalb zurück, weil Sie mich lieben?«, setzte Katrin erschrocken nach.

»Zwischen ihr und mir hat sich das verflüchtigt, was zu Anfang da war. So ist das manchmal bei Eheleuten.«

»Aber so muss es nicht sein. Wenn da noch Liebe ist …«

»Jetzt klingen Sie ein wenig altklug, Kathi. Ich wollte mit Ihnen nicht über meine Ehe sprechen. Wir beide stehen uns an einem zauberhaften und zugleich gespenstischen Ort gegenüber. Ich habe Ihnen meine Gefühle anvertraut.« Er holte tief Luft. »Sagen Sie mir, empfinden Sie auch etwas für mich?«

»Darüber habe ich noch nie nachgedacht.«

»Man braucht nicht viel zu denken, wenn es um Gefühle geht.« Sein Lächeln war traurig, weil er annahm, dass ihre ausweichende Antwort die Wahrheit beinhaltete, dass sie ihn schätzte, dass Liebe zwischen ihnen aber in Katrins Vorstellung keinen Platz hatte.

»Vielleicht, möglicherweise empfinde ich etwas für Sie«, murmelte sie. »Verzeihen Sie.«

»Du empfindest, du fühlst … für mich, für mich?«, fragte er, jugendlich wie ein Schüler, der sich zum ersten Mal offenbart.

»Ich kann es nicht erklären. Es ist nur so, dass ich mich jedes Mal freue …«

»Ja? Ja?«

»Wenn Sie in meiner Nähe sind. Wenn Sie mir einen Auftrag geben oder wenn ich eine Gesellschaft für Sie arrangieren darf, dann … dann bin ich Ihnen nah und frage mich, ob Ihnen dies oder jenes gefallen könnte, und das gibt mir ein warmes Gefühl.«

Maxim nickte tief ergriffen, zugleich aufs Äußerste erregt. »Ich danke dir. Dann habe ich meine Antwort. Ich habe meine Antwort.«

»Was werden Sie jetzt tun?«, fragte sie unruhig.

»Das Gleiche, was Sie tun werden, Kathi.« Er lachte, als ob es keine lustigere Situation gäbe als zwei Leute, die sich an den gegenüberliegenden Ufern eines Kanals begegnen. »Ich werde dort entlanggehen und Sie werden da entlanggehen und wir finden eine Brücke. In dieser Richtung liegt der Palazzo Contarini. Dort werden wir uns gesittet verabschieden und schlafen gehen. Aber ich darf dir sagen, schöne Kathi, dass ich in dieser Nacht nicht allzu viel schlafen werde. Denn ich habe meine Antwort.«

Verwirrt folgte Katrin Maxims Geste, die sie aufforderte, den Heimweg entlang des Wassers anzutreten. Nach wenigen Minuten tauchte eine Brücke auf. Sie war gut beleuchtet, auch der Nebel hatte sich etwas gelichtet. Über die Brücke wechselte Katrin auf Maxims Seite. Nebeneinander gingen sie weiter.

19
Zum Lido

»Hättest du deine Ankunft nicht kabeln können?« Livia half ihrem Bruder Abel bei seinem waghalsigen Manöver, aus der Gondel zu klettern. »Warum hast du nicht geschrieben?«

»Weil ich mich gegen meine aufmüpfige Tochter nicht durchsetzen konnte.« Abel küsste seine Schwester auf die Wange. »Ich wollte dir telegrafieren, aber Alexandra fand, wir sollten euch überraschen.« Er wandte sich zu seiner Tochter. »Sei vorsichtig beim Aussteigen, die Steine sind schlüpfrig.«

Bevor er den Satz vollendet hatte, war Alexandra schon aus der Gondel gesprungen und begrüßte ihre Tante. Livia führte die Ankömmlinge in den Palazzo, während ein Lakai den Gondoliere bezahlte.

»Kann ich das grüne Zimmer haben, so wie beim letzten Mal?«, rief Alexandra. »Das mit den seidenen Hirschen.«

»Wir wohnen dieses Jahr in einem anderen Trakt«, antwortete Livia. »Mein Zimmer hat Morgensonne, was ich nicht besonders schätze.«

»Und Philipps Zimmer?« Alexandra sprang der Tante vor die Füße. »Wie geht es ihm? Geht es ihm besser?«

»Du würdest staunen, wie rasch er sich erholt.«

»Er wird also wieder gesund?« Alexandra konnte nicht anders, sie lachte glucksend heraus.

»Es kann wohl noch einige Tage dauern«, entgegnete Livia, erstaunt über das sonderbare Interesse der Cousine.

Abel blieb in der Eingangshalle stehen. »Wird die Prinzessin nicht irritiert sein, wenn sie unangemeldet zwei weitere Gäste bekommt?«

»In diesem Jahr könnte es tatsächlich eng werden.« Livia lief ihnen auf schwarzem Marmor voraus, den hellgraue Adern durchzogen. Die Bodenkante wurde von rotem Marmor gesäumt, dessen Farbe sich in der Tapete fortsetzte.

Von allen Seiten starrten porträtierte Menschen auf Alexandra nieder, Dogen, Kardinäle, hohe Würdenträger in prächtigen Gewändern. »Was meinst du mit *eng?*«

»Die Prinzessin bereitet ein Künstlerfest vor und will sämtliche Herrschaften, die hier auftreten sollen, im Palazzo unterbringen.«

»Gibt es dann überhaupt ein ruhiges Fleckchen, wo man ungestört ist?«, kicherte Alexandra.

»Weshalb willst du ungestört sein?« Livia drehte sich nach dem Lakaien um, der das Gepäck trug. »Es ist Karneval in Venedig. Deshalb hast du deinen armen Vater doch wohl hergeschleppt.« Sie betrat die Treppe.

»Wie geht es Maxim?«, fragte Abel.

»Ich hatte geglaubt, dass er sich ohne seine Geschäftsprobleme langweilen würde, aber Venedig scheint ihn zu beleben. Er flaniert oft in der Stadt herum.« Sie erreichte den Absatz zum Zwischenstock. »Heute hat er Philipp zum ersten Mal mitgenommen.«

»Philipp ist nicht im Haus?«, fragte Alexandra enttäuscht.

»Maxim und er unternehmen eine Ausfahrt mit dem Motorboot der Prinzessin. Ich vermute, dass sie zum Lido fahren.« Livia lief in die lapislazuliblaue Halle weiter. Ein Lakai öffnete die Tür zu ihrem Boudoir. »Was sagt Julius eigentlich dazu, dass ihr euch nach Venedig davongestohlen habt?«

»Großvater weiß noch gar nicht, dass wir hier sind.« Alexandra warf sich auf die Chaiselongue, die mit Tigerfell bespannt war.

Erschöpft von dem Fußmarsch ließ Abel sich in einen Sessel sinken. »Papa hat sich bereits vor unserer Abreise davongemacht. Wenn schon Winter, dann aber richtig, sagte er, nicht dieses Matschwetter in Wien.«

»Dann weiß ich, wo er ist, in der Jagdhütte.« Livia lachte.

»Ich wäre jetzt auch lieber in Tirol«, nickte Abel versonnen.

»Wann kommt Philipp denn wieder?« Alexandra federte auf dem Tigerfell auf und ab.

»Wenn die beiden Korffs Motorboot fahren, vergessen sie bestimmt die Zeit. Vor dem Abend erwarte ich sie nicht zurück.«

»Bis zum Abend«, murmelte Alexandra.

»Du wirst deinen Cousin noch früh genug sehen.« Livia setzte sich an den Schminktisch. »Und jetzt erzählt mir, was gibt es Neues in Wien?«

Maxim stand hinter Philipp und hielt sich an der Lehne des Führersitzes fest. »Nicht so hart in die Kurve.«

»Wir wollen doch nach links«, rief der Junge gegen den Fahrtwind. Er trug einen karierten Wintermantel, den blauen Schal mehrmals umgeschlungen und eine Schirmmütze. Für eine Nordpolexpedition hätte Philipp nicht dicker vermummt sein können.

»Steuerbord, willst du sagen.«

»Ja, nach links.« Philipp zeigte zu den hölzernen Landestegen, die im Dunst des Lidos auftauchten.

»Ein Boot ist kein Gaul, es gehorcht nicht so einfach.«

»Spielst du dich hier als Hochseekapitän auf, Papa?«, lachte Philipp. »Du bist genauso eine Landratte wie ich.«

»Da irrst du, mein Sohn. Unsere Hochzeitsreise haben deine Mutter und ich auf einem Segelschiff unternommen.«

»Bist du selbst gesegelt?«

»Sozusagen.« Maxim beobachtete das näher kommende Ufer. »Wir hatten vier Mann Besatzung, aber meistens stand ich am Steuer. Und deine Mutter war ein erstklassiger Smutje.«

»Mama hat gekocht?«

»Für die ganze Besatzung.«

»Und wo war ich damals?«

»Noch im Himmel.« Maxim korrigierte den Ruderstand. »Genau genommen haben wir dich auf dieser Reise fabriziert.«

Philipp sah seinen Vater begeistert an. »Dann bin ich also auf dem Ozean gezeugt worden?«

»Das Mittelmeer musste genügen. Tempo reduzieren.« Maxim zeigte zum Landesteg. »Langsamer!«, rief er, als Philipp mit unverminderter Geschwindigkeit auf den Steg zuglitt.

»Das Ding hat keine Bremse. Wie mache ich das?« Hilflos schaute Philipp zum Vater auf.

»Abdrehen.« Maxim griff ins Ruder. Nur mit Mühe manövrierte er das schnittige Boot am Steg vorbei. »Willst du uns umbringen oder bloß blamieren?« Als er offenes Wasser gewann, fuhr Maxim eine Kehre und legte vor Erreichen des Docks den Rückwärtsgang ein. Zentimetergenau glitt das Boot heran, Maxim stellte den Motor ab und ergriff den Enterhaken des Matrosen, der sie erwartete. Der Mann zog das Boot an den Steg.

»La barca della Principessa?«, fragte er mit Blick auf das Wappen der Polignac am Heck.

»Sì, ci ha prestato.« Maxim gab ihm einen Geldschein. »Siamo di nuovo in poche ore.«

»Grazie, Signore.« Der Matrose achtete darauf, dass genügend Fender das Boot vor dem Anschrammen schützten.

»Nach diesem Schreck brauche ich einen Eiskaffee. Wie sieht es mit dir aus?« Maxim nahm den Weg zum nächstgelegenen Strandhotel.

»Ich lasse mich nicht lange bitten.«

Maxim legte den Arm um die Schulter seines Sohnes. »Vor einer Woche waren wir deinetwegen noch so besorgt, und jetzt gehen wir zwei schon Eiskaffee trinken.«

»Mama hat schreckliche Angst ausgestanden, nicht wahr?« Philipp zog den Schal gegen den Wind vor den Mund.

»Ich doch auch. Wir alle.«

»Die arme Mama.« Philipp lief ein paar Schritte voraus. »Es geht ihr nicht gut.«

»Wie kommst du darauf?«

»Sie wirkt seit einiger Zeit irgendwie … kleiner, so als ob sie schrumpfen würde.«

Maxim lachte, obwohl ihm nicht danach zumute war. Er wusste, was es mit Livias Zustand auf sich hatte. Sie fühlte sich ungeliebt. Und hatte sie nicht recht damit? Maxim bewunderte sie, er war ihr dankbar in jeder Hinsicht, aber er begehrte sie nicht. Er begehrte eine Frau, die ihm vor zwei Nächten gestanden hatte, dass auch sie etwas für ihn empfand. Eine Frau, die scheu war und nicht wusste, wie sie die Loyalität zu ihrer Dienstherrin und die Zuneigung für Maxim vereinen sollte. Eine Frau, die sich seit gestern merklich vor ihm zurückzog und ihm nicht in die Augen sah. Er verstand das, es rührte ihn. Er war sich bewusst, dass Katrin, gefangen zwischen ihrem Gefühl und der Pflichterfüllung seinem Haus gegenüber, von sich aus keine Entscheidung treffen würde. Er selbst musste etwas unternehmen, und ihm schwebte der richtige Schritt auch schon vor. Doch er wollte damit warten, bis sie wieder in Wien waren.

»Deine Mama braucht immer ein bisschen länger, bis sie sich an das Klima gewöhnt hat«, antwortete Maxim und entschuldigte die kleine Notlüge vor sich selbst. »In ein paar Tagen werden wir sie wieder alle bewundern.«

»Was ist in ein paar Tagen, Papa?«

»Das Künstlerfest von Winnaretta. Dort wird Mama die Ballkönigin sein. Alle werden mich für meine atemberaubende Frau beneiden.«

»Du bist auch zu beneiden.«

Nebeneinander schlenderten sie zum Hoteleingang. Ein Livrierter setzte die Drehtür in Gang, gemeinsam betraten sie die Lobby. Maxim grüßte den Rezeptionisten und ließ sich den Weg zu den Caféterrassen zeigen.

20

Die Maske zerbrach

Alexandra und ihr Cousin standen in einer Fensternische des Lapislazulisaales. Schwer hing die schwarze Kassettendecke über ihnen, trübes Licht fiel durch die Scheiben. Es war, als ob sie in eines der düsteren venezianischen Jahrhunderte zurückversetzt worden wären. Alexandra hatte gehofft, die Sommerfarbe ihres Kleides würde zu ihrer ersten Begegnung mit Philipp passen, aber heute zeigte sich der venezianische Karneval von seiner todesnahen Seite. Dieser Tag ohne Sonne erinnerte daran, dass das grelle Treiben in der Lagunenstadt auf den Abgrund zustrebte.

»Wenn wir ungestört sein wollen, bleibt nur der Garten«, flüsterte sie.

»Dort sind wir auch nicht sicher«, widersprach Philipp. »Überall treiben sich die Künstler der Prinzessin herum. Sie saufen und singen ihre Kantilenen.«

»Lass uns trotzdem in den Garten gehen. Uns bleiben nur ein paar Minuten, bevor zur nächsten Mahlzeit geklingelt wird.«

»Hier wird dauernd gegessen«, nickte er abschätzig.

Sie nahm ihn bei der Hand. Gemeinsam fanden sie die Wendeltreppe, die in die Tiefe führte. Als sie schon glaubten, im Keller angelangt zu sein, öffnete sich plötzlich eine Pforte ins Freie. Sie standen an einem Ort, den man in Venedig nicht vermutete, eine grüne Oase, die zum Palazzo gehörte. Die Farben wirkten noch matt, doch die Bäume waren nicht kahl wie zu Hause. Es gab Zitronengewächse und Lorbeerbüsche, die Mandelbäumchen trugen bereits Knospen.

Vor einer vermoosten Bank blieb Alexandra stehen. »Ist es nicht großartig, wie unser Plan aufgeht?«

»Aber nur so lange, bis Großvater aus Tirol zurückkommt und die Zusammenhänge durchschaut.« Philipp musste sich setzen.

»Bis dahin wird uns eingefallen sein, wie wir es der Familie beweisen.«

Als Philipp ungläubig zu ihr aufschaute, begann Alexandra, dozierend vor ihm auf und ab zu gehen. »Ich war in mehreren Bibliotheken. Es gibt eine Menge Beispiele, Pipp. Ich habe nicht nur bei den Königshäusern nachgeschlagen, auch in unseren Kreisen gibt es ähnliche Fälle. James de Rothschild hat 1824 die Tochter seines Bruders Salomon, Betty Rothschild, geheiratet, seine Cousine ersten Grades. Bei den Rothschilds ist die Verwandtschaftsheirat überhaupt die Regel. Ich bin auf fünfzehn Eheschließungen gestoßen, bei denen die Partner direkte Nachkommen des Familienoberhauptes waren.« Da Philipp sie nur schweigend ansah, breitete Alexandra die Arme aus. »Verstehst du, das wäre die beste Möglichkeit, Großvater umzustimmen. Für ihn als Bankier ist es bestimmt von Bedeutung, dass meine Mitgift in der Familie bleibt. Ich bin natürlich auch auf die Heiratspolitik der Habsburger gestoßen. Denen war es jahrhundertelang egal, wie nahe die Verwandtschaftsverhältnisse waren.«

»*Tu felix Austria nube*«, nickte Philipp. »Bloß dient bei den Königskindern die Heirat unter Verwandten dem Erhalt der Dynastie.«

»Papperlapapp, Dynastie. Wir leben im 20. Jahrhundert.« Alexandra ließ sich neben ihn auf die Bank fallen. »Wen müssen wir als unseren gefährlichsten Feind ansehen? Meinen Vater bestimmt nicht, den habe ich in der Tasche. Dein Vater ist ein weltoffener Mann. Was Livia betrifft, bin ich unsicher. Der Einzige, der uns tatsächlich Schwierigkeiten machen könnte, ist Großvater.«

»Und ausgerechnet den hast du eingeweiht.« Philipp stützte die Ellbogen auf die Knie.

»Vielleicht war das sogar richtig. Jetzt sitzt er oben in seiner Hütte und denkt über alles in Ruhe nach. Vielleicht stimmen ihn die Tiroler Berge milder.«

»Vielleicht auch nicht.«

Irritiert wandte sich Alexandra zu ihm. »Was ist bloß mit dir los? Du bist fast gesund, aber noch genauso mutlos wie vor deiner Krankheit.«

»Ich bin nur realistischer als du.« Vorsichtig griff er nach ihrer Hand. Als ihre Finger seine liebevoll umschlossen und Alexandra sich an ihn schmiegte, zog Philipp sich wieder zurück. »Besser nicht. Man kann uns von so vielen Fenstern aus sehen.«

»Die sind alle mit sich und ihren Flötentönen beschäftigt.«

Zur Bestätigung und im Widerspruch zu Alexandras Worten ertönte aus dem obersten Stockwerk das Spiel mehrerer Mandolinen. Eine alte venezianische Melodie erklang.

Alexandras Gesichtsausdruck wurde weicher. »Wäre es nicht wunderbar, wenn wir den Karneval als Liebespaar genießen könnten? Wenn wir uns nicht verstecken müssten, sondern eng aneinandergeschmiegt in einer Gondel dahintrieben und der Gondoliere würde ein schmalziges Lied singen?«

»Ich bin so lange im Bett gelegen, dass ich nirgends mehr liegen und dahingleiten möchte. Ich will endlich etwas unternehmen.«

»Mich küssen zum Beispiel?«

Er schaute die Fassade hoch. »Aber nicht hier.«

»Wo dann?«

»Wo man uns nicht kennt.«

Alexandra zog ihn von der Bank hoch. »Mischen wir uns unters Volk. Wir besorgen uns Masken, verdrücken uns in eine dunkle Gasse und küssen, bis uns der Atem wegbleibt.«

»Wie willst du hinter einer Maske denn küssen?« Er ließ sich von ihr zur Pforte ziehen.

»Probieren wir es aus. Wir müssen alles ausprobieren, Pipp. Venedig ist das beste Versteck, das zwei Verliebte finden können.«

Gemeinsam schlüpften sie durch die Tür und rannten die Treppe hinauf.

Zwei Masken folgten dem Schauspiel der Puppen. Auf dem Markusplatz, am Fuße des Campanile, fand ein Puppentheater statt. Da wurde Arlecchino vom dicken Brighella schikaniert, da buhlte der Dottore um die Liebe der schönen Zerbinetta und wurde von Arlecchino mit derben Schlägen vertrieben. Das meiste am Karneval war derb und zotig. Es diente entweder dem Vorspiel zur Lust oder der Erinnerung an die Aussichtslosigkeit jeder Lustbarkeit, an den Tod.

Auch die beiden jungen Masken wurden vom Kokon der Lüste, der die Stadt umspann, gefangen genommen. War es die Musik, diese ununterbrochene Wiederholung primitiver Melodien, die sich in die Köpfe fraß? War es das Gemisch von Gerüchen, von Räucherwerk und frisch Gegrilltem, von Urin und den Parfüms der Damen wie der Herren, die, eitler noch als die Frauen, in ihren prächtigen Kostümen über die Piazza stolzierten? War es das unausgesetzte Gekicher und Gejohle, das Gurren, nicht der Tauben, sondern von Pärchen, die Hingabe, Auslöschung und Verzückung suchten?

Philipp trug ein schwarzes Cape samt federgeschmücktem Dreispitz, beides hatte er im Palazzo gefunden. Alexandra hatte das Kostüm einer Columbine an, das sie sich in Wien hatte schneidern lassen, darüber eine von Spitzen durchbrochene Mantilla. Die Masken, die sie vor den Gesichtern trugen, waren jungfräulich weiß.

Nach dem Puppentheater verharrten sie einige Zeit vor der Menagerie, die die meisten Zuschauer anlockte. Ein Panther und ein Löwe knurrten aus getrennten Käfigen. Ein Dompteur ließ seinen Bären tanzen, den man mit dem Nasenring an einen Pfahl gekettet hatte. Am Stand daneben kaufte Philipp für seine Columbine ein Los, das bei der sofortigen Ziehung nichts gewann. Sie beobachteten, wie einem Mann unter lautem Gekreisch von einem theatralisch agierenden Quacksalber ein Zahn gezogen wurde. Sie erschraken vor den Flammen des Feuerschluckers und liefen einer Wahrsagerin in die Hände. Philipp versuchte, sie abzuwimmeln, doch Alexandra blieb stehen.

»Wäre es nicht interessant, zu wissen, was uns die Zukunft bringt?«

»Ich gebe nichts auf solche Sachen.«

»Ich auch nicht. Nur zum Spaß.«

»Wir würden nicht einmal verstehen, was sie sagt.«

Die Frau merkte, dass das Fräulein ihre Dienste in Anspruch nehmen wollte, und ergriff Alexandras Hand. Sie strich mehrmals über die Handfläche und verfolgte deren Linien mit dem Finger. Schließlich zog sie ein Paket abgegriffener Karten aus der Tasche und blätterte sie auf.

»Was sehen Sie?«, fragte Alexandra.

»Nicht gut«, antwortete die Wahrsagerin in abgehacktem Deutsch.

»Was ist nicht gut?«

»Schmerz, viele Schmerzen. Und nichts hilft dagegen.«

Ein schwarzer Schleier verdeckte das Gesicht der Frau zur Hälfte. Als sie aufblickte, erkannten beide, dass dies keine triefäugige Alte war, wie man bei Wahrsagerinnen vermutete, sondern eine überraschend junge Frau. Sie hatte ein ebenmäßiges Gesicht und große, wissende Augen.

»Was bedeutet das – nichts hilft dagegen?«

Die Frau beschäftigte sich mit ihren Karten. »Liebe. Ja, da ist Liebe.«

»Dauerhafte Liebe? Sehen Sie eine Heirat?«

Der Kopf der Wahrsagerin hob sich. »Niemals«, antwortete sie so klar, als ob es ihre Muttersprache wäre.

»Komm weiter, ich habe genug.« Philipp zog Alexandra am Ärmel.

»Gleich.« Sie machte sich los. »Welches Schicksal ist unserer Liebe beschieden?«

»Ja, Schicksal.« Die Wahrsagerin sprach mit einem Mal so langsam, als ob keines ihrer Wort verloren gehen sollte. »Liebe hilft nicht gegen Schmerz. Liebe besiegt Schmerz niemals. Vorsichtig sein. Vorsicht.« Damit packte sie ihre Karten zusammen.

Alexandra wollte ihr ein Geldstück geben, doch als sie die Börse zog, war die sonderbare Frau bereits in der Menge verschwunden. Unter dem Eindruck des Geschehenen lüftete Alexandra die Maske. »War das nicht sonderbar?«

»Sonderbar und reichlich lächerlich.« Philipp zeigte zu den Arkadenbögen, von wo aus er den lärmenden Platz verlassen wollte.

»Sie hat nicht einmal Geld dafür genommen.«

»Ein weiterer Beweis, dass es Humbug war. Solche Frauen lassen sich für ihren Hokuspokus sonst teuer bezahlen.«

»Was hat sie wohl mit den *Schmerzen* gemeint?«

Ehe Philipp etwas erwidern konnte, wurde Alexandra von einem betrunkenen Paar angestoßen. Sie taumelte.

»He!« Philipp wollte dazwischenspringen.

»Lass nur. Mir ist ja nichts passiert.«

Er legte den Arm um ihre Schulter und zog sie zum Durchgang des Palazzo Reale, hinter dem sie sich durch die Menschenmassen zwängten, die auf die Piazza San Marco wollten. Schließlich erreichten die beiden eine ruhigere Gasse, hier ließ das Drängen und Schieben nach.

Eine andere Stimmung erfasste sie, weniger grell, doch immer noch durchpulst von jener besonderen Sinnesfreude, die für ihre Liederlichkeit keine Bestrafung fürchtete, weil sie maskiert war.

Auf einer Piazza wurde getanzt. Alexandra und Philipp gesellten sich zu den gleitenden, drehenden, zuckenden Gestalten und wurden eingesponnen in deren Rundtanz. Man umarmte einander, die Männer hoben die Frauen hoch und ließen sie eng an ihren Körper gepresst wieder zu Boden sinken. Die

Frauen hielten die Köpfe der Männer fest und deuteten Küsse an, während sie sich mit ihnen im Kreis drehten. Bald hatten die beiden fremden Masken das Spiel verstanden und ließen sich davon mitreißen. Die Musik wurde lauter und wilder. Hier und da traten Paare aus dem Kreis und verschwanden in den angrenzenden Gassen. Lücken entstanden, die von neuen Paaren aufgefüllt wurden. Genießerisch hielt Alexandra den Hinterkopf ihres Geliebten, näherte ihre Lippen seiner Wange und deutete einen Kuss an. Er hob sie schwungvoll empor. Alexandra spürte seine geschmeidigen Hände, die junge Brust, seinen Unterleib, während er sie wieder zu Boden setzte.

»Genug getanzt«, flüsterte sie und zog ihn fort aus dem Kreis, in eine der dunklen Nebenstraßen, wohin die anderen Pärchen verschwunden waren.

An einer Ecke lachte ein Mann und zeigte seinen zahnlosen Mund. »Ma certo, lei fugge«, krächzte er.

Sie erreichten das Halbdunkel eines Durchgangs, der so schmal war, dass die Häuser zu beiden Seiten sich wie Kamine in der Höhe verloren.

»Philipp«, keuchte Alexandra. »Philipp.«

Als ob hier ein Echo existierte, antworteten ihnen keuchende Laute anderer Paare aus den nächstgelegenen Winkeln.

»Nicht hier.« Er streichelte ihren Rücken.

Doch sie wollte seine Zögerlichkeit nicht länger hinnehmen. Alexandra drängte sich an ihn und schob den Geliebten in eine Nische, die von einem Gittertor begrenzt wurde. Hier konnte er ihr nicht entkommen. Sie riss ihm die Maske ab, verfuhr mit ihrer genauso und küsste ihn lüstern, genießerisch, rücksichtslos. Erst nach Sekunden ließ Philipps Widerstand nach und er erwiderte. Im Kuss berührte Alexandra ihn an Stellen wie nie zuvor. Er drängte sie an die Eisenstäbe und hob sie derart hoch, dass sein Becken zwischen ihre Beine geriet. Alexandra stützte den Fuß an einem Mauervorsprung ab. Beide wussten, dass dies nur ein hübsches, wollüstiges Spiel war, das sie vollführten, nicht aber die ersehnte Wirklichkeit. Mehrere Schichten Stoff hinderten sie daran, Ernst zu machen, und dieses Wissen ließ ihr Spiel noch hemmungsloser werden. Sie stießen und ruckten und keuchten, sie bissen einander, flüsterten Kosenamen, sie unterdrückten Schreie und spürten die große Erregung des anderen. Schließlich standen sie vor der Entscheidung, sich entweder auszuziehen und die letzte Barriere niederzureißen oder die Ekstase in der Tornische zu beenden.

Da spürte Alexandra einen kurzen, zielgerichteten Griff, ein metallenes Schnappen, im nächsten Moment hörte sie eilige Schritte.

»Philipp«, flüsterte sie. »Er hat meine Börse.«

Sie ließen voneinander ab, fuhren herum und sahen, wie ein Schemen in dunkelbraunem Mantel durch die Gasse verschwand. Philipp sortierte seine Kleidung und setzte zur Verfolgung an.

»Bleib hier«, rief sie. Doch genau wie der Dieb verschwand auch er. Alexandra taumelte auf die Straße, sah Philipp rennen, der andere war verschwunden. Mehrere Gassen zweigten in unmittelbarer Nähe ab.

»Lass ihn laufen, Philipp! Ich hatte nur wenig Geld dabei.« Sie hörte seine rennenden Schritte, die sich entfernten. Erschöpft lehnte sie sich an die Mauer und ordnete ihr Kostüm, das durch den Tanz und die Umarmung gelitten hatte. Schließlich hätte sie nur noch die Maske aufzusetzen brauchen. Alexandra hielt inne, die Maske baumelte in ihrer Hand. Bei allem Glück und allem Rausch hatte sie die Worte der Wahrsagerin nicht vergessen.

»Liebe hilft nicht gegen Schmerz«, sagte sie leise. »Liebe besiegt Schmerz niemals.« Alexandra ließ die Maske fallen, sie schlug auf das Pflaster und zerbrach in mehrere Stücke.

21
Die hohen Lichter

»Ich habe es selbst gesehen!«, rief Camilla Zeska in die Runde. »Dieser Mann ist in luftiger Höhe über die Bucht vor dem Markusplatz spaziert und stieg dabei höher und höher.« Sie versuchte, es mit den Händen zu demonstrieren. »Auf einem Schiff in der Bucht war ein Seil verankert, das zog sich straff bis an die Spitze des Campanile. Der Artist balancierte immer weiter hinauf, bis er den obersten Punkt des Turmes erreicht hatte. Von dort oben – Kinder, es war zauberhaft – hat er Blumen unter die Leute gestreut. Viele, viele bunte Blumen regneten auf die jubelnde Menge herab.« Camilla lachte bei der Erinnerung. »Ich glaube, so etwas Bezauberndes habe ich in meinem ganzen Leben noch nie gesehen.« Sie trug das Kostüm einer dämonischen Katze, mit einer geschwungenen Maske und Krallen an den durchbrochenen Handschuhen.

»Erzähl uns, wie er wieder heruntergekommen ist.« Theodor Zeska hatte sich als orientalischer Pascha verkleidet, ein übertriebener Turban schwankte auf seinem Kopf.

Camilla lachte. »Über ein weiteres Seil spazierte der Artist manierlich bis auf die Tribüne vor dem Dogenpalast herab. Ich kann euch sagen, die Menge hat getobt.«

»Die Venezianer nennen es den *Engelsflug*«, sagte Raphael Hofteuffel aus dem Hintergrund.

»Sie kannten dieses Kunststück schon?«, fragte Camilla enttäuscht.

»Das Ritual des Engelsfluges existiert seit dem 16. Jahrhundert.« Ungeschickt in Verkleidungen, hatte Hofteuffel lediglich einen Dreispitz aufgesetzt und eine rote Fliege umgebunden.

Katrin verließ den Ballsaal. Zu Hause in Wien hätte sie nun nach dem Essen gesehen und Anordnungen in der Küche gegeben. Hier fühlte sie sich weder als Gast noch als Angestellte. Sie trug ein blaues Kleid mit Straußenfedern, wie adelige Damen es in der Mitte des vorigen Jahrhunderts getragen hatten. Livia hatte ihr das Kostüm zur Verfügung gestellt. Katrin war schön heute Abend, der Spiegel hatte es ihr bestätigt. Aber sie war auch voller Angst und sonderbar außer sich. Es war unmöglich, die Liebeserklärung eines Mannes wie Maxim Korff an sich abperlen zu lassen, unmöglich, ihm weiterhin zu dienen, als ob nichts geschehen wäre. Immer wieder tauchten die Bilder aus der nebeligen Gasse vor ihr auf.

Sie hatte ihm gegenüber ein Gefühl zugegeben und ihn damit glücklich gemacht. Seit Tagen behandelte er sie schon anders als sonst, respektvoller, reservierter, er fasste sie regelrecht mit Glacéhandschuhen an. Katrin bewunderte diesen Mann, genoss seine Gegenwart, sie war geschmeichelt von seinem Bekenntnis, doch fühlte sie Liebe für Maxim Korff? Sie wusste darauf keine Antwort – oder doch? Katrin verehrte Livia fast im selben Maß wie ihren Mann. Sie wäre nie imstande gewesen, sein Drängen zu erhören.

Doch Maxim bedrängte sie ja gar nicht. Er schenkte ihr keine vieldeutigen Blicke, machte keinerlei Bemerkungen. Sein Respekt und seine Ehrerbietung schienen seit der Schicksalsbegegnung noch gestiegen zu sein. Katrin lebte in der Beklemmung, ständig mit einer Forderung von Maxim zu rechnen, wohingegen er sich eher von ihr zurückzog. War das ein Spiel? War es seine besondere Art, um sie zu werben? Wie sollte sie darauf reagieren? Wie sollte sie sich Livia gegenüber verhalten, die Katrin die gleiche Offenheit entgegenbrachte wie immer, die also nicht das Geringste zu ahnen schien.

»Sie wissen nicht so recht, wohin mit sich, habe ich recht?« Raphael Hofteuffel stand hinter ihr.

»Herr Hofteuffel …« Sie erschrak, weil die Lichter eines vorbeifahrenden Vaporetto sein Gesicht auf gespenstische Weise beleuchteten.

»Ich mag Verkleidungen nicht so besonders«, sagte er.

»Meine Verkleidung gefällt mir ganz gut.« Sie sah sich nach einer Sitzgelegenheit um, doch in der Vorhalle des Saales befand sich kein anderes Möbelstück als eine Konsole mit einer Kaminuhr aus napoleonischer Zeit. Lautlos ging das Pendel hin und her.

»In diesem Kleid sehen Sie aus wie eine Fürstin.« Raphael lächelte unsicher. »Verzeihen Sie, falls ich Sie gestört habe.«

Warum musste der Mann sich ständig entschuldigen? Er benahm sich, als ob er kein Recht hätte, in dieser Gesellschaft zu sein. Vielleicht war das seine Art, sich gegen die Selbstverliebtheit jener Leute zu wehren.

»Wie fanden Sie die Darbietungen vorhin?« Er lehnte sich an die Konsole.

»Ich verstehe von dieser neuen Musik zu wenig.«

»Was sagt Ihr Gefühl?«

»Die Klavierstücke fand ich schön, vor allem den Schubert.«

»Und das Streichquartett?«

»Wie würden Sie denn das Streichquartett beschreiben?«

»Zum Davonlaufen.« Er lachte. Seine Zähne gefielen ihr. »Von diesem Herrn Schönberg wird nichts übrig bleiben, davon bin ich überzeugt.«

»Die Prinzessin verehrt ihn aber.«

»Wie finden Sie unsere Gastgeberin?«

Selten wurde Katrin nach ihrer Meinung zu Personen des öffentlichen Lebens gefragt. Meistens vermied sie eine Antwort, doch mit Hofteuffel getraute sie sich freier zu sprechen. »Ich bewundere Miss Singer. Während sich ihre Künstler ständig produzieren müssen, bleibt sie stets bei sich. Diese Mischung aus Ruhe und Energie gefällt mir.«

»Mir tut nur leid, dass Ludwig sich in letzter Minute umentschieden hat«, wechselte Hofteuffel das Thema.

»Er sollte dieses Stück spielen – wie heißt es?«

»*Der Feuervogel*. Ludwig spielt wunderbar.«

»Was war der Grund seiner Absage?«

Hofteuffel strich über die Wölbung der Uhr. »Ludwig eifert einem unerreichbaren Ideal nach. Wenn eine Interpretation von ihm nicht makellos ausfällt, verdammt er das Ganze in Bausch und Bogen.«

Katrin fiel der starke Bartschatten an Hofteuffels Kinn auf. Er war einer, der sich zweimal am Tag hätte rasieren müssen. »Ich bin Ludwig vorhin begegnet. Er ist in einer schrecklichen Stimmung«, sagte sie.

»Ein gespaltener Mensch. Ludwig sehnt sich nach Anerkennung und verachtet zugleich die Menschen, die ihm diese Anerkennung zollen sollen. Tief im Inneren hält er sich für minderwertig und nicht dazu berufen, Künstler zu sein.«

»So genau haben Sie über ihn nachgedacht?«

»Ich bin kein Mann, der zum Plaudern geschaffen ist«, antwortete er. »Daher bin ich in diesem Kreis häufig Beobachter und mache mir über die Menschen so meine Gedanken.«

»Was ist Ihre Meinung über Maxim?« Katrin erschrak, wie offen sie ihr drängendes Problem in Worte fasste, doch Hofteuffel hatte es nicht bemerkt.

»Maxim ist wie ein Drache, der alle zur Unterwerfung zwingt. Er hält seine Dominanz über Menschen für selbstverständlich und wird häufig darin bestätigt.«

»Wie können Sie es mit einem Drachen als Freund aushalten?«, erwiderte sie lächelnd.

»Mir geht es wie den meisten. Wenn ich in Maxims Nähe bin, komme ich mir nicht mehr wie der unbeholfene Wissenschaftler vor, der außerhalb seiner Studien nichts zu sagen hat. Maxim bringt Farbe in mein Leben.«

Aus der Uhr erklang ein kurzes Schnarren, dann schlug sie die halbe Stunde.

»Ich sollte hineingehen.« Katrin löste sich von der Konsole.

»Darf ich Sie begleiten?«

Während er ihr den Arm reichte, wurde im Saal ein Getöse laut. Aufgebrachte Stimmem und tumultartige Rufe drangen heraus.

»Was ist da los?«

Die beiden liefen hinüber. Katrins Schleppe rauschte über den marmornen Boden. Beim Eintreten fanden sie den Saal zweigeteilt vor. Die Künstler hatten sich im hinteren Teil versammelt. Einer spielte Klavier, ein Cellist improvisierte dazu, alle tranken.

Im vorderen Teil war der deutschsprachige Teil der Gäste versammelt. Livia saß leichenblass auf einer Liege, hinter ihr Camilla Zeska, Alexandra und andere Damen. Wenige Meter entfernt stand Ludwig Korff mit erhobenen Armen. Er hatte seine silberne Haarspange verloren, wirr fiel das Haar über seine Schultern. Er wurde von mehreren Herren umringt, die ihn beruhigten, darunter Abel Hahn und Theodor Zeska. Auch Philipp war dabei.

»Wie sollte ein Mann von Ehre denn darauf reagieren?«, schrie Ludwig. »Was hätte ich sonst tun sollen?«

»Sie sind zweifellos ein Mann von Ehre«, sagte Zeska. Es war dem dicken Kompagnon anzusehen, dass ihn der Konflikt, dessen Ursprung Katrin noch nicht verstand, weniger irritierte als belebte.

Katrins Blick suchte Maxim. Sie fand ihn hingerekelt in einem Sessel. Er rauchte seine Zigarre und wirkte wie ein Zuschauer, der den Ausgang des Streites abwartete.

»Was sollte ich anderes annehmen als das Augenfällige, Livia?«, rief Ludwig quer durch den Raum. »Ich musste das glauben, was jeder an meiner Stelle geglaubt hätte.« Mit wirrem Blick wandte er sich an Zeska. »Was hätten Sie wohl gedacht, wenn Sie vor Ihrem Fenster diesen Leutnant Pankau in unser Haus spazieren sehen hätten?«

»Ich weiß nicht, lieber Ludwig«, antwortete Zeska treuherzig und neugierig.

Ludwig starrte seine Schwägerin an. »Was sollte ich annehmen, als ich Minuten später zu dir und deinem Gast hinuntergehen wollte, euch aber weder im Salon noch auf der Terrasse antraf? Was sollte ich glauben, als ich mich deinem Boudoir näherte und Geräusche hörte, die nicht anders zu deuten waren als Laute der Wollust? Der Wollust, Livia!« Ludwig wäre zu ihr hingeeilt, hätten Zeska und die anderen ihn nicht festgehalten.

»Sei still, sei endlich still«, flüsterte sie und riss sich das Haargesteck aus der Frisur, einen roten Federkamm, der zu ihrem aufreizenden Kostüm gehörte, das sie als leichtlebige französische Grisette auswies. Kein Kostüm hätte in diesem Augenblick unpassender und zugleich irritierender sein können.

»Seit über einem Jahr habe ich geschwiegen«, fuhr Ludwig fort. »Aber wenn mir heute vorgeworfen wird, dass ich verrückt sei, weil ich einen waffenerprobten Kavallerieleutnant zum Duell gefordert habe, dann muss ich klarstellen, weshalb ich die Ehre meiner Familie verteidigt habe. Ich musste es tun, Livia. Ich musste es tun!«

»Wer hat dir vorgeworfen, dass du verrückt bist?« Maxims Frage klang vollkommen gelassen. Er nutzte das Privileg des Familienoberhauptes, sich nicht verkleiden zu müssen, und trug einen schlichten Abendanzug mit weißer Weste und gestreifter Krawatte.

»Sie waren das, mein Herr!« Ludwig fuhr Zeska an. »Sie haben den ganzen Abend über gegen mich gestichelt.«

Theodor Zeska machte eine ausladende Geste, als ob Ludwigs Vorwurf ihn gänzlich unvorbereitet träfe. »Ich?«

»Sie, Herr Zeska. Was sollte das ständige Gerede darüber, dass ich nicht Manns genug wäre, zu meinen Überzeugungen zu stehen?«

Zeskas Irritation wirkte aufgesetzt. »Ich hätte gesagt …?«

»Als Prinzessin Polignac mich dazu bringen wollte, meine Absage zu überdenken und den *Feuervogel* doch zu spielen, als ich nachzugeben bereit war, haben Sie mich bei meiner Ehre gepackt, Zeska!«

Man durfte den Dicken nicht reizen. Gleich einem wütenden

Bären blähte er die Nasenflügel und ging zum Angriff über. »Sie verwenden das Wort *Ehre,* wenn es nur darum ging, ein albernes Musikstück zu klimpern? Wenn Ihre Ehre so leicht angreifbar ist, dürfte es um diese Ehre nicht zum Besten bestellt sein.«

»Kein Wort mehr«, ging Maxim dazwischen. Obwohl es die Situation verlangt hätte, stand er nicht auf. »Wenn Sie mit Ihren Diffamierungen weiter gehen, Theo, müsste mein Bruder Sie fordern. Ich verbiete es Ihnen, und dir verbiete ich, zu antworten, Ludwig.«

»Sie spielen sich zum Schiedsrichter auf?«, erwiderte Zeska leise, doch schneidend. »Befinden Sie sich wirklich in der Position, in Fragen der Ehre ein Urteil zu fällen?«

Durch den Rauch der Zigarre musterte Maxim seinen Kontrahenten. »Wir sind Gäste in diesem Haus und sollten es nicht mit alten Geschichten besudeln, Theo. Wäre die Situation anders, würde ich Ihnen jetzt die entsprechende Antwort geben.«

»So alt ist die Geschichte gar nicht«, konterte Zeska.

»Sie werden sich hoffentlich nicht dazu herablassen, in diesem Schmutz zu wühlen. Andernfalls sehe ich mich gezwungen …« Maxim ließ den Satz unbeendet, doch die Blicke der Umstehenden machten deutlich, dass jedermann die Anspielung verstand.

Irritiert warf Camilla einen Blick in die Runde. »Maxim …«, flüsterte sie. Als der nichts erwiderte, trat sie zu ihrem Mann. »Theo, so sag doch etwas.«

Es war Zeska anzusehen, dass er nicht klein beigeben wollte, aber da er in diesem Fall hätte eingestehen müssen, zum Hahnrei geworden zu sein, rang er sich Ludwig gegenüber zu einem versöhnlichen Satz durch. »Meine Bemerkung vorhin bezog sich lediglich auf die momentane Situation, nicht auf Ihre grundsätzliche Haltung als Mann, lieber Ludwig.«

Man hätte annehmen können, dass Ludwig die höfliche Geste akzeptierte. Das Gegenteil war der Fall.

»Es geht aber um meine Haltung als Mann«, erwiderte er mit unverminderter Vehemenz und riss sich von den Händen los, die ihn hielten. »Ich bin nicht bloß der verrückte Bruder von Maxim Korff. Ich bin mein eigener Herr. Auch ich bin ein Korff! Ich habe etwas zu sagen, etwas zu geben.«

Als Maxim den erbarmenswerten Zustand seines Bruders sah, stand er auf und ging zu ihm. »Niemand bezweifelt das, Ludwig.«

»Ich habe meine Ehre«, flüsterte der jüngere Bruder, und Tränen rannen ihm über die Wangen. »Ich verteidige die Ehre unserer Familie. Ich verteidige sie. Deshalb habe ich diesen nichtsnutzigen, ehrvergessenen Leutnant, diese Schande der Armee zum Zweikampf gefordert. Ich lasse die Ehre meiner Familie nicht einmal von dir besudeln, Livia.«

»Genug, Bruder«, sagte Maxim scharf. »Du sprichst mit meiner Frau.« Maxims Gesicht war bleich geworden, er wandte sich zu Livia. Förmlich blieb er vor ihr stehen und machte eine Verbeugung.

»Ich möchte dich für das Benehmen meines Bruders um Verzeihung bitten. Er weiß nicht, was er spricht. Du und alle anderen hier im Saal sollten seinen Worten nicht die geringste Beachtung schenken.«

Livias Augen zuckten. »Danke«, hauchte sie. »Ich danke dir.«

In diesem Moment verließen Ludwig die Kräfte. So wie er da stand, brach er auf den rostroten Marmorfliesen zusammen. Zu spät sprangen die anderen hin, ihn zu halten. Als ob er nie wieder aufstehen würde, lag Maxims Bruder da und rührte sich nicht.

»Man muss den Arzt holen.«

»Man muss ihm Kühlung verschaffen.«

»Man muss seine Beine hochlegen«, schwirrten wohlgemeinte Ratschläge durch den Raum.

Als Maxim sah, dass Winnaretta Singer, die dem Streit beigewohnt hatte, bereits das Nötige veranlasste, wandte er sich an Livia. »Ich werde mich bei der Prinzessin für das Verhalten meines Bruders entschuldigen.«

»Ja«, antwortete sie so schwach, als ob auch sie gleich das

Bewusstsein verlieren würde. Ihre Haut war fahl, an den Schläfen traten die Adern hervor.

Maxim drückte seine Zigarre in der Sandschale aus. »Ich halte es für das Beste, wenn wir unseren Venedigaufenthalt nicht unnötig ausdehnen.«

»Ja, ja.«

»Wir können morgen schon abreisen, oder wenn dir das zu überstürzt ist, übermorgen.«

»So rasch wie möglich.« Livia richtete sich auf. »Keinen Tag länger bleibe ich hier.«

»Keinen Tag länger?« Hastig kam Alexandra um die Liege und trat Maxim entgegen. »Aber Papa und ich sind doch gerade erst angekommen.«

»Lass gut sein, Xandi«, ging Abel dazwischen. »Unter diesen Umständen kann ich die Abreise von Maxim und seiner Familie verstehen.«

»Reist Philipp etwa auch ab?«

»Wir lassen euch unsere Entscheidung morgen früh wissen«, sagte Maxim.

Camilla Zeska beugte sich über Livia. »Soll ich Sie auf Ihr Zimmer bringen, meine Liebe?«

Ein Blick zwischen den Frauen. »Sie nicht. Alexandra wird mich begleiten.«

»Was soll denn das heißen?«, erwiderte Camilla konsterniert.

»Lass gut sein, mein Vogel.« Zeska nahm den Arm seiner Frau. »Deine Hilfe wird heute Abend nicht geschätzt.«

»Muss ich mir das gefallen lassen?«

»Ich fürchte, du musst, meine Taube.«

»Gute Nacht, Camilla«, sagte Maxim.

»Gute Nacht? Es ist noch nicht einmal Mitternacht.« Sie wand sich an Zeskas Arm.

»Ich fürchte, heute Abend haben wir die Geisterstunde bereits erlebt.« Ohne eine weitere Reaktion abzuwarten, verließ Maxim die Runde, ging auf die Prinzessin zu und drückte ihr sein Bedauern aus.

Vier Lakaien näherten sich dem leblosen Ludwig, hoben ihn hoch und trugen ihn aus dem Saal. Am anderen Ende schenkten die Künstler der sonderbaren Prozession kurz ihre Aufmerksamkeit, widmeten sich aber gleich wieder dem Wein und der Musik.

Als Hofteuffel sich zu Katrin wandte, um mit ihr über das Vorgefallene zu reden, trat sie zurück.

»Ich sollte mich jetzt um die gnädige Frau kümmern.«

»Natürlich.« Eine Verbeugung.

Katrin verließ den Saal nicht durch die Flügeltür, sondern durch eine Pforte, die in die Wandvertäfelung eingelassen war. Von dort führten ein Korridor zu den Dienstbotenräumen und eine Treppe in die oberen Zimmer. Sie erreichte Livias Boudoir vor der gnädigen Frau und beschloss, ihr ein Bad einzulassen. Dazu musste der Badeofen befeuert werden. Katrin tat es mit raschen Handgriffen. Als das Feuer brannte, legte sie Buchenscheite darauf, um die Hitze zu steigern. In diesem Moment betrat Livia das Zimmer und bat Alexandra, allein sein zu dürfen. Die Nichte zog sich zurück.

»Soll ich auch gehen, gnädige Frau?« Katrin trat aus dem Bad.

»Nein, ich bin froh, dass Sie da sind, Kathi.«

»Bis das Wasser heiß ist, dauert es noch ein paar Minuten.«

»Baden ist eine wunderbare Idee.« Livia fasste an den Verschluss in ihrem Rücken. »Helfen Sie mir?«

Katrin öffnete die Verschnürung.

»Verfluchter Mummenschanz.«

»Das Kostüm hat Ihnen ausgezeichnet gestanden.«

»Als Hure habe ich mich verkleidet, und zur Hure wurde ich gestempelt.«

»Aber nein.« Katrins Widerspruch fiel halbherzig aus. »Ludwig wird sich bei Ihnen morgen sicher entschuldigen.«

»Wem nützt das? Die Sache ist in der Welt. Nun glauben alle zu wissen, worüber so lange gemunkelt wurde.«

Katrin kannte die Gerüchte. Niemand hatte damals verstanden, weshalb Ludwig Korff Pankau zum Duell gefordert hatte. Mutmaßungen waren aufgekommen, dass Livia ein Verhältnis mit dem Leutnant gehabt hätte, doch in diesem Fall hätte Maxim als Ehemann seine Ehre mit der Waffe wiederherstellen müssen und nicht dessen Bruder. Katrin war froh gewesen, als das Gemunkel verstummt war. Nun hatte Ludwig nicht nur Licht ins Dunkel gebracht, sondern das sensationslüsterne Feuer von Neuem entfacht.

»Das Wasser müsste jetzt so weit sein.« Während Livia die Unterwäsche abstreifte, ging Katrin ins Bad. Das Thermometer war entsprechend gestiegen, sie drehte die Hähne auf und prüfte die Temperatur mit der Hand.

Katrin hatte die merkwürdige Vorstellung, als ob ihre vertraute Welt wanken würde. Die gnädige Frau, diese Säule der Ehrbarkeit, hatte sich auf einen Draufgänger in Uniform eingelassen. Hatte sie es aus Verbitterung getan, aus Hilflosigkeit, weil ihr alle anderen Wege zur Liebe ihres Mannes verschlossen schienen? Hatte sie Pankaus Avancen benutzt, um Maxims Eifersucht zu wecken? Seine Liebeserklärung kam Katrin in den Sinn, doch Maxims Liebe zu ihr und seine Ehre als Ehemann waren zweierlei. Wenn er von einer Affäre mit Pankau gewusst hätte, wäre die einzig mögliche Reaktion der Waffengang gewesen. Stattdessen war Ludwig so kühn gewesen, Pankau zu fordern.

Während Katrin, umgeben von Wasserdampf, all das durch den Kopf ging – Livia und der Leutnant, Maxim und seine verflossene Affäre mit Camilla, Maxims Liebe zu ihr –, bemerkte sie nicht, dass Livia bereits eingetreten war.

»Sie kommen mir heute so abwesend vor, Kathi.« Sie warf den Kimono ab und stand nackt vor der Hausdame.

»Sonderbare Tage sind das, alles ist so fremd, der Prunk dieser Räume, die Künstler und ihr dreistes Benehmen, die Stadt, der Karneval …«

»Und der Tod«, sagte Livia.

»Der Tod, gnädige Frau?«

»Auch in Wien habe ich manchmal das Gefühl, in einer Stadt zu leben, die den Tod verehrt, doch in Venedig spüre ich, dass alles dem Tode untertan ist.« Sie prüfte das Wasser mit der Fußspitze und stieg hinein.

»Soll ich etwas von der Essenz holen, die Sie so mögen?«

»Gerne.« Wohlig ließ sich Livia ins Wasser gleiten.

Katrin kehrte ins Boudoir zurück und griff nach der gläsernen Karaffe mit dem Badeöl.

Es klopfte.

»Bitte.«

»Ist es gestattet?« Maxim trat ein. »Verzeihung, ich wusste nicht …«

»Gnädiger Herr.«

»Ist meine Frau …?«

»Im Bad.«

»Störe ich?«, rief er durch die angelehnte Tür. »Ich kann später wiederkommen.«

»Bitte bleib, ich bade allerdings«, hörte man von drüben.

Katrin hob die Karaffe. »Ich wollte der gnädigen Frau gerade das Öl …«

»Lassen Sie mich das machen.«

Sie standen einander gegenüber. Zum ersten Mal lächelte Maxim so, wie man es von einem Verehrer erwartete. Er ließ den Blick über Katrins Gesicht, ihren Körper in dem schönen Kleid wandern, ohne Scheu, ohne Furcht und ohne seine Liebe zu verschleiern. Fragend und fordernd sah er Katrin an, während seine Frau, nur durch eine Tür getrennt, nackt in der Wanne lag.

»Was macht ihr da drüben?«, rief Livia auf das Schweigen, das sich ausbreitete.

»Katrin überlegt noch, ob sie mir das Badeöl aushändigen soll, damit ich es dir bringe.« Er lächelte. »Sie beschützt dich, wo sie kann.«

»Sie dürfen meinem Mann das Öl geben, Kathi.«

»Ja, gnädige Frau.« Sie reichte ihm die Karaffe. Während

er sie nahm, streichelte er ihre Finger, nur einen Augenblick lang.

»Brauchen Sie sonst noch etwas, gnädige Frau?«, rief sie, erschrocken und durchschauert zugleich.

»Gehen Sie nur. Sie können sich schlafen legen, Kathi.«

»Gute Nacht.« Sie trat vor Maxim zurück, der ihr nachsah, während sie zur Tür retirierte. Sie nahm an, dass er das Gespräch mit seiner Frau erst beginnen würde, nachdem sie gegangen war, doch noch während sie hinausschlüpfte, sagte er: »Es ist wohl meine Pflicht und Schuldigkeit, dich zu fragen, ob Ludwig mit seiner Anschuldigung recht hatte.«

»Sei doch still«, rief Livia leise. »Ist Kathi noch im Raum?«

»Sie ist gerade gegangen«, antwortete er mit Blick in Katrins Augen.

»Interessiert es dich überhaupt, ob Ludwig die Wahrheit gesagt hat?«

»Nicht besonders, ehrlich gestanden. Aber besprechen sollten wir es jedenfalls.«

»Gut, dann komm herein.«

Mit einem warmen Lächeln verabschiedete sich Maxim von seiner Hausdame, seiner heimlichen Geliebten, er verabschiedete sich im Bewusstsein, dass sie verstanden hatte. Selbst Livia, seine statuenhafte Frau, war nicht unfehlbar. Auch sie war anfällig für die Verlockung. Wie es aussah, hatte eine simple Leutnantsuniform sie zu Fall gebracht. Maxim las in Katrins Blick, dass sie den Sündenfall ihrer Herrin begriffen hatte.

Und so hatte sich der peinliche Vorfall, den Ludwig ausgelöst hatte, für Maxim in eine inspirierende Situation verwandelt, weil sie deutlich machte, dass in der Liebe nichts unmöglich war. Vieles existierte gleichzeitig nebeneinander, auch Maxims Liebe zu der schönen jungen Frau in dem historischen Karnevalskostüm. Er betrat das Bad, öffnete die Karaffe und ließ das Öl kreisförmig ins Wasser rinnen, während Katrin draußen lautlos die Tür schloss.

Ende und Anfang

22
Familienrat

Keiner von ihnen wusste, dass Alexandra lauschte. Es war von Vorteil, wenn man das Haus seines Großvaters so gut kannte. Alexandra machte sich das Ankleidezimmer von Julius zunutze. Man betrat es durch eine kleine Tür vom Korridor aus und ging von dort in den Herrensalon weiter. Man konnte sich aber auch zwischen den Anzügen des alten Mannes verstecken und die Ohren spitzen. Alexandra verstand nicht alles, aber das Wichtigste schnappte sie auf. Rasch war ihr klar, welchem Zweck die Versammlung der Familien diente. Es wurde die Causa Philipp und Alexandra besprochen.

Einen Tag, nachdem Julius von der Jagdhütte heruntergestiegen war, hatte er von Philipps wundersamer Genesung erfahren, von dessen Reise nach Venedig und der Tatsache, dass Alexandra ebenfalls dorthin aufgebrochen war. Andere, stichhaltigere Vorfälle waren nicht bekannt, doch das genügte Julius, um die Familien zusammenzurufen. Versammlungsort war das Palais am Rudolfsplatz.

Alexandra kauerte auf dem Boden und hielt das Ohr an die Tür gepresst.

»Ich schicke Philipp nicht schon wieder fort.« Livia schien am weitesten entfernt zu sitzen, sie war schwer zu verstehen.

»Es ist aber andererseits undenkbar, dass Alexandra die Stadt verlässt«, sagte Julius.

»Es gibt Mädcheninternate.«

»Meine Enkelin in einem Nonnenkonvikt? Kommt nicht

infrage. Nein, Philipp muss fort. Warum soll er nicht wieder nach Maine?«

»Ich bin dagegen«, sagte Livia.

»Es gefällt ihm dort nicht.« Das war Maxims Stimme. »Wie wäre es mit einem Internat im Salzburgischen?«

»Nein. Er muss weiter weg.« Ein hartes Geräusch, Alexandra kannte das, wenn Julius mit dem Stock auf den Boden stieß. »Es sollte mindestens ein Ozean zwischen den beiden liegen. Ihr habt erlebt, wie leicht die verrückten jungen Leute Grenzen überwunden haben, um zueinanderzukommen.«

»Woher wissen wir eigentlich, dass das Malheur nicht schon passiert ist?«, warf Maxim ein.

Darauf blieb es mehrere Sekunden still.

»Würde dir Alexandra so etwas erzählen?«, fragte Julius.

»Das bezweifle ich«, antwortete Abel.

»Ich finde, du solltest deinen Sohn befragen, ob er sich etwas zuschulden hat kommen lassen«, setzte Julius fort.

Alexandra presste das Ohr noch fester gegen das Holz. Maxims Antwort war von entscheidender Bedeutung.

»Gut. Ich rede mit ihm und frage ihn, wie er sich die ganze Sache vorstellt. Philipp ist ein vernünftiger Bursche, kein abgehobener Romantiker. Er weiß, was in dieser Welt möglich ist und was nicht.«

Maxims Worte machten Alexandra Angst, er hatte seinen Sohn treffend beschrieben. Philipp besaß kein großes Talent für gewagte Unternehmungen. Von der Planung der Reise bis zur Begegnung in Venedig hatte Alexandra alles allein erdacht, vorangetrieben und manchmal gegen Philipps Willen durchgesetzt. Sie war antriebsstärker als er, Philipp wartete lieber ab. Als sich die Wirklichkeit mit ihrem gemeinsamen Traum nicht in Übereinstimmung bringen ließ, war er sogar in eine Krankheit geflohen.

Alexandra war abgelenkt, sie hörte nicht mehr richtig zu, weil eine jähe Erkenntnis sie durchfuhr. Vielleicht war es nicht die alles überstrahlende Liebe zu Philipp, die sie antrieb, sondern das Abenteuer, der Kitzel, das Unerreichbare und Verbotene. Aus Alexandras Sicht gehörte die Welt den Wagemutigen. In solchen Momenten verfluchte sie den Umstand, dass sie eine Frau war, eine Frau im jahrhundertealten Gefüge dieses Kaiserreiches. Zuoberst stand der Imperator, unter ihm die Fürsten und Lehnsherren, darunter der niedere und der Geldadel, die Bürger, und so ging es immer weiter abwärts in der Pyramide, die ausschließlich aus Männern bestand. Frauen bevölkerten die Pyramide nur als schmückendes Beiwerk, die schöne Frau, die geduldige, die fürsorgliche, die gebärende Frau, damit schien ihre Lebensaufgabe erfüllt zu sein. Was aber tat eine junge Frau, wenn sie mehr wollte als das? Musste sie in der k.u.k. Welt nicht verzweifeln?

Alexandra kannte ein Beispiel für die Verzweiflung einer Frau, die zur Größerem geboren war: Livia Korff. Ihre Tante war eine Frau, der das Schicksal alles mitgegeben hatte, um ein freies, selbstbestimmtes Leben zu führen. Sie kam aus reichem Haus und war klüger als die meisten Männer. Ohne studiert zu haben, hatte sie eine exzellente Bildung genossen. Warum führte Livia trotzdem das konservative Leben ihrer Kreise? Weil sie an den falschen Mann geraten war. Sie hatte sich einen Egoisten ausgesucht, der es für selbstverständlich hielt, dass die Welt zu seiner Disposition stand. Maxims wirtschaftlicher Durchbruch war Livia zu verdanken, doch jedermann akzeptierte, dass er das Siegel des Genialischen trug, während sie neben ihm verkümmerte. Hätte Raphael Hofteuffel, der nach wie vor in sie verliebt war, nicht besser zu Livia gepasst, der scheue, rücksichtsvolle Forscher? An seiner Seite hätte Livia schillern können, doch vielleicht war er ihr einfach zu langweilig. Stille, sensible Männer waren oft die Langweiligeren, dachte Alexandra, das schien ein Naturgesetz zu sein. Die Kraftvollen, die das Leben bei der Wurzel packten, solche Männer wollte man als Frau, bei ihnen fühlte man sich zwar weniger geborgen, dafür umso lebendiger.

Alexandra dachte darüber nach, ob Philipp der Richtige für

sie war. Die Art und Weise, wie die Tage in Venedig verlaufen waren, ließ sie zweifeln. Weshalb lehnte Philipp sich nicht gegen seine Eltern auf? Als Mann hätte er die Möglichkeit dazu. Warum überließ er Alexandra den Kampf um ihr gemeinsames Glück allein? Wie würde sich ihre Beziehung entfalten, überlegte sie, wenn man der Familie die Zustimmung zu einer Ehe abringen könnte? Philipp interessierte sich für Wissenschaft, Alexandra für die Wirtschaft. Julius weihte sie häufig in komplizierte Details seiner Geschäfte ein. Das Bankwesen war Männersache, doch auch in diesem Punkt war die Welt im 20. Jahrhundert angelangt. Manche Tür, die für Frauen gestern noch verschlossen gewesen war, öffnete sich mittlerweile. In beruflicher Hinsicht würden Alexandra und Philipp eine gute Ehe führen. Doch sie wollte mehr, sie sehnte sich nach dem Außergewöhnlichen, sie war für Geduld und Duldsamkeit nicht geschaffen.

Weil Alexandra das so deutlich empfand, beschloss sie, die Sache selbst in die Hand zu nehmen. Einen besseren Moment gab es nicht, als wenn die Familienoberhäupter beisammensaßen. Obwohl es eigenmächtig war, die Sache in Philipps Abwesenheit beim Schopf zu packen, stand Alexandra auf und öffnete die Tür des Ankleideraumes mit einem Ruck. Wie die Figur einer Theaterkomödie stand sie da, umweht von den Anzügen ihres Großvaters.

»Da ihr euch offensichtlich über mich unterhaltet, ist es wohl recht und billig, wenn ich mich dazu äußere«, sagte sie und trat über die Schwelle. »Onkel Maxim, Tante Livia«, begrüßte sie die Gäste ihres Großvaters.

Man war aufgebracht über ihre Dreistigkeit, aber die Floskeln der Entrüstung verebbten rasch. Unaufgefordert setzte sich Alexandra an den Platz, den sie sonst beim Schachspiel einnahm.

»Ich möchte wenigstens eine Stimme haben, wenn es um meine Zukunft geht. Und Philipp sollte auch eine bekommen.«

»Solange du nicht volljährig bist, hat deine Stimme kein Gewicht«, antwortete Julius freundlich, doch ohne das geringste Anzeichen eines Zugeständnisses.

»Ich möchte ihre Meinung trotzdem hören.« Livia trank einen Schluck Kaffee.

»Die Verwandtschaftsehe ist keine Sünde.« Mit beiden Händen stützte sich Alexandra auf den Tisch und wiederholte den kleinen Vortrag, den sie schon Philipp gehalten hatte. Sie nannte die Gepflogenheiten der Rothschilds, führte Mitglieder des Hauses Habsburg an, sie weitete ihren Exkurs auf die Königshäuser Europas aus und schloss mit der unumstößlichen Logik ihrer Jugend, dass es nicht nur möglich, sondern sogar wünschenswert sei, die enge Verbindung der Familien Korff und Hahn für die weitere Zukunft auszubauen.

»Das hast du ziemlich ordentlich referiert«, schmunzelte Maxim. »Ich bin beeindruckt.«

»Ich wusste nicht, dass es dir so ernst ist, Xandi«, ließ sich Abel vernehmen.

Alexandra spürte die Hoffnung aufkeimen, dass sie mit einem einzigen Gespräch vielleicht die Weichen zu ihrem Glück gestellt hatte.

Julius ergriff das Wort. »Ich erlaube es nicht«, sagte er schlicht. »Ich werde es dir niemals gestatten. Eher enterbe ich dich.« Sein faltiges Gesicht wirkte entspannt, weder Wut noch Rechthaberei waren darin zu erkennen. Er gab lediglich seine Entscheidung bekannt. »Am besten, du vergisst die Sache schnell und endgültig und bringst es nie wieder zur Sprache. Ich werde nicht noch einmal mit dir darüber diskutieren.«

»Warum, Großvater?« Alexandra spürte, wie jegliche Farbe aus ihrem Gesicht wich. »Warum denn nur?«

»Ich bin dir keine Rechenschaft schuldig und werde dir keine geben. Ich sage nein. Das muss genügen.« Er blickte in die Runde. »Auch zu euch sage ich nein. Solltet ihr Verständnis für meine Enkelin haben, behaltet das bitte für euch. Ich bin der Patriarch des Hauses. Ohne mich kann die Ehe nicht geschlossen werden, und ich werde meine Zustimmung zu dieser Verbindung niemals erteilen.« Er lächelte. »Damit genug von dem Thema.«

Der alte Mann ließ das Glöckchen erklingen, das neben seiner Tasse stand. »Möchte jemand Tee? Ich hätte Lust, uns Gurkenschnittchen kommen zu lassen. Oder bevorzugt ihr eine Mehlspeise?«

Keinem der Anwesenden war nach etwas Süßem, es wurde lediglich Tee bestellt. Alexandra betrachtete ihre Verwandten, als ob sie in die Gesichter von Fremden sehen würde. Am anderen Ende der Tafel saß der Widersacher, der Feind, der alte Geier. Sein Antlitz war grau, seine Augen waren beschattet. Sein Kopf ähnelte einer Totenmaske. Zum ersten Mal empfand Alexandra Hass für diesen innig geliebten alten Mann.

23

Nach Argentinien

Der Erzherzog stand auf. »Sie stellen sich gegen die Elemente, Korff. Sie streuen Sand ins Getriebe dieser Monarchie.« Er tippte mit beiden Mittelfingern auf die Lederbespannung seiner Schreibtischplatte. »Seine Majestät ist nicht gesonnen, Ihren Alleingang zu tolerieren, geschweige, ihn unbestraft zu lassen. Haben Sie wirklich geglaubt, wir würden Ihren Wirtschaftspakt mit den Amerikanern nicht durchschauen, nur weil Sie ihrem Akkumulator drüben einen anderen Namen geben? Dieser Etikettenschwindel ist Betrug, Korff.«

Aufrecht stand Maxim vor dem Armeeoberkommandanten. »Der Produktname stammt nicht von mir, sondern von Wilson und Taft«, antwortete er. »Die Amerikaner kennen ihren Markt am besten.«

Kopfschüttelnd sah ihn der Erzherzog an, der Zwicker auf seiner Nase blitzte im Licht der Märzsonne. »Sie werden sich bald fragen, ob das zwielichtige Geschäft mit den Amerikanern es wert war, die Gunst Ihres Kaisers zu verspielen. Sie waren auf dem besten Weg, zum k. u. k. Hoflieferanten zu avancieren. Bei uns, beim Heer hätten Sie das Geschäft Ihres Lebens gemacht. Wozu haben Sie Ihre Erfindung an die Hinterwäldler weggeworfen? Weshalb mussten es unbedingt die Amerikaner sein?«

»Es ist der Weltmarkt, Exzellenz. Die Welt wird globaler. Große Ideen lassen sich durch nationale Grenzen nicht länger limitieren.«

»Sie träumen, Korff. Unsere Welt ist das Kaiserreich. Es zu

stärken, ist unsere Pflicht. Wir haben unsere Feinde nicht mit einer Technologie auszustatten, die sie in die Lage versetzt, unser Reich anzugreifen.«

»Die Vereinigten Staaten sind eine Macht des Friedens.«

»Das stimmt nur so lange, bis die Amerikaner etwas haben wollen, was wir ihnen nicht zu geben bereit sind. Das ist stets der Moment, wenn aus Freunden Feinde werden. Die Geschichte beweist es in endlosen Beispielen.«

Als Maxim nichts erwiderte, schloss Friedrich mit den Worten: »Sie haben die Erlaubnis, sich zurückzuziehen. Halten Sie sich in Evidenz für die Konsequenzen Ihrer Verfehlung. Es wird Ihnen untersagt, die Hauptstadt zu verlassen.«

»Sie stellen mich unter Hausarrest?«

»Das halte ich nicht für nötig, da unsere Beamten mich über jeden Ihrer Schritte informieren.«

»Ich werde überwacht?« Maxim straffte sich.

»Ich bin Ihnen keinerlei Auskunft schuldig. Wollen Sie allerdings bedenken, dass Ihre zwielichtige Rolle im Fall des ermordeten Leutnant Pankau ebenfalls gegen Sie zu Buche schlägt. Das Evidenzbüro hat Auftrag, in diesem Punkt Aufklärung zu schaffen.«

»Wessen werde ich verdächtigt?«, fragte Maxim markig.

»Vergreifen Sie sich nicht im Ton, Korff. Sie stehen keinem Kriminalkommissär gegenüber, sondern dem höchsten Repräsentanten der Kaiserlich Königlichen Armee.«

»Jawohl, Exzellenz. Verzeihen Sie.«

Der Erzherzog drückte auf den goldenen Knopf. Hinter Maxim ging die Tür auf, der Adjutant trat ein.

»Bringen Sie Herrn Korff zu seinem Wagen.«

Der Adjutant schlug die Hacken zusammen.

»Darf ich mich erkundigen, wie es um den Fall meines Chauffeurs steht?«, fragte Maxim zum Abschied, da sich seine Lage kaum noch verschlimmern konnte.

»Ich verbiete Ihnen, Ihrer bisherigen Impertinenz noch eine weitere hinzuzufügen. Was kümmert mich Ihr Chauffeur?«

Friedrich hob die Hand, um den unliebsamen Besucher hinauszuwinken.

Als ob er ihn erdolchen wollte, pflanzte sich der Adjutant dicht hinter Maxim auf. Eskortiert wie ein Delinquent trat er den Rückzug durch das weitschweifige Treppenhaus des erzherzoglichen Palais an.

Wäre es ein Pferd gewesen, Maxim hätte es die Peitsche spüren lassen. Doch er jagte im Overland durch die Stadt, preschte durch die Wallnerstraße auf den Kohlmarkt und weiter auf die Tuchlauben, erreichte die Brandstätte mit bedenklich hoher Geschwindigkeit, um zuletzt in die Jasomirgottgasse einzuscheren, wo ein überraschter Pförtner von Maxims Hupen hochschreckte und das Tor öffnete.

Nicht zum ersten Mal stand Maxims Unternehmen auf dem Spiel. Wer impulsiv war wie er, wem das Gespür für geduldiges Taktieren abging, wer sich für das Kämpfen und gegen das Aussitzen einer Situation entschied, machte sich Feinde am laufenden Band. Im Reich von Franz Joseph I. gab es keinen Alleingang auf eigene Faust. In diesem Imperium zirkulierte das Blut leise, man bewegte sich gehorsam im greisenhaften Schritt Seiner Majestät. Wer den Galopp bevorzugte, wer sich genialisch gebärdete, der brachte es unter diesem Kaiser nicht weit. In der Habsburgermonarchie war das Besondere, das Außergewöhnliche, vor allem aber das Blitzartige unerwünscht. Maxim hatte einsehen müssen, dass er ein Sonderling in diesem Land war und seinen Erfolg nur der Tatsache verdankte, dass der Korff-Akkumulator eine unschätzbare technische Neuerung darstellte. Nur deshalb hatte man ihn gewähren lassen. Damit schien es seit der Audienz beim Erzherzog nun vorbei zu sein.

Als Maxim wütend die Stufen zu seinem Büro hochstürzte, war der einzige Gedanke seines erhitzten Kopfes, alle Brücken zu Österreich abzubrechen, alles zu verkaufen und nach Argentinien auswandern. Er kannte Argentinien nicht, hatte überhaupt noch nie einen Fuß auf südamerikanischen Boden gesetzt. Doch in seinem Zustand, während ihm die wütende Glut durch die Glieder schoss, erschien ihm Argentinien als das richtige Land, wohin er sein Geschäft und sein Leben verpflanzen wollte. Keinen Tag länger war er bereit, dem versteinerten Apparat dieses Kaiserstaates zu dienen. Maxim war ein Gestalter, ein Schöpfer, ein Konquistador und Gipfelstürmer, nicht dazu geschaffen, das dünne Blut des Habsburgerreiches zu beleben. Er wollte seine eigene Dynastie gründen, die ausschließlich auf Entdeckerfreude und Wagemut aufgebaut war.

Gepeitscht von Destruktivität, getrieben von den inneren Bildern eines fantasierten Argentiniens stürmte Maxim ins Büro, ertrug die muffige Atmosphäre des Kontors keine Sekunde lang und trampelte in die Welt der Dienstboten weiter. Er wollte etwas essen, etwas Kräftiges, Fleisch, am besten scharf gewürzt.

»Ist vom gestrigen Gulyás noch was da?«, rief er, in die Küche stürmend.

Der große Raum war leer. Es war nicht die Stunde, in der hier hantiert wurde. Die Köchin und der Küchenjunge mussten beim Einkaufen sein. Die Pfannen hingen an der Wand, die Töpfe waren verstaut, auf dem Herd stand eine tönerne Kokotte, worin sich möglicherweise der Rest vom Gulyás befand.

Als Maxim gerade den Deckel lüpfen wollte, erhielt er einen Schlag gegen den Kopf. Auf dem Weg zum Herd war er an der Speisekammer vorbeigekommen, deren Tür sich in derselben Sekunde öffnete. Das Holz traf Maxim gegen die Stirn. Vor Überraschung schrie er auf.

»O Gott, gnädiger Herr.« Mit einem Beutel Zucker trat Katrin aus der Kammer.

»Kathi.« Er taumelte zurück.

»Ich habe Sie nicht gehört.«

»Ich habe Sie nicht gesehen«, riefen beide zur gleichen Zeit.

»Warum verstecken Sie sich da drin?«

»Ich muss die Zuckerstreuer im Salon auffüllen.« Zu ihrer Verteidigung hob sie den Beutel. »Kann ich etwas für Sie tun?«

»Ist noch was vom Gulyás da?«, erwiderte er, als gebe es in der momentanen Situation keine natürlichere Frage.

»Ich glaube, die Köchin hat den Rest selbst gegessen.«

»Wieso isst die mir das Gulyás weg?« Maxim hieb mit der Faust in die offene Handfläche.

»Darf ich Ihnen etwas anderes machen?«

»Ich will Gulyás.« Maxims Zorn war noch nicht verraucht. Aggressiv wanderte sein Blick über das blaue Kleid der Hausdame, die geknöpfelten Schuhe und die Schürze, die sie trug, wenn sie Arbeiten im Haushalt verrichtete.

»Kennen Sie Argentinien?«

»Argentinien? Nein, wie sollte ich?« Sie wollte es nicht zeigen, aber seine absurde Frage brachte sie zum Lachen.

»Lachst du mich aus?«

Katrin lachte hell. »Wie kommen Sie auf Argentinien?«

»Was ist daran so abwegig?« Ihr Lachen steckte ihn an. In seinem Zorn, seiner Verwirrung wollte er jetzt mit Kathi lachen. Er wollte den Unfug des heutigen Tages, die existenzbedrohende Misere, in die er geschlittert war, weglachen. Maxim hatte damit gerechnet, dass die vergreiste k.u.k. Bürokratie seinen Geschäftsabschluss mit den Amerikanern übersehen würde, doch die kaiserlichen Büttel waren ihm auf die Schliche gekommen. Es war zum Lachen, es war zum Schreien!

»Wollen wir zusammen nach Argentinien fahren?«, fragte er in seinem enthemmten Zustand.

»Zusammen?«

»Fahr mit mir, ich bitte dich.« Maxim trat vor sie. »Heute noch könnte ich die Schiffspassage buchen, wir nehmen den Nachtzug, der morgen früh in Lissabon eintrifft. Dort schiffen wir uns ein und verbringen drei himmlische Wochen auf hoher See.«

»Auf hoher See?« Auch Katrin verlor den Boden unter den Füßen. Der Irrsinn ihres Herrn steckte sie an, wenngleich sie das Ganze nur als Scherz verstand. »Das wäre was, wenn ich zur gnädigen Frau sagen würde: Leider kann ich Ihre Bridgepartie heute nicht ausrichten, weil ich mit dem gnädigen Herrn nach Argentinien reise.«

Maxim lachte aus vollem Hals. »Da würde Livia staunen! Das wäre ein Spaß, der sich gewaschen hat.«

Plötzlich waren sie einander nah. Ein Schritt von ihm, eine Wendung von ihr, ungewollt, ohne Absicht – Maxim stand Katrin so dicht gegenüber, dass er ihren Atem an seiner Wange fühlte, den Leberfleck neben ihrem Ohr entdeckte und die feinen Härchen, die unterhalb des Haaransatzes sprossen.

»Fahr mit mir weg, Kathi.« Er umfasste sie, die schlanke Lilie, fasste ihren hohen Rücken, zog sie zu sich und küsste Katrin auf den breiten, weichen, warmen Mund. Er küsste sie lange und voll Genuss, nicht wie ein scheuer Kavalier, der erst prüfte, ob sein Kuss erwünscht sei, er küsste sie, als ob sie schon viele Stunden küssend zugebracht hätten, als ob zwischen ihnen alles gesagt und vieles ausprobiert worden wäre, er küsste sie, als ob sie die Seine wäre, die er gleich an der Hand nehmen und in sein Atelier führen würde, um sie dort zu lieben.

»Wie sehr ich dich lieb hab«, flüsterte er und küsste ihren Hals, die Wangen, Schläfen, auch die Stirn. »Wie lange ich auf dich gewartet habe.«

Es fiel ihm nicht gleich auf, dass Katrin nicht erwiderte. Sie fasste weder seinen Hals noch seine Taille, drängte sich nicht an ihn, ihre Glieder wurden nicht weich in seiner Umarmung. Sie stand nur da und ließ sich küssen.

»Was hast du? Bin ich dir zu schnell?«, fragte er.

»Nein, gnädiger Herr.«

»Willst du mich nicht endlich bei meinem Namen nennen?«

»Das darf ich nicht.«

Er schüttelte sie sanft, ihr Kopf pendelte hin und her. »Sag es, bitte, sag Maxim zu mir.«

Ihr Rücken wurde hart. »Nein.« Sie entledigte sich seiner Arme.

»Nein?«

In der Pose der Umarmung blieb er stehen, lächerlich, wie er die Luft umarmte. »Warum nein?«

»Ich kann Sie nicht lieben.« Ihre Stimme klang wie Eis.

»Weshalb? Fühlst du nicht ähnlich wie ich?«

»Damit hat es nichts zu tun.«

»Womit sonst?«

»Ich darf mich nicht von Ihnen küssen lassen, mich nicht zu Reisen fortreißen lassen, solange ich hier bin.«

Ihre Antwort zauberte ein Schmunzeln auf sein Gesicht. »Wie sollte ich dich zu etwas fortreißen, wenn du gar nicht hier, sondern woanders wärst?«, erwiderte er verschmitzt. »Das ergibt wenig Sinn.«

»Machen Sie sich nicht lustig. Solange ich in Ihrem Haus arbeite, werde ich Sie niemals lieben können.«

»Warum nicht?«, fragte er vollkommen ehrlich und aufs Äußerste erstaunt.

»Wegen Ihrer Frau natürlich.«

Er breitete die Arme aus. »Habe ich dir nicht erklärt, dass zwischen meiner Frau und mir nichts mehr ist?«

»Erklärt, erklärt«, ging sie dazwischen. »Sie sind verheiratet. Ich diene Ihnen genauso gut wie der gnädigen Frau. Was wäre ich für eine Hausdame … In welcher Lage wäre ich, wenn ich morgens Ihrer Frau das Bad einlasse und abends zu Ihnen ins Atelier schlüpfe?«

»In einer pikanten, das will ich zugeben.«

»In einer grässlichen Lage wäre ich, in die ich nie geraten möchte.«

»Das ist deine ganze Sorge, dass es Livia missfallen könnte?« Er suchte in ihren Augen.

»Es ist das Entscheidende.«

»Aber wenn wir uns doch lieben.«

»Das tun wir nicht.«

»Noch nicht.«

»Ich kann Sie nicht lieben, gnädiger Herr. Es ist unmöglich, solange ich Ihre Angestellte bin.«

»Aber du möchtest es?«, drängte er. »Du möchtest es doch auch?«

»Ja.« Ein Atemzug. »Nein. Das lässt sich nicht so einfach beantworten.«

»Was wäre leichter als das?« Sein Ton wurde sanft. »Darf ich dir meine Liebe schenken?«

»Hören Sie auf.«

»Ich kann nicht, Kathi, dafür empfinde ich zu viel für dich.«

Als er sie berührte, sprang sie in den letzten Winkel der Küche fort, dorthin, wo im Sommer eine Paradeiserpflanze am Fenster stand.

»Ich werde Sie nicht lieben, gnädiger Herr. Niemals. Verstehen Sie? Ich bin Ihre Hausdame!« Katrin schrie aus Leibeskräften, schrie so unverhältnismäßig, dass Maxim trotz des Jagdfiebers, das ihn gepackt hatte, hastig die Tür schloss.

»Bist du verrückt? Sei still. Du schreist das ganze Haus zusammen.«

Sie rang um Fassung. »Verzeihen Sie …« Katrin hob die Schürze hoch und versteckte sich dahinter wie ein Kind.

»Schon gut, es ist ja nichts geschehen. Lass mich nur machen.«

Als er sich ihr nur einen einzigen Schritt näherte, schlug sie die Schürze nach unten. »Keinen Schritt näher! Bleiben Sie weg. Ich habe alles gesagt. Ich habe Ihnen alles gesagt.«

Katrin rannte los, erreichte den hinteren Küchenausgang und lief durch den Korridor zur Treppe. Maxim hörte ihre eiligen Schritte, die sich nach oben verloren.

Als ob er zum zweiten Mal vor den Kopf geschlagen worden wäre, stand er da. »Was war denn das jetzt?« Benommen und langsam wie ein Bär drehte er sich um. »Kann mich nicht lieben? Kann mich nicht lieben, weil sie meine Angestellte ist?«

Maxim durchfuhr ein heißer Schmerz. Katrins Nein war ein Dolch, den sie ihm ins Herz gebohrt hatte. Als er begriff, was ihre Worte tatsächlich bedeuteten, kühlte ihn die Ernüchterung binnen Sekunden ab. Sie hatte nein gesagt, unumstößlich galt ihr Nein, solange sie in seinem Haus war. Was hieß das für morgen und für jeden kommenden Tag, den Katrin ihn umgab? Er würde ihr begegnen müssen, als ob nichts geschehen wäre, und musste ertragen, dass sie Macht über ihn hatte. Katrin wusste jetzt von seinem offenen, wunden Herzen, ohne ihm das ihre geöffnet zu haben. Sie hatte ihn in der Gewalt, denn sie fühlte nichts, während er alles für sie fühlte. Die Liebe war ein Messer, bei dem ein Liebender den Schaft hielt, der andere aber die Klinge. Gerade hatte Katrin ihm die Klinge in die Hand gedrückt, Maxim umklammerte das scharfe Eisen. Es blutete, es schmerzte. Sein Blick schweifte zum Herd. Die Köchin hatte ihm das Gulyás weggegessen. Das war ein Tag, an dem ihm wirklich nichts erspart blieb.

Maxim war ein kluger Mann. Darum durchschaute er seine kindische Haltung selbst, seinen Trotz, die dumme männliche Infantilität. Weil er sich durchschaute, verachtete er sich ein wenig, aber er konnte nicht aus seiner Haut, er war ein Korff. Er ließ sich nicht gängeln und regieren, er war Korff, der Gestalter. Er befahl, was zu geschehen hatte, und ließ sich von niemandem etwas sagen, weder von seinem Kaiser noch von seiner Hausdame. Er war Korff, und er wollte jetzt ein Gulyás.

Nach kurzer Überlegung beschloss Maxim, ins Café Frauenhuber in die Himmelpfortgasse zu gehen. Dort servierten sie ein anständiges Kalbsgulyás mit Knödel.

24
Der Elefant

Vier Stockwerke musste Katrin die schweren Koffer hieven. Da war keiner, der ihr half. Im Hause Korff hätte sie in einem solchen Fall den alten Hallhuber gerufen, und der Haushofmeister hätte Katrins Koffer an den rechten Platz befördern lassen. Hier gab es keinen Haushofmeister und keine Bediensteten, ab heute gab es nur noch Katrin selbst. Ihr war mulmig zumute, zugleich fühlte sie sich erfüllt von einer neuen Kraft. Wenn alles neu war, gab es keine Trägheit mehr. Die Arabesken der Trauer, die Sentimentalität des Rückblicks verbaten sich. Man hatte an das Kommende zu denken und das Liebgewonnene zurückzulassen.

Ihr Glück, bei den Korffs in privilegierter Stellung zu arbeiten, war zuletzt dem schleichenden Gefühl gewichen, dass sich mit jedem Tag alles düsterer und schleppender anfühlte. Handgriffe, die sie sonst mit Liebe ausgeführt hatte, das Arrangieren der Blumen, die Gästelisten, die Besprechung des Speiseplanes waren ihr wie Sisyphosaufgaben vorgekommen. Katrin war die Leichtigkeit abhandengekommen, mit dem Personal umzugehen. Im Gegenzug hatte sich das Personal von ihr zurückgezogen, da man wusste, Kathi würde nicht mehr lange bleiben.

Die Neuigkeit war rasch durchgesickert. Danach hatte sich eine Wende vollzogen, die den raschen Abschied wünschenswert machte. Doch der wirkliche Abschied war schleppend vonstattengegangen. Das hatte nicht an Maxim gelegen, er hätte die Dinge gern in seinem üblichen Blitztempo vorangetrieben.

Livia war der Bremsklotz jener Veränderung, sie hatte Katrin nicht gehen lassen wollen, da sie den Grund dafür nicht verstand, nicht verstehen konnte.

Keiner wusste so gut, was die Stunde geschlagen hatte, wie Katrin selbst. Durch ihre Weigerung, ein Verhältnis mit dem gnädigen Herrn einzugehen, hatte sie die Vertreibung aus dem Paradies selbst ausgelöst. Ihre Stellung bei den Korffs war nur so lange ideal, wie das Verhältnis zu ihrem Herrn ein liebenswürdiges war, das der weitergehenden Liebe nicht bedurfte. Sie empfand Bewunderung und Respekt für ihn, trotzdem konnte sie jene Grenze nicht überschreiten, sie würde niemals seine Geliebte werden. Auf diese eine Art wollte sie ihm nicht dienen, und das hatte seinen Preis.

Maxim hatte versichert, Katrin müsse nicht gehen, bevor er eine ebenbürtige andere Stellung für sie gefunden hätte. Sie hatte angekündigt, selbst für ihren weiteren Weg zu sorgen. Maxim hätte das akzeptiert, nicht aber Livia. Katrin erinnerte sich an mehrere Vorfälle, bei denen die Stimmen der Korffs durch das Haus gegellt waren; das Thema war die Kündigung der Hausdame. Als die Tage verstrichen und sich keine Lösung abzeichnete, als Katrin ihren Dienst weiterhin verrichtete, aber unter der eigenen Halbherzigkeit litt, war sie zu Livia gegangen und hatte erklärt, es sei Zeit, weiterzuziehen. Sie hatte keinen vernünftigen Grund vorbringen können, war in der Sache aber standfest geblieben. Livia bedankte sich und ließ sie schließlich gehen. Von diesem Zeitpunkt bis zum Tag ihres wirklichen Abschieds hatte sie Maxim Korff mit anderen Augen gesehen, immer noch bewundernd, erstaunt über seine Energie, doch sie sah ihn auch als Mann. Ein Mann, der nicht gekriegt hatte, was er wollte, und die Frau, der er sich eröffnet hatte, weglegte wie ein Spielzeug.

Was ihren Auszug ein weiteres Mal verzögert hatte, war die neue Stellung, die gefunden werden musste. In einem offiziellen Zeugnis, das jede Familie von Rang einer scheidenden Bediensteten ausstellte, hätte die Sache mit dem Kind Erwähnung finden müssen. Das wollte Livia vermeiden, Katrin sollte den Dienst bei ihnen ohne Makel verlassen. Eine Bewerbung in einem gräflichen oder fürstlichen Haushalt, wie es Livia vorschwebte, war in der momentanen Lage jedoch schwierig, weil sich das Haus Korff gesellschaftlich in einer heiklen Lage befand. Der Bannfluch, den Erzherzog Friedrich ausgesprochen hatte, zeigte Wirkung. Maxims Position in den Wiener Kreisen war in eine Eiszeit geraten. Solange der Erzherzog die Isolierung nicht aufhob, war es sinnlos, auf die Unterstützung einflussreicher Familien zu hoffen. Kurz, es war schwierig, Katrin weiterzuvermitteln.

Bis ein glücklicher Zufall Raphael Hofteuffel auf den Plan gebracht hatte. Er brauchte keine Hausdame, sondern eine Assistentin, weshalb es den Korffs nicht in den Sinn gekommen war, Katrin vorzuschlagen. In Wirklichkeit war Hofteuffel auf der Suche nach jemandem, der sowohl seine Notizen sortierte als auch seinen Haushalt von dem Chaos befreite, in das der alleinstehende Gelehrte geschlittert war. Als Hofteuffel von der Misere der Korffs erfuhr, hatte er spontan das Angebot gemacht, Katrin könne bei ihm anfangen.

Atemlos erreichte sie den obersten Absatz.

Die Tür ging auf. »So, da sind Sie ja«, begrüßte sie Hofteuffel. »Haben Sie es leicht gefunden?«

»Ich habe mich zweimal verlaufen«, antwortete sie zwischen heftigen Atemstößen.

»Man muss die Gässchen hinter der Gumpendorfer erst einmal kennen.« Er klatschte in die Hände. »Herzlich willkommen, herein, nur herein.« Er stand in Hemd und Hosen vor ihr, ohne Schuhe, in grauen Strümpfen. »Verzeihen Sie meine Aufmachung, ich hatte mich gerade ein bisschen hingelegt.«

»Um elf Uhr vormittags?«

»Das ist so eine Angewohnheit. Wenn ich bei einem Problem nicht weiterkomme und mein Gehirn den Zugang zu dem gewünschten Wissen verweigert, umgehe ich mein Gehirn, ich schalte es einfach aus. Dann lege ich mich schlafen, egal um welche Uhrzeit.« Lächelnd bat er sie herein. »Im Schlaf öffnet das Gehirn seine Schranken und das Unterbewusste, wie es heute neumodisch heißt, spült das Wissen an die Oberfläche. Verstehen Sie?«

Katrin wollte antworten, doch sie verstummte. Ein solches Wirrwarr von Dingen, die nicht zusammengehörten, hatte sie noch nie gesehen. Die Bratpfanne neben dem Mikroskop, Bücher und Wäsche, Papiere in Bergen, ein Fernrohr, über dem der Schlafanzug hing, Journale, Essensreste, halb volle Gläser, gestapeltes Brennholz und im Zentrum ein bronzener Elefant mit emporgerecktem Rüssel. Hofteuffels Wohnraum war groß, doch unter der Flut das Allzuvielen wirkte das Zimmer wie das Lager eines Gerümpelsammlers.

»Es ist alles noch etwas unsortiert«, lächelte er, weil ihm Katrins Schock über die Zustände nicht entging. »Bestimmt wollen Sie erst einmal wissen, wo Sie wohnen werden.«

Sie durchquerten sein Schlafzimmer, das sich vom Wohnzimmer nur durch das ungemachte Bett unterschied. Hinter der Küche kamen sie auf einen Korridor, an dessen Ende Hofteuffel ein sonniges Zimmer öffnete, das Katrin sofort gefiel. Ein Kastanienbaum reckte sich im Hinterhof der Sonne entgegen. Er hatte seine Kerzen schon abgeworfen, der Frühling war vorbei, die Vorboten des Sommers erwärmten die Straßen Wiens. In der Jasomirgottgasse bereiteten die Korffs bereits den Umzug an die Donau vor.

»Das Zimmer gefällt mir«, sagte Katrin und betrachtete Tisch, Bett und Schrank.

»Die Küche ist nebenan, auch der Waschraum, und hier …« Er führte sie auf den Korridor. »Hier hat meine Wohnung einen zweiten Eingang. Sie können kommen und gehen, wie Sie wollen.«

»Das ist praktisch«, antwortete sie, da ihr sonst kein Kompliment zu seiner Wohnung einfiel.

»Ach, wir haben Ihre Koffer drüben vergessen.«

Gemeinsam kehrten sie zum Haupteingang zurück. Während Hofteuffel ihr Gepäck nahm, warf Katrin einen zweiten Blick auf die Unordnung. Es würde Tage, wenn nicht Wochen dauern, hier Ordnung zu schaffen. Die Beseitigung dieses Chaos sollte für das Neue in Katrins Leben stehen. Das Neue war dem Abgelebten immer vorzuziehen.

Der Kaiserin-Elisabeth-Bahnhof wurde durch ein eisernes Zeltdach überspannt und bot nach dem Umbau und der Erweiterung Platz für fünf Gleise. Die beiden Türme, die die Ausfahrt der Züge seit 1858 flankiert hatten, waren im vergangenen Jahr abgerissen worden.

Alexandra hatte den Bahnhof nicht durch das Portal mit den säulengetragenen Bögen betreten, sondern von der Arkadenseite her. Sie war im Fiaker gekommen, hatte die Freitreppe gemieden und sich durch einen Seitentrakt dem Gleis Nummer drei genähert. Da stand sie, in eine Nische gedrängt, als wäre sie das heimliche Liebchen eines Verbrechers, der auf die Teufelsinsel deportiert werden sollte. Die Teufelsinsel war in Wirklichkeit das englische Wycliffe College, südlich von Gloucester gelegen, die weiteste Entfernung zu Wien, der Livia zugestimmt hatte. Man hatte Alexandra verboten, Philipp vor der Abreise noch einmal zu sehen, doch niemand konnte ihr verbieten, von ihm Abschied zu nehmen. Vorhin war sie an der Statue der verstorbenen Kaiserin vorbeigehuscht und hatte deren Beistand erfleht. »Sissi, hilf mir«, hatte Alexandra geflüstert.

Seit Minuten beobachtete sie Mutter und Sohn auf dem Bahnsteig. Sie waren nur zu zweit, Maxim hatte wohl keine Zeit gehabt, mitzukommen. Livia umarmte Philipp bereits zum vierten Mal. Er machte unmerkliche Rückzugsbewegungen und hätte es wohl begrüßt, wenn der Abschied rasch vorbei gewesen wäre.

Es zischte, ein Pfiff ertönte. Der Schaffner forderte den jungen Herrn höflich auf, einzusteigen. Philipp kam der Aufforderung erleichtert nach. Sein Gepäck war vorhin von einem Dienstmann bereits ins Abteil geschafft worden. Ein letzter

Kuss, die allerletzte Umarmung, Philipp sprang die Treppe hoch. Während er sein Abteil suchte, folgte Livia ihm draußen auf dem Bahnsteig. Bis zum letzten Augenblick wollte sie den geliebten Sohn im Blick behalten, bevor der Zug hinausrollen würde, zunächst in die österreichische Provinz, dann durch das Deutsche Reich und Belgien, wo Philipp die Fähre auf die britische Insel nehmen sollte.

Alexandra hatte keinen Versuch unternommen, Philipp vor seiner Abfahrt zu treffen, sondern ihren eigenen Plan gesponnen. Während Livia neben dem Zug herlief, huschte Alexandra zum hintersten Wagen. Wenn Livia sich nur jetzt nicht umdrehte! Alexandra fasste den Haltegriff und betrat die unterste Stufe.

»So eilig, Fräulein?«, sagte eine Stimme.

Es war nicht der Schaffner, sondern ein schwarz gekleideter Herr mit Brille. Sie erschrak.

»Sie kommen im allerletzten Augenblick. Darf ich?« Er fasste ihren Ellbogen und wollte ihr hinaufhelfen.

»Danke, es geht schon.«

»Ich lasse so ein hübsches Fräulein nicht unbegleitet einsteigen.« Lächelnd hielt er ihren Arm eisern fest. »Wo ist Ihr Gepäck?«

»Es wurde bereits verstaut«, log sie.

Wenn Alexandra gehofft hatte, dass der Mann nun auf den Bahnsteig zurücktreten würde, täuschte sie sich. Hinter ihr stieg er ein.

»Welches Abteil, wertes Fräulein?«

»Danke. Ich finde mich allein zurecht.«

»Aber nein, die Höflichkeit gebietet …« Er folgte ihr durch den Korridor.

»Lassen Sie mich endlich in Ruhe«, erwiderte Alexandra schroff.

»So unfreundlich, Gnädigste?« Der Mann blieb stehen.

»Ich danke Ihnen, dass Sie mir geholfen haben, aber jetzt möchte ich allein sein.«

Alexandras Plan war simpel. Sie hatte ein Billet bis Salzburg gelöst. Das bedeutete, dass sie vier Stunden mit Philipp beisammen sein konnte, bevor sie nach Wien zurückkehren würde. Ihren Eltern hatte sie gesagt, sie treffe eine Freundin in der Stadt. Sie brauchte nur zu warten, bis der Zug den Bahnhof verlassen hatte, dann würde sie Philipps Abteil suchen. Sie hatte ihm ihren Plan nicht mitteilen können. Es war ihnen untersagt, einander zu schreiben. Julius hatte mit seiner Ankündigung der totalen Trennung von Cousin und Cousine Ernst gemacht.

Ein Ruck zeigte an, dass sich der Zug in Bewegung setzte. In der Gewissheit, der Aufdringlichkeit des Herrn in Schwarz entkommen zu sein, setzte Alexandra den Weg entlang der Abteile fort.

»Fräulein Hahn, ich muss Sie bitten, mich zu begleiten.« Zwei Schritte hinter ihr präsentierte der Mann plötzlich eine Plakette, die in der schwachen Flurbeleuchtung etwas Unheilvolles hatte. »Staatspolizei.«

»Was?«

Ihr wurde kalt und heiß zugleich. Sie spürte, wie ihre Beine zu zittern anfingen. »Ich verstehe nicht. Was will die Polizei von mir?«

»Ich werde Sie nach Hause begleiten, Fräulein Hahn.«

»Mit welcher Legitimation?«

Die Frage brachte den untersetzten Mann zum Schmunzeln. »Mit der Legitimation, dass ich von der Polizei bin. Sie dürften sich gar nicht in diesem Zug aufhalten.«

»Darf nicht? Warum?«

»Wollen wir uns jede weitere demütigende Erklärung ersparen?« Er nickte väterlich. »Seien Sie jetzt brav und kommen mit mir.«

Brav war ein Wort, das man Alexandra gegenüber besser nicht verwendete. »Der Zug fährt ja schon«, widersprach sie.

»In Purkersdorf hält er zum ersten Mal. Dort werden Sie mit mir aussteigen. Das Automobil Ihres Großvaters erwartet Sie.«

Julius!, durchfuhr es Alexandra. Der alte Geier hatte es mit dem Verbot allein nicht bewenden lassen, er ließ sie überwachen. Dass der Bankier beste Beziehungen zu den Behörden hatte, war Alexandra nicht neu. Dass er sie gegen die eigene Enkelin ausspielte, machte sie fassungslos und wütend.

»Lassen Sie mich wenigstens bis Purkersdorf allein«, spielte sie ihre allerletzte Karte aus. »Nur zehn Minuten, wenigstens fünf.« Sie wollte Philipp noch einmal küssen, bevor er endgültig verschwand.

»Sie wissen, dass ich Ihnen das nicht gestatten darf.«

Der Mann wirkte nicht gefährlich, doch sein Beruf machte ihn zu Alexandras Feind. Wahrscheinlich war er verheiratet, hatte Kinder und kannte die Sorgen, die man mit ihnen hatte.

»Bitte, lieber Herr …« Sie trat vor ihn. »Lassen Sie mich nach vorne laufen. Ich bin in fünf Minuten wieder da, das schwöre ich.«

»Es geht nicht.« Der Polizist öffnete eine Tür. »Besser, wir setzen uns in dieses Abteil. Bitte, Fräulein Hahn, machen Sie es mir nicht schwer.«

In seiner Miene war etwas Geduldiges, zugleich Erschöpftes, das Alexandra besänftigte. Sie war sechzehn Jahre alt. Sie hatte ja noch so viel Zeit vor sich, in der sie ihren Liebsten sehen konnte. Denn eines wusste Alexandra gewiss, dies würde kein Abschied auf immer sein. Sie trat in das leere Abteil und setzte sich.

»Wird Großvater mich in Purkersdorf erwarten?«

»Er hat Sie sehr lieb, Ihr Großvater, wissen Sie?«, erwiderte der Mann.

Alexandra lehnte sich zurück. Nach einer Weile wurde sie doch traurig bei dem Gedanken, dass nur wenige Abteile entfernt ihr Liebster saß und keine Ahnung hatte, dass sie bis Purkersdorf mit ihm reiste. Ihr Blick fiel aus dem Fenster, wo die schlichten Gebäude des fünfzehnten Wiener Gemeindebezirkes vorbeizogen.

25
Das Ende

Maxim saß vor dem Pavillon. Der Tag war kühl, trotzdem hatte er Schuhe und Strümpfe ausgezogen. Ruhig und behäbig floss die Donau vorbei, in der Villa waren alle damit beschäftigt, den Umzug oben in die Sommerresidenz abzuschließen.

Maxim suchte nach der inneren Bestätigung, dass sich die Dinge seit Katrins Abschied zum Besseren gewendet hätten. Sein Alltag, seine Gemütslage, alles sollte allmählich zur Ruhe kommen. Doch es gelang ihm nicht, sich selbst zu betrügen. Mit Katrin im Haus hatte er atmen, lachen, hoffen können, jeder Tag mit ihr war ein Gewinn gewesen, jeder Tag ohne sie fühlte sich unbedeutend an. Die Leere, die sie zurückließ, war überwältigend. Umsonst sagte er sich, dass diese Art von Liebeskummer eher seinem Sohn Philipp zustand, es half nichts, er vermisste Kathi so sehr, dass es ihm körperlich wehtat.

Der Junge war abgereist. Er würde das ganze nächste Jahr in England verbringen, und wenn er zurückkam, wäre er dem Elternhaus fast entwachsen. Man konnte nichts dagegen tun, dass die Kinder das Nest verließen, aber gegen die eigene Perspektivlosigkeit musste man etwas unternehmen. Maxim wünschte sich den inneren Antrieb früherer Tage, als er jeglichen Trübsinn beiseitegewischt und die Dinge beim Schopf gepackt hatte. Leider bot sich ihm gerade keine Herausforderung, die sein Feuer hätte entfachen können. So verlockend die Jahreszeit war, jene einmaligen Tage, wenn der Frühling sich in den Sommer verwandelte, wenn aus dem zarten Grün die dunklere Farbe des Juni und des Juli wurde, so prachtvoll die Donau sich an ihm vorbeiwälzte, Maxim sah der kommenden Zeit lustlos entgegen.

Was ihm blieb, war sein Leben mit Livia, die Maxims Schwermut spürte, aber das Interesse verloren hatte, etwas daran zu ändern. Maxim verachtete sich dafür, Livias Leben grau und ereignislos gemacht zu haben, doch es zeichnete sich kein Ausweg ab. Eine Scheidung kam nicht infrage, zu eng war das Private mit dem Geschäftlichen vernetzt. Die Trennung von Livia hätte den Schnitt mit dem Bankhaus Hahn bedeutet. Normalerweise wäre das zu verschmerzen gewesen, da Theodor Zeska, Maxims Kompagnon, die Mittel besaß, den Ausfall der Bank abzudecken. Doch die Umstände waren leider alles andere als normal.

Die Außenhandelsbilanz der Firma ließ zu wünschen übrig, auch das Inlandsgeschäft war drastisch zurückgegangen. Maxim hatte den Einfluss der Armee, das hieß, des Erzherzogs, unterschätzt. Die Aufträge für die Heeresmaschinerie blieben aus und hatten sogar das Privatgeschäft nach sich gezogen. Maxim hatte die Produktion der Werke Floridsdorf und im tschechischen Eger bereits drosseln müssen, weitere Sparmaßnahmen wurden notwendig. Ein Mann wie Erzherzog Friedrich, den jedermann für einen degenerierten Paladin des Kaisers hielt, hatte es geschafft, die Korff-Werke ins Straucheln zu bringen.

Maxim hörte ein Geräusch aus dem Tunnel. Dort kam Livia. So nötig es war, dass sie sich endlich aussprechen sollten, so sehr fürchtete Maxim das offene Wort.

»Ganz allein?«, fragte sie im Näherkommen.

»Setz dich doch.« Er stand auf und brachte ihr einen zweiten Korbstuhl aus dem Pavillon.

Nebeneinander blickten sie auf den Strom und brauchten einander daher nicht in die Augen zu sehen. Wir bemühen uns so, dachte Maxim. Wir strengen uns an, freundlich, rücksichtsvoll und einfühlsam zu sein, und quälen uns dabei nur noch mehr. Sah so das Gefühl aus, wenn das tiefe Verstehen der anderen Person nicht ausreichte, um die gegenseitige Liebe am Leben zu erhalten? Verständnis und Verlässlichkeit waren kein Ersatz für verloren gegangene Liebe. Sollten sie etwa den Rest ihres Lebens so zubringen?

»Dir fehlt der Bub, nicht wahr?«, fragte er.

»Ich habe ihm geschrieben, rechne aber nicht so bald mit einer Antwort. Er muss sich erst einleben in dem Internat in …« Sie legte den Finger ans Kinn. »Jetzt habe ich schon wieder den Namen dieses Ortes vergessen.«

»Es ist kein Ort, das Internat liegt abgeschieden auf dem Land. Die nächste größere Stadt ist Gloucester.« Maxim nahm eine Zigarre aus dem Etui. »Hast du etwas von Alexandra gehört? Wie wird sie mit dem Bannfluch ihres Großvaters fertig?«

»Mach dich nicht darüber lustig. Sie leidet, glaube ich, sehr. Bedenke, was Alexandra auf sich genommen hat, um mit Philipp zusammen zu sein.«

»Du schilderst ihr Liebesabenteuer, als ob es eine Bürde gewesen wäre. Ich bin sicher, die beiden haben die Romanze genossen.«

»Du musst es ja wissen.« Forschend sah sie ihn an.

»In diesem Alter warst du doch bestimmt auch verliebt, in deinen Lehrer, einen Mitschüler …« Er wich ihrem Blick aus. »In irgendjemanden muss man ja verliebt sein.«

»Ist das so?«

Maxim wollte sich die Zigarre anzünden, aber der Wind blies das Streichholz immer wieder aus. Er trat in den windgeschützten Pavillon. »In Alexandras Alter vergisst man solche Sachen schnell, besonders wenn das Objekt der Begierde nicht mehr in der Nähe ist.« Mit der glimmenden Zigarre kam er zurück.

»Objekt der Begierde – so bezeichnest du unseren Sohn?«

Maxim gestand sich ein, dass er in diesem Augenblick an Katrin gedacht hatte. Was begehren wir? Wir begehren, was wir täglich sehen, dachte er und hoffte, dass die Sehnsucht auch bei ihm irgendwann zum Erliegen kommen würde. Obwohl Kathi längst nicht so weit entfernt war wie Philipp, schien sie vollkommen aus seiner Welt verschwunden zu sein.

»Was sind deine nächsten Pläne?«, fragte er, um solche Gedanken zu verscheuchen.

»Ich werde verreisen.«

»Wir sind doch gerade erst hier herausgezogen.«

»Ich wollte dir den Umzug nicht allein aufbürden. Doch jetzt gibt es für mich nichts mehr zu tun und eigentlich auch nichts, was mich hält.«

Er verstand die Beleidigung, ging aber darüber hinweg. »Das verstehe ich nicht. Ab heute beginnt unser Sommer. Die schönsten Wochen des Jahres.«

»*Unser* Sommer?« Ihre Augen hatten den dunklen, violetten Glanz, der ihn faszinierte. »Inzwischen gibt es keine Zeit mehr, die wir als die *unsere* bezeichnen können.«

»So siehst du das?«

»Du etwa nicht?«

Die Vorstellung, allein in der Kahlenberger Villa zu sitzen, mit niemandem zur Gesellschaft als Ludwig, machte Maxim Angst. »Zurzeit ist es einfach verflixt mit mir«, gestand er ein. »Die Firma, der Ärger mit dem Erzherzog, dazu Zeska, der mir an der ganzen Misere die Schuld gibt …«

»*Verflixt* ist eine harmlose Umschreibung für unsere Ehe«, unterbrach sie ihn nüchtern. »Wenn du es so ausdrücken willst, dann ist es schon seit Jahren verflixt.«

Sie sagte es nicht vorwurfsvoll, trotzdem hörte er ihre tiefe Traurigkeit heraus.

»Ich hoffe nichts mehr von dir, Maxim, das sollst du wissen. Ich führe keine Klage gegen dich oder unsere Ehe, ich halte es nur einfach nicht mehr aus. Diese Villa, dieses Leben, unsere Freunde, denen wir die Komödie vorspielen, dass wir ein beneidenswertes Paar wären, die ewig gleichen Gespräche, die gleichen Enttäuschungen, ich muss daran etwas ändern, sonst gehe ich zugrunde.«

Er hätte ihr widersprechen und Beispiele anführen müssen, was gut und rettenswert an ihrer Ehe sei, doch durch sein Schweigen signalisierte er Livia, dass er ihre Einschätzung teilte.

»Wohin willst du fahren?«, fragte er nach einer Weile.

»Wahrscheinlich zu Philipp.«

»Er ist gerade erst aufgebrochen.«

»Ich werde mich ihm nicht aufdrängen. Du bist nicht der Einzige, der die britische Insel liebt. Vielleicht reise ich eine Weile durch Schottland oder quartiere mich in einem englischen Seebad ein.«

»Das hört sich nach einer längeren Reise an.«

»Das habe ich auch vor. Liegt Gloucester eigentlich am Meer?«

»Es besitzt einen Hafen, von dem man über den Fluss Severn in die Irische See gelangt.«

»Ach, so ist das.« Livia stand auf. »Du brauchst mich doch gar nicht mehr.« Mit diesen Worten lief sie ans Ufer.

Maxim zögerte. Alles sperrte sich in ihm, ihr nachzugehen. Widerwillig tat er es trotzdem und holte sie ein.

»Warum unternehmen wir diesen Sommer nichts zusammen? Lass uns nach Südfrankreich fahren, oder wir mieten ein Boot und umsegeln Italien. Was hältst du davon?«

»So, wie es um die Firma steht, kannst du hier gar nicht weg«, antwortete sie, ohne stehen zu bleiben. »Du hast Angst, allein zu sein, nur deshalb versuchst du mich zu halten.« Sie drehte sich um und legte ihm die Hand auf die Schulter, wie man einem ungezogenen Schüler ins Gewissen redet. »Nein, Max. Diesmal machen wir es so, wie ich will. Ich gehe weg, weil ich das alles nicht mehr sehen kann, diese falsche Fassade der Schönheit, des Reichtums, der Bequemlichkeit. Alles, was uns umgibt, ist wie Falschgeld. Es funkelt, aber man kann nichts dafür kaufen. Es ist wertlos.«

»Hältst du mich auch für Falschgeld?« Er wollte ihre Hand ergreifen, sie zog sie zurück.

»Nein, du bist ein Original, Max. Du bist der echte Korff,

der sich niemals ändern wird.« Ein kurzes Lächeln, es verflog sofort.

»Glaubst du denn, dass dieses Gefühl von Überdruss sich an einem anderen Ort, in einem fremden Seebad verbessern würde?«, fragte er.

»Das weiß ich nicht. Alles ist im Moment besser als das, was wir durchleben.« Sie nahm den Uferweg.

»Ich brauche dich, Livia«, flüsterte er, doch sie hörte es nicht mehr. Alles ist besser, dachte Maxim. Alles. Wind kam auf, Wind zerrte an Livias Sommerkleid. Zum zweiten Mal lief er ihr nach.

»Du hast mir in Venedig nicht gesagt, was wirklich zwischen dir und Pankau war.«

»Ich habe dir erklärt, dass Ludwig sich geirrt hat. Dass er Pankau grundlos zum Duell gefordert hat.«

»Warum sagst du mir nicht, was damals wirklich geschah?«

»Weil es einer Rechtfertigung gleichkäme. Ich habe nichts zu rechtfertigen.«

Sein Ton wurde schärfer. »Wie klug von dir. Du willst nichts sagen, und Pankau kann nichts mehr sagen.«

Wortlos ging sie weiter.

»Livia! Livia!«, schrie er. »Bleib stehen!«

Vielleicht hatte sie es nicht gehört, vielleicht wollte sie sich nicht mehr umdrehen. Unbeirrt nahm Livia den Weg flussabwärts. Maxim sah ihr nach, bis sie um die nächste Biegung verschwand.

Passage nach Indien

26
Der Käfig

»Der Uomo universale ist ausgestorben. Das ist bedauerlich, aber damit müssen wir leben.«

»Du musst damit leben, Raphael.« Katrin lag in seinem Bett.

Sie lag fast jeden Nachmittag bei ihm. Es hätte keine keuschere Freundlichkeit geben können als diese.

Raphael Hofteuffel war ein Anhänger der unbewussten Macht des Schlafes. Manche hielten das für eine irritierende Haltung bei einem Wissenschaftler, doch als solcher sah er sich gar nicht. Ihn schreckte der Glaube an den unaufhaltsamen Aufstieg der empirischen Forschung ab. Er verschloss sich auch der Annahme, dass Gott lediglich eine Erfindung des Menschen sei, der sich in seiner Einsamkeit eine Figur erschaffen hatte, zu der er Zuflucht nahm. Raphael war überzeugt, dass Glaube und Wissenschaft nebeneinander existieren konnten. Für ihn war die Tatsache, dass Gott die Welt nicht in sechs Tagen erschaffen, sondern dass sie sich in Jahrmilliarden entwickelt hatte, kein unvereinbarer Gegensatz. In seiner Privatsammlung besaß er das Fossil eines Kieferknochens. Das Reptil, dem er gehört hatte, war vor Millionen Jahren ausgestorben. Der Knochen hing bei ihm neben einer russischen Ikone an der Wand. Gott, der Schöpfer, mit wallendem Bart und erhobenem Arm, und daneben das Fossil, das Gottes Schöpfergewalt zu widerlegen schien. In dieser Anordnung des Nebeneinanders lag die Philosophie des Gelehrten Raphael Hofteuffel.

Um sein emsig arbeitendes Gehirn von Zeit zu Zeit auszuschalten, legte Raphael mehrmals am Tag kleine Ruhepausen ein. Manchmal schlief er dabei nur Minuten, erwachte erfrischt und machte sich wieder an die Arbeit. Katrin hatte sich an die Besonderheiten ihres neuen Arbeitgebers erst gewöhnen müssen. Staunend hatte sie festgestellt, dass sich hinter der Fassade des bescheidenen Freundes von Maxim Korff ein tieferer Geist und eine weitere Seele versteckten, als sie dies von ihrem früheren Herrn behaupten konnte. Korff glaubte an die Gesetze der Wirtschaft, Raphael dagegen an das Gesetz der Stille, in der man imstande war, andere Laute wahrzunehmen als die des eigenen Größenwahns. Raphael nahm sich als Person zurück, um größer zu werden, Maxim strebte nach Größe, um den anderen überlegen zu sein.

Zu Beginn war Katrin oft irritiert und überfordert gewesen von einem Mann, der nichts haben wollte, meistens nur beobachtete, staunte und zuhörte, um dann umso mehr zu geben. Raphael Hofteuffel war ein gebender Mensch, wohingegen Maxim ein Nehmer war.

Seit Monaten diente Katrin nun schon dem Forscher mit ihrem praktischen Wissen, dem Chaoten durch ihre Fähigkeit, seinen Alltag zu organisieren, sie diente dem Träumer, dem Philosophen und dem Poeten mit der Neugier ihrer Seele, die durch ihn zu verstehen begann, dass sich hinter dem Bücherwissen eine weitere Welt eröffnete, die Welt des Sinns. Sie begriff, dass es nicht darauf ankam, sich Wissen anzueignen, sondern dass das Wissen nur ein Werkzeug war, um sich dem Sinn des Ganzen von unterschiedlichen Seiten zu nähern.

Raphael arbeitete fast rund um die Uhr, was die Führung eines Haushalts schwierig machte. Er aß, wenn er Hunger hatte, das konnte auch um vier Uhr morgens sein. Manchmal fastete er drei Tage lang, ohne es zu bemerken, weil ihn das Objekt seiner Forschung so gefangen nahm. Manchmal suchte er die Stimulierung des Alkohols, dann musste genügend Rotwein im Haus sein. In diesem Fall gab es für Katrin keine

Entschuldigung, nicht mit ihm zu trinken. Er suchte das Gespräch mit ihr, zwang sie aber manchmal auch zu tagelangem Schweigen.

Zugänglich war Raphael meistens in den Minuten vor seiner Nachmittagsruhe. Er streckte sich auf dem gemachten Bett aus, die Hände über der Brust gefaltet. Wenn Katrin etwas mit ihm besprechen wollte, war sie zu Beginn in der Tür des Schlafzimmers stehen geblieben, später hatte sie sich auf die geschnitzte indische Bank zu Füßen des Bettes gesetzt. Einmal hatte sie ihm Schriftstücke vorgelegt, da sie inzwischen seine Aufzeichnungen sortierte. Nachdem sie eine Weile gebückt über ihm gestanden hatte, sagte Hofteuffel: »Warum setzen Sie sich nicht, Kathi?«

»Weil das Ihr Bett ist, Herr Hofteuffel.«

»Was ist denn an meinem Bett auszusetzen?«

»Es ist das Bett eines ledigen Mannes. Ich bin eine ledige Frau und zugleich Ihre Angestellte.«

An der Arglosigkeit seines Blickes erkannte sie, dass er Sekunden brauchte, bis er den Hinweis verstand. Seine Naivität und die Reinheit, die sie dahinter erkannte, weckten Katrins Scham. Er hatte nicht im Traum daran gedacht, sie zu verführen.

»Ach so, verstehe«, antwortete er. »Na, dann bleiben Sie eben stehen.«

»Entschuldigen Sie.«

»Schon recht.« Ihm lag nichts daran, das Thema fortzusetzen.

Als Katrin wieder auf ihrem Zimmer war, hatte sie die Tatsache, dass es ihm nicht in den Sinn kam, sie auch als Frau zu sehen, irritiert, ja, fast beleidigt. Einige Wochen später war das Du zwischen ihnen unbeschwert dazugekommen. »Bringst du mir einen Kaffee, Kathi?« Nach diesem Satz war Raphael vom Du nicht mehr abgewichen. Auch ihr wurde das förmliche Herr Hofteuffel irgendwann zu umständlich, sie sagte Raphael zu ihm. Da er sie nicht als Angestellte, sondern als Person behandelte, die er bei seinem besonderen Tagesablauf dringend brauchte, gaben sie die übliche Distanz eines Dienstverhältnisses bald gänzlich auf. Katrin und Raphael lebten wie Freunde miteinander, und jeder von beiden wusste recht gut, was er am anderen hatte.

»Was ist ein Uomo universale?« Liegend betrachtete sie ihre Füße in den schwarzen Strümpfen.

»Das ist ein Tier, das sich in keinen Käfig sperren lässt.«

»Ein Tier?«

»Wir Menschen sind auch Tiere. Wir haben nur im Laufe unserer Entwicklung gelernt, andere Tiere in Käfige zu sperren. Mittlerweile sind wir dazu übergegangen, für uns selbst Käfige zu erfinden. Es gibt den Käfig des Spezialisten – er ist Arzt oder Richter oder Archäologe, sonst aber nichts. Es gibt den Käfig der Religion oder der öffentlichen Meinung, den Käfig des Vorurteils, in den sich die Gesellschaft begierig einsperren lässt.« Raphael drehte sich zu Katrin. »Von all diesen Käfigen weiß der Uomo universale nichts. Er ist Arzt und Astronom und Altertumsforscher und Dichter und Liebhaber, alles in einem. Leonardo da Vinci war einer, er lebte in der Renaissance. Das war eine Zeit, als allumfassende Geister noch angesehen waren. Unsere Zeit gestattet ein solches Leben nicht mehr. Sie verabscheut das Überlebensgroße. Wer sich in unseren Tagen aufschwingt, das Leben von der Spitze eines Berges aus zu betrachten, wird als größenwahnsinnig diffamiert, er macht den übrigen Menschen Angst.«

»Bist du ein Uomo universale?«, fragte Katrin sanft.

»Ich wäre es gern, aber es genügt mir schon, mir den Typus zum Vorbild zu nehmen. Solange ich mich in keinen Käfig sperren lasse, weiß ich, dass ich das richtige Leben führe.«

»Das gefällt mir.«

Raphael schloss die Augen. Binnen Sekunden würde er sich nun in den Schlaf davonmachen.

»Soll ich dich wecken?« Katrin schwang die Beine aus dem Bett.

»Lass nur, in zehn Minuten bin ich wieder wach.«

Als Katrin die Tür erreichte, hörte sie hinter sich schon seine gleichmäßigen Atemzüge.

»Ich muss endlich wieder auf die Spitze eines Berges steigen«, rief Raphael unbeherrscht. Er und Katrin hatten die Universität verlassen und waren, vorbei am Burgtheater, durch den herbstlichen Volksgarten auf den Heldenplatz gelaufen. Unterhalb des Reiterstandbildes blieb Hofteuffel stehen. »Ich halte es in dieser Enge nicht mehr aus.«

Katrin wies in die Runde. »Ich kenne keinen Platz, der so viel Weite bietet wie dieser.« Ihr Blick schweifte von der Hofburg bis zur Nationalbibliothek.

»Und doch ist es nichts als Enge.« Mit einer Geste vollzog Raphael die gleiche Runde. »Habsburg! Wohin du schaust, nichts als die steinernen Zeugen von Habsburgs Macht. Habsburg bedeutet Restriktion, Unterdrückung der freien Meinung, Unterdrückung anderer Völker, Habsburg ist nur ein anderes Wort für Unterdrückung.«

Verwirrt und überfordert antwortete Katrin: »Aber irgendjemand muss das Land schließlich regieren.«

Raphael lehnte sich mit dem Rücken an den Sockel des Standbildes, Schweiß stand auf seiner Stirn. »Das hat man euch von klein auf beigebracht, dass ihr unseren alten Herrn in Schönbrunn verehren und anhimmeln sollt.«

»Du magst den Kaiser nicht?«

»Es interessiert nicht, ob irgendjemand ihn mag oder verabscheut. Dieses Fossil eines Kaisers hat die Magie der Unsterblichkeit auf sich gezogen. Franz Joseph steht schon so lange an der Spitze, dass kaum noch ein Mensch in seinem Reich lebt, der sich an einen anderen Monarchen überhaupt erinnern kann. Deshalb verehrt ihr ihn wie einen Gott des Olymps. Das ist er nicht. Er ist ein greiser, launischer Bürokrat, der mit einem Federstrich über Menschenleben und das Schicksal von Ländern entscheidet.«

»Was macht dich auf einmal so wütend, Raphael?« Da er nie ein Taschentuch bei sich hatte, gab Katrin ihm ihres.

»Österreich macht mich wütend, Österreich ertrage ich nicht länger. Da draußen liegt die Welt, aber ich bin angekettet in diesem bedrückenden Land.«

»Angekettet?«

»Der Studienplan hält mich fest im Griff. Die verdammte Uni verhindert, dass ich dieses wunderbare Angebot wahrnehmen kann.« Er wischte sich den Schweiß von der Stirn.

»Ein Angebot? Hast du mir davon schon erzählt?«

Gedankenverloren steckte er ihr Taschentuch in seine Hosentasche. »Du selbst hast es mir heute mit der Post gebracht.« Raphael zog einen Brief hervor.

Sie warf einen kurzen Blick darauf. »Das ist Englisch.«

»Entschuldige.« Er zeigte auf die Unterschrift. »Er ist von Vedanayagam Azariah.«

»Dem indischen Bischof?«

»Er hat mich zum zweiten Mal eingeladen.«

»Du willst nach Indien fahren?«

»Das ist das herrlichste Land von allen«, rief er mit erhobenen Armen. »Ich könnte noch diesen Winter reisen.«

»Dann tu es, Raphael, warum reist du nicht?« Sie sagte es wider besseres Wissen. Wenn ihr Herr in Indien wäre, würde sie zwar seinen Haushalt weiterführen, doch es wäre eine eintönige, einsame Arbeit. Noch nie hatte Katrin darüber nachgedacht, was mit ihr geschehen würde, wenn ein Weltreisender wie Hofteuffel wieder in die Welt aufbrechen sollte.

»Woher soll ich das Geld nehmen? Ich lebe von dem, was die Universität mir zahlt. Ersparnisse habe ich nicht.«

Die Frage des Geldes kam für Katrin überraschend. Sie hatte bei den Korffs in einem Haus gearbeitet, in dem es keine finanziellen Einschränkungen gab. Maxim Korff war einer der reichsten Industriellen Wiens.

»Könntest du deinen Freund nicht bitten, dich zu unterstützen?«, fragte sie vorsichtig.

»Maxim? Niemals«, entgegnete er, doch in seiner Stimme lag Hoffnung. »Er würde mir das Geld wahrscheinlich geben, aber …« Raphael verließ die Plattform und machte ein paar Schritte. »Nein, ich kann ihn nicht anbetteln. So etwas hat es in unserer Freundschaft nie gegeben.«

Katrin folgte ihm schweigend. Der Gedanke, den sie fasste, war kühn, aber da er nun einmal gedacht war, verfolgte sie ihn weiter.

»Kennst du die Geschichte der beiden Standbilder?« Hofteuffel schien nicht zu merken, dass Katrin nur noch mit halbem Ohr zuhörte. In der Mitte des Heldenplatzes blieb er stehen, in seinem Rücken die gigantische Baustelle der Neuen Burg, die in Wien bereits als *die Ewige* bezeichnet wurde. Er zeigte auf die bronzenen Heroen, Erzherzog Carl und Prinz Eugen, die einander in würdigem Abstand gegenüberstanden. »Fällt dir ein Unterschied auf?«

Sie blickte hoch. »Carl trägt eine Fahne. Prinz Eugen reitet nur so vor sich hin.«

»Der Unterschied ist ein statischer. Der Bildhauer Fernkorn hat Carls Standbild nur auf den beiden Hinterbeinen des Pferdes abgestützt, siehst du? So etwas hat es vorher nie gegeben.«

Katrin wandte den Blick zu Prinz Eugen. »Aber Eugens Pferd steht auch nur auf zwei Beinen.«

»Trotzdem musste Fernkorn den Pferdeschwanz als dritte Stütze verwenden.«

»Ist das so wichtig?«

»Für Fernkorn war es lebenswichtig. Er hat sein Scheitern nicht verkraftet. Noch bevor das Standbild fertig war, wurde er in die Döblinger Irrenanstalt eingeliefert. Dort ist er schließlich gestorben.«

Sie schlenderten weiter zum Michaelertor.

»Die Reise würde dir viel bedeuten, nicht wahr?«, fragte Katrin nach einer Weile.

»Eine Reise nach Indien«, murmelte er, es klang wie ein Gebet. »Es würde mich heilen.«

»Heilen?«

»Von Wien, von dem ganzen Irrsinn hier. Es wäre wunderbar.«

Katrin wich den Pferdeäpfeln aus, die von den Gäulen der Fiaker zurückgelassen worden waren.

»Fiaker gefällig?«, fragte der Kutscher von oben herab.

Raphael winkte ein Nein. Er und Katrin betraten das große Tor, das zum Kohlmarkt führte.

27
Der Mohr

Er war nervös wie vor einem ersten Rendezvous. Er hatte sich in Schale geworfen. Schwarz wäre ihm zu düster erschienen, daher trug Maxim einen dunkelblauen Gehrock. Er war beim Barbier gewesen, hatte sich das Haar schneiden und den Bart stutzen lassen. Maxim hatte das Lokal sorgsam ausgesucht, ein kleines Restaurant unweit der Seilerstätte, exquisit, doch nicht zu luxuriös.

Katrins Anruf hatte ihn im Büro erreicht, er war selbst drangegangen. Als er ihre Stimme erkannte, hatte es ihm regelrecht die Sprache verschlagen. Ihr Vorschlag, sie zu treffen, war so kühn, so unverhältnismäßig, dass Maxim selbst nach reiflicher Überlegung nur einen Grund dafür finden konnte: Sie vermisste ihn. Wahrscheinlich war ihr Leben im Dienst des schwierigen Gelehrten ziemlich dürftig geworden. Sie hatte Heimweh nach der schönen Zeit bei Maxim, sie wollte zu ihm. Erfüllt von diesem belebenden Gefühl lief er auf das Lokal zu, musterte sich noch einmal im Spiegel einer Auslage und trat ein. Er kam absichtlich zu spät und nahm an, dass sie ihn schon erwartete.

Aber Katrin war nicht da.

»Euer Gnaden«, begrüßte ihn der Wirt. »Euer Gnaden sind allein? Ein Nischenplatzerl, vielleicht dort im Fenster?«

»Ich erwarte noch jemanden.«

»Die gnädige Frau?«

»Nein.« Maxim zog die Handschuhe aus und legte sie in den Hut.

»Also eine Dame?« Die Augen des Wirtes bekamen einen zweideutigen Glanz. »Vielleicht weiter hinten, bei der Säule, wenn es recht ist?«

»Irgendein Tisch, machen Sie schon«, knurrte Maxim, dem das kupplerische Gebaren des Wirtes auf die Nerven ging.

»Bitte gleich dahinten.«

Maxim ärgerte sich, dass er auf Katrin warten musste. Was bildete sie sich ein, ihren früheren Dienstherrn in diese Lage zu bringen? Lass den *Dienstherrn* besser weg, sagte er sich, heute triffst du sie als Mann. Maxim ließ sich zu dem Tisch führen.

»Schon etwas zu trinken, der Herr?«, erkundigte sich der Wirt nun vorsichtiger.

»Eine Zwetschge.«

»Ein Slibowitz, kommt sofort.« Der Wirt wieselte davon.

Maxim streckte die Beine aus und lehnte sich zurück. Genau das hatte ihm gefehlt, sich mit einem Menschen zu treffen, der ihm viel bedeutete. Normalerweise verkehrte er in den ihm vertrauten Kreisen, daran hatte auch der Bann des Erzherzogs nichts ändern können. Es waren die üblichen langweiligen Diners mit den gewohnten Gesichtern, die Zeskas und anderen Geschäftsfreunde. Manchmal verbrachte er den Abend mit Ludwig, mitunter blieb er gern allein. Er führte ein ernsteres Leben, seit Livia fort war.

Fast zwei Monate hielt sie sich nun schon in England auf. Von Zeit zu Zeit kam eine Karte, aus Inverness, von den Klippen Obans oder aus Edinburgh, selten ein Brief. Es gab nicht viel zu erzählen, zwischen ihnen war alles gesagt. Livia reiste durch Schottland, während Maxim versuchte, die Firma aus ihrer Schieflage zu befreien. Die Zeichen standen mittlerweile besser; Maxims Konkurrenz war offenbar nicht in der Lage, ein Produkt anzubieten, das an den Korff-Akkumulator heranreichte.

In diesem Moment trat Katrin ein. Sie trug ein langes Kleid und einen Schleier über dem Haar. Wie schön sie war. Wie hatte er vergessen können, dass sie so wunderschön war. Maxim stand so überstürzt auf, dass er mit den Oberschenkeln gegen die Tischkante stieß und den Slibowitz umkippte. Rechtzeitig griff er nach dem Glas. Sein Knie schmerzte, er begrüßte Katrin mit einem flüchtigen Handkuss. Man roch den verschütteten Schnaps, er ließ das Tischtuch wechseln.

Als beide saßen, legte Katrin ihr Tuch ab. »Danke, dass Sie gekommen sind. Es hätte allerdings nicht in so einem noblen Restaurant sein müssen.«

»Diese alte Spelunke?«, lächelte er. »Ich finde es einfach nett hier.«

»Sehr nett.«

Ein Anfang war gemacht, Maxim entspannte sich. »Wie geht es Ihnen?«

»Gut. Sehr gut sogar«, antwortete sie voll Frische.

Die Antwort war eine leichte Ohrfeige. Er hatte angenommen, sie wollte ihm ihr Herz ausschütten.

»Das freut mich. Aber es muss doch eine ziemliche Umstellung gewesen sein, von unserer Wirtschaft auf einen Einmannhaushalt?«

»Eine große Umstellung sogar. Aber alles in allem ist Herr Hofteuffel ein pflegeleichter Dienstherr.«

»Anders als ich?«

»Sie waren ja so selten da, ständig im Betrieb oder auf Reisen. Ich war schon froh, wenn ich Sie überhaupt zu sehen bekam.«

»Froh waren Sie?« Eine kurze Stille, die durch den Auftritt des Wirtes unterbrochen wurde. »Was empfehlen Sie?«

»Ein Schweinspörkelt hätte ich da und ein Kalbsbries mit Salat.« Der Mann machte eine leichte Verbeugung.

»Ich bin gar nicht hungrig«, sagte Katrin.

Das war die zweite Ohrfeige. »Ich bin davon ausgegangen, dass wir zusammen essen.«

»Haben Sie denn so viel Zeit?«

»Dann etwas Süßes vielleicht, die Dame?«, mischte sich der Wirt ein.

»Bringen Sie uns zwei Mal das Kalbsbries.« Maxim ärgerte

die Dreistigkeit des Mannes. »Der Hunger kommt vielleicht beim Essen«, setzte er beinahe bittend hinzu.

»Na gut, wenn Sie wollen.«

Katrin lehnte sich zurück, er bestellte den Wein.

Maxim nahm den Faden wieder auf. »Mein Freund Raphael ist also häufiger zu Hause als ich?«

»Neben seinen Vorlesungen arbeitet er meistens in der Wohnung.«

»Was ist Ihre Aufgabe dabei?«

»Ich ordne seine Notizen, mache den Haushalt, ich kaufe ein, ich koche.« Sie zuckte die Schultern. »Eigentlich mache ich alles.«

»Raphael ist zu beneiden.«

Er wünschte sich, Katrin würde ihm das geringste Zeichen geben, dass sie zwischen den Zeilen etwas anderes meinte als die schlichte Schilderung ihrer Stellung. Wenig später schien es so weit zu sein. Ein tiefer Atemzug, Katrin hatte etwas auf dem Herzen.

»Herr Hofteuffel hat ein wunderbares Angebot erhalten. Es geht um eine Reise nach Indien.«

Sie erzählte, was sie von Raphael erfahren hatte, berichtete von der Einladung des Bischofs, von der großen Sehnsucht, die diese Reisemöglichkeit bei Raphael ausgelöst hätte, und kam schließlich auf das eigentliche Problem zu sprechen.

»Er braucht Geld?«, fragte Maxim überrascht. »Und deshalb hat er Sie zu mir geschickt?«

Hastig hob Katrin die Hand. »Bitte glauben Sie das nicht. Es war meine Idee. Herr Hofteuffel würde Sie nie um so etwas bitten. Ich spüre aber, dass es ihm unendlich viel bedeuten würde, aus Wien fortzukommen. Vielleicht ist es anmaßend von mir, so etwas zu sagen, aber ich glaube, dass er auf der Universität langsam verkümmert.«

Maxims Gedanken vollzogen sich in raschen Sprüngen. »Er will nach Indien, aber ihm fehlt das Geld? Das heißt, er würde das Angebot annehmen, falls er die Mittel besäße?«

»Da bin ich sicher.«

»Und was wird dann aus Ihnen? Entlässt er Sie, sobald er abreist?«

»Aber nein. Ich würde den Haushalt weiterführen, bis er zurückkommt.« Sie lächelte über seine Sorge.

»Wäre das nicht unglaublich einsam für Sie?«

»Das kann ich noch nicht sagen. Bei Raphael … bei Herrn Hofteuffel stehen so viele Bücher, ich denke, langweilig wird mir nicht.«

Maxim war ernüchtert. Katrins Grund für das Treffen war ein gänzlich anderer, als er gehofft hatte. Zugleich sah er darin eine unerwartete Möglichkeit. Sein Freund wollte Wien den Rücken kehren und ließ seine Assistentin zurück. Maxim verbat sich den banalen Gedanken, irgendjemand müsse die einsame Assistentin schließlich trösten. Andererseits könnten sich die Umstände ganz von selbst ergeben. Livia hatte ihn allein gelassen. Tagtäglich saß er in dem riesigen Palais, umgeben von der Dienerschaft und seinem depressiven Bruder. Livia und Raphael gingen beide ihrer Reiselust nach und ließen Katrin und Maxim allein in Wien zurück. Mehr war zu der absehbaren Situation nicht zu sagen. Alles Weitere würde sich finden.

Maxim war enttäuscht. Er hatte zu viel gehofft, aber er dachte nicht daran, es Katrin spüren zu lassen und rang sich zu der gebotenen Heiterkeit durch.

»Raphael kann sich glücklich schätzen, dass er eine Fürsprecherin wie Sie hat.«

»Sie halten mich nicht für aufdringlich, weil ich mit der Sache zu Ihnen komme?«

»Ein wenig schon.« Er lächelte sein Bernsteinlächeln. »Aber ich vergebe Ihnen. Es freut mich, dass wir uns wiedersehen.«

»Mich auch«, erwiderte sie ehrlich.

»Fein. Dann sollten wir jetzt essen.«

Der Wirt stellte die Teller vor ihnen ab. Das Bries war butterweich, der Salat troff von Öl, der Wein war etwas sauer. Maxim beobachtete amüsiert, wie Katrin hungrig zugriff und schneller aufgegessen hatte als er.

»Sie hatten also keinen Hunger?«, lächelte er.

»Vorhin war ich zu aufgeregt, um zu essen.«

»Aufgeregt, weshalb?«

»Wie Sie meine Frage aufnehmen würden. Ob Sie vielleicht böse wären.«

»Wie Sie sehen, bin ich nicht böse. Und Sie sind nicht mehr aufgeregt.«

Sie legte das Besteck zusammen. »Es ist nett hier, nett mit Ihnen, Herr Korff. Ich erinnere mich nicht, dass wir je zu zweit gegessen hätten.«

»Das stimmt.«

Dass sie seine Gegenwart *nett* fand, hätte man als dritte Ohrfeige werten können, aber Maxims Selbstbewusstsein blieb stabil.

»Darf ich fragen, wie es Ihnen geht und Ihrer Frau? Was hören Sie von Philipp?«

Maxim hatte keine Lust, von seiner häuslichen Situation zu berichten. Ihm lag daran, die Sache mit der Reise in seinem und Katrins Sinn zu klären.

»Sie können Raphael ausrichten, dass er mich wegen der Finanzierung anrufen soll.«

»Er ... Sie?« Katrin stockte. »Entschuldigen Sie, dass ich so dreist bin, aber Herr Hofteuffel weiß nicht, dass ich mit Ihnen spreche. Ich möchte auch nicht, dass er erfährt, dass der Vorschlag von mir gekommen ist. Gäbe es keine andere Möglichkeit?«

Sie wusste nicht weiter, das rührte Maxim. »Gut, ich werde mich in den nächsten Tagen bei ihm melden. Besser noch, ich treffe Raphael zum Kaffee. Ich bin sicher, dass er mir von Indien erzählen wird.«

»Und Sie würden ihm tatsächlich die Mittel zur Verfügung stellen?«

»Warum nicht?«

»Weil …« Sie lachte heraus. »Weil ich kaum glauben kann, dass Sie meinen Vorschlag nicht als Frechheit zurückgewiesen haben.«

Er trank einen Schluck und sah sie an. »Es würde meiner Reputation sogar guttun, wenn ich als Sponsor eines Forschungsunternehmens auftrete. Was beabsichtigt Raphael zu erforschen?«

Verblüfft über die eigene Unwissenheit antwortete sie: »Das habe ich ihn noch nicht gefragt. Er sagte, dass ihn der Totenkult der Hindus fasziniert.«

»Typisch Raphael. Er reist um die halbe Welt, um sich anzuschauen, wie die Leute sterben.« Maxim schob seinen Teller beiseite. »Jetzt habe ich Lust auf etwas Süßes. Sie auch?«

»Eigentlich schon.« Verschämt lachte sie über die eigene Gier.

Nachdem er dem Wirt ein Zeichen gegeben hatte, beugte Maxim sich über den Tisch. »Unser kleines Geheimnis macht uns sozusagen zu Komplizen.«

Sie kam seinem Gesicht ganz nah. »Sie verraten mich auch bestimmt nicht bei Herrn Hofteuffel?«

»Wenn Sie mich nicht verraten.« Für einen Moment drückte er ihre Hand und schaute zum Wirt auf. »Was haben Sie für Mehlspeisen?«

»Einen Mohr im Hemd hätten wir. Darf ich zwei Portionen bringen?«

Als Katrin abwinkte, sagte Maxim: »Einmal den Mohr, aber mit zwei Löffeln.«

»Wie Euer Gnaden wünschen.«

Katrin und Maxim stießen an, es klang hell wie der erste Ton eines Liedes.

Seine Augen wurden ernst. »Ich habe auch eine Neuigkeit für Sie, Kathi. Die ist allerdings nicht so einfach zu lösen wie Ihre. Die Sache mit Gattinger steht ziemlich schlecht.«

»Gott, ich habe mich ja noch gar nicht nach Hannes erkundigt«, erwiderte sie bedauernd. »Die Untersuchung und der

Prozess ziehen sich schon so lange hin, dass ich es fast aus dem Blick verloren habe.«

»Dr. Riegler hat die Sache hinausgezögert, so lange er konnte. Aber seit gestern scheint sich die Lage zum Schlechten zu wenden. Das Gericht hält Ihren früheren Verlobten für schuldig.«

»Aber er war es nicht!«, rief Katrin so laut, dass sich Leute am Nebentisch umdrehten.

»Natürlich nicht. Leider hält das Gericht es für erwiesen.«

»Was bedeutet das für Hannes?«

»Das wird das Urteil zeigen«, antwortete Maxim zurückhaltend.

»Was sagt Dr. Riegler?«

»Im schlimmsten Fall ...« Max senkte die Stimme. »Im schlimmsten Fall bedeutet das die Todesstrafe.«

Beide schwiegen, beide schauten einander nicht in die Augen. Beide hatten ihre eigenen Gedanken.

28

Über das Meer

Die Gitter waren schwarz, vier Gitter nebeneinander in einem länglichen Raum. Zu Katrins Rechter saß eine Frau, die ihre Stirn gegen das Metall lehnte, während sie zu dem Mann auf der anderen Seite sprach. Speicheltröpfchen fielen auf die Eisenstäbe.

Katrin hatte sich vorgenommen, nicht zu erschrecken, wenn man Gattinger bringen würde. Ihre Sorge war unnötig, er hatte sich kaum verändert. Ein Wächter führte ihn zu dem Sitzplatz gegenüber. Hannes trug Fußketten und setzte sich umständlich. Seine Hände waren frei. Zur Begrüßung streckte er zwei Finger durch das Gitter. Katrin strich kurz darüber.

»Berührung ist nicht gestattet«, sagte der Beamte und nahm an einem Tisch hinter Gattinger Platz.

»Ich hätte nicht geglaubt, dass du kommst.«

»Warum nicht, Hannes?«

»Weil du mich noch nie besucht hast.«

Es hätte viele Erklärungen dafür gegeben. Katrin senkte den Blick auf seine Hände. Von diesen Händen hatte sie sich einmal streicheln lassen.

»Es steht schlecht um mich«, begann er. »So ist das halt, wenn man ein Niemand ist, dem keiner glaubt. Da wird man eben aufgehängt.«

»So weit kommt es nicht. Ich habe mich erkundigt. Der Richterspruch kann in ein milderes Urteil umgewandelt werden.«

»Bei wichtigen Persönlichkeiten geschieht das manchmal. Aber wer sollte mir schon helfen?«

»Herr Korff sagt, dass Dr. Riegler entsprechende Schritte eingeleitet hat.«

»Du hast mit dem gnädigen Herrn gesprochen?« In seinem Blick lag Eifersucht, weil Katrin mit dem wichtigsten Menschen in Gattingers Leben Kontakt hatte und er nicht.

»Dr. Riegler wird tun, was in seiner Macht steht.«

Gattingers Kopf schwang trostlos hin und her. »Nein, für mich tut keiner etwas. Niemand lässt gegen mich Gnade vor Recht ergehen.«

»Gnade vor Recht?« Der Schreck fuhr Katrin in die Glieder. »Gnade vor Recht, Hannes? Du bist es aber doch nicht gewesen. Du hast den Leutnant nicht erwürgt. Nicht wahr, nicht wahr?«, fragte sie drängend.

Seine blauen Augen bekamen einen hämischen Ausdruck. »Und was wäre, wenn ich es doch getan hätte?«

»Sag so etwas nicht.« Ihr wurde heiß und kalt. »Ich bitte dich, sag mir die Wahrheit.«

»Die Möglichkeit hatte ich.« Es schien ihm Freude zu bereiten, sie zu quälen. »Ich wäre sogar berechtigt dazu gewesen.«

»Niemand hat die Berechtigung, einen Unschuldigen zu töten.«

»Nicht einmal unser gnädiger Herr?«

Da war es mit Katrins Fassung vorbei. Sie packte die Gitterstäbe. »Sag das nicht! Sag nicht, unser Herr hätte dir den Auftrag gegeben, einen Mord zu begehen.«

Gattinger weidete sich an Katrins Zustand. »Er hat die Worte nicht gesprochen. Er hat nicht gesagt: Gattinger, verhindern Sie, dass mein Bruder erschossen wird.«

»Wie ist es dann gewesen, Hannes? Wie?«

Sie fragte sich, ob er ihr gerade ein schreckliches Geheimnis offenbarte oder sich vor ihr aufplustern und angesichts des Todes zu einem traurigen Helden stilisieren wollte, der im Geiste seines Herrn gehandelt und getötet hatte.

»Ich habe die Angst genau gespürt, die Herr Korff in den Tagen vor dem Duell hatte. Er wollte es verhindern, aber ihm fiel keine Lösung ein.«

»Und da bist du … Da hast du den Leutnant …?«

Obwohl Katrin der Besuch schwergefallen war, hatte sie Hannes zuversichtlich im Gefängnis aufgesucht. Im Kaiserreich wurde nicht mehr häufig gehenkt, meistens verwandelte das Gericht ein Todesurteil in lebenslange Zwangsarbeit. Dr. Riegler würde Hannes vor dem Schlimmsten bewahren, hatte sie angenommen. Doch im Augenblick kam es Katrin vor, als ob der Boden sich vor ihr senken würde. Sie warf einen vorsichtigen Blick nach hinten, ob der Beamte etwas von Gattingers Geständnis mitbekommen hatte. Der Mann starrte auf seinen Bauch.

»Du hast es also wirklich getan?«

»Was würdest du tun, wenn es so wäre?« Sein Blick war bohrend, seine Augen bekamen einen gefährlichen Glanz.

»Vielleicht würde ich es sogar verstehen. Deine Anhänglichkeit zu Herrn Korff … Das Leben von Ludwig …«

Ohne Vorwarnung begann Gattinger plötzlich laut und höhnisch zu lachen. »Das wollte ich nur wissen, wie du zu mir als Mörder stehen würdest.« Er lachte aus vollem Hals.

»Ruhe da«, sagte der Wärter.

Sitzend richtete sich Gattinger zu voller Größe auf. »Selbstverständlich habe ich es nicht getan. Was denkst du denn von mir? Wir waren verlobt. So schlecht hast du mich gekannt?«

»Du warst es also nicht, Hannes?« Auch ihr entfuhr ein Lachen, eine hysterische Reaktion der Erleichterung. »Du warst es nicht? Warum erzählst du dazu solche Schauermärchen?«

»Falls ihr euch hier amüsieren wollt, breche ich den Besuch ab«, rief der Wärter.

Katrin legte die Hände auf die unterste Querstrebe des Gitters. »Ich bin gekommen, um mich von dir zu verabschieden, Hannes.«

»So sicher rechnest du mit meinem Tod?«

»Das ist es nicht. Ich werde Herrn Hofteuffel auf einer Reise begleiten. Das bedeutet, dass ich mehrere Monate aus Wien fort bin.«

»Du verreist?«, entgegnete Gattinger verblüfft. »Wie kam es dazu?«

»Das ist eine längere Geschichte. Im Grunde ist es ganz natürlich. Ich bin seine Assistentin.«

Kaum hatte Maxim die Finanzierung der Forschungsreise zugesagt, kaum versprach Raphaels Traum in Erfüllung zu gehen und weckte seinen Eifer, die Expedition so bald wie möglich in die Tat umzusetzen, war er eines Abends in Katrins Zimmer gekommen.

Sie saß auf dem Bett und las. »Komm nur herein.«

Er blieb in der Tür. »Ich kann kaum ausdrücken, wie glücklich ich bin.«

»Setz dich doch zu mir, Raphael.«

»Dann darf ich mich heute also auf dein Bett setzen?«

Sie legte den Finger in das Buch und rückte zur Seite. »Ich freue mich so sehr, dass es Wirklichkeit wird.«

»Würdest du dich auch für uns beide freuen?«, fragte er mit geheimnisvollem Lächeln.

»Für uns?«

»Du bist die beste Assistentin, die ich je hatte.«

»Soweit ich weiß, bin ich auch die einzige Assistentin, die du je hattest.«

»In manchen Situationen wüsste ich einfach nicht, was ich ohne dich machen sollte.«

»Bevor ich hier war, bist du auch zurechtgekommen.«

Er schaute sich in dem ordentlichen Zimmer um. »Weißt du noch, wie es in meiner Wohnung ausgesehen hat, bevor du durchgegriffen hast?« Ehe sie antworten konnte, fuhr er fort: »Ich möchte, dass du mich nach Indien begleitest.«

Hätte in diesem Augenblick irgendwo eine Glocke geläutet, Katrin wäre überzeugt gewesen, dass sie nur wegen dieses unglaublichen Ereignisses erklang.

»Wieso?«, war alles, was sie hervorbrachte. Der Moment war zu groß, zu unerklärlich.

»Weil du mein guter Geist bist, Kathi. Weil ich mich in jeder Lebenslage auf dich verlassen kann. Weil du alle Fähigkeiten besitzt, die mir fehlen. Weil wir zwei uns wunderbar ergänzen.«

Unter anderen Umständen hätte Katrin seine Lobrede als Liebeserklärung aufgefasst, doch nicht bei Raphael. Nicht zum ersten Mal wünschte sie sich, dass in seinen Worten ein wenig Feuer mitschwingen möge und die Erkenntnis, dass seine Assistentin auch eine Frau war. Sie wünschte sich, dass er sein Angebot damit verbinden würde, sie in die Arme zu schließen und zu sagen: »Ich will, dass du mitkommst, weil ich dich liebe.«

Ja, Katrin ahnte es seit Langem, sie hatte sich in Hofteuffel verliebt. Sie wollte nicht nur als Assistentin zu ihm gehören. Bemerkte er denn nicht, dass ihr freundschaftliches Verhältnis sich nur deshalb entwickelt hatte, weil es zwischen ihnen mehr gab als Verständnis? Ach, wenn er sie nur einmal so anschauen würde, wie Maxim Korff es tat!

Katrin wusste, was Korff von ihr wollte, auch, was er sich von dem Abendessen neulich versprochen hatte. Sie fühlte, ein einziges Wort von ihr, ein Blick, und er würde sie an einen zauberhaften Ort entführen und seinen Charme, seine Männlichkeit, seinen Witz und seine Lebenslust in die Waagschale werfen. Sie hatte keinen Zweifel daran, dass es eine außergewöhnliche Nacht sein würde, dass man Maxim lieben konnte, innig, leidenschaftlich, vielleicht verzweifelt. Vielleicht fürchtete sie sich davor, vielleicht wünschte sie es sich insgeheim, jedenfalls war sie froh, dass es bis jetzt nicht dazu gekommen war. Denn nicht Maxim hatte ihr gerade ein Angebot gemacht, sondern Raphael.

Er bat sie allerdings aus anderen Gründen, ihn an einen zauberhaften Ort zu begleiten. Er erwartete ihre Unterstützung, ihre praktische Hilfe. Er erwartete in Indien das Gleiche von ihr, was sie ihm hier gab. Das war schön und ehrenvoll, aber war es genug? Würde es Katrin glücklich machen? Seit sie nicht mehr bei den Korffs diente, hatte sie gelernt, in der Kategorie ihres eigenen Glücks zu denken. Musste sie bei einer großen Entscheidung wie dieser nicht ihr Glück im Auge behalten?

»Ich weiß nicht, Raphael«, antwortete sie und sah in seinen Augen, dass ihre Zögerlichkeit ihn enttäuschte. Er hatte wohl angenommen, überschwängliche Freude wäre die einzig mögliche Antwort auf sein Angebot. »Ich fühle mich dem Unternehmen nicht gewachsen.«

»Warum nicht?«

»Ich habe in meinem Leben Österreich noch nie verlassen. Genau genommen bin ich kaum über die Grenzen Wiens hinausgekommen.«

»Umso mehr wird es Zeit für dich.«

»Du verkennst mich. Auch wenn ich mich täglich mit deinen Papieren beschäftige, auch wenn ich großspurige Ausdrücke gelernt habe, wie zum Beispiel Apokolokyntosis ...«

»Die Verkürbissung«, warf er ein. »Du wirst den Ausdruck nicht oft gebrauchen können.«

»Obwohl sich einiges für mich verändert hat, bin ich trotzdem eine einfache Frau. Ich bin ein Wiener Kind, aus diesem Boden gewachsen, und hier gehöre ich her. Was soll ich denn in Indien?«

»Es ist ja nicht für immer. Es werden Eindrücke auf dich zukommen, die du dein Lebtag nicht vergisst.«

Ihr fielen keine guten Argumente mehr ein und das eine, das Herzensargument, durfte sie nicht aussprechen. Also wählte sie einen harmlosen Widerspruch. »Ich spreche kein Wort Englisch.«

»Das tun die meisten Inder auch nicht.«

»Wie willst du dich dort verständigen?«

»Mein Hindi ist passabel.«

»Du sprichst die Landessprache?«

»Einschließlich einiger Dialekte. Anders hätte ich die Schriften der Smriti und Shruti nicht studieren können.«

»Wäre ich denn nicht nur eine Last für dich? Eine Frau, die das Reisen nicht gewöhnt ist, eine Frau, die wahrscheinlich mit dem Heimweh kämpft. Du brauchst keine Frau als Reisebegleitung, Raphael.«

So oft sie das Wort auch aussprach, so sehr sie hoffte, dass er den Sinn dahinter verstand, Hofteuffel reagierte freundlich, aber sachlich.

»Mach dir darum keine Gedanken. Mit der Geldsumme, die Maxim mir zur Verfügung stellt, können wir uns gewisse Annehmlichkeiten leisten, zum Beispiel, dass unsere Zimmer Türen haben werden. Bei einfachen Absteigen in Indien ist das keine Selbstverständlichkeit.«

Katrin musste einfach zusagen, das fühlte sie. Alles andere wäre eine Verschmähung des Lebens gewesen. Was würde sie nicht alles mit dem Mann erleben, der die Liebe in ihr wiedererweckt hatte. Seit sie ihr Kind weggegeben hatte, war eine Traurigkeit in ihr gewesen, die jede Liebesregung unmöglich machte. Auf seine stille Art hatte Raphael sie wieder lieben gelehrt.

»Wenn du glaubst, dass es das Richtige ist«, antwortete sie vorsichtig, »dann lass es uns so machen.«

Mit einem Freudensprung kam er hoch. »Wirklich? Großartig, wunderbar! Du wirst es nicht bereuen.«

»Wie kommt man denn nach Indien?«, fragte sie zart. »Mit dem Zug?«

»Wir buchen eine Passage. Wir schiffen uns von Pula ein, segeln die Küste Griechenlands entlang, überqueren das Mittelmeer und erreichen den Suezkanal. Im Golf von Aden stechen wir in die offene See und erreichen über das arabische Meer schließlich Bombay, unsere erste Station auf indischem Boden. Von dort will ich in die Westghats vorstoßen, das wundervollste Gebirge der Welt.«

Seine Euphorie hatte Katrin angesteckt. Zusammen waren sie ins Arbeitszimmer gegangen, er hatte Landkarten entrollt, Bücher für sie aufgeschlagen, im Geist hatten sie ihre Reise entworfen. Der Traum von Indien hatte für viele Stunden ihr Bewusstsein regiert, während es in dem Raum mit den vielen Büchern allmählich dunkel wurde.

»Du fährst also in ein schönes warmes Land«, sagte Gattinger. »Und mich knüpft man währenddessen auf.«

»Ich sehe dich an keinem Seil baumeln, Hannes. Bestimmt wird alles gut.«

Während man Gattinger hinausbrachte und seine Kette auf dem Boden schleifte, verließ Katrin die andere Seite des Gitters, so schnell sie konnte.

29
Kobra

In den Gathbergen, 16. November 1913
Farben, die einem Traum entsprungen sein könnten, bedrängen das Auge. Das Blau ist hier blauer, das Grün tiefer, und wenn die Sonne im Zenit steht und man den Blick hebt, erlebt man ein Weiß, das einem fast die Sinne raubt. Noch nie habe ich so eine Vielfalt und Üppigkeit gesehen. Es ist kaum zu ertragen. Manchmal ziehe ich mich tagsüber in mein Zelt zurück und schließe minutenlang die Augen. Sie müssen ausruhen, ich muss ausruhen, weil ich dem Erlebnis Indien sonst nicht gewachsen wäre. Raphael ist das nasse, heiße Klima gewohnt, aber ich fühle mich vom Wetter ständig angegriffen. Wenn ich manchmal, triefend vor Feuchtigkeit, in sein Zelt trete und nicht weiß, was ich mit meinem langen Haar anfangen soll, lacht er mich aus. Ich habe es mit einem Tuch versucht, so wie die Frauen in Bombay, doch deren Haar ist fester und schwerer. Es kommt mir vor, als ob mir meines ständig klitschnass in die Stirn hängt. Meine Kleider, die ich aus Wien mitbrachte, habe ich längst weggepackt. Sie taugen nicht für die Gegend. Raphael hat mir praktische Kleider gekauft, manche aus leichtem, fast durchsichtigem Stoff, andere aus festem Gewebe, denn der Wind trägt Meersalz mit sich, das die Stoffe angreift.
Das Gebirge beginnt südlich von Bombay, weite Teile davon sind von Regenwäldern bedeckt. Die Gathberge stehen einem Wind im Weg, der Monsun heißt und feuchte Luftströme über das Land weht. Die Gipfel melken sozusagen die Monsunwol-

ken, sie regnen sich über dem Westen Indiens ab. Wenn man unser Wetter gewöhnt ist, das selbst im Sommer nie eine solche Luftfeuchtigkeit erreicht, können Sie sich vorstellen, wie ungewohnt die Veränderung für mich ist. Dabei hat nach den Wochen der Anreise unsere eigentliche Expedition gerade erst begonnen.

Katrins Füllhalter schwebte über dem Papier. Es war der zweite Brief, den sie an Maxim Korff schrieb. Den ersten hatte sie vor Wochen aus Aden abgeschickt, in der Hoffnung, dass die britische Royal Mail ihn zustellen würde. Nun saß sie im Urwald der westlichen Berge auf einem Baumstumpf, ihr Schreibbrett auf den Knien, und schrieb an den Mann, der das ganze Unternehmen finanzierte.

Nachdem wir Wien verlassen hatten, kam mir alles noch so leicht vor, die Bahnfahrt nach Pula, der Dampfer, den wir bestiegen, um das Mittelmeer zu überwinden, später das kleinere Schiff, das uns in Kairo erwartete und auf eine Fahrt durch den Kanal mitnahm, von dem ich kaum glauben kann, dass er von Menschenhand gegraben wurde. Der Mensch hat es zuwege gebracht, den Kontinent Afrika von Arabien abzutrennen. Während wir durch den Suezkanal fuhren, kam das Ufer manchmal so nahe, dass ägyptische Händler uns ihre Waren anboten.
Kaum hatten wir Aden erreicht, war es mit der Leichtigkeit vorbei. Als ob wir eine andere Welt betreten hätten, änderte sich der Typus der Menschen. Die schwarzen Einheimischen begegnen einer Frau, die sich allein auf der Straße bewegt, mit finsteren Blicken. Arabische Frauen werden angehalten, in den Häusern zu bleiben, ihr ganzes Leben spielt sich im Haushalt ab, erzählt mir Raphael.
Aden ist ein düsterer Militärstützpunkt, die britischen Soldaten sind allgegenwärtig. Die Engländer haben die Stadt sonderbarerweise der britisch-indischen Regierung in Bombay unterstellt. Der Hafen hat strategische Bedeutung, wie Raphael mir

erzählte, weil die Engländer im Kriegsfall von dort aus die Einfahrt zum Roten Meer blockieren können.
Für die letzte Überfahrt konnten wir auf keinem englischen Schiff eine Passage bekommen. Raphael und ich bestiegen ein arabisches Dampfboot, auf dem es nur eine einzige Kabine gab. Hätte er mich als seine Assistentin deklariert, wäre es unmöglich gewesen, zusammen in dieser Kabine zu reisen, darum haben wir uns für die Dauer der Fahrt als Mann und Frau ausgegeben. Wir sind Arm in Arm an Deck spaziert, damit niemand von der Besatzung Verdacht schöpfte.

Katrin versuchte umsonst, das Papier glatt zu streichen. Selbst die feste Kartonage, die sie in Bombay gekauft hatte, Papier aus Papyrus, wellte sich in der feuchten Luft. Die Luft troff förmlich von Wasser. Katrins Haut war unausgesetzt von einem feuchten Film bedeckt. Jeder Gegenstand, den sie anfasste, fühlte sich klebrig an, sie selbst fühlte sich klebrig an. Es war müßig, die Kleider aufzuhängen, sie trockneten nicht. Nur rund um das Feuer, das Raphaels Männer allabendlich entfachten, konnte man auf ein wenig Trockenheit hoffen. Das Feuer gab Licht und hielt die wilden Tiere fern. Es existierten unglaublich viele wilde Tiere hier. Die Menschen lebten mit ihnen, die Menschen starben allerdings auch durch wilde Tiere.

Als Katrin und Raphael an ihrem ersten Forschungsziel angelangt waren, im Gebiet der Toda, hatte sie sich gewundert, weshalb die Hütten so winzige Türen hatten, dass die Menschen hineinkriechen mussten. Schon in der zweiten Nacht hatte Katrin den Sinn dieser Türen verstanden. Sie dienten dem Schutz vor Raubtieren. In jener Nacht hatte ein Puma ein Büffelkalb gerissen. Weder die Wächter noch die Hunde hatten den Angriff der Wildkatze abwehren können. Nachdem der Puma satt war, hatte er den Kadaver zurückgelassen. Obwohl das Tier tot war, bedienten sich die Dorfbewohner nicht an seinem Fleisch. Die Toda verschmähten Fleisch, sie ernährten sich von Büffelmilch und dem Käse, den sie daraus machten.

Katrin, Raphael und drei Träger waren vor Tagen auf die Hochebene hinaufgestiegen, wo die Toda ihre Tiere weideten. Das Volk bestand nur aus ein paar Tausend Menschen, sie sonderten sich von den Leuten im Tal ab. Selten stiegen Toda-Männer von den Bergen, um Käse und Joghurt gegen andere Waren zu tauschen.

Der Schrei eines Vogels schreckte Katrin aus ihren Gedanken hoch. Das war kein Vogel, sondern einer dieser Affen, die den Wiener Fiakern ähnelten. Die Wiener Kutscher liebten es, mit ihren Bärten die Barttracht Seiner Majestät zu imitieren. Doch während der Kaiser wegen der Ähnlichkeit mit seinem Konterfei auf Münzen und Briefmarken den Bart gestutzt trug, ließen die Fiaker ihre Bärte sprießen, bis sie zu überlebensgroßen Duplikaten ihres Kaisers wurden. So ähnlich sahen die Affen in den Bäumen aus. Es war eine Makakenart, die nur in den Gaths lebte. Katrin senkte den Stift auf das feuchte Papier.

Die Todas haben uns gestattet, am Rande des Dorfes unser Lager aufzuschlagen. Man darf sich das nicht als richtiges Dorf vorstellen. Es sind nur sieben Hütten in der Form von Weinfässern, die man in der Mitte durchgeschnitten hat. Raphael hatte zunächst Mühe, sich mit dem Dorfältesten zu verständigen, mittlerweile hat er aber einiges über die Toda herausgefunden. Alles, was diese Menschen tun, bezieht sich auf ihre Büffel. Die Göttin Teikirshy soll gemeinsam mit ihrem Bruder den ersten Toda-Menschen erschaffen haben, einen Mann. Aus dessen Rippe schufen die Götter später die Toda-Frau. Ist es nicht erstaunlich, wie sehr dieser Mythos unserer Schöpfungsgeschichte ähnelt? Die Toda töten einen Büffel nur dann, wenn ein Mensch stirbt. Der tote Büffel begleitet die Seele des Menschen ins Jenseits. Dort ist der Boden so hart, dass die Beine der Toten beim Wandern immer weiter abgenutzt werden. Erst wenn die Seele ihre Beine im Jenseits durch Abnutzung ganz verloren hat, kann sie im Diesseits als Mensch oder besser noch als Büffel wiedergeboren werden.

»Ein weiterer Brief an Maxim?« Raphael war hinter Katrin getreten.

»Stört es dich, wenn ich ihm schreibe?«

»Im Gegenteil, dann brauche ich es nicht zu tun. Als Sponsor unserer Forschungsreise hat er ein Recht darauf, von den Ergebnissen informiert zu werden.« Trotz der Hitze trug Raphael lange Hosen und Stiefel. Der Grund waren die Schlangen. »Wenn du dich beeilst, kannst du Zeuge eines seltenen Schauspiels werden.«

Sie schob den Brief in ihre Tasche. Was nicht sofort verstaut wurde, fiel den Tieren zum Opfer. »Ein Schauspiel?«

»Eine Königskobra hat sich in die Hütte einer Familie verirrt.«

»Eine Kobra?« Katrins Augen wurden groß. »Aber ist das nicht …«

»Eine der gefährlichsten Schlangen der Welt. Sie fühlt sich in der dunklen, feuchten Behausung wohl. Die Bewohner haben den Priester gerufen. Er soll die Kobra fangen und an einen anderen Ort bringen.«

»Wieso soll das ausgerechnet der Priester machen?«

»Schlangen sind heilige Tiere. Man darf sie nicht töten, sondern muss ihnen freundlich anbieten, sich ein anderes Zuhause zu suchen.«

»Schlangen sind hier heilig, Büffel sind heilig.« Katrin stand auf. »Ein sonderbares Land.«

»Die Hindus nehmen sich als Geschöpfe Gottes nicht so wichtig wie wir Europäer. Bei uns ist der Mensch die Krone der Schöpfung. Über ihm steht nur Gott. In Indien kommt das Tier der Inkarnation von Göttern gleich. Der Mensch ordnet sich ihm bereitwillig unter.«

Nachdem Katrin ihre Sachen ins Zelt gebracht hatte, machten sie sich ins Dorf auf. In einiger Entfernung blieben sie stehen.

»Dort ist es.«

Der Priester betrat gerade eine Hütte. Sein weißes Haar fiel über die Schultern, sein Bart erreichte sogar den Bauch. Solange ein Priester sein Amt innehatte, durfte er weder Haare noch Fingernägel schneiden. Der Mann war barfuß und trug nichts als ein schwarzes Lendentuch. Er hatte eine auffällige Bemalung unter den Augen.

»Das Einfangen einer Schlange gilt als rituelle Handlung. Die Kobras sind Freunde der Menschen.« Raphael flüsterte.

Damit er nicht lauter sprechen musste, trat Katrin so nahe an ihn heran, dass sie ihn berührte. Als er nicht zurückzuckte, schmiegte sie sich dichter an ihn. Es war eine zärtliche Geste, eine intime, zugleich eine hoffnungslose. Zwischen ihnen hatte sich nichts verändert. In den vielen Situationen auf der Reise, in denen sie nicht mehr Forscher und Assistentin gewesen waren, sondern sich als Mann und Frau gegenüberstanden, hatte Raphael nicht das Geringste unternommen.

Wozu spielte er das Spiel der Zivilisation weiter, obwohl sie jetzt in der Wildnis lebten? Es war die Natur selbst, die Katrin ihre Zurückhaltung gegenüber Raphael so schwer machte. Im Urwald vollzog sich alles nach dem Gesetz der Wollust. Früchte und Blüten quollen hervor, alles prangte in sinnlichen Farben, alles bot sich üppig und gierig dar. Katrin hatte den Eindruck, als ob hier ausschließlich der Instinkt regierte.

Sosehr Raphael seine Entdeckerfreude mit Katrin teilte, ging seine Annäherung nie so weit, dass er zu dem Mann wurde, den sie liebte und begehrte. Wenn sie ihre Sehnsucht kaum noch bemänteln, ihre Lust nur mit Mühe verbergen konnte, blieb ihr nichts anderes übrig, als in Tagträumen von ihm zu schwärmen. Er hatte seinen Bart seit der Ankunft in Bombay nicht mehr rasiert, das dichte schwarze Haar fiel ihm in die Stirn. Sein Oberkörper wirkte nicht wie der eines Gelehrten, sondern der eines Mannes, der mächtige Bäume fällte. Raphael hatte ein offenes Lachen und ruhige, runde Bewegungen. Leider nahm er keinerlei Notiz von Katrin als Frau. Sie war so weit gegangen, sich die Augen im Stil der Frauen aus Bombay nachzumalen, und wusch ihr Haar täglich. Abends trug sie ein durchscheinendes Oberteil, das den Bauchnabel frei ließ. Wenn sie in ihren Taschenspiegel schaute, blickte ihr eine junge Frau entgegen, der das Feuer aus den Augen sprühte und der man die Lust, sich hinzugeben, ansah. Nur Raphael bemerkte nichts davon. Sein Verhalten eines respektvollen Begleiters bekam niemals Risse, nie hatte Katrin eine versteckte Sehnsucht darin schimmern sehen.

Der Priester war im Inneren der Hütte verschwunden.

»Er wird die Kobra jetzt aus dem Gebälk locken«, sagte Raphael.

Man hörte sonderbare Geräusche, und schon im nächsten Moment tauchte der Weißhaarige wieder gebückt auf. An seinem Stab wand sich eine Schlange von zwei Metern Länge. Der Priester hielt ihren Kopf unterhalb der Verbreiterung des Halses fest. Sie hatte das Maul weit aufgesperrt, man konnte die Giftzähne sehen. Wie gelähmt ragte ihre gespaltene Zunge aus dem Maul hervor.

»Wie konnte er sie so nur packen?« Katrin lehnte sich an Raphael.

»Er dürfte sie überrascht haben.«

»Wird er sie in diesem Zustand in den Urwald tragen?«

»Pass auf, gleich siehst du es.«

Der Familienvater, aus dessen Hütte der Priester kam, hielt einen ledernen Sack bereit. Die Toda fingen beim Melken der Büffel die Milch in solchen Beuteln auf.

»Nie und nimmer schlüpft die Schlange da hinein«, flüsterte Katrin.

»Schlangen mögen die Dunkelheit.«

Der Priester näherte den Kopf der Schlange dem Sack und ließ sie los. Die Kobra hätte sich zu Boden fallen lassen und davonkriechen können. Sie hätte den Priester und den Familienvater beißen können. Keiner der Männer trug Handschuhe.

Die Kobra hielt ihren Körper auf der Länge eines halben Meters aufgerichtet, wandte sich nach links zum Priester, nach rechts zum Vater, sie zischte. Ihr Kopf war dem Gesicht des

Priesters so nahe, dass sie nur hätte zustoßen brauchen. Beim Biss einer Königskobra wurde so viel Gift freigesetzt, dass drei Menschen davon sterben konnten. Ohne Furcht sah der Priester die Schlange an und murmelte etwas.

Als ob sie verstanden hätte, was der heilige Mann wollte, ließ sich die Kobra zusammensinken, ihr Kopf tauchte in die Öffnung des Ledersackes hinein. Der Priester wartete, bis sie ihren Körper nachgezogen hatte, und half sogar ein wenig dabei. Kaum war die Kobra in der zusammengenähten Haut des Büffels verschwunden, schloss der Familienvater den Sack. Mit der gleichen Ruhe band der Priester ihn zu.

Die Dorfbewohner traten näher und gratulierten dem Priester, der den Sack erhoben hielt und über die Hochebene zur nächsten Erhebung der Gathberge zeigte.

»Wird er die Schlange dorthin bringen?«, fragte Katrin.

»So ist es.«

»Und was passiert, wenn sie wieder ins Dorf zurückkommt?«

»Dann ist das der Wille der Schlange. Der Mensch wird sich fügen.«

Der Wille der Schlange, dachte Katrin, während Raphael mit dem Priester redete. Der Weißhaarige nickte, Raphael drehte sich um.

»Er erlaubt mir, ihn zu den Bergen zu begleiten. Allerdings möchte er nicht, dass eine Frau dabei ist.« Bittend legte Raphael den Kopf schief.

»Geh nur. Ich erwarte dich später am Feuer.« Mit einer leichten Bewegung winkte sie ihn fort.

Katrin schaute nach dem Sonnenstand. Es würde noch eine Stunde hell bleiben. Mit der Dämmerung kamen die Insekten, später die wilden Tiere. Katrin fürchtete die Nacht in den Bergen, sie hoffte, Raphael würde rechtzeitig zurück sein.

Als die Sonne sank, fühlte sie mit den Schatten auch ihre Einsamkeit aufsteigen. Lieb gewordene Bilder aus Wien bedrängten sie, ihr Zimmer in Raphaels Wohnung, die Gassen der Inneren Stadt, das schöne Haus an der Donau, Maxims Haus, Maxims

Studierzimmer, wo er ihr eröffnet hatte, dass sie kein Stubenmädchen mehr sei, sondern seine Hausdame. Wie lange war das alles her, und wie viel war seitdem geschehen. Katrins Leben hatte sich von Grund auf umgewälzt. Heute Abend bedauerte sie die Veränderungen, die sie vom Hause Korff fortgespült hatten.

Sie schlüpfte ins Zelt, entzündete die Petroleumlampe, hängte das Moskitonetz vor den Eingang und nahm den Brief an Maxim wieder zur Hand. Sie wollte ihn heute noch fertig schreiben. Als sie eine Stunde später ihren Namen daruntersetzte, war Raphael noch immer nicht zurück.

30
Die Loge

Camilla Zeska trug ein Kleid, das man geschmacklos nennen musste, aber Maxim fand, solche Kleider passten zur Frau seines Kompagnons. Mit den schwarzen Seidenbändern, die unter der Brust gekreuzt bis zu den Oberschenkeln führten, mit der gefältelten Büste, die Camillas Oberweite zur Geltung brachte, und der leuchtend roten Korallengemme verkörperte sie eine Mischung aus altgriechischer Hetäre und Wiener Großbürgersfrau.

»Wie gefällt dir das Stück?«, fragte er.

»Am liebsten wäre ich schon gegangen, genauso wie meine Tante. Aber dann habe ich dich oben in deiner Loge entdeckt.« Camilla stellte ein Bein vor das andere und brachte dadurch ihre Hüfte zur Geltung.

»Wollte Theodor dich heute nicht in die Burg begleiten?« Maxim lud sie ein, mit ihm ins obere Pausenfoyer zu schlendern.

»Theo hat mir auseinandergesetzt, dass ihn das Theater grundsätzlich langweilt. Darum bittet er mich, in Zukunft auf seine Gesellschaft zu verzichten.«

»Der gute Theo hat immer nur unsere Geschäfte im Kopf.« Maxim grinste.

»Sei froh, dass wenigstens einer den Firmenwagen aus dem Dreck zieht, wo du ihn hineinmanövriert hast.«

Darauf hätte es einiges zu sagen gegeben, aber Maxim entschied, mit Camilla auf der Ebene der leichten Unterhaltung zu bleiben. »Ich finde das heutige Stück ganz ansprechend.«

»Ich weiß nicht, was das Ganze soll. Weshalb gibt sich dieser Professor Higgins mit einem Blumenmädchen ab? Was will er von ihr?«

»Vorrangig geht es um eine Wette. Higgins will seinem Freund beweisen, dass ein Blumenmädchen genauso das Zeug zur feinen Dame hat wie eine Frau aus gehobenen Kreisen.«

»Wer will denn so etwas wissen?«, fragte Camilla mit ihrer unnachahmlichen Ignoranz. »Dafür gehe ich nicht ins Burgtheater, um mir ein Blumenmädchen beim Sprachunterricht anzuschauen. Und dann dieser unverständliche Titel – *Pygmalion*. Verstehst du das?«

Sie erreichten die Stehtische des Vestibüls, wo ein Kellner auf Maxims Zeichen zwei Glas Champagner servierte.

»Pygmalion war ein Bildhauer aus Zypern, der aufgrund seiner schlechten Erfahrungen mit den Propoetiden zum Frauenhasser wurde. Deshalb hat er sich eine ideale Frau aus Marmor gemeißelt.«

»Was du alles weißt«, kicherte Camilla. »Verrätst du mir auch, was Propoetiden sind?«

»Sexuell zügellose Frauen.«

Beide konnten sich ein Grinsen nicht verkneifen.

»Würdest du mich auch als so eine Frau bezeichnen?«

»Du bist die perfekte Wiener Spielform einer Propoetide.«

Sie stieß ihn lachend in die Rippen und nippte am Sekt.

Maxim betrachtete die etwas verlebte junge Frau. Durch ihre wunderbar dreckige Art, nicht um den heißen Brei zu reden, war es damals zu der Affäre zwischen ihnen gekommen. Obwohl ehrbar verheiratet, hatte Camilla die Ausstrahlung einer ewigen Konkubine und versuchte nicht, es zu verschleiern.

»Bleib noch bis zum Schluss«, sagte er, als das Klingelzeichen das Ende der Pause ankündigte.

»Von mir aus. Jetzt will ich wissen, wie die Geschichte zwischen dem Blumenmädchen und dem Frauenhasser ausgeht.«

»Möchtest du in meine Loge kommen? Ich fühle mich dort oben ein bisschen einsam.«

Camillas Lächeln hätte eindeutiger nicht ausfallen können. »Hat Livia dir inzwischen geschrieben, wann sie zurückkommt?«

»Ich nehme an, der feuchte englische Winter wird sie bald von den britischen Inseln vertreiben. Außerdem hat Philipp sein Kommen zu Weihnachten angekündigt, da will seine Mama bestimmt alles aufs Feinste vorbereiten.« Er bot Camilla den Arm.

»Hast du keine Angst vor dem Gerede der Leute, wenn wir zusammen in deiner Loge sitzen?«

»Ich sitze mit der Frau meines Geschäftspartners im Theater. Was sollen die Leute denn da zum Reden haben?«

»Du bist mir schon einer.«

Im Gleichschritt betraten sie das Treppenhaus.

»Grüß Sie, lieber Max«, sagte ein Geschäftsmann, dessen Name Maxim im Moment nicht einfiel.

»Mein Bester, begrüße Sie.« Er stellte Camilla vor. »Frau Zeska kennen Sie, die Frau meines Kompagnons?«

»Gnädige Frau.« Der Mann mit dem fehlenden Namen küsste Camilla die Hand. »Was sagen Sie zu Albanien und den Serben, Max?«

»Unsere Armee hat einmal kurz mit dem Säbel gerasselt, und die Serben haben wie zu erwarten den Schwanz eingezogen.«

»Sie sollen ihre Truppen nur auf den Druck von Russland aus Albanien zurückgezogen haben.«

»Der Russe ist der Bündnispartner des Serben, also hat der Serbe zu kuschen. Von Serbien wird nie eine ernsthafte Gefahr für Österreich ausgehen.«

Das dritte Klingelzeichen, Maxim wünschte dem Herren einen schönen Abend, erreichte zusammen mit Camilla den ersten Rang und betrat seine Loge gerade rechtzeitig, als der Zuschauerraum dunkel wurde und sich der Vorhang hob. Die Komödie um das Londoner Blumenmädchen nahm ihren Lauf.

Während Maxim dem Schauspiel folgte, während er Camillas festen Schenkel manchmal gegen seinen stoßen spürte, ging ihm ein Licht auf, weshalb ihn das Bühnengeschehen so interessierte. Auch in Maxims Leben hatte es ein Blumenmädchen gegeben. Ähnlich wie Higgins hatte auch er geglaubt, diese Frau mit seinem Wissen beeindrucken zu können und ihre Liebe zu gewinnen. Doch ihm war es gleich ergangen wie Higgins. Katrin hatte das Netz, das Maxim um sie gesponnen hatte, zerrissen und war in die Freiheit entkommen.

Als er erfahren hatte, dass sie Raphael nach Indien begleiten würde, war er fuchsteufelswild geworden. Durfte man ihn für dumm verkaufen? Die Frau, die er liebte, hatte ihn um Unterstützung für die Forschungsreise seines Freundes gebeten, Maxim gewährte die nötigen Mittel, und die Folge war, dass Katrin sich mit seinem besten Freund aus dem Staub machte. Er schätzte Hofteuffel so ein, dass er keinen Nutzen aus der Situation ziehen würde, doch was konnte in einer zauberischen indischen Nacht, wenn der Mond über den Bergen aufging, nicht alles passieren?

Maxim stieß die Luft aus der Nase. Es war zum Schießen: Er selbst hatte das Geplänkel zwischen dem Forscher und der Hausdame ermöglicht, indem er es finanzierte.

»Was hast du?« Camilla beugte sich zu ihm.

»Nichts.« Maxim drückte ihre Hand und ließ sie hinter der Logenbrüstung nicht mehr los. Nach ein paar Sekunden begannen ihre Finger mit den seinen zu spielen.

Zwei Briefe von Katrin waren bis jetzt gekommen. Was bezweckte sie damit, ihm von ihren Abenteuern zu berichten? Als der erste Brief eintraf, hatte er sich gefreut, weil sie ihn im fernen Indien nicht vergessen hatte. Ihr zweiter Brief hatte ihm deutlich gemacht, dass sie Hofteuffel als ihren Führer und Beschützer bewunderte.

Maxim drehte Camillas Ehering an deren Finger. Zum Teufel mit Katrin! Er würde sich für sie nicht zum Narren machen. Sollte sie mit ihrem Gelehrten doch glücklich werden, er würde sie nicht daran hindern.

»Ich finde, dass das Stück im letzten Akt nachlässt«, raunte er Camilla zu.

»Möchtest du gehen?«

»Nein, ich möchte dich lieben. So könnten wir uns die Zeit bis zum Applaus vertreiben.« Mit dem entwaffnenden Bernsteinblick sah er sie an.

»Hast du den Verstand verloren?« Ihre Miene drückte Entrüstung aus, ihre Augen das Gegenteil. »Was schwebt dir vor?«

Er deutete zu dem Vorhang, der hinter ihnen die Loge von dem kleinen Vorraum abtrennte, wo die Mäntel hingen, wo aber auch eine Liege stand, auf der man sich zwischen den Akten ausruhen konnte. »Gehst du zuerst?«

»Wenn ich geahnt hätte, dass du dich so schlecht benimmst, wäre ich nicht in deine Loge gekommen.«

»Bevorzugst du es, dir die Geschichte des Blumenmädchens zu Ende anzusehen?«

»Alles lieber als das.« Lautlos schlüpfte sie an ihm vorbei und verschwand hinter dem Vorhang.

Maxim wartete einige Minuten. Auf der Bühne machte das Blumenmädchen dem Professor Vorwürfe, weil er sie Bildung und Wohlstand hatte genießen lassen, nur um sie dann wieder in die Gosse zurückzustoßen. Albernes Theater, dachte Maxim. Die Bühne war nicht imstande, das Leben abzubilden – geschweige denn die Liebe.

Er stand auf, nahm das Zigarrenetui, das er auf die Brüstung gelegt hatte, und ging in den hinteren Raum. Es war dunkel. Ein schmaler Streifen aus Licht beschien den weißen Schenkel von Camilla. Kaum hatte Maxim sich zu ihr gebeugt, spürte er ihren Arm, der sich um seinen Hals schlang. Wie eine fleischfressende Pflanze, dachte er, unberechenbar und verschlingend. Lächelnd küsste Maxim die Frau seines Kompagnons.

31
Der Traum von Indien

Von Nagpur aus fuhren sie mit der Eisenbahn Richtung Allahabad, wo sich der Ganges mit seinem wichtigsten Nebenfluss, dem Yamuna vereinigte. Der Zusammenfluss galt als heiliger Ort. Nach der mythischen Vorstellung der Hindus stieß an dieser Stelle noch ein dritter Fluss dazu, der Sarasvati, doch er war unsichtbar. Die Inder nannten den Ort daher Triveni Sangam, die Vereinigung von drei Strömen.

Im Zug hatte Raphael den indischen Philosophen Rajiv Bhavani getroffen, dessen Abhandlung über die Zijha-Kultur Hofteuffel brennend interessierte. Diese Kultur stellte sein eigentliches Forschungsziel dar. Die Männer hatten sich für mehrere Stunden in Bhavanis Abteil zurückgezogen, nachdem der Inder höflich zum Ausdruck gebracht hatte, dass eine Frau bei dem Gespräch unerwünscht sei. Die Umrisse der Expedition hatte Raphael bereits von Wien aus in seiner Korrespondenz mit Bhavani erörtert. Eine genauere Planung war nicht möglich, da das Gebiet von Aufständen erschüttert wurde. Die blutigen Auseinandersetzungen hatten sich seitdem sogar noch zugespitzt. Bhavani warnte Hofteuffel, es sei unmöglich, eine Frau in das Zijha-Gebiet mitzunehmen.

»Was bedeutet das, Raphael?« In ihrem langen weißen Hemd lag Katrin auf der unteren Ebene des Schlafwagenabteils und verschaffte sich mit einem Bambusfächer Kühlung.

»Es bedeutet, dass ich die Reise abbreche.«

Der Fächer hielt inne. »Du bist nach Indien gekommen, um das Gebiet der Zijha zu erkunden.«

»Bhavani will mich nur allein in die Berge führen. Ich werde dich aber unter keinen Umständen zurücklassen.«

Katrin schob ihr Haar in den Nacken. »Allahabad ist eine große Stadt. Dort gibt es bestimmt ein Hotel, wo ich auf dich warten kann.«

»Es geht nicht.«

»Weshalb?«

»Du bist Europäerin. Wo du auch hingehst, unterscheidest du dich von den Einheimischen.«

»Das tun die Frauen der englischen Besatzungsoffiziere auch.«

»Du sprichst kein Wort Englisch. Es wäre eine schwierige Zeit für dich. Das werde ich dir keinesfalls zumuten.«

Katrin spürte, dass sich hinter seinen Worten etwas anderes verbarg. »Glaubst du, ich lasse zu, dass wir nach Hause zurückkehren, ohne dass du dein Ziel erreicht hast? Du fährst selbstverständlich mit Bhavani weiter, und ich warte auf dich.«

»Es geht nicht, Katrin.«

Im schwachen Licht des Abteils versuchte sie, in seinem Gesicht zu lesen. »Ich verstehe deine Beweggründe nicht.«

»Und ich kann sie dir nicht sagen.«

»Wie sollen wir uns auf etwas einigen, wenn ich dein Verhalten nicht begreife?«

»Dann einigen wir uns eben nicht«, erwiderte er brüsk und kletterte in sein Bett auf der oberen Ebene.

»Lass mich hier nicht so liegen, Raphael. Wie soll ich die Nacht verbringen, wenn du mich im Unklaren lässt, was los ist.«

Hofteuffel hatte die Stiefel ausgezogen und zu Boden geworfen. Einige Sekunden verstrichen, dann kam er wieder herunter und setzte sich neben Katrin. »Entschuldige, ich wollte nicht schroff sein. Wir wollen uns Gute Nacht sagen.«

»Das ist alles?«

Nach einem Moment des Zögerns beugte er sich zu Katrin, nahm sie in seinen Arm und küsste sie auf den Mund.

»Das ist meine Erklärung«, sagte er zärtlich. »Und ich möchte nicht, dass du mich weiter fragst.«

»Nicht fragen?«, flüsterte sie. »Raphael, du hast mich gerade geküsst.«

»Ich hätte es besser bleiben lassen sollen.« Innig zog er sie an sich. »Verstehst du jetzt, warum wir die Reise abbrechen müssen? Ich kann dich nicht ins Revolutionsgebiet mitnehmen, zurücklassen werde ich dich aber um keinen Preis.«

Sie fühlte seine kräftige Brust, die Schultern, sie streichelte das Haar an seinem Hinterkopf. »Warum, Raphael?«

»Weil du mir zu viel bedeutest. Das musst du doch gespürt haben.«

Ihre großen staunenden Augen. »Nichts, mein Lieber, nichts habe ich gespürt, außer deiner Reserviertheit und deiner Nüchternheit. Deine Fürsorge um mich war immer korrekt, niemals hätte ich mehr dahinter vermutet.«

»Du bist meine Assistentin.«

»Und du mein Arbeitgeber.« Mit einem Ruck setzte sie sich auf. »Weißt du, wie lange ich dich schon liebe, Raphael? Hast du es denn nie gespürt?«

»Manchmal hatte ich den Eindruck, dass du etwas für mich empfindest, aber …« Er nahm sie sanft bei den Schultern. »Ich dachte, du seiest in Maxim verliebt.«

»Ich – in ihn?«, rief sie mit erhobener Stimme. »Wie kommst du darauf?«

»Er hat einmal eine Bemerkung gemacht, und ich habe seine Worte so gedeutet.«

Gern hätte Katrin das Missverständnis aufgeklärt, doch Maxims Liebesgeständnis seinem besten Freund anzuvertrauen wäre ein Vertrauensbruch gewesen. Sie war verwirrt, überrumpelt, sie war außer sich. Die Eisenbahn fuhr durch die heiße indische Nacht, draußen erhob sich ein perfekter Mond und tauchte die Landschaft in blaues Licht. Wie lange hatte sie gewartet und gehofft, dass in Indien in Erfüllung gehen sollte, wonach sie sich sehnte? Nun war ihr Traum wahr geworden. Raphael hatte sie geküsst. Im weißen Hemd lag sie da, er saß neben ihr in dem engen Geviert, wo die Luft kaum noch zu atmen war.

Katrin zog Raphael an sich und flüsterte mehrmals seinen Namen. Sie streichelte seinen Nacken und wollte ihn küssen.

»Nein, Katrin. Bitte nicht.«

»Was könnte jetzt noch zwischen uns stehen?«

»Ich, meine Geliebte.« Behutsam löste er ihre Arme von sich. »Kannst du dich bitte anders hinsetzen?«

Ihr Hemd war hochgerutscht und legte die Oberschenkel frei. Der Träger des Hemdes war von der Schulter gesunken. Verwirrt brachte Katrin ihre Kleidung in Ordnung. »Was gefällt dir nicht an mir?« Sie lehnte sich an die Zugwand, das Kissen im Rücken.

»Ich will dir nicht wehtun. Deshalb darf es zu mehr als diesem Kuss nicht kommen.«

»Nicht mehr? Aber Raphael ...« Ihr war, als ob sie geohrfeigt worden wäre. Unbegreiflicher hätte eine Situation nicht sein können. »Sag mir jetzt die Wahrheit, sonst werde ich wahnsinnig.«

»Ich bin neununddreißig, Katrin.«

»Das weiß ich.« In ihren Augen bildeten sich Tränen.

»Als ich Anfang zwanzig war, hatte ich mich in Livia Hahn verliebt. Sie war das schönste Mädchen, das es in Wien gab. Sie war jung und verführerisch, ich liebte sie bis zur Raserei. Allerdings wusste ich, dass mein bester Freund auch ein Auge auf sie geworfen hatte. Nicht so ernsthaft und bedingungslos wie ich, Max sah Livia eher als Beute an, die schwer zu kriegen war. Und dann geschah das Wunder.«

Raphael tat einen tiefen Atemzug. »Das Wunder war, dass Livia meine Liebe erwiderte. Es war ihr egal, dass ich für ihren Vater nicht der richtige Schwiegersohn war. Es kümmerte sie nicht, dass ich wenig verdiente, selten in Wien war und nicht vorhatte, mein Leben zu ändern. Livia hatte sich in den Kopf gesetzt, meine Frau zu werden.«

»Aber das wäre doch wunderbar gewesen«, stieß Katrin hervor. Der Zusammenhang der Geschichte mit ihrer momentanen Situation stellte sich noch nicht her. »Ihr wärt glücklich geworden, bestimmt glücklicher als Livia und …« Impulsiv nahm sie Raphaels Hand. »Du liebst sie immer noch. Das sehe ich jedes Mal, wenn ihr euch begegnet.«

»Ich habe sie lange geliebt, auch nachdem sie Maxim geheiratet hat. Ich habe sie im Grunde so lange geliebt, bis du in mein Leben getreten bist und wir begonnen haben, unter einem Dach zu wohnen.«

»Ja, Raphael, mir ging es genau so.« Sie machte eine Pause. »Was ist damals denn passiert?«

»Ich hätte jedes Hindernis auf mich genommen, Livia zu meiner Frau zu machen. Aber so lange wollte sie nicht warten.« Ein schwaches Lächeln. »Sie wollte unsere Liebe sofort, gleich in jenem sagenhaft heißen Sommer in Wien.«

»Ja, und?«

»Wir trafen uns außerhalb der Stadt, damit niemand uns beim Stelldichein überraschen sollte. Livia und ich fuhren auf den Semmering. Es war eine angespannte Zugfahrt, man konnte die Elektrizität zwischen uns förmlich greifen. Endlich kamen wir an, schlüpften in einer Pension unter, speisten zu Abend und begaben uns auf unser Zimmer. Es war der spannendste Moment meines Lebens. Ihre Zärtlichkeit, ihre Küsse, ihre Nacktheit, es war wunderschön. Gott, wie sehr habe ich das genossen.« Er schwieg.

Katrin suchte nach einem Grund, warum er ihr davon erzählte, da im Augenblick nicht Livia, sondern sie selbst halb nackt vor ihm saß. »Weiter, Raphael.«

Seine Stimme wurde hart. »Trotz meiner übergroßen Sehnsucht konnte ich ihr nicht der Mann sein, den sie wollte.«

Katrin versuchte, den Sinn der Worte zu entschlüsseln. »Nicht der Mann?«

»Ich konnte sie nicht glücklich machen.«

Vor Katrin saß der bärtige Mann mit den breiten Schultern und der behaarten Brust. »Vielleicht war es nur das erste Mal. Es wäre doch verständlich, dass du in dieser Situation …«

»Wir haben es das ganze Wochenende lang versucht«, unterbrach er sie. »Livia war rührend und geduldig, sie versuchte einiges, um mich in Stimmung zu bringen.« Sein Lächeln war müde, sein Blick traurig. »Sonntagmorgen sind wir abgereist.«

»Es könnte eine körperliche Schwäche gewesen sein, die sich mit der Zeit gelegt hat.«

»Etwas Ähnliches sagte Livia bei unserer nächsten Verabredung auch. Ich erspare dir die peinlichen Einzelheiten. Wir haben noch zwei Mal versucht, uns zu lieben, immer mit dem gleichen Ergebnis. Danach ließ ich einige Zeit verstreichen, wir trafen uns nicht mehr. Schließlich schrieb ich Livia, dass ich eine andere Frau kennengelernt hätte.«

»Stimmte das?«

Er schüttelte den Kopf. »Nie wäre ich auf die Idee gekommen, Livia durch eine andere zu ersetzen. Ich liebte sie von ganzem Herzen. Aber ich war düster und unzugänglich. Schließlich habe ich Maxim darin bestärkt, seine Werbung fortzusetzen. Als ich Livia nach drei Monaten wiedertraf und wir ruhiger über das Ende unserer Beziehung sprachen, begann ich die Idee in ihre Seele zu senken, dass Maxim der richtige Mann für sie sei. Ich schilderte seine guten Eigenschaften und dichtete noch ein paar hinzu. Ich habe Livia belogen, um Maxim in ihren Augen unwiderstehlich zu machen.«

»Warum?«

»Ich wollte sie loswerden«, antwortete er schlicht. »Anders wäre ich verrückt darüber geworden, dass diese Frau sich für mich entschieden hatte, ich aber nicht Manns genug war, sie zu lieben. Lieber sollte Maxim sie haben, von dem ich wusste, dass er sie glücklich machen konnte.«

»Er hat sie todunglücklich gemacht«, rief Katrin. »Du hast Livia in seine Arme getrieben.«

»Ich weiß. Max behandelt Livia, wie er alle Menschen behandelt. Er tut es nicht böswillig, es ist sein Naturell. Er kann mit der umfassenden Liebe einer Livia nichts anfangen.«

In diesem Moment tat Raphael etwas Unverhältnismäßiges. Er ließ seine Hand auf Katrins nackten Fuß sinken, führte den Fuß an seinen Mund und küsste ihn.

»Ich bin verschwitzt.«

»Es ist wieder einmal so weit. Ich bin mit einer hinreißenden Frau zusammen, in die ich mich verliebt habe und die mir sagt, dass auch sie mich liebt. Ich habe ja gespürt, dass du etwas für mich empfindest, aber ich musste schweigen, musste barsch und kühl sein, um dich vor mir zu schützen.« Er bedeckte ihren Fuß mit Küssen.

Sie streichelte sein Haar. »Du willst mich von dir fernhalten? Bitte tu das nicht.«

»Ich bin ein Krüppel. Bin zwar fähig, aus ganzem Herzen zu lieben, trotzdem scheitere ich in der Liebe. Wir können nicht zusammen sein, Kathi.«

»Woher willst du das nach einem Kuss wissen? Wir sollten …«

»Es versuchen, meinst du das? Wozu deine und meine Demütigung heraufbeschwören?«

»Ich liebe dich.«

»Ich liebe dich auch.«

»Wenn du unsere Liebe nicht zulassen wolltest, weshalb hast du mich dann nach Indien mitgenommen?«

»Weil ich glücklich bin, wenn du nur in meiner Nähe bist. Vielleicht tat ich es aus der dummen Hoffnung heraus, dass mich dieses Land verändern könnte.«

»Vielleicht ist das auch so. Hast du seit Livia niemals … Ich meine, war da nie eine andere Frau?«

Sorgsam legte er ihren Fuß auf das Bett zurück. »Nein, Katrin. Ich war bei Ärzten, ich habe Mittel bekommen, die angeblich helfen sollten. Auf meinen Reisen habe ich die Hilfe kluger Männer und weiser Frauen in Anspruch genommen.

Sie hatten viele Ratschläge für mich, die alle nichts fruchteten.«

»Raphael, das tut mir so leid.« Sie wollte ihn berühren und wagte es nicht. »Trotzdem kannst du meine Liebe nicht einfach abschütteln. Ich fühle stark für dich, fühle mich zu dir hingezogen. Lass uns abwarten, was die nächste Zeit bringt und was Indien noch für uns bereithält.«

»Du bist wunderbar.« Er streichelte ihr Gesicht. »Wenn wir in Allahabad ankommen, dann sehen wir, wie sich alles Weitere entwickelt.« Er küsste sie, kletterte in das obere Bett und löschte das Licht. »Gute Nacht, Kathi.«

Das rhythmische Schlagen des Zuges, die Stille, der Mondschein. Katrin spürte, wie ein Tropfen Schweiß sich von ihrer Stirn löste und die Schläfe entlangrann. An Schlaf war nicht zu denken. In dieser Nacht war der Traum Indiens für sie erwacht, die Liebe, eine mögliche Zukunft zu zweit. Katrin glaubte an ihren Traum. Sie hatte den Fluch dahinter noch nicht erkannt.

32

Maria am Gestade

Nach der Niederschlagung des indischen Aufstands von 1857 hatte Großbritannien die Britische Ostindien-Kompanie aufgelöst und deren Besitzungen in eine Kronkolonie umgewandelt. Die Kolonie Britisch-Indien umfasste nicht nur das Territorium des Mutterlandes, sondern auch Baluchistan, Nepal, Bhutan und Birma. 1876 war Queen Victoria zur Kaiserin von Indien ausgerufen worden. Zwei Drittel der Bevölkerung Indiens und die Hälfte der Landesfläche standen unter direkter britischer Herrschaft. Der Rest wurde von einheimischen Fürstendynastien regiert, die in besonderem Treueverhältnis zur englischen Krone standen. Um dieses Verhältnis abzusichern, unterhielten die Briten in Indien eine moderne Armee, zahlenmäßig beeindruckend, strategisch versiert und technisch auf dem neuesten Stand.

Als Maxim den Brief aus London öffnete, dem ein Schreiben aus Bombay innelag, hatte er nicht den Subkontinent vor Augen, nicht die Nachschubabteilung der britischen Armee, er dachte sofort an Katrin. Sie war in Indien, und ihn erreichte ein Brief von dort. Für ihn stand beides in so engem Zusammenhang, als ob das Angebot der Briten, über den Kauf von Korff-Akkumulatoren zu verhandeln, eine Begegnung mit Katrin unaufschiebbar machen würde. So gigantisch groß das Land war, für Maxim gab es darin nur einen vorstellbaren Ort dort, wo Katrin sich aufhielt. Wo hielt sie sich eigentlich gerade auf?

1906 war Maxim zwar nicht an der Entwicklung, aber an der

Ausrüstung des weltweit ersten Panzerwagens beteiligt gewesen. Die Firma Austro-Daimler hatte eine Kampfmaschine hergestellt, den sogenannten Dampfwalzer. Während andere Nationen wenig Interesse an dieser Randerscheinung des Heeres zeigten, hatte die Hypertechnologische Gesellschaft in Wien die Entwicklung von Panzerwaffen unterstützt. Die österreichisch-ungarische Armee verfügte zu Beginn des Jahres 1914 als einziges Land der Welt über eine gut ausgebaute Panzertruppe für schnelles Vorrücken. England, das mit Österreich seit Jahrzehnten im Frieden lag, hatte in Indien mit der Entwicklung eines ähnlichen Fahrzeuges begonnen, um die Revolte der Inder einzudämmen. Wegen des Klimas brauchten sie besonders leistungsstarke Akkumulatoren. Es war nicht verwunderlich, dass die Briten also bei einem Österreicher anklopften.

Maxim antwortete den Engländern nicht auf dem Postweg, sondern schickte ein Telegramm, in dem er sein Interesse bekundete. Selten war ihm ein berufliches Angebot so gelegen gekommen.

Dank Livia hatten sie die Weihnachtstage mit einigem Anstand hinter sich gebracht. Es war eine Feier im kleinen Kreis gewesen, nur Maxim, Ludwig, Livia, Philipp und die Dienerschaft. Der andere Familienzweig war nicht dabei gewesen, weil die Hahns zu einem Winterurlaub nach Tirol aufgebrochen waren. Der Grund lag auf der Hand: Philipp und Alexandra sollten voneinander getrennt bleiben. Kurz darauf hatte man das Jahr 1914 eingeläutet. Am 2. Januar war Philipp ins Internat nach Gloucester zurückgekehrt.

Ein langer Winter lag vor Maxim. Die eisige Zeit war ein Sinnbild seiner Ehe. Livias Reisen hatten an ihrem Verhältnis nichts geändert. Daher war es ihm eine Freude und zugleich die Hoffnung auf ein gutes Geschäft, als er zum frühestmöglichen Zeitpunkt eine Passage nach Kalkutta buchte. Die Stadt lag an einem Seitenarm des Gangesdeltas. Maxims letzte Information über Katrin lautete, dass sie sich irgendwo entlang des Stromes aufhielt.

Einen Tag vor der Abreise zogen Maxim und Ludwig ihre Wintermäntel an und machten sich zu einem Gang auf, den die Brüder vor jeder längeren Trennung vollzogen. Sie liefen durch die Jasomirgottgasse Richtung Tuchlauben, überquerten den Hohen Markt und erreichten durch die Salvatorgasse die Kirche Maria am Gestade. Als eine der ältesten Kirchen Wiens war sie traditionell die Stammkirche der Donauschiffer. Wer eine Reise zu Wasser antrat, holte sich von der Madonna seit altersher den Segen dafür.

Mit Maxims Verhältnis zur Religion war es nicht weit her. Ludwig schätzte an den Katholiken die lateinische Liturgie und die Kostümierung der Priester. Aber beide Korffs waren katholisch erzogen worden. Maria am Gestade war die Kirche, in der Maxim geheiratet hatte, nachdem Livia vom jüdischen zum katholischen Glauben konvertiert war. Hier hatte Philipp seine Taufe erhalten. Maria am Gestade war ein Ort des Vertrauens und der Zuflucht. Die Brüder wollten zusammen ein Gebet sprechen und eine Kerze anzünden.

Sie betraten das Kirchenschiff von der Salvatorgasse her, nahmen die Hüte ab und bekreuzigten sich mit Weihwasser. Schweigend setzten sie sich in die letzte Reihe und senkten die Köpfe. Maxim betete nicht wirklich, er hing vielmehr seinen Gedanken nach. Von Zeit zu Zeit warf er einen Blick zu Ludwig, der mit geschlossenen Augen dasaß und lautlos die Lippen bewegte.

Ist denn alles am Zerfallen?, fragte Maxim Gott. Bin ich noch der, der ich war? War ich jemals der, der ich sein wollte? Wenn man meinen Reichtum und meinen gesellschaftlichen Stand weglässt, wer bleibt dann übrig? Ist Maxim Korff die Summe seiner Leistungen, oder gibt es einen tieferen Kern in ihm? Werde ich je danach leben können? Weshalb kann ich Livia nicht die gleiche Hingabe entgegenbringen wie Katrin? Das Angebot der Briten interessiert mich nicht in dem Maß, dass eine Reise nach Indien nötig wäre. Ich trete sie Katrin zuliebe an. Ist es nicht Aberwitz, wegen einer Frau um die halbe Welt zu segeln, obwohl meine Anwesenheit in der Firma wichtiger wäre? Ich überlasse Zeska das Feld, mit dessen Frau ich wieder zu schlafen begonnen habe. Zeska hätte jedes Recht, seinen Vorteil aus meiner Abwesenheit zu ziehen. Ich sollte Wien nicht verlassen und tue es doch.

Maxim hatte Gott während seiner Überlegungen ein wenig aus den Augen verloren. Über dem weit entfernten Altar hing der Sohn Gottes am Kreuz, umgeben von einem vergoldeten Lichterkranz. Über ihm thronte Gottvater in Stein, vielleicht war es auch nur Petrus.

Wenn die Korff-Werke mit den Engländern in Geschäftsverbindung traten, würden Maxim ähnliche Schwierigkeiten bevorstehen wie nach dem Abschluss mit den Amerikanern. Kaiser Franz Joseph und der englische König George V. waren einander zugetan und unterhielten eine freundschaftliche Korrespondenz. Trotzdem würden die Ministerialbeamten im Kriegsministerium Einspruch dagegen erheben, falls Maxim das britische Militär beliefern sollte, und sei es auch nur, damit englische Panzer indische Aufständische niederkartätschen konnten.

Maxim begriff, dass er von dem besinnlichen Grund seines Kirchenbesuchs endgültig abgeschweift war, und beschloss, ihn zu beenden. Er beugte im Mittelschiff das Knie vor dem Altar. Obwohl Ludwig bemerkt haben musste, dass sein Bruder aufbrach, verharrte er im Gebet. Maxim wollte ihn draußen erwarten und nahm den Ausgang, der über eine steile Treppe zur Gasse hinabführte. Er zündete sich eine Zigarre an.

Am Fuße der Treppe entdeckte er eine junge Frau. Ihre Pelzmütze verbarg das Gesicht zur Hälfte, doch es war unzweifelhaft Alexandra. Maxims Nichte war nicht allein. Sie hielt die Hände eines jungen Mannes mit schütterem Haar und wildem Vollbart. Maxim hätte hinuntergehen und sich erkundigen können, wer das sei, doch er entschied, die beiden zunächst nur zu beobachten. Schließlich kam Ludwig aus der Kirche und stellte den Mantelkragen hoch. Gemeinsam stiegen sie die Stufen hinunter.

»Grüß dich, Xandi«, begrüßte Maxim seine Nichte.

Hektisch zog sie ihre Hände von dem Mann zurück. »Hallo, Onkel Maxim.« Auf seinen fragenden Blick sagte sie: »Darf ich vorstellen? Das ist Marijan Nikolic, mein Onkel Maxim Korff.«

Maxim streckte dem jungen Mann die Hand entgegen. »Kennst du Herrn Nikolic aus der Schule?«

Der Angesprochene schüttelte Maxims Hand. »Gewissermaßen aus der Schule des Lebens.«

Maxim wollte nicht herablassend sein, aber der aufgeblasene Ton des Burschen missfiel ihm. »Sie besuchen nicht das Gymnasium?«

»Ich bin einundzwanzig.«

»Wo haben Sie meine Nichte kennengelernt?«

Nikolic fuhr sich durch das schüttere Haar. Seine Augen waren pechschwarz, und wenn Maxim sich nicht täuschte, schielte er leicht.

Ludwig trat näher. »Ich kenne Sie«, sagte er. »Ich habe Sie schon irgendwo gesehen.«

»Ich kenne Sie nicht«, gab Nikolic zurück.

»Arbeiten Sie vielleicht im Prater?«

Eine Pause entstand. »Von Zeit zu Zeit bin ich am Karussell beschäftigt«, bekannte Nikolic.

Maxim empfand die Situation als merkwürdig und zugleich amüsant. »Früher habe ich das Praterkarussell geliebt. Aber da mein Sohn inzwischen groß ist, war ich lange nicht mehr dort.« Er wandte sich zu Alexandra. »Weißt du noch, wie du und Philipp als Kinder Karussell gefahren seid?«

»Ich erinnere mich kaum.« Ihr Gesicht war finster.

»Du warst immer die Tapfere von euch beiden, Philipp hat sich in der Gondel festgeklammert. Einmal musste er sich übergeben.«

»Hör auf, Onkel.«

Alexandras Blick sagte ihm, dass sie seine Anspielung verstand und ihn bat, die Hänselei zu lassen. Aber ein wenig Spaß über das zufällige Zusammentreffen wollte Maxim noch haben.

»Ihr seid euch also im Prater begegnet?«

»Nein, bei einem Vortrag«, entgegnete Nikolic. Victor Adler sprach über die Entwicklung vom Nationalismus zur Sozialdemokratie.«

»Sooo?« Maxim dehnte das Wort so lange, dass sein Erstaunen überdeutlich wurde. »Du gehst zu roten Versammlungen und hörst dir sozialistische Vorträge an, liebe Nichte?«

Seit Langem war klar, dass die Monarchie nur aus den Kreisen junger reformistischer Männer erneuert werden konnte. Adler galt als unerbittlicher Geist, leidenschaftlich in seinem Streben, die Rechte der Arbeiter mit demokratischen Mitteln durchzusetzen. Seine kraftvolle Rhetorik hatte ihn zu einer Führungspersönlichkeit gemacht, der die greisen Herren des Reichsrates wenig entgegenzusetzen hatten.

»Victor Adler wird die Notwendigkeit zur Revolution mit allen Mitteln durchsetzen«, gab Nikolic zurück.

»Nach dem, was ich über Herrn Adler weiß, orientiert er seine Politik an den Kriterien von Vernunft und Gerechtigkeit«, entgegnete Maxim freundlich.

»Opposition gegen den Kapitalismus ist sein höchstes Ziel.«

»Eine gewaltlose Opposition, wie Adler betont.«

»Noch ist sie gewaltlos.« Nikolic blitzte ihn aus schwarzen Augen an.

Ein junger Feuerkopf, dachte Maxim, der politisch zu den Sternen strebt und aus dieser Position alles Hergebrachte stürzen will. Alexandra hat einen Heißsporn kennengelernt, der auf jedem Terrain der Vorstellung, wie ein Begleiter Alexandras auszusehen hätte, widersprach.

»Begleitest du uns zum Mittagessen?« Obwohl es als Frage an Alexandra gerichtet war, ließ Maxim keinen Zweifel daran, dass es eine Aufforderung war.

»Fräulein Hahn und ich wollten Tee zusammen trinken«, widersprach Nikolic.

»Das werden Sie verschieben müssen.« Maxim wählte jenen Ton, der Widerstand im Keim erstickte, der Ton, mit dem er berufliche Entscheidungen durchsetzte, der Ton, den die Dienerschaft ebenso fürchtete wie seine Familie. Es war ein Ton, kalt und glatt wie das Mittelregister einer Orgel.

Nikolic gab sich noch nicht geschlagen. »Fräulein Hahn und ich hatten verabredet …«

»Fräulein Hahn geht jetzt mit uns soupieren. Guten Tag, Herr Nikolic.«

Als der Bursche zu einer weiteren Antwort ansetzte, ging Alexandra dazwischen. »Es ist gut, Marijan. Ich muss jetzt mit meinen Onkeln essen gehen.«

Die Korffs nahmen sie in ihre Mitte und machten sich auf den Weg zu ihrem Stammrestaurant auf dem Tiefen Graben. Als Alexandra sich noch einmal umdrehte, stand Nikolic noch da, warf schließlich den Schal über die Schulter und ging.

»Philipp hat uns geschrieben«, sagte Maxim. »In England soll es schon viel wärmer sein als bei uns. Angeblich sprießen rund um das Internat schon die Narzissen.«

»Hör auf, Maxim. Ich habe schon verstanden«, knurrte Alexandra.

»Bei uns blühen noch nicht einmal die Schneeglöckchen«, sagte Ludwig. Es blieb das Einzige, was die drei unterwegs sprachen.

Livias Frühling
1914

33
Der Keller

»Ihr Gemahl?«, fragte eine Männerstimme.

Livia drehte sich um. Er war groß, er mutete nordisch an, hatte blondes Haar und graublaue Augen. Dieser Mann sprach Livia auf dem Wiener Zentralfriedhof an. Das hätte man als Belästigung auffassen können doch im nächsten Moment löste sich das Rätsel. Der Unbekannte stand selbst vor einem Grab.

»Nein, nicht mein Mann«, antwortete sie. »Er war ein … Freund.«

Livia betrachtete den Strauß Vergissmeinnicht, den sie auf das Grab hatte legen wollen. Ein Freund war Ferry Pankau nicht gewesen. Er sah passabel aus und wusste mit Frauen umzugehen, aber seine Attitüde war billig, seine Verführungskunst durchschaubar. Unter den Gästen, die im Hause Korff ein und aus gingen, war irgendwann dieser Kavallerieleutnant aufgetaucht. Der blaue Waffenrock, die roten Hosen, der Schwung, mit dem er das Säbelgehänge ablegte, auf seine bescheidene Art hatte Ferry es verstanden, männlich aufzutreten. Wie die meisten hatte er rasch begriffen, wie es um Livias Ehe stand, und als sie ihm auch nur einen Funken Aufmerksamkeit schenkte, hatte er seine Chance ergriffen. Er hatte Livia zu nichts gedrängt, hatte einfach zu ihrer Verfügung gestanden. Eine Fahrt durch den Prater, Kaffee beim Demel, in Sievering hatte Pankau beim Heurigen die Zeit für reif gehalten, Livia zu küssen. Danach glaubte er, kurz vor dem Ziel zu stehen. Aber Livia hatte ihn enttäuscht, sie wollte nicht mit Pankau schlafen. Sie suchte kein

Abenteuer, sondern die Möglichkeit, Maxim wehzutun. Nur ein unerwarteter und heftiger Schmerz würde seine Aufmerksamkeit erregen. Daher war sie dazu übergegangen, Pankau nicht in der Stadt zu treffen, sondern ihn an die Villa an der Donau einzuladen.

Maxim hatten die Besuche des Leutnants allerdings weniger irritiert als belustigt. War er in seiner Hybris so weit gegangen, ihr das Abenteuer mit dem geistig simplen Offizier zu gönnen? Wünschte er sich, dass Livia auf Abwege geriet, weil ihm das den Freibrief verschafft hätte, seine eigenen Abenteuer fortzusetzen? Livia wusste von Camilla Zeska, sie hatte es gleich zu Anfang gespürt, dass Maxim auf die billigen Reize dieser Frau hereinfiel. Andere Vorkommnisse ahnte sie und war dazu übergegangen, sie zu ignorieren.

Ihr eigenes Unglück konnte Livia nicht ignorieren. Von Tag zu Tag empfand sie ihr Leben stärker als Demütigung. Maxim hatte sie nicht so sehr geliebt wie Raphael, aber er hatte leidenschaftlich mit ihr geschlafen. Fröhlich und hemmungslos zu Anfang, gekonnt und souverän im Verlauf ihrer Ehe, später auf eine Weise routiniert, dass Livia sich fragte, was sie falsch machte. Sie machte nichts falsch, sie liebte Maxim einfach, das war ihr Fluch. Der Fluch lag darin, dass sie immer noch hoffte, dass er eines Tages zu ihr zurückkehren würde. Die Hoffnung war gepaart mit der Angst, dass ihre Chancen schwanden, je älter sie wurde.

In dieser Lage war sie dem Leutnant begegnet. Der Bürohengst aus dem Kavallerieregiment hatte es auf die sozial über ihm stehende Industriellengattin abgesehen. Gewiss hätte er sich gern damit gebrüstet, eine Frau wie Livia Korff erobert zu haben. So weit wollte sie nicht gehen. Nachdem Maxims Reaktion auf die erotische Konkurrenz enttäuschend ausgefallen war, zog sie sich von Pankau zurück. Der wollte das nicht gelten lassen. Sein sommerlicher Besuch in der Villa kam unangemeldet, er überrumpelte Livia förmlich. Nachdem sie ihm höflich die Unmöglichkeit seines Begehrens verdeutlicht hatte, war sie auf ihr Zimmer gegangen. Der Leutnant folgte ihr und war frech genug, die Tür hinter sich zu schließen. Er hatte sie geküsst. Mehr passierte nicht. Allerdings waren die beiden bei ihrem Wortgefecht laut geworden. Das hatte Ludwig gehört und falsche Schlüsse daraus gezogen. Wann und wo er mit dem Leutnant in Streit geraten war, wusste Livia nicht, doch sie vermutete, dass Pankau in Ludwigs Beisein mit Livias Eroberung geprahlt hatte. Darauf hatte Ludwig sich hinreißen lassen, Pankau zu fordern.

Aus einem Nichts, einer lächerlichen, verzweifelten Geste von Livia war eine Tragödie entsprungen. Sosehr sie sich Sorgen um Ludwig gemacht hatte, der dem Leutnant im Pistolenschießen unterlegen war, hatte sie doch keinesfalls gewünscht, dass Ferry ein derartiges Ende finden sollte. In einer Seitengasse erwürgt zu werden! Einige Zeit war inzwischen vergangen, die Öffentlichkeit hatte das Drama vergessen. Doch für Livia gab es noch einen entscheidenden Punkt aufzuklären. Steckte Maxim hinter Pankaus Tod?

Sie ging auf die Knie und legte das Sträußchen unter der Grabsteininschrift nieder. *In unseren Herzen unvergessen.* Der Steinmetz hatte eine Lüge in den Stein gemeißelt, einen wie Ferry Pankau würde man rasch vergessen.

Als Livia hochkam, verlor sie für einen Moment das Gleichgewicht. Sie spürte eine Berührung, der große Mann fasste ihren Ellbogen und half ihr auf.

»Danke.« Sie hatte den Hutschleier vor das Gesicht gezogen. Durch die Spitze hindurch musterte sie ihn. »Sie besuchen auch ein Grab?«

»Meine Frau.« Er deutete auf den schwarzen Monolithen, auf dem ein Name stand.

»Das tut mir leid.« Livia schätzte ihn auf fünfunddreißig, jünger als sie selbst, und doch hatte er schon seine Frau verloren.

»Gestatten Sie, dass ich mich vorstelle? Renè Desny.«

»Ich bin Livia Korff. Sie sind nicht von hier, Herr Desny?«

Der Satz kam ihr plötzlich zu unverblümt vor. »Ich meine, Sie stammen nicht ursprünglich aus Österreich?«

»Aus Straßburg. Ich bin Elsässer.« Er machte eine Verbeugung und kehrte zu seinem Grab zurück.

Nach einer knappen Minute verließ Livia den Zentralfriedhof. Auf der Simmeringer Hauptstraße erwartete sie Kortner, der neue Chauffeur, mit dem Automobil.

Livia rannte in den unterirdischen Raum, den sie als ihre letzte Zuflucht ansah. Dieser Ort war ihr mehr Zuhause als das Palais beim Stephansdom oder die Villa an der Donau. Ihr kam es so vor, als ob sie nur hier frei atmen konnte, ein Paradox, da ihre Arbeit manchmal Dämpfe freisetzte, die durch die Kellerfenster schwer abzogen.

Sie warf sich in den Drehstuhl. Es war ein historisches Stück. Der Stuhl bestand aus gedrechseltem Eichenholz, das auf einer drehbaren Federkonstruktion aufgeschraubt war, wodurch er sich nicht nur im Kreis bewegte, sondern auch nach vorn und hinten neigen ließ. Von diesem Stuhl aus hatte Elias Hahn vor einem Jahrhundert das Bankhaus Hahn gegründet und regiert. In diesen Stuhl hatte er seinen Enkel Julius gesetzt, der ihm als Direktor nachgefolgt war. Als Livias Bruder Abel in die Firma einstieg, hatte er den Stuhl nicht mehr haben wollen. Livia hatte die Chance ergriffen, und so war der Thronsessel der Hahns in ihr unterirdisches Reich gekommen. Alles hatte hier begonnen, das Gute wie das Schlechte.

Seit früher Jugend war Livia von den Naturwissenschaften fasziniert gewesen, hatte jedoch keine Chance gehabt, ihren Wissensdurst durch ein Studium zu stillen. Dabei hatte der preußische König bereits 1754 einer Frau erlaubt, an der Universität Halle zu promovieren. Die Universität Zürich ließ weibliche Studentinnen seit 1864 zu. In Wien war es Frauen erst seit 1897 erlaubt, zu immatrikulieren. Julius wollte seine Tochter nicht in die Schweiz gehen lassen und hatte sie auf raffinierte Weise in Wien gehalten. Im Keller seines Stammhauses auf dem

Rudolfsplatz hatte er ihr ein Versuchslabor eingerichtet, größer und besser ausgerüstet als viele staatliche Einrichtungen.

In ihrer Faszination für den jungen Maxim Korff hatte Livia ihm angeboten, seine Idee eines leistungsstarken Akkumulators an diesem Ort weiterzuentwickeln. Was Maxims Charakter betraf, hatte Livia zwar manchmal Zweifel gehabt, nie aber bezüglich seiner Energie und seines Durchhaltevermögens. Er war ein radikaler Wissenschaftler, der hier unten wie ein Tier gearbeitet hatte und mit dem Ergebnis dieser Arbeit schließlich ans Tageslicht emporgestiegen war.

Während der Monate, als sie hier experimentierten, hatte Livia Maxim aberwitzig geliebt. In der feuchten Kammer am hinteren Ende des Kellers stand ein Behelfsbett. Auf dieser wackeligen Liege, so kam es Livia jedenfalls vor, hatten sie und Max einander öfter geliebt als in all den Jahren ihrer Ehe. Monatelang war ihr Leben eine Orgie gewesen, bestehend aus Wissenschaft, irrlichternden Gedanken und bacchantischer Erotik. Nie seit dieser Zeit hatte sie sich je wieder so lebendig gefühlt, so sehr geliebt und begehrt.

Sie zündete den Bunsenbrenner an und bereitete die Versuchsreihe vor. Sie musste das Mischungsverhältnis von Acetylen und Salzsäure noch einmal ändern.

Nachdem Maxim mit dem Blei-Akkumulator jenen wissenschaftlichen Erfolg eingeheimst hatte, den er mühelos in einen Geschäftserfolg ummünzen konnte, hatte Livia ihre eigene Laborarbeit eine Weile eingestellt. Philipps Geburt hatte dabei auch eine Rolle gespielt. Sie war erst wieder in den Keller zurückgekehrt, als sie die Eintrübung ihres Lebens nicht länger leugnen konnte. Ihre Ehe war nur noch eine gesellschaftliche Behauptung, ihr Sohn war mittlerweile praktisch aus ihrem Leben verschwunden. Trotzdem hatte der Tag immer noch vierundzwanzig Stunden. Livia arbeitete, weil es die einzige Möglichkeit war, ihr gescheitertes Dasein für ein paar Stunden zu vergessen.

Kohlenstoff war ein faszinierendes Element. Moleküle mit

derselben Anzahl von Kohlenstoffatomen konnten bei unterschiedlicher Zusammensetzung verschiedene Formen mit unterschiedlichen Eigenschaften annehmen. Mithilfe von Kohlenstoff konnte man Moleküle erschaffen, deren Zusammenhalt durch Kräfte bewirkt wurde, die noch kaum erforscht waren. Durch die Reaktion von Kohlenstoff und Wasserstoff mithilfe reaktiver Salzsäure hoffte Livia, der Lösung des Rätsels näher zu kommen. Sie starrte in die Flamme des Bunsenbrenners, ihre Gedanken schweiften ab.

Livia hatte Gattinger immer für einen zwielichtigen Charakter gehalten, brutal im täglichen Umgang, dumpf in seiner Gefühlswelt. Nur Maxim gegenüber zeigte der Chauffeur eine sklavische Verbundenheit. Während er bei ihnen gearbeitet hatte, war er ihr wie ein Hund erschienen, der dem vergötterten Herrchen hinterherschnüffelte. Sie war schockiert und beunruhigt gewesen, als Katrin ausgerechnet ihn zum Mann nehmen wollte, und erleichtert, als sich die Verlobung zerschlug.

In jener Zeit war auch das Unglück mit dem Leutnant geschehen. Der Verdacht war auf Gattinger gefallen, man hatte ihn vor Gericht gestellt, für schuldig befunden und zum Tode verurteilt. All das hatte Monate, insgesamt anderthalb Jahre in Anspruch genommen, da Dr. Riegler die Mühlen der Gerichtsbarkeit immer wieder verlangsamt hatte. Inzwischen war das Urteil rechtskräftig, Gattinger wartete auf die Vollstreckung.

Während der Gerichtsverhandlung hatte er sich in Widersprüche verwickelt, was seine Lage verschlechtert hatte. Doch wie übel es auch um ihn stand, stets hatte Gattinger Stein und Bein geschworen, dass sein Herr mit der Tat nichts zu tun gehabt hätte. Tatsächlich wurde die Untersuchung gegen Maxim wegen Anstiftung zum Mord auf Betreiben von Dr. Riegler eingestellt. Livias private Untersuchung war jedoch noch in vollem Gang.

Obwohl sie in ihrer Ehe mit den meisten Hoffnungen abgeschlossen hatte, hätte sie unmöglich weiter mit einem Mann zusammenleben können, der für die Ermordung eines Unschuldigen verantwortlich war. Pankau hatte nichts weiter verbrochen, als Livia zu verehren. Er mochte ein dummer, wenig nützlicher Mensch gewesen sein, aber einen solchen Tod hatte er nicht verdient. Mehrmals hatte Livia Max zu diesem Punkt befragt, jedes Mal hatte er sich dahinter verschanzt, dass Gattinger die Tat nicht begangen hätte und man den wahren Mörder erst noch finden müsse.

Livia wollte Klarheit. Sie war in die Justizvollzugsanstalt gefahren und hatte sich von Dr. Riegler eine Besuchergenehmigung für den Todestrakt verschaffen lassen. Schließlich hatte sie ihrem früheren Chauffeur gegenübergesessen.

Man hatte Gattinger den Kopf rasiert, was wohl eine Vorstufe zur Vollstreckung war.

»Guten Tag, Gattinger«, begann Livia. »Ich frage Sie nicht, wie es Ihnen geht, da ich es mir vorstellen kann.«

»Es geht einem nicht so schlecht, wenn man sein genaues Sterbedatum kennt.« Er beugte sich vor das Gitter. »Ich habe ein reines Gewissen, Frau Korff.«

»Das freut mich zu hören.«

»Warum kommen Sie zu mir?«

»Wie meinen Sie das?«

»Weshalb besucht mich nicht der gnädige Herr zum Abschied? Denn ein solcher ist es ja wohl.«

»Maxim ist im Ausland«, antwortete sie knapp. »War er vor seiner Abreise denn nicht bei Ihnen?«

Gattinger wechselte sofort den Ton. »Das wäre gar nicht nötig gewesen. Herr Korff hat Wichtigeres zu tun.«

»Wichtiger, als den Mann, der für ihn gemordet hat, ein letztes Mal zu sehen?«, entgegnete Livia provokant.

»Kein Wort davon ist wahr.«

»Dann sagen Sie mir die Wahrheit, Gattinger«, fuhr sie begütigend fort. »Ich will Ihnen gerne glauben, aber ich muss wissen, was damals geschehen ist.«

»Hat Ihr Mann Ihnen nichts erzählt?«

»Doch, wir haben darüber gesprochen.«

»Dann kennen Sie die Wahrheit.«

Es gab keinen anderen Weg, als Gattinger die entscheidende Frage zu stellen. »Haben Sie Leutnant Pankau ermordet?«

Sein Blick wurde hart. »Sie wollen wissen, ob ich Ihren Geliebten ermordet habe?«

Es hätte eigentlich nur eine angemessene Reaktion auf diese Unverfrorenheit gegeben, Livia hätte aufstehen und gehen müssen. Sie atmete mehrmals durch. Dieser Mann würde in ein paar Tagen tot sein. Es war daher egal, wie er sich ihr gegenüber benahm. Wichtiger noch: Es war einerlei, was sie ihm anvertraute. Livia entschloss sich zu einem gewagten Schritt.

»Ich biete Ihnen Offenheit an, wenn Sie mir mit der gleichen Offenheit begegnen.«

»Was soll das heißen?«

»Ich sage Ihnen die Wahrheit, wenn Sie dasselbe tun.«

Das machte Gattinger neugierig. Ein gefährlicher Glanz trat in seine Augen. »Einverstanden.«

»Sie haben recht, Leutnant Pankau war mein Liebhaber.«

Gattinger ließ die Worte auf sich wirken, als ob er sich an einem schönen Duft berauschte. »Dann ist es also auch wahr, dass Herr Ludwig Sie damals überrascht hat?«

»Überrascht wohl nicht, er hat uns belauscht.«

»Ludwigs Anschuldigungen gegen Pankau stimmten also?«

»Ich fürchte, so ist es.«

»Er war im Recht, den Leutnant zu beleidigen. Das Duell kam also aus gutem Grund zustande?«

»Wenn Sie so wollen.«

»Und Sie hätten tatsächlich zugelassen, Frau Korff, dass der Bruder Ihres Mannes von Ihrem Liebhaber erschossen worden wäre?« Verachtung sprach aus Gattingers Worten.

»Ich habe geglaubt, dass jenes Duell einen Verlauf nehmen würde, wie man es in solchen Fällen kennt.«

»Welchen Verlauf?«

»Dass beide Gegner absichtlich danebenschießen.«

»Niemals.« Gattinger stützte sich auf die Ablage unter dem

Gitter. »Ein Offizier hätte sich auf so einen Schwindel nie eingelassen. Ludwig war verloren, und Sie wussten es. Aber Sie haben nichts dagegen unternommen.«

»Stattdessen haben Sie etwas unternommen«, fuhr ihm Livia in die Parade.

Gattinger zögerte. »Ja«, sagte er schließlich. »Ja, und dreimal ja. Ich konnte es nicht ertragen, untätig zu bleiben.«

»Ist das der wahre Grund?« Livia ließ ihn nicht aus den Augen. »War es nicht vielmehr so, dass Sie sich nicht getraut hätten, den Befehl Ihres Herrn zu missachten?«

»Was wollen Sie damit sagen?«

»Dass ich es verständlich fände, wenn mein Mann versucht hätte, das Leben seiner Bruders zu retten.«

»So war es aber nicht«, entgegnete Gattinger. »Herr Korff hat nichts damit zu tun.«

Auch Livia beugte sich vor. »Wir hatten uns auf Offenheit geeinigt, Gattinger.«

»Ich sage die Wahrheit.«

»Das tun Sie nicht. Sie sehen dem Tod ins Auge und haben beschlossen, Ihren Herrn über den Tod hinaus zu schützen. Sie wollen das Geheimnis mit in Ihr Grab nehmen.«

»Wenn es so wäre, was ändert das?«

»Für mich ändert es alles. Ich müsste dann mit einem Mann zusammenleben, der …«

»Der Ihren Liebhaber umbringen ließ? Wäre das so ungewöhnlich? Wäre es nicht eher das Naheliegendste, was er tun konnte?«

Livia fühlte heiße Wut gegen Gattinger aufsteigen. »Max hätte zwei Fliegen mit einer Klappe geschlagen, meinen Sie? Der Bruder wäre gerettet, und der Liebhaber wäre tot.«

»Vielleicht.« Nachdem er Livia aus der Reserve gelockt und erfahren hatte, was er wissen wollte, verschanzte sich Gattinger wieder hinter der Maske des Subalternen. »Mehr kann ich Ihnen dazu nicht sagen.«

»Sie wollen mir nicht verraten, wie es wirklich war?«

Statt einer Antwort fragte der Verurteilte: »Wohin ist der gnädige Herr denn gereist?«

»Nach Indien.«

Lächelnd lehnte sich Gattinger zurück. »Kathi wollte auch nach Indien fahren.« Er schüttelte den Kopf. »Ich frage mich, ob es ihr dort gefällt.«

Livia richtete sich auf. Die Flamme des Bunsenbrenners hatte das Surrogat im Kolben zum Kochen gebracht. Sie drehte das Gas ab. Gedankenverloren beugte sie sich über ihr Buch.

Säure und Alkohol bilden ein Estermolekül mit einem Wassermolekül als Nebenprodukt. Gelingt es, organische Moleküle mit einer offenen Alkoholgruppe an einem Ende und einer Säuregruppe am anderen Ende zu erzeugen, müssten sich deren Moleküle zu einer beliebig langen Kette verbinden lassen.

Sie ließ den Kopf auf das Buch sinken. Was sie auch unternahm, alles war so aussichtslos. Selbst zum Weinen fehlte ihr die Kraft. Die Aussichtslosigkeit ihres unbefriedigten Lebens raubte ihr fast den Atem.

34
Stanislaus

»Du bist wunderbar«, sagte Renè. Er küsste ihre nackten Brüste, sein Kopf sank an ihren Busen.

»Nein, du bist das Wunder«, flüsterte Livia.« Du bist in mein Leben geweht und hast die dunklen Schleier vertrieben.«

»Dann bin ich also ein Wind für dich?« Seine helle Stimme vibrierte an ihrem Körper.

Livia lachte und spürte, dass ihr die Tränen über die Wangen liefen. Es war zu viel, zu unverhofft. Sie war dem Glück so lange nicht mehr begegnet, dass sie vergessen hatte, wie sie es begrüßen sollte. War das Glück anwesend, glaubte man, mit ihm wie mit einem guten Freund umgehen zu können. Doch Livia wusste aus Erfahrung, wie rasch sich dieser Freund verabschiedete. Einige Zeit hoffte man, das Glück hätte sich nur versteckt, aber es ließ sich weder rufen noch locken. Später erst gelangte man zu der Erkenntnis, dass man wieder allein war, allein mit seiner Gewöhnung, dem Alltag, dem üblichen grauen Leben.

Aber nicht heute, nicht hier. Livia lag in den Armen dieses Mannes, fühlte seinen nackten Körper, erfreute sich an den vielen reizenden Einzelheiten, die sie an ihm entdeckte. Die kurzen Ohrläppchen, um die sich blondes Haar kringelte, die wohlgeformten Füße, selten bei einem Mann, hätten einem Balletttänzer gehören können. René hatte Livia hingebungsvoll und neugierig geliebt, zusammen hatten sie die Reise in die Nacht angetreten, die irgendwann doch dem Morgengrau gewichen war.

Sie drehte sich zur Seite. »Weißt du, was ich auf dem Friedhof gedacht habe? Dass du vielleicht Diplomat bist.«

»Meine Mutter wäre glücklich gewesen, wenn ich die Diplomatenkarriere eingeschlagen hätte.«

»Wo lebt deine Mutter?«

»In Straßburg. Mama meinte, jemand aus Straßburg wäre der ideale Mann, zwischen Franzosen und Deutschen zu vermitteln.«

»Warum bist du ihrem Rat nicht gefolgt?«

»Weil ich ein fauler Mensch bin. Um auf die Diplomatenschule zu gehen, hätte ich zuerst Jura studieren müssen. Ich hätte den Lehrstoff nie bewältigt.«

»In deinem Beruf musst du doch auch Texte auswendig lernen.«

»Ja, aber da geht es um Liebe, um Verrat, Intrige und Macht, niemals um Paragrafen.«

»Ich kann mir dich gut als Ambassadeur vorstellen.«

»Wahrscheinlich könnte ich einen spielen, mehr aber nicht.«

»Du hast mir heute in dem Stück gut gefallen.«

»Das sagst du nur, weil wir nackt nebeneinanderliegen.« Er kitzelte ihre Taille, kichernd rückte Livia zur Seite.

»Ich würde es dir auch angezogen sagen. Du warst ein guter Stanislaus.«

»Es ist aber keine gute Aufführung.«

»Stimmt. Ich saß im ersten Rang. Von dort sah man, dass das Bühnenbild verstaubt ist.«

»So wie unser ganzes Theater.«

»Ich mag das Theater an der Wien. Es hat Tradition.«

»In unserem Haus hat schon Beethoven dirigiert, Kleist und Grillparzer wurden uraufgeführt, auch die *Fledermaus*. Wir sind die schärfste Konkurrenz zur Hofoper.«

»Ich habe die Handlung der gestrigen Operette nicht verstanden.«

»Es gibt keine Handlung. Bis auf die Musik ist es absoluter Unsinn.« Er zog Livia in seinen Arm. »Wenn du gestern nicht beim Bühnenpförtner gewartet hättest, wären wir uns nie begegnet.«

»So etwas habe ich noch nie gemacht.«

»Ich bin der erste Tenor, für den du schwärmst?«

»Sei nicht so eingebildet. Ich schwärme nicht für dich.«

Er ließ den Blick über ihren nackten Körper gleiten. »Das sieht für mich aber anders aus.«

»Ich habe noch nie beim Bühnenpförtner jemanden um ein Autogramm gebeten.« Sie zog die Decke über ihre Hüften. »Zuerst hast du mich gar nicht erkannt. Hast wohl geglaubt, ich wäre einer der Backfische, die dich umschwärmen.«

»Ich habe dich sofort erkannt.« Er küsste ihre Schulter. »Und habe mich unsäglich gefreut.«

»Du konntest doch nicht wissen, wie sich das … mit uns entwickeln würde.«

»Geahnt habe ich es.«

»Du frecher Kerl. Nur weil eine Frau ein Autogramm will, geht sie nicht gleich mit einem ins Bett.«

»Ich habe es schon auf dem Friedhof geahnt.« Liebevoll bettete er Livias Kopf auf das Kissen und küsste sie.

»Wir haben dort kaum zwei Sätze gewechselt.«

Man hat es mir angesehen, dachte sie. Meine Trauer, die Lebensangst, die verzweifelte Sehnsucht nach Liebe stand mir ins Gesicht geschrieben. Sogar ein wildfremder Mann konnte es sehen.

Renès Kuss erregte sie, Livia drängte sich an ihn. Sie spürte seine Männlichkeit. Rasch, als ob sie in Eile wäre, brachte sie ihn dazu, in sie einzudringen. Livia wollte genießen, wollte vergessen. Diesmal stellte sich der Rausch aber nicht gleich ein. Zu deutlich nahm sie alles wahr, die pochende Ader an seinem Hals, seine haarlose Brust, die halb geschlossenen Augen. Auch er beobachtete sie bei der Liebe, das irritierte Livia. Sie drehte den Kopf zur Seite. Seine Lippen glitten über ihr Ohr. Endlich, nach einer Weile, stellte sich das Glück wieder ein. Dort, an der Bettkante, saß es. Das Glück grinste und wollte, dass Livia sich dem Moment hingab. Sie schloss die Augen und liebte Renè, während der Streifen aus Licht, der zwischen den Vorhängen hereindrängte, heller und farbiger wurde.

»Du hast noch nichts über deine Frau erzählt.« Livia gefiel die kleine Wohnung zwischen den Dächern über dem Naschmarkt.

Renè strich Marillenmarmelade auf seine Semmel. »Und du nichts von deinem Mann.«

»Dabei soll es auch bleiben.« Sie sah sich um. Der Wintergarten ging nach vorn hinaus, durch die Verglasung hörte man den Lärm des Marktes kaum. Die Wohnung war weitgehend offen, nur ein Vorhang trennte die Nische mit dem Bett ab. »Außer dem Bild auf dem Kaminsims sehe ich keine Erinnerungen an deine Frau.« Livia griff nach der zweiten Semmel.

Er goss Kaffee aus dem türkischen Kännchen ein. »Adele war älter als ich, um einiges älter. Sie hat mich entdeckt und gefördert. Sie war der wichtigste Mensch in meinem Leben und ist es auf gewisse Weise immer noch. Adele hat mir den entscheidenden Anstoß gegeben, meine Stimme ausbilden zu lassen.«

»In Straßburg?«

»Nein, ich war damals schon in Wien. Meiner Mutter habe ich geschrieben, dass ich studieren würde, in Wirklichkeit nahm ich Gesangsunterricht bei Adele. Bald wurde Liebe daraus.«

»Ich erinnere mich, dass der Vorname Adele auf dem Grabstein geschrieben stand.« Livia legte das Messer weg. »Aber danach stand da nicht dein Name.«

»Wir haben nicht geheiratet. Sie wollte es nicht. Adele war eine kluge Frau. Sie kannte das Wiener Getratsche. Was hätten die Leute wohl gesagt, wenn die stadtbekannte Mäzenin mit einem jungen Mann wie mir verheiratet gewesen wäre? Sie hat dabei vor allem an mich gedacht. Sie sagte, die jungen Mädchen im Theater sollen sich in mich verlieben dürfen. Mit einem verheirateten Mann wäre das schwer möglich.«

»Und wie ist sie, ich meine …« Livia betrachtete das Bild der Verstorbenen.

»Sie war kränker, als sie irgendjemandem gesagt hat. So lange es möglich war, hat sie es auch vor mir verborgen. Ihr Ende kam unerwartet und traf mich wie ein Blitzschlag. Das Schlimmste war, dass ich am Abend ihres Todes ins Theater musste, mir eine Perücke aufsetzen und einen verliebten Gockel spielen musste. Trotzdem …« Er schüttelte den Kopf. »So strahlend habe ich das hohe C nie wieder gesungen.«

»Das ist sehr traurig und zugleich sehr schön.«

Livia musste aufbrechen. Zu Hause wunderten sich gewiss schon alle, wo sie über Nacht geblieben war. Was würde Maxim sagen, wenn er davon erfahren sollte? Wahrscheinlich würde er sich ausschütten vor Lachen. »Du hast eine Affäre mit einem Operettentenor?«

Musste er es erfahren? Es war Livia auf angenehme Weise gleichgültig. Maxim war weit fort. Urwald oder Flussebene, Wüste oder Gebirgsmassiv, sie hatte keine Ahnung, wo ihr Mann sich zurzeit aufhielt.

35
Trübes Wasser

Maxim schaute aus dem Fenster seines Zimmers am Südrand von Allahabad, nicht weit von jener Stelle, wo Ganges und Yamuna zusammenflossen. In Reichweite befand sich die britische Garnison. Es war die Zeit, wenn der Tag sich neigte und die Hitze nachließ, zugleich aber die Stechmücken ihre peinigende Herrschaft antraten. Weder Insektennetze noch das Räucherwerk, das die Einheimischen benutzten, vermochten die Plagegeister abzuwehren. Maxim hatte gelernt, mit dem permanenten Juckreiz zu leben. Er erschlug eines der Viecher in seinem Nacken, wobei er mit solcher Wucht zuschlug, als ob er eine faustgroße Spinne zerquetschen müsste.

Spinnen gab es natürlich auch. Die Tigervogelspinne lebte in den Teakbäumen und ging nachts auf Beutefang. Wenn Maxim morgens aus dem Bett stieg, schlüpfte er niemals in seine Stiefel, ohne geprüft zu haben, ob sich eine Spinne, ein roter Skorpion, dessen Biss als tödlich galt, oder eine Schlange darin eingenistet hatten.

Maxim war nicht Raphael. Der Freund war vertraut damit, sich einer fremden und bedrohlichen Umgebung anzupassen. Maxim schätzte saubere Bettwäsche, fließendes Wasser und gepflasterte Straßen, unter denen eine Kanalisation die Kloake ableitete, damit der Mensch vom Gestank verschont blieb. Diesen schlichten Luxus durfte man in Allahabad nicht erwarten. Häufiger als Taranteln und Skorpionen begegnete man den Ratten. In Kombination mit Kakerlaken waren sie der Gradmesser für die Hygiene dieser Stadt. Maxim hatte mit einem britischen Colonel gesprochen, was die Regierung Seiner Majestät dagegen zu tun gedenke. Man könne diesem Land durch militärisches Reglement zwar eine gewisse Ordnung geben, lautete die Antwort, trotzdem dürfe man bei diesem Klima keine Wunder erwarten. »Die Natur ist hier unersättlich«, so der Colonel. »Sie frisst und scheißt zur gleichen Zeit.«

Wieder so ein schwüler, lastender, klebriger Abend, an dem sich Maxim trotz ständigen Waschens verschwitzt und müde fühlte. Wie konnten Menschen in so einer Atmosphäre ihr ganzes Leben verbringen?

Täglich fanden am Ufer Hunderte Verbrennungen statt. Anschließend wurde die Asche der Toten im heiligen Fluss verstreut. Der Ganges war das schmutzigste Gewässer, das Maxim je gesehen hatte. Wie kamen die Leute bloß auf die Idee, diesem dreckigen Fluss könnten reinigende Kräfte innewohnen?

Seit einigen Minuten beobachtete er das skurrile Ritual der Goldwäsche, das auf die Bestattung der Toten folgte. Nachdem die Kaste der Leichenbestatter die Asche des Verbrannten im Fluss verstreut hatte, suchten diese Männer das Ufer ab. Mithilfe von Sieben und Netzen filterten sie erstaunliche Mengen an Ohrringen und anderen Schmuckstücken aus dem Gangesschlamm.

Obwohl Maxim sich bemühte, auch das Schöne und Farbenprächtige dieses Landes zu sehen, wurden seine Sinne immer wieder auf die Kehrseite der Medaille gestoßen. Indien hatte etwas Gieriges, etwas Unverhältnismäßiges an sich. Das lag an der Vielzahl der Menschen. Überall stieß man auf Menschenmassen, dabei war Allahabad nicht einmal die bedeutendste Pilgerstätte entlang des Flusses. Die Leute kamen aus allen Landesteilen, um sich im heiligen Strom zu waschen und ihre Toten zu bestatten. Das spirituelle Bad der Pilger war Ausdruck ihres Glaubens, zugleich trug es noch mehr zur Verschmutzung bei. Die Inder verehrten den Ganges als *Ganga*, ihre Göttin, Maxim sah in dem Fluss vor allem eine überdimensionale Müllhalde. Die Hindus glaubten an die reinigende Kraft seines Wassers, die Moslems nannten es das Wasser der Unsterblichkeit. Es gab religiöse Feste, bei denen kein anderes Getränk gereicht werden durfte als das gelbgrün verunreinigte Wasser des Ganges. Im 18. Jahrhundert hatte die Britische Ostindien-Kompanie, Vorläufer der jetzigen Kolonialordnung, nur Gangeswasser in ihren Schiffen mitgenommen, weil es angeblich das einzige Süßwasser sei, das während der dreimonatigen Rückreise nach Großbritannien frisch blieb.

Während Maxim vor Hitze kaum zu atmen vermochte, sehnte er sich nach den kühlen Seen der Voralpen, nach den eisigen Bächen der Steiermark und den österreichischen Gletschern während der Schneeschmelze. Er hätte nicht erwartet, dass ihn das Heimweh mit solcher Macht befallen würde, weitaus heftiger als bei Katrin, die bereits Monate in Indien war.

Das Klima tat Katrin gut, ihre Haut hatte einen bronzefarbenen Ton angenommen. Wie die einheimischen Frauen pflegte sie ihr langes Haar mit Öl und trug den Sari, die traditionelle indische Frauenkleidung, in leuchtendem Blau. Auch ihre Persönlichkeit hatte sich verändert. Sicher und selbstbewusst trat sie auf und hatte dabei stets etwas Lächelndes an sich.

Gleich am ersten Tag ihrer Wiederbegegnung hatte sie Maxim gestanden, dass sie und Hofteuffel ein Paar seien. War es ihr Drang zur Ehrlichkeit, so bereitwillig damit herauszurücken, oder hatte sie ihm mit ihrer Offenheit eine unüberwindliche Barriere setzen wollen? Nachdem er seine Geschäfte in Kalkutta erledigt hatte, war Maxim, angetrieben von Hoffnung, viele Hundert Kilometer zu Katrin gereist, nur um wieder einmal zu spät zu kommen. Sie hatte Hofteuffel ihm vorgezogen, sie schenkte ihre Liebe Maxims bestem Freund.

Er wahrte die Form und spielte das Spiel mit. Seit mehreren Tagen hielt er sich schon in Allahabad auf, wo Katrin zusammen mit zwei von Raphaels Trägern darauf wartete, dass der Forscher aus dem Zijha-Gebiet nördlich von Nanpara zurückkommen würde. Maxim hatte ein Zimmer bezogen, nahm die

Mahlzeiten mit Katrin ein, sie führten harmlose Gespräche. Er ließ sich nicht anmerken, wie sehr ihn ihre Offenbarung getroffen hatte.

In Wirklichkeit begriff Maxim, dass es an der Zeit war, diese unerfreuliche und unstatthafte Obsession endlich zu beenden. Wenn er bedachte, was er Katrin zuliebe bereits alles unternommen hatte! Er hatte eine nach Dienstjahren zu junge Frau an die Spitze seines Haushalts gesetzt. Er hatte ihr jede Hilfe zuteilwerden lassen, als sie von einem anderen Mann ein Kind gebar. Er hatte ihr seine Liebe angeboten und sie, nachdem sie abgelehnt hatte, in eine neue Stellung ziehen lassen.

Wieso konnte sie ihn nicht lieben, fragte sich Maxim am Fenster, den Blick auf das wirre Treiben unten am Fluss gerichtet. Alles hätte er für sie getan, jede Konsequenz ertragen, wenn sie ihm ihr Herz geschenkt hätte. Was fand sie nur an Hofteuffel? Maxims Frau Livia war eine diskrete Person, die niemals tratschte. Trotzdem waren in den Jahren ihrer Ehe Details über Livias früheres Verhältnis zu Hofteuffel ans Licht gekommen. Sie hatte freundliche Umschreibungen benutzt, um die Wahrheit zu verschleiern, doch es blieb die Tatsache, dass Hofteuffel eine Frau nicht glücklich machen konnte. Er konnte auch Katrin nicht glücklich machen.

Gefangen in Grübeleien dieser Art, beobachtete Maxim die kreischenden Vögel in den Teakbäumen. Einer stieß gerade ans Flussufer herab und erschreckte ein junges Mädchen, das Gangeswasser in einen Tonkrug schöpfte. Sie brachte es einem alten Mann und gab ihm von der trüben Brühe zu trinken.

Vier Tage nach Maxims Ankunft traf das Telegramm in der britischen Garnison ein. Noch war nicht bekannt, wie schwer Hofteuffel verletzt war. Es wurde mitgeteilt, dass man drei Tage brauchen würde, um den Verwundeten aus den Bergen in die Ebene zu schaffen.

Maxim bot Katrin an, das Nötige zu organisieren, um Raphael entgegenzufahren. Wenn es nach ihm gegangen wäre, hätte er britischen Geleitschutz angefordert und sich um motorisierte Wagen gekümmert. Doch da Katrin sofort aufbrechen wollte, bestand ihre Karawane nur aus zwei Trägern, vier Pferden und einem Maultier. Schlecht ausgerüstet machten sie sich in einem fremden Land auf den Weg zu den Ausläufern des Himalaja.

Maxim war ein guter Reiter, allerdings durfte man dieses Gezuckel durch die sengende Hitze nicht als Reiten bezeichnen. Die Pferde waren kleiner als die Rassen, die er zu Hause ritt. Maxim hatte das Gefühl, dass seine Beine den Pferdeleib nicht zu fassen kriegten. Katrin hatte die Grundbegriffe schnell verstanden. Sie trug lange Hosen, so wie die Engländerinnen, und ritt im Herrensattel. Es war ein ungewohntes Bild für Maxim, Katrin, das Wiener Mädel, hoch zu Ross zu sehen.

Sie hatten die Provinzstadt Suitanpur bereits hinter sich gelassen, als Katrin an Maxims Seite geritten kam. »Raphael wird bestimmt durchhalten, glauben Sie nicht auch? Er ist stark.« Ihr Mund war von einem Tuch verdeckt, das die Atemwege vor dem Staub schützte.

»Es ist nur eine Wunde am Bein«, beruhigte Maxim sie. »Ich kann mir nicht vorstellen, dass es so schlimm sein wird.«

Das Telegramm hatte eine Stoßverletzung erwähnt. Ob das Horn eines Tieres oder eine Menschenlanze den Stoß geführt hatte, war nicht ersichtlich. Es hieß, dass eine Operation nötig sei, die ambulant nicht durchgeführt werden konnte.

Katrin nahm das Tuch ab. »Wenn es etwas Harmloses wäre, hätte Raphael sich selbst verarztet. Er hat das auf Reisen öfter getan.«

Maxim hinderte seinen Wallach daran, nach Katrins Stute zu beißen. Obwohl er den Zügel kurz hielt, warf das Biest ständig den Kopf zur Seite. Er ließ die Gerte auf das Hinterteil des Tieres sausen.

»Wahrscheinlich sind die richtigen Medikamente in der Einöde schwer zu kriegen.« Er klopfte auf seine Satteltasche. »Wir haben alles Nötige dabei.«

Katrin schaute nach dem Sonnenstand. »Warum sind wir

nur so langsam?« Sie ritt zu den Männern nach vorn und forderte sie auf, in rascheren Trab zu fallen.

Durch das Auf und Ab dieser Gangart hatte Maxim sich einen leichten Wolf geritten. Schuld waren die Hitze und der Schweiß, der sich zwischen seinen Beinen sammelte. Bei einem Ausritt im Wienerwald war ihm so etwas noch nie passiert. Da das Pferd ohne den Antrieb seines Reiters stehen geblieben war und den Kopf zu den dürren Gräsern senkte, gab Maxim ihm unvermittelt die Sporen und versetzte es in Galopp. Er preschte an Katrin und den Indern vorbei, ritt immer weiter in die Landschaft hinein, so lange, bis seinem Pferd der Schweiß als weißer Schaum auf den Schultern stand. Maxim blieb stehen, wandte sich um und wartete, bis die anderen herankamen.

36

Die serbische Hilde

»Ich beneide dich.« Alexandra schwang auf dem Drehhocker herum.

»Gib acht, dass du den Destillator nicht umstößt.« Livia trug den Laborkittel über ihrem weißen Kleid. Es war zu früh im Jahr, um Weiß zu tragen, der Sommer war noch weit, trotzdem hatte sie sich dafür entschieden. So hell, so fröhlich war ihr seit Ewigkeiten nicht ums Herz gewesen.

»Ich beneide dich, dass du das alles beherrschst.« Alexandra beobachtete die Handgriffe der Tante.

»Ich habe es mir in vielen Jahren angeeignet, ganz ohne Lehrer.«

Alexandra ließ den Blick über die seltsam geformten Laborgeräte schweifen. »Ich muss mich bald entscheiden, was ich nach dem Gymnasium machen will.«

Livia setzte die Bürette auf den Wasserabscheider. »Was schwebt dir denn vor?«

»Nichts schwebt mir vor, das ist es ja. Ich bin wie gelähmt im Kopf. Es ist, als ob ich flüssigen Leim im Hirn hätte. Träge bin ich, träge und nochmals träge.«

»Das klingt für mich nach Frühjahrsmüdigkeit.«

»Es fühlt sich nach etwas Schlimmerem an.«

Livia war gewohnt, dass ihre Nichte zu ihr kam, wenn sie Sorgen hatte; selten ging sie damit zu ihrer Mutter. Seit Jahren flüchtete sich Melanie Hahn in ihre Krankheiten, und Abel spielte das Spiel seiner eingebildeten Kranken geduldig mit.

»Bekommst du regelmäßig deinen Monatsfluss?« Livia füllte die Säure in den Dosierzylinder.

»Ja, warum fragst du?«

»Daran kann es auch liegen. Wie alt bist du jetzt?«

»Am dreißigsten Juni werde ich sechzehn. Was hat das damit zu tun?«

»Sechzehn ist ein unberechenbares Alter. Man fühlt sich manchmal, als ob man auf einer heißen Herdplatte sitzen würde, und dann mag man morgens gar nicht aufstehen, so müde ist man.«

»Genau!«, rief Alexandra. »Was kann ich dagegen tun?«

»Eigentlich gar nichts.« Livia prüfte die Dosierung. »Aber denk daran, dir wird bald ein Glück zuteil, das ich nicht hatte: Du kannst studieren. Hast du nicht das geringste Gespür, wohin es dich zieht?«

»Julius will, dass ich eine Banklehre mache und ins Geschäft einsteige.«

»Das hätte ich mir denken können. Vergiss jetzt einmal den Wunsch der Männer. Was willst du selbst?«

»*Der Wunsch der Männer?*« Mit geheimnisvollem Lächeln sah Alexandra ihre Tante an.

»Haben wir da etwa das wahre Geheimnis entdeckt, weshalb der flüssige Leim in deinem Kopf wabert?«

»Unsinn. Wo denkst du hin?« Doch Alexandras gerötete Wangen widerlegten ihre Worte.

Livia stellte den Zylinder beiseite. »Ich bin wahrscheinlich die Einzige in der Familie, der du so etwas erzählen kannst.«

Alexandra schwieg mehrere Sekunden. »Es gibt tatsächlich jemanden. Einen ungewöhnlichen jungen Mann.«

»Das sind sie anfangs immer, die Männer, ungewöhnlich.« Livia schmunzelte.

Alexandra hob den Blick. »Irgendetwas ist heute los mit dir. Du bist so anders.«

»Möglich. Aber jetzt wollen wir etwas von deinem ungewöhnlichen Mann erfahren. Wie alt?«

»Einundzwanzig.«

Während Alexandra von Marijan erzählte, dachte Livia, wie unberechenbar die Liebe doch sei. Es war noch nicht lange her, dass Alexandra von Philipp in denselben Tönen gesprochen hatte. Der Plan ihres Großvaters schien aufgegangen zu sein: Philipp war vergessen, jetzt gab es Marijan. Fast bekam Livia Angst davor, wie sehr sie mit ihrer Vermutung ins Schwarze getroffen hatte.

»Er ist Schausteller?«, fragte sie zwischendurch. »Ein Junge, der das Ringelspiel antreibt?«

»Das macht er nur, um Geld zu verdienen. Seine wahre Leidenschaft ist die Politik.«

»Ich nehme an, dass er seine Leidenschaft bereits zu deiner Leidenschaft gemacht hat.«

»Ich lerne viel von Marijan.« Alexandra beugte sich vor. »Wir leben in großen Zeiten, Tante. Ein Sturm wird kommen und das Alte hinwegfegen. Nichts wird so bleiben, wie es ist.«

Auch Livia fand, dass sie in einen Sturm geraten war. Sie konnte es kaum glauben, wie gut ihr der Wetterwechsel tat. »Ist das deine eigene Meinung, oder spricht gerade Marijan aus dir?«

Alexandra sprang vom Hocker auf. »Marijan ist ein Visionär. Er wird es noch weit bringen in diesem Staat, wenn man ihn unterstützt.«

»Und diese Unterstützung willst du ihm geben?« Ohne Alexandras Antwort abzuwarten, fuhr Livia fort: »Dieser Staat ist eine Monarchie. Es gibt keinerlei Anzeichen dafür, dass sich daran jemals etwas ändern wird.«

»Du hast Onkel Maxim doch auch unterstützt«, hielt Alexandra dagegen. »Ohne dich und dein Geld hätte er es nicht geschafft.«

»Bei uns ging es um Wissenschaft, nicht um Revolution.«

»Es ging um Erneuerung, und das ist bei Marijan genauso. Keiner von uns weiß, was kommen wird.«

Livia betrachtete die Flüssigkeit. Eingeschlossen im Glaskolben wirkte die Säure harmlos, doch sie besaß das Potenzial der Zerstörung. »Stimmt. Keiner weiß, was kommt.« Gedankenverloren hob sie die Hand ans Gesicht. Sie meinte, Renès Geruch noch auf der Haut zu spüren.

»Mit dir ist heute irgendwas los, Livia. Du hast etwas erlebt. Das spüre ich.«

Wie gern hätte Livia sich einer befreundeten Seele anvertraut. Wie gern hätte sie von Renè ähnlich geschwärmt wie Alexandra von Marijan. Doch daran war nicht zu denken.

»Wie willst du dich in deiner Situation denn verhalten? Was plant ihr, du und Marijan?«

»Ich habe tatsächlich einen Plan.«

Livia schüttelte den Kopf. »Eigentlich sollte ich dir gar nicht zuhören, wenn du von solchen Dingen sprichst. Ich müsste dir ins Gewissen reden, sollte von Unschuld sprechen und anderen erbaulichen Dingen.«

»Und warum tust du es nicht?«

»Weil das Leben einer Frau ...« Livia zögerte. »Weil es schwierig genug ist, als Frau zu leben. Wenn man sich in diesem Dasein an die Regeln hält, die die Männer für uns gemacht haben, verkümmert man und stirbt innerlich ab. Wenn einen das Leben ruft, muss man darauf hören. Verstehst du? Man muss!« Sie war so bewegt, dass sie aufstand und sich an ihren Geräten zu schaffen machte, um Alexandra nicht ansehen zu müssen. »Erzähl mir von deinem Plan.«

»In Wien ist es schwierig, sich zu treffen. Marijan wohnt bei Verwandten, ich kann ihn dort nicht besuchen. Zu mir kann ich ihn auch nicht einladen, und immer nur auf politische Versammlungen zu gehen ...«

»Ist unbefriedigend, nicht wahr?«

»Erinnerst du dich an Tante Hildegard und Onkel Drago?«

»Die serbische Hilde?« Livia stutzte. »Sie ist damals gegen den Rat der Familie ihrem Herzen gefolgt und hat den wilden schwarzen Kerl aus Bosnien geheiratet.«

»Mittlerweile ist Onkel Dragomir ein weißer Kerl, aber wild

scheint er immer noch zu sein. Jedenfalls habe ich ihnen geschrieben und werde sie besuchen.«

»Hilde ist zu Drago in so ein Kaff gezogen, wie hieß es noch?«

»Es heißt Semizovac und ist kein Kaff. Die beiden besitzen dort ein Landgut.«

Livia rollte ihren Stuhl an Alexandra heran. »Weiß Julius von deinem Plan?«

»Noch nicht. Aber was sollte er dagegen haben, wenn ich unsere Verwandten besuche?«

»Hat Julius eine Ahnung von Marijan?«

»Bis jetzt weiß keiner von ihm, bis auf Onkel Maxim. Er hat mich einmal mit Marijan überrascht.«

»In Liebesdingen kann Maxim ein Geheimnis bewahren.« Livia kombinierte. »Ich nehme an, dass sich Marijan zur rechten Zeit auch ganz zufällig in der Nähe von Semizovac einstellen wird?«

»Gar nicht zufällig. Er stammt aus der Gegend. Seine Familie kommt aus Sarajevo.«

»Das ist ganz schön ausgekocht von dir.«

Plötzlich fiel Alexandra ihrer Tante um den Hals. »Ach, es ist wunderbar, dass du mich nicht verurteilst. Mit dir kann man wirklich alles besprechen.«

»Wie könnte ich dich verurteilen, da du nichts anderes tust, als zu leben«, antwortete Livia.

Eng aneinandergerückt blieben sie sitzen und besprachen Alexandras Plan. Sie redeten über die Familie und das ferne Bosnien, wo es jetzt schon viel wärmer war. Sie träumten von einem Sommer, in dem sie Wunderbares zu erleben hofften, jede auf ihre Art.

»Es ist in Ordnung, Hallhuber. Gehen Sie nur zu Bett.«

»Wenn die gnädige Frau mir gesagt hätte, dass wir noch Gäste erwarten …« Wie Spinnenfäden strich der alte Haushofmeister sein dünnes Haar nach hinten.

»Nur keine Umstände, Hallhuber. Gute Nacht.«

Livia hatte angenommen, dass in der Jasomirgottstraße alles schlafen würde, wenn sie, ihren Liebhaber an der Hand, hinaufschlich. Livia war betrunken. In letzter Zeit trank sie mehr als gewöhnlich und staunte, wie viel sie vertrug. Renès Trinkfestigkeit war berufsbedingt, Sänger und Schauspieler kehrten nach der Vorstellung meistens irgendwo ein. Als Livia das erste Mal an Renès Seite mitkam, war sie neugierig begrüßt worden. Mittlerweile gehörte sie zu der kleinen Truppe, die Abend für Abend aus dem Theater an der Wien strömte, zweimal um die Ecke ging und ins Café Sperl einfiel.

Marmortische, Kristallluster, Thonetstühle, das Sperl unterschied sich kaum von den Ringstraßen-Cafés, wenn man von Liesl Kratochwilla absah, der Frau des Besitzers, die den Ruf hatte, die Gäste wie ein Dragoner zu behandeln.

»Reißt euch zusammen, heute habt ihr eine Dame dabei«, hatte sie den Künstlern zugerufen, als Livia zum ersten Mal ins Sperl mitgekommen war. Das elegante Kleid, die feinen Stiefeletten, der Schmuck der schönen Frau waren der Kratochwilla aufgefallen. Während sie Livia Wein einschenkte, hatte sie ihr zugeraunt: »Was wollen Sie denn mit dem Gesindel, gnädige Frau?« An Kratochwillas vertraulichem Zwinkern hatte Livia erkannt, dass es ein Scherz war.

Jeden Abend auszugehen, nie vor ein Uhr morgens ins Bett zu kommen, war eine Umwälzung in Livias Leben. Renè und sie versuchten gar nicht erst, sich einen ehrbaren Anstrich zu geben. Sie waren verliebt, hingebungsvoll, träumerisch, jugendlich verliebt und dachten nicht daran, es zu verbergen. Zwar hoffte Livia, dass sie in den Künstlerlokalen keinen ihrer Bekannten aus der Wiener Gesellschaft treffen würde, doch im Grunde war ihr auch das egal.

Im Sperl verkehrte eine kuriose Mischung aus Malern, Komponisten, Architekten und Kadetten der nahen k.u.k. Kriegsschule. Mitunter musste Frau Kratochwilla einschreiten, wenn betrunkene Offiziersanwärter sich ereiferten, warum der Kaiser die Umtriebe des slawischen Gesindels, das mit separatistischen

Parolen Unruhe schürte, nicht endlich unterband. »Ein Stahlbad muss her«, grölten die Kadetten, denen erst ein schwacher Flaum auf der Oberlippe wuchs. »Die *Krawatten* sollen auf der Spitze unserer Bajonette tanzen!«

Die Besonnenen unter den Krakeelern machten darauf aufmerksam, dass die *Krawatten*, also die Kroaten, der österreichischen Armee als treue Bündnispartner zur Seite standen. Das änderte nichts an der aggressiven Stimmung. Manchmal waren es die Serben, die für irgendeine Untat gegen die Monarchie bezahlen sollten, dann die Slowaken oder wie immer auch die Juden.

Livia fiel auf, dass der Grundton in Wien schärfer wurde. Es verbreitete sich die Meinung, dass irgendjemand für irgendetwas bezahlen müsse, obwohl niemand recht wusste, wer und wofür. Zu Ausschreitungen kam es selten, da die Wiener Polizei eine schlagkräftige Armee des Inneren war. Dennoch verwandelte sich die Gemütslage der Wiener vom gewohnten »*Da kann man nichts machen*« in ein aufmüpfiges »*Es muss etwas geschehen*«.

Aber Politik und öffentliche Meinung interessierten Livia zurzeit wenig, sie lebte für ihr Glück. Sie lebte in der Gewissheit, dass das Schicksal sie endlich mit einem frohen, unbeschwerten Dasein beschenkte, das sie in den letzten Jahren verloren geglaubt hatte. Es war so leicht, zu leben! Was für ein Geschenk war es, den Augenblick zu genießen, wenn man verliebt war. Wie eine Verdurstende schlürfte Livia dieses neue Gefühl.

Nach der Opernvorstellung waren sie im Sperl Koloman Moser von der Secession begegnet, Karl Millöcker hatte sich später zu ihnen gesetzt und mit Renè über seine nächste Operette geplaudert. Millöcker beneidete den Tenor für seine schöne Begleiterin: Livia war schließlich keine niedliche Soubrette, Renè hatte ein Verhältnis mit einer Dame von Welt.

Als Livia und Renè nach einem verliebten Frühlingsspaziergang über die Tuchlauben schlenderten, schlug es bereits zwei Uhr morgens.

»Heute kommst du mit zu mir.« Sie war vergnügt, beschwipst, erhitzt.

»Was werden deine Leute sagen?« Er fasste ihren Arm.

»Die meisten sind schon ins Kahlenbergerdorf übersiedelt. Das Palais steht praktisch leer.«

Er blieb stehen. »Ich weiß nicht. Was stört dich an meiner Wohnung?«

»Mir tun die Füße weh. Ich habe keine Lust, jetzt noch bis zum Naschmarkt zu laufen.«

Livia setzte sich durch, gemeinsam schlugen sie den Weg in die Jasomirgottgasse ein.

Nachdem der verschlafene Hallhuber in sein Zimmer zurückgekehrt war, liefen Livia und Renè die geschwungene Freitreppe hoch und betraten das Schlafzimmer. In den letzten siebzehn Jahren war kein anderer Mann hier gewesen außer Maxim. Ein revolutionäres Gefühl erfasste Livia. Heute Nacht tat sie etwas wirklich Schlimmes, heute erst schien sie den Ehebruch endgültig zu vollziehen.

Nachdem er sich umgesehen hatte, sagte Renè: »Mir gefällt das nicht. Hier zu sein ist nicht richtig.«

Sie verstand, was er meinte, wollte aber nicht sofort klein beigeben. »Möchtest du etwas trinken?«

»Ich will dich lieben.« Er umarmte sie. »Aber nicht hier.«

Sie legte die Arme um seinen Nacken. »Was schlägst du vor?«

»Den Stephansplatz.«

»Du willst mich auf dem Stephansplatz lieben?«

»Dort stehen die Fiaker. Dort steigen wir ein und fahren zu mir.«

Er hatte ja recht. Obwohl Maxim seit Monaten nicht hier geschlafen hatte, war es undenkbar, sich in diesem Zimmer auszuziehen und mit Renè ins Bett zu gehen.

Wortlos nahm Livia seine Hand. Sie liefen dasselbe Treppenhaus wieder nach unten. Hallhuber, der einen leichten Schlaf hatte, tauchte zum zweiten Mal in der Eingangshalle auf.

»Gnädige Frau, was kann ich für Sie tun?«

»Nichts, Hallhuber, Sie können mich einfach nur in Ruhe lassen«, rief sie überdreht und schlüpfte zum Tor hinaus.

René folgte ihr. »Ich liebe dich«, flüsterte er auf der Straße.

»Sag das noch einmal.« Sie küsste ihn, er wiederholte es. »Noch einmal.«

Während sie das Spiel fortsetzten, liefen sie zur Nordostseite des Domes, wo rund um die Uhr die Droschken standen.

37
Erlösung

Renè streichelte ihren Bauch, die Beine, ihre Schultern. »Ich habe Lust auf Kaffee.«

Livia schaute zu den geschlossenen Samtvorhängen. »Wie spät mag es sein?« Lächelnd ließ sie sich zurücksinken. »Nicht, dass es irgendeine Rolle spielen würde.«

Er wälzte sich aus dem Bett und ging in die Küchennische. »Ich muss in einer halben Stunde im Theater sein.«

»Was spielst du heute?«

»Tamino.«

»Kann ich zuschauen?«

Er klapperte mit den Mokkatassen. »Du hast die *Zauberflöte* schon dreimal gesehen.«

»Was interessiert mich die *Zauberflöte?* Ich will dich sehen, wie du den Drachen besiegst.«

»Ich werde fragen, ob die Intendantenloge frei ist.«

Livia setzte sich auf. Ihr Haar fiel ins Gesicht. Sie betrachtete den nackten Mann in der Küche.

»Ich würde Maxim sofort verlassen, wenn du das wünschst.«

Das kalte Wasser lief ins Kännchen und floss über. Es rann über Renès Hand. Er drehte sich zu ihr um, ihre Augen ließen einander nicht los. Er schwieg.

Livia löste die Situation auf. »Verzeih, ich habe dich erschreckt. Du bist darauf eingestellt, mich als Dessert zu genießen, und ich habe dir gerade ein Fünf-Gänge-Menü angeboten.«

Er stellte das Wasser ab, trocknete seine Hände, kam zu ihr und zog Livia sanft vom Bett hoch.

»Du würdest mich zum glücklichsten Mann auf der Welt machen.« Stehend umarmte und küsste er sie. »Tu es, geh fort von Maxim. Komm zu mir und bleib bei mir. Ich kann dir nicht so viel bieten wie er, aber bei mir wird das Feuer der Liebe niemals erlöschen.«

Sie streichelte sein Gesicht. »Willst du es wirklich? Willst du mich wirklich ganz?«

»Dich, nur dich.« Er küsste ihre Augen. Plötzlich zögerte er. »Hättest du keine Skrupel wegen deiner gesellschaftlichen Stellung?«

»Meine Stellung?« Sie lachte traurig und höhnisch zugleich. »Wenn du wüsstest, wie wenig sie mir bedeutet. All diese langweiligen Menschen verblassen im Vergleich zu dir.«

»Vielleicht werden sie dir eines Tages fehlen.«

»Hör auf.«

»Und dein Sohn?«

»Wenn Philipp in zwei Jahren aus dem Internat zurückkommt, wird er ein Mann sein. Er braucht mich dann nicht mehr.«

»Aber ihr seht euch doch diesen Sommer.«

»Ich erwarte ihn im Juni.«

»Juni schon?« René trat einen Schritt zurück. »Das ist in ein paar Tagen.«

»Ja, und?«

»Dann können wir uns gar nicht mehr sehen?«

»Warum nicht?«

»Wie würdest du mich deinem Sohn vorstellen? Das ist René, mein Geliebter, er ist Tenor, und ich schlafe mit ihm?«

Livia legte den Kopf schief. »Dass du Tenor bist, würde ich ihm vielleicht beim ersten Mal verschweigen.« Sie lachten. »Aber du hast recht. Ich muss mir etwas ausdenken, wie wir es halten, während Philipp in Wien ist.«

»Siehst du, da gehen die Liebeskomplikationen schon los.«

»Philipp wird genug mit seinen eigenen Komplikationen zu tun haben.«

»Wie das?«

»Es gab da eine geheimnisvolle Affäre.« Ihre Arme umschlangen seinen Hals. »Mein Sohn hatte sich in seine Cousine verliebt.«

Er drückte seine Wange an ihren Oberarm. »Skandalös.«

»Er hat die ganze Familie in Aufregung versetzt, bis mein Vater einen Riegel vorgeschoben hat. Philipp wurde ins Internat nach Gloucestershire verbannt und Alexandra sollte ihn vergessen.«

Renè zog Livia wieder zum Bett. »Aber das tat sie nicht. Junge Liebe findet immer einen Weg.« Gemeinsam sanken sie in die Kissen. »Und so sind Romeo und Julia heimlich wieder zusammengekommen?«

»Im Gegenteil. Nachdem ein halbes Jahr verstrichen war, hat Julia, also Alexandra, sich nach einem anderen jungen Mann umgeschaut.«

»Die untreue Seele.« Renè zog Livia in seinen Arm.

»Ein bisschen war ich von ihrem Wankelmut auch enttäuscht.« Sie spürte, wie er sanft ihre Beine auseinanderdrückte.

»Wirst du es Philipp sagen?« Renè spielte mit ihrer Scham.

»Ich weiß noch nicht. Alexandra trifft sich mit ihrem neuen Schwarm in … Sie fährt nach …« Sie stöhnte.

»Wohin fährt sie?« Langsam, genussvoll begann Renè sich zu bewegen.

»Nach … Ich habe den Namen vergessen. Irgendwo in der Nähe von Sarajevo.« Ihre Finger pressten sich in seinen Rücken. »Musst du nicht … ins Theater?«

»Es hat noch Zeit«, flüsterte er. »Noch genügend Zeit.«

Maxim beobachtete die Vögel. Einige hatten sich im Gestrüpp um das Camp niedergelassen, zwei kreisten über dem Krankenlager, wo Katrin gerade frisches Wasser brachte und Hofteuffel zu trinken gab.

Schlimm stand es um Raphael. Es war nicht gelungen, die Wunde rechtzeitig zu desinfizieren. Der zersplitterte Oberschenkelknochen war geschient worden, doch das aufgequollene Fleisch rund um den Bruch sah gefährlich aus. Die Medikamente, die Katrin Raphael verabreicht hatte, wirkten nicht richtig, darum war sie in ihrer Sorge so weit gegangen, die Wunde aufzuschneiden und den Eiter auslaufen zu lassen. Hofteuffel hatte vor Schmerz geschrien und schließlich das Bewusstsein verloren.

Rajiv Bhavani, Raphaels Führer, der Philosoph und Menschenfreund, hatte sich feige aus dem Staub gemacht. Nachdem die Expedition durch den Unfall abgebrochen werden musste, hatte er sich nach Kalkutta abgesetzt und Hofteuffel in der Obhut der Träger zurückgelassen. Die hatten den Kranken auf einem Ochsenkarren bis in die Ebene befördert. Auf der quälend langen Fahrt hatte sich sein Zustand extrem verschlechtert. Wenn er nicht bald operiert wurde, musste man mit dem Schlimmsten rechnen.

Obwohl Katrin ihre Verzweiflung anzusehen war, kümmerte sie sich ruhig und hingebungsvoll um den Geliebten. Man musste ihn umgehend in ein britisches Lazarett bringen. Da Maxim sonst wenig tun konnte, hatte er sich erboten, in die Garnison nach Allahabad zu reiten und motorisierte Unterstützung zu holen. Er saß bereits zu Pferd.

Maxim betrachtete den kranken Freund, er betrachtete Katrin, die nur Augen für Raphael hatte. Die selbstlose Liebe dieser Frau, die Maxim so viel bedeutete, bewegte ihn. Er würde alles tun, damit Raphael gerettet würde. Eine eitrige Wunde bedeutete kein Todesurteil. Doch selbst wenn das Bein nicht mehr zu retten sein sollte, würde das für Katrin keinen Unterschied machen. Sie liebte Raphael, liebte ihn über alle Maßen. Mit den Augen nahm Maxim Abschied von seiner großen Liebe.

Er rückte im Sattel zurecht. Trotz der Hitze durchfuhr ihn ein kalter Schauder. Hier, in diesem improvisierten Feldlager, umgeben von Dürre und Wildnis, erfasste ihn eine sonderbare

Erkenntnis. Er war um die halbe Welt gereist, weil er die Liebe einer Frau gewinnen wollte. Nun begriff er aber, dass sich sein Schicksal anders erfüllen sollte. Vor Gott hatte er einer anderen Frau gelobt, sie zu lieben und zu ehren. Jahrelang hatte er das Gegenteil getan. Er hatte Livia zur Seite gestoßen, sich aus Eitelkeit mit der Gattin seines Kompagnons vergnügt, er war seiner Hausdame nachgestiegen, die von Anfang an nichts von ihm hatte wissen wollen. Was hatte er sich Livia gegenüber nicht alles zuschulden kommen lassen? Keinen einzigen Tag wollte er zögern, diesen schrecklichen Zustand zu beenden.

Maxim würde zuerst Hilfe für seinen Freund holen und die Liebenden dann sich selbst überlassen. Er würde zu Livia zurückkehren und ein reumütiges, vollkommenes Eingeständnis seiner jahrelangen Verfehlung, seiner Lieblosigkeit und Treulosigkeit ablegen. Es würde nicht leicht sein, aus der Verwilderung seiner Ehe Neuland zu gewinnen, aber er wollte es versuchen.

Die Schwüle war drückend, der Wind trug Staub und Ausdünstungen heran. Umkreist von Vögeln, die der Größe nach nur Aasgeier sein konnten, bekräftigte Maxim innerlich seinen Entschluss und fühlte sich dabei wie Saulus, der an einen Scheideweg gelangt war und zu Paulus werden wollte. Maxim lächelte im Lichte des biblischen Vergleichs, weil er darin seine eigene Überheblichkeit durchschaute. Er war nicht Paulus, nur ein Mann, der begriffen hatte, dass es an der Zeit war, sich Katrin aus dem Herzen zu reißen und zu seiner Frau zurückzukehren. Maxim verabschiedete sich nicht von dem kranken Freund unter dem dürren Baum, er wendete sein Pferd und ritt nach Süden.

Der Paukenschlag

38

Der Besucher

»Dieser Mann hat in Sarajevo nichts zu suchen«, sagte Marijan.

Alexandra lag unter dem Zwetschgenbaum. »Bitte nicht die alte Leier, es ist hier einfach zu schön zum Politisieren.«

Der Hügel stand in vollem Grün, der Himmel hätte gläserner nicht sein können. Obwohl es Mittag war, sah man hoch oben einen blassen Mond. Alexandra trug ein blaues Sommerkleid, in der Art, wie sie es von den bosnischen Frauen kannte, mit Bändern und Ornamenten verziert. Sie lag im Schoß des jungen Mannes, zu dem sie sich hingezogen fühlte. Hätte das Leben im Augenblick schöner sein können?

Nachdem sie eine knappe Woche allein bei ihren Verwandten auf dem Balkan verbracht hatte, war Marijan verabredungsgemäß in Semizovac aufgetaucht. Alexandra hatte ihn Onkel Drago und Tante Hilde als ehemaligen Schulfreund vorgestellt, der seine bosnische Familie besuchte. Es war anzunehmen, dass Onkel und Tante den Braten rochen, doch weil der *Schulfreund* sich sittsam benahm, sich von Drago die Stallungen zeigen ließ, und da er abends wieder zurück nach Sarajevo wollte, hatte es keinen Einwand dagegen gegeben, dass die beiden spazieren gingen.

Selten hatte Alexandra sich so frei gefühlt. Ihr Stolz bestand darin, dass sie diese Freiheit ihrem Einfallsreichtum verdankte. Die Volte war geglückt: Weder Julius noch Abel hatten Verdacht geschöpft und sie bereitwillig zu den Verwandten in den Süden fahren lassen.

In Marijans Schoß gebettet betrachtete Alexandra das stoppelige Kinn des Freundes. In Venedig hatte sie geglaubt, ohne Philipp nicht sein zu können. Sie hatten einander geküsst und noch andere Dinge angestellt. So weit war sie mit Marijan noch nicht gegangen. Würde er mehr von ihr verlangen als Philipp damals? War sie bereit dafür? Alexandra war mehr als das, sie sehnte sich danach, von Marijan in Versuchung gebracht zu werden. Seufzend schaute sie in die Krone des Pflaumenbaumes. Wie konnte sie ihn nur dazu bringen, seinen politischen Kopf eine Zeit lang abzuschalten?

»Weshalb muss Franz Ferdinand ausgerechnet an dem Tag hierherkommen?«, sagte Marijans politischer Kopf gerade. »Weshalb hat der Generalstab sich diese Provokation ausgedacht? Wieso soll der Staatsbesuch unbedingt am Vidovdan stattfinden?«

»Am … was?«

Auch Alexandra hatte die kursierenden Gerüchte über den Besuch des Thronfolgers gehört, aber solche Verschwörungstheorien interessierten sie nicht, solange das Wetter so traumhaft und das Leben so einfach war.

»Der Vidovdan – das ist der Veitstag.« Marijan kam auf die Ellenbogen hoch, wodurch Alexandra tiefer rutschte.

»Und was ist am Veitstag Besonderes passiert?«, fragte sie gottergeben, da er ja doch nicht aufhören würde, bevor er seine Theorie vor ihr ausgebreitet hatte.

»Am 28. Juni 1389 kam es auf dem Amselfeld zur größten Niederlage der Serben gegen das Osmanische Reich.«

»Dreizehnhundert … wann?« Alexandra lachte laut heraus. »Du regst dich über etwas auf, das vor über fünfhundert Jahren passiert ist? Wo liegt dieses Amselfeld überhaupt?«

»Ein paar Hundert Kilometer südlich.« Auf ihren ironischen Blick fuhr er sie an: »Es ist eine Frage der Ehre, begreifst du das nicht? Es ist eine bewusste Provokation durch die Österreicher.«

»Worin liegt denn die Provokation?«

»Dass Franz Ferdinand am Jahrestag unserer schlimmsten Schande nach Sarajevo kommt.«

»Was ihr Männer euch immer so ausdenkt.« Sie konnte ein Kichern nicht unterdrücken. »Ich bin sicher, der Thronfolger weiß nicht einmal, was auf dem Amselfeld damals, im Juni 1389 passiert ist.«

»Mach dich nicht darüber lustig! Mach dich nie über den nationalen Stolz eines Landes lustig. Jedes Land hat seine Ehre.« Marijan glühte. »Auch wenn wir seit Jahrhunderten vom Haus Habsburg unterjocht werden, darf man uns unseren Stolz nicht nehmen.«

»*Wir? Uns?*«, fragte sie überrascht. »Du bist Österreicher.«

»Mütterlicherseits. Aber mein Vater stammt aus dieser Ebene. Hier sind meine Wurzeln.«

Da sie merkte, dass ihm nicht anders beizukommen war, versuchte Alexandra es mit Fakten. »Dieser Staatsbesuch wurde bereits vor einem halben Jahr vereinbart. Der Kaiser ist zu alt, um den Frühjahrsmanövern beizuwohnen, also hat er den dicken Franz Ferdinand losgeschickt. Bestimmt hat keiner dabei an das Amselfeld gedacht.«

»Aber warum ausgerechnet Ende Juni?«

»Wann sollen sie ihr Manöver denn sonst abhalten, etwa im März? Da versinkt hier doch alles im Schlamm.«

»Franz Ferdinand soll von mir aus das Manöver besuchen«, konterte Marijan. »Aber der höchste Mann nach dem Kaiser besteht darauf, nach Sarajevo zu fahren.«

»Was kümmert uns das?« Wie eine Schlange glitt Alexandra an ihm empor und versucht ihn zu umarmen. »Wegen dem dummen Amselfeld werden wir uns doch nicht den Tag verderben.«

»Lass das.« Er wehrte sie ab.

»Was hast du denn?« Sie fuhr ihm ins Haar.

»Hör auf. Da kommt jemand.« Marijan setzte sich vollends auf und schob Alexandra beiseite. »Wer ist das?«

Sie wandte sich um. Vom Fuß des Hügels näherten sich

zwei Männer. Der eine war unzweifelhaft Onkel Drago, sein leuchtend weißer Haarschopf verriet ihn. Der andere war größer, schlanker, er trug einen hellen Anzug, wie ihn die Städter anhatten. Ein englischer Anzug, dazu ein weicher englischer Hut.

Alexandra schrie auf. Nicht nur, weil sie zu Tode erschrak, sie schrie, weil der junge Mann, der schneller als Onkel Drago den Hügel hochkam, hier nichts verloren hatte. Er passte nicht in die Landschaft, in die Situation, er passte nicht mehr in Alexandras Leben.

Sie sprang auf und zupfte ihr Kleid zurecht. Auch Marijan kam hoch.

»Ich habe euch Besuch mitgebracht«, keuchte Onkel Drago auf den letzten Metern. »Eigentlich wollte ich dem jungen Herrn nach der langen Reise etwas zu trinken anbieten, aber er hat darauf bestanden, sofort mit Alexandra zu sprechen.«

Als sie einander unter dem Pflaumenbaum gegenüberstanden und Alexandra in größter Sprachlosigkeit schwieg, lächelte Onkel Drago verwirrt. »Ich brauche euch wohl nicht vorzustellen?«

»Nein«, flüsterte sie. »Grüß dich, Philipp. Wo kommst du denn her?«

»Aus Wien«, antwortete er salopp, doch seine Augen waren ernst. »Das heißt, im Grunde bin ich von Gloucester bis hierher durchgefahren.«

»Warum hast du das denn gemacht?«

»Weil ich erfahren habe, dass du Sommerurlaub auf dem Balkan machst.« Er nahm den Hut ab.

»Ja, das … ist richtig. Mein Besuch bei Onkel und Tante war längst überfällig.«

»Stimmt«, mischte sich Drago gut gelaunt ein.

Schweigend und blass wandte sich Philipp zu dem jungen Mann an Alexandras Seite.

»Das ist Marijan Nikolic«, stellte sie ihn vor. Ihre Stimme gehorchte ihr kaum.

»Guten Tag.« Philipp stand einfach da.
»Guten Tag.« Nikolic nickte kurz.
Keiner der beiden gab dem anderen die Hand.

39

Der Zweck und die Mittel

Maxim lag im Studierzimmer. Er hatte entschieden, dass hier sein Bett stehen solle, denn im Schlafzimmer hätte er keine Gelegenheit gehabt, Anrufe zu erledigen und Frachtpapiere zu studieren. Das Bett stand dem Schreibtisch gegenüber und war hoch genug, damit Maxim den Fluss sehen konnte. Die Donau gab ihm jene Gelassenheit, die er in nächster Zeit brauchen würde. Gelassenheit war seine wichtigste Verbündete, vielleicht sogar seine schlagkräftigste Waffe.

Maxims rechte Seite fühlte sich taub an, was für ihn, den Linkshänder, von Vorteil war. Er schob die Ledermappe mit dem Tagesbericht beiseite, drückte das Kissen im Rücken hoch und ließ den Blick auf dem Wasser ruhen. Das Kahlenbergerdorf, sein Grundstück, der geliebte Garten, wie schön es hier war. Es wäre eine Lust gewesen, zwischen den Bäumen spazieren zu gehen, aber solche Gänge verbaten sich noch. Dr. Hochsinger hatte ihm auch das Rauchen verboten, eine unerwartete Prüfung, doch die Sache wollte es.

Manche Probleme lösten sich von selbst, wenn man genügend Geduld aufbrachte. Dieses aber nicht. Dieses Problem war nur durch Maxims sofortiges und energisches Handeln in den Griff zu bekommen gewesen. Er hatte nicht lamentiert, sondern gehandelt.

Maxims Blick ruhte nach wie vor auf der Donau. Zugleich sah er sich wieder an Bord jenes Dampfbootes, das ihn über den Golf von Aden Richtung Heimat gebracht hatte. Es war ein betagter Kreuzer italienischer Bauart, rußig und stinkend, doch man hatte Maxim beim Einschiffen versichert, dass er Kairo in fünf Tagen erreichen würde. An der letzten Zwischenstation vor der Einfahrt ins Rote Meer war ihm ein Brief Livias zugestellt worden. Er hatte ihn beantworten wollen und war, den verschlossenen Brief in Händen, in seine Kabine gegangen. Dort hatte er das Schreiben geöffnet und Livias Zeilen wohl ein Dutzend Mal gelesen. Danach war er an Deck zurückgekehrt. An die Reling gelehnt hatte Maxim das Papier zwischen zwei Fingern gehalten. Obwohl es windstill war, hatten die Blätter geflattert. Maxim hatte den Brief bei seinem luftigen Spiel betrachtet.

Lieber Max,
die Wochen vergehen und bei uns weicht der Frühling allmählich einem verheißungsvollen Sommer. Der Mai war wärmer als gewohnt, und so sind wir alle froh, aufs Land gezogen zu sein. Obwohl wir manchmal das drückende, feuchtschwüle Donauklima beklagen, ist es hier draußen doch hundertmal besser als in der Stadt. Es hat sich jedoch ergeben, dass ich nicht ständig im Kahlenbergerdorf bin. Den Grund dafür will ich Dir nun mitteilen.
Ich habe mich entschlossen, Dich zu verlassen, Maxim. Wer hätte gedacht, dass sich der Satz so einfach hinschreiben lässt. Einfach vielleicht, aber nicht ohne Skrupel, Bedenken und Angst. Es ist mir unmöglich, länger an Deiner Seite zu bleiben. Unser gemeinsames Leben würde nach und nach meinen inneren Tod bedeuten. Ein großes Wort, das sich dem Papier leichter anvertrauen lässt, als wenn ich Dir gegenübersitzen würde. Was ist denn noch zwischen uns? Stellen wir nicht nur noch die Fassade einer Ehe dar? Manchmal kommt mir unser Zustand wie jenes Relief vor, das Dir so viel bedeutet – weißt Du, welches ich meine? –, das Marmorrelief, das über dem Flügel im Salon hängt, es zeigt Robert und Clara Schumann.
Wir beide sind nicht durch die Kunst miteinander verbunden, wie es das Ehepaar Schumann war. Es gab aber eine Zeit, eine

glorreiche Zeit, da waren wir durch die Wissenschaft verbunden, durch das Feuer der Forschung. Das liegt viele Jahre zurück. Heute sind wir erstarrt wie diese beiden Marmorgestalten. Ich ertrage diese Erstarrung nicht mehr, daher muss ich aufbrechen. Auf welche Weise wir unsere Trennung vollziehen, magst Du entscheiden. Ich werde Dir keine Schwierigkeiten machen und meinen Vater überzeugen, dass sich an der Verbindung der Firma Korff zum Bankhaus Hahn nichts zu ändern braucht. Obwohl es nicht der Leidensgeschichte unserer Ehe entspricht, werde ich alle Schuld auf mich nehmen. Ich verlasse Dich, ich werde als Ehebrecherin dastehen. Ich hoffe, unserem gemeinsamen Kind die Wahrheit verdeutlichen zu können. Aber ich fürchte, Philipp wird sich auf Deine Seite stellen.
Ich sterbe, Maxim, verstehst Du? Ich bin an Deiner Seite allmählich gestorben. Plötzlich hat das Schicksal mir eine Möglichkeit geboten, diesem inneren Tod zu entrinnen. Ich werde sie ergreifen. Ich werde wieder glücklich sein, glücklich, ich habe ein Recht darauf.

An dieser Stelle des Briefes hatte Maxim den Blick gehoben. Sein Herz schlug heftig, sein Körper war mit Schweiß bedeckt. Er wusste, dass er Livia über die Jahre Blessuren zugefügt hatte, doch dieses Maß ihrer Verletzung überstieg jede Vorstellung. Für Momente war ihm der Verdacht gekommen, dass sie den Brief in einem hysterischen Zustand geschrieben hatte, doch damit durfte er die tiefe Verzweiflung und die schallende Anklage seiner Frau nicht abtun. Sein Blick ruhte auf dem Wort *Ehebruch*. In der schlimmsten Vorahnung las er weiter.

Der Mann, dem ich mein Schicksal anvertrauen werde, hat meine Seele berührt, wie Du es zu Beginn unserer gemeinsamen Zeit getan hast. Er liebt mich, eine verheiratete Frau, Mutter eines siebzehnjährigen Sohnes, und ich liebe ihn. Es ist nicht das gleiche Feuer, das zwischen uns aufloderte, als wir die Welt mit unserer Wissenschaft in Brand gesetzt haben. Alles ist stiller,

reifer, einfacher mit Renè, und darum umso schöner.
Glaube mir, Max …

In diesem Stil war der Brief noch zwei Seiten weitergegangen, doch Maxim hatte begriffen. Begreifen und Reagieren waren für ihn zwei Seiten derselben Medaille. Während er mit dem Brief in der Hand an der Reling stand, während das Schiff die Stadt Aden hinter sich ließ und ins Rote Meer einfuhr, begann Maxim an der Lösung des Problems zu arbeiten. Er würde nicht mehr rechtzeitig in Wien eintreffen, um Livia von Angesicht zu Angesicht zu überzeugen, dass ihre Schwärmerei für diesen Mann eine Torheit war. Maxim musste anders verfahren, er musste Livias Entschluss von einem Punkt her aushebeln, den sie nicht kommen sah.

Was erwartete Livia jetzt von ihm? Dass er sich vehement gegen die Trennung in die Bresche werfen würde. Sie nahm an, er würde sich in die Rüstung eines gehörnten Ritters werfen und sein gesamtes Waffenarsenal aufbieten, um den Widersacher in die Flucht zu schlagen. Doch damit würde er sie nur rascher in die Arme von Renè treiben, der Livia eine *stille, reife, einfache* Liebe bot. Nein, so konnte man das Schicksalsrad nicht herumreißen. Eine grundlegend andere Lösung musste her.

Maxim brauchte zwei Tage, unterwegs auf dem Roten Meer, um auf die rechte Idee zu kommen. Als sie ihm eingefallen war, hielt er es an Bord des Schoners kaum noch aus. Er fieberte dem Moment entgegen, wenn er in Kairo von Bord gehen konnte. Dort angekommen, machte er sich zu einem Mann auf, der ihm als Einziger helfen konnte. Professor Ayman Harmachis, den Maxim von einem Aufenthalt aus London kannte, war ein Freund, der ihn vor Jahren mit Substanzen bekannt gemacht hatte, die den Fluss des Gehirns veränderten, geistig wie emotional. Harmachis hatte Maxim an Experimenten mit Opiaten und anderen pflanzlichen Extrakten teilhaben lassen. Zusammen waren sie zu bunten Seelenflügen aufgebrochen und hatten ihr winziges Londoner Zimmer dabei gar nicht verlassen. Zwanzig Jahre später suchte Maxim diesen Mann in Kairo auf.

Pikanterweise war Maxim zu diesem Schritt durch eine Erinnerung an Katrin inspiriert worden. Das letzte Bild, das er von ihr bewahrte, wie sie in der sengenden Hitze über Raphael gebeugt dasaß, umkreist von Todesvögeln, die das Ableben Hofteuffels witterten, durch dieses Bild war die Idee in ihm geboren worden.

Es hatte keinen Sinn, Livias Entscheidung kraftvoll zu bekämpfen, weil Maxim mithilfe seiner gewohnten Stärke nichts ausrichten würde. Er musste sie durch Schwäche aus dem Gleichgewicht bringen. Schwach, hilflos und verletzlich sollte ihre Wiederbegegnung aussehen, das hatte Maxim mit irisierender Deutlichkeit begriffen. Wenn es möglich war, dass Katrin einen impotenten Mann liebte, würde es vielleicht auch möglich sein, dass Livia eine neue Zuneigung zu Maxim fasste, falls dieser gleich einer gestürzten Eiche vor ihr auf dem Boden lag. Ein gewagter Plan, dem weder Ehrlichkeit noch Großmut innewohnte, sondern nur Schläue, Gerissenheit und das Wissen um die grundsätzliche Fürsorglichkeit der Frauen. Sobald eine Frau sich in der Pflicht sah, zu helfen, zu pflegen, zu unterstützen, gab es wenig, was sie davon abhielt. In diesem Fall würde ein Mann namens Renè hoffentlich rasch verblassen.

»Kannst du mich lebensgefährlich krank machen, Ayman?«, hatte Maxim den Ägypter gefragt.

»Du willst Selbstmord begehen, mein Freund?«, lautete Harmachis' treuherzige Antwort. »Wieso denn?«

Während Maxim in den letzten zwanzig Jahren kerniger, gefasster geworden war, hatte bei Harmachis das Gegenteil stattgefunden. Er war beleibt und schwammig, seine Figur mutete wie die einer dicken Frau an. Auf seinem Haupt befand sich kein einziges Haar, dafür war sein Vollbart beeindruckend.

»Einen Selbstmord auf Zeit«, erwiderte Maxim. »Ich möchte mir eine Krankheit zuziehen, die lebensbedrohlich wirkt, sich aber nach einiger Zeit verflüchtigt. Kennst du ein Mittel, das mir zu einem solchen Zustand verhilft?«

Harmachis kannte mehrere Gifte dieser Art, trotzdem hatte er sich zwei Tage lang geweigert, Maxim diesen Gefallen zu tun, da er ihn einer schlimmen Tortur aussetzen müsste. Schließlich waren sie jedoch auf eine Methode verfallen, die heimtückisch und wirkungsvoll war, weil man sie mit den Symptomen eines Schlaganfalls verwechseln konnte. Harmachis war im Besitz eines pflanzlichen Giftes, wie es Jäger auf der Großwildjagd benutzten. Maxim hatte sich Dosierung und Wirkungsweise erklären lassen und war, das Gift im Gepäck, an Bord eines griechischen Dampfers gegangen, hatte sich Richtung Triest eingeschifft, von wo er den Nachtzug nach Wien genommen hatte.

»Wie geht es dir?« Livia trat in Maxims Zimmer. Sie trug das aprikosenfarbene Kleid, das sie gemeinsam in Rom gekauft hatten.

»Schon besser als gestern.« Er versuchte, mit der rechten Hand die Decke beiseitezuschlagen, um sich aufzusetzen. Aber seine rechte Seite gehorchte ihm erwartungsgemäß nicht. Er sah seine Hand und war außerstande, auch nur einen Finger zu bewegen. Nachdem er zwei weitere sinnlose Versuche unternommen hatte, lächelte er zuversichtlich und vollzog den gleichen Handgriff umständlich mit der Linken.

»Du kannst noch nicht aufstehen.« Livias besorgter, erschrockener Blick entging ihm nicht. Noch nie hatte sie Maxim, das Kraftpaket, in so einem erbärmlichen Zustand erlebt. »Ich bitte dich, schone dich.«

»Aber schau doch, der herrliche Tag. Ich will ins Freie, ans Wasser.«

»Lass mich alles dafür organisieren. Ich hole dir gleich …«

»Nein, bleib hier. Ich will nicht wieder von zwei Männern die Treppe hinuntergetragen werden. Das ist so demütigend.«

»Eine andere Möglichkeit, ins Freie zu kommen, gibt es für dich zurzeit nicht.«

»Dann bleibe ich lieber hier, wo ich den Fluss sehen kann.«

»Ich mache das Fenster auf.« Sie lächelte mit traurigen, besorgten Augen, ging zum Schreibtisch und öffnete das westseitige Fenster.

Maxim fühlte seine Niedertracht, als ob sie als Wolke im Zimmer hängen würde. Er verachtete sich für die machiavellistische Charade, die er seiner gutgläubigen Frau vorspielte. Zugleich wusste er, dies war der einzige Weg zur Rettung ihrer Ehe. Er würde nicht zulassen, dass achtzehn gemeinsame Jahre im Nichts einer verrückten Affäre verpufften. Niemals würde er für einen lächerlichen Operettentenor das Feld räumen.

Maxim hatte Erkundigungen über Renè Desny einholen lassen. Der Widersacher galt als mittelmäßiger Sänger, dem das Zeug zur Größe fehlte. Er war ein netter Kerl, der Geselligkeit und Alkohol liebte und im Übrigen einer Frau nichts zu bieten hatte, außer gelenkige Freiübungen auf der Matratze. Renè war kein Gegner für Maxim Korff. Dieses Fliegengewicht eines Tenors musste eliminiert werden.

»So ist es besser«, sagte er, als die Sommerluft in sein Zimmer drang. »Halte ich dich von etwas ab?«

»Nein, gar nicht«, sagte seine blasse Frau, die alles, was in der letzten Woche passiert war, sichtlich mitgenommen hatte.

»Warum setzt du dich nicht zu mir?«

»Wenn du möchtest.« Reserviert nahm sie Platz.

»Hast du Neuigkeiten von Philipp?«

»Seit er in den Süden abgereist ist, kam weder eine Karte noch ein Telegramm.«

»Und wie finden wir diese verrückte Aktion unseres Sohnes?« Mit der beweglichen linken Hand fasste Maxim über seinen Körper hinweg und ergriff umständlich Livias Hand.

»Wir wissen, warum Philipp Hals über Kopf abgereist ist. Wenn ich Alexandra richtig verstanden habe, hast du sie einmal zusammen mit ihrem neuen Schwarm überrascht.«

»Aber das war im Winter. Ich hätte nicht gedacht, dass die Episode mit diesem jungen Hahn von Dauer sein würde.«

»Sie ist nur nach Sarajevo gefahren, um ihn dort zu treffen.« Livia zog ihre Hand zurück.

Er versuchte nicht, sie zu halten. »Dann findet dort unten also gerade ein Eifersuchtsdrama statt, bei dem unser Bub nur verlieren kann.«

»Was sollen wir tun?«

»Am besten gar nichts. Lassen wir den Dingen ihren Lauf. Alles, was Philipp in Sarajevo geschehen kann, ist, dass er eine grundlegende Erfahrung macht.«

»Und welche?«

»Dass man nichts im Leben festhalten kann, schon gar nicht die Liebe einer Cousine.«

Der Blick zwischen ihnen war tiefer, als beide sich eingestanden. Der Blick trug Schmerz und Wehmut, Hoffnung, Enttäuschung und das schwebende Gefühl der Hilflosigkeit in sich. Maxim spürte, dass Livia sich mit einem kranken Mann im Haus gefangen sah, dass sie ihren geplanten Ausbruch nicht wagte, weil sie Maxims Gesundheitszustand nicht noch verschlechtern wollte. Nicht zum ersten Mal hatte er den Impuls, ihr seine Lüge zu beichten und die selbst verursachte Krankheit als dummen Streich hinzustellen. Doch der Gedanke an das größere Ziel siegte.

»Gönnen wir Philipp den Sommer bei deinen Verwandten«, sagte er. »Sarajevo ist immerhin eine interessante Stadt.«

»Wahrscheinlich hast du recht.« Livia überlegte. »Trotzdem will ich ihm heute noch schreiben.«

»Tu das, meine Liebe.«

Das Wort stand zwischen ihnen wie ein Hauch, zugleich wie eine Flammenschrift. *Liebe*. Das Wort, das alles zwischen Max und Livia bedeutete und alles verändern konnte.

40
Der Mann im Fluss

Sie waren schon ein drolliges Dreiergespann. Drei junge Leute, die sich in der volksfestartigen Stimmung Sarajevos fröhlich hätten umtun können, aber wie versteinert in einem Café am Flussufer saßen. Wer sie beobachtete, hätte glauben mögen, sie würden nicht die gleiche Sprache sprechen, so karg war ihre Konversation. Philipp strahlte die Hilflosigkeit von jemandem aus, der sich als drittes Rad am Wagen fühlte und doch wusste, dass er nicht von Alexandras Seite weichen durfte. Auf Wunsch von Marijan waren sie am Veitstag nach Sarajevo gekommen. Er hasste die Habsburger, hätte sich aber um nichts in der Welt davon abhalten lassen, dabei zu sein. Der Besuch des Thronfolgers sollte den Tag der historischen serbischen Niederlage zu einem Feiertag machen, was eine Provokation darstellte. Die Spannung war überall in den Straßen spürbar.

Alexandra nahm Philipp seinen überfallartigen Besuch übel und konnte ihn zugleich so gut verstehen. Sie hatten nie endgültig voneinander Abschied genommen, sie waren gewaltsam getrennt worden. Man hatte Philipp nach Gloucestershire geschickt, während Alexandra in den Alltag einer Gymnasialschülerin zurückgekehrt war. Ihre Lebenswege hatten sich auseinanderbewegt, bis eines Tages an Alexandras Wegesrand Marijan aufgetaucht war. Für Philipp hatte sich in den vielen Monaten jedoch nichts verändert. Seine Liebe gehörte immer noch Alexandra.

Marijan hatte Onkel Dragos Landgut am vergangenen Abend

verlassen und Philipp und Alexandra unter einem Dach zurückgelassen. In der Mitte des von Säulen getragenen Innenhofes hatten Cousin und Cousine beisammengestanden, ängstlich, verärgert, neugierig. Beide hatten dem anderen etwas vorzuwerfen gehabt und hatten es beide nicht getan.

»Du bist noch hübscher geworden«, stellte er ruhig fest. »Das hätte ich nicht für möglich gehalten.«

»Hör auf, du Dummkopf.« Sie wollte seinen Zorn, nicht seine Bewunderung. Sie wollte mit ihm auf der Erde bleiben, auf demselben Boden, wo Marijan gestanden hatte. Sie wollte mit Philipp nicht in das schöne Land *Was-wäre-wenn* davonfliegen. Trotzdem, zu ihrem Leidwesen freute sie sich insgeheim, Pipp wiederzusehen. Warum verspürte sie dieses Kribbeln im Bauch, nun, da er unvermutet in ihrer Nähe war?

Er hatte sich verändert. Philipp hatte ein straffes, kantiges Gesicht bekommen, mit jedem Jahr wurde er seinem Vater ähnlicher. Er ließ sich einen blonden Schnäuzer stehen, der stutzerhaft wirkte, Alexandra aber trotzdem gefiel. Dieser große, schlanke junge Mann hatte eine Reise von knapp tausend Kilometern auf sich genommen, um sie wiederzusehen. Das beeindruckte Alexandra, sie wollte es sich aber nicht anmerken lassen.

»Lächerlich und verbohrt war es, herzukommen«, schimpfte sie. »Es führt doch zu nichts.« Ihr Herz sagte dagegen, dass Philipp das Richtige getan hatte. Als er wahrscheinlich von seiner Mutter erfahren hatte, dass Alexandra sich mit einem anderen jungen Mann auf dem Balkan traf, stand er nicht zurück. Philipp hatte gehandelt.

»Für mich hat sich nichts verändert«, antwortete er.

»Ach, Pipp, was willst du denn jetzt von mir hören?«

»Nichts. Aber du sollst wissen, dass es für mich immer nur eine geben wird, und das bist du.«

Wenn solch ein Satz nicht imstande war, ein Mädchenherz zu rühren, gab es keine romantischen Sätze mehr. Wie hätte Alexandra bei einem solchen Bekenntnis nüchtern und kühl bleiben sollen? Der liebe, gute, zartbesaitete Kerl, natürlich mochte sie ihn noch, vor allem heute. Den ganzen Abend über war ihr Marijan mit seiner explosiven Attitüde auf die Nerven gegangen. In seinen Augen standen die despotischen Habsburger, die alle Völker unter ihrer Krone demütigten, den edelmütigen Serben gegenüber, die nicht duldeten, dass man sie am Jahrestag ihrer Schlacht beleidigte. Was ging einen Burschen aus Wien die Ehre der Serben an? Konnte er Alexandra nicht umarmen und aus der Zwickmühle befreien, in der sie steckte: auf der einen Seite der aufbrausende Marijan, der die Eigenschaft einer scharfen Granate besaß, auf der anderen der geduldige Philipp, der Alexandra bewies, selbst wenn die Welt unterging, würde seine Liebe bestehen.

»Ach Pipp, du dummer, unvernünftiger Pipp«, sagte sie, und ehe Alexandra es sich versah, sank sie an seine Brust.

So feinfühlig und geduldig war Philipp auch wieder nicht, dass er die reizende Geliebte im Augenblick, als sie schwach wurde, nicht geistesgegenwärtig hinter eine Säule dirigierte, wo sie den Blicken der Verwandtschaft entzogen waren.

»Xandi, ich liebe dich«, flüsterte er.

Das war keine besonders einfallsreiche Aussage, aber die richtige. Der große Satz, hinter dem alle anderen Sätze der Welt zurückstanden, verfehlte seine Wirkung nicht. Alexandra schmiegte sich noch enger an ihn und ließ Philipp gewähren, als er sie küsste. Pipp küsste anders als vor einem Jahr. Hatte er Gelegenheit zum Üben gehabt? Hatte auch er Erlebnisse, die er vor ihr verbarg? Wie waren die englischen Mädchen, wie küssten die Frauen von Gloucester?

Alexandras Fragen verflüchtigten sich durch die Wucht seines Kusses, den sie aufs Innigste genoss. Lange standen sie so beisammen, beide fassungslos, tief ergriffen, beide von ihrer jungen Lust durchschauert. So lange setzten sie ihr zärtliches Spiel fort, bis sich irgendwo ein Fenster öffnete und Tante Hilde rief: »Was ist denn mit euch, man hört euch ja gar nicht mehr. Kommt herein, wir schneiden den Kuchen an.«

Sie gingen ins Haus, aßen den Kuchen, ohne viel davon zu schmecken, denn sie trugen noch den Geschmack des anderen in sich.

Heute war Veitstag. Sie hatten sich mit Marijan in Sarajevo verabredet. Es war allgemein bekannt, wo die Wagenkolonne von Franz Ferdinand durchkommen sollte. Die österreichischen Behörden hatten Anschläge angebracht, welche Route der Thronfolger nehmen würde, weil man sich dadurch die Anlockung jubelnder Massen erhoffte. Die Habsburger waren in Sarajevo unbeliebt, die Manöver im Hinterland galten als Affront: Wieso konnten die Österreicher nicht auf ihrem eigenen Reichsgebiet Manöver abhalten? Franz Ferdinand galt im Süden als Persona non grata.

Es gab an diesem Vormittag schon Neuigkeiten, brandheiße Neuigkeiten: Die Fahrt des Thronfolgers war bereits einmal unterbrochen worden. Man wusste nichts Genaues, doch schien er einem Attentatsversuch entkommen zu sein. Attentate gegen das Kaiserhaus waren nichts Ungewöhnliches, seltsamerweise hatten sie sich bis heute als wirkungslos erwiesen. Angeblich hatte jemand vorhin eine Bombe auf Franz Ferdinands Auto geworfen. Die Sache musste jedoch glimpflich abgelaufen sein, da der Thronfolger seine Fahrt zum Rathaus fortgesetzt hatte.

Die drei im Straßencafé wussten von diesen Vorfällen, weil aufgeregte Menschen über die Lateinerbrücke gelaufen kamen und davon erzählten.

»Eine Bombe!«, rief ein serbischer Jude. »Dieser Kerl, klein, unrasiert, mit irrlichternden Augen, hat die Bombe gegen den Laternenmast geschlagen, an dem ich gerade stand.«

»Kaum zu glauben.« Ein anderer Jude, der Kuchen aß.

»Bei meiner Seele, ich sah das dunkle Ding in der Hand des Mannes.«

»Wozu schlägt er aber die Bombe gegen den Mast?«, fragte der Kuchenesser.

»Er hat die Sicherung abgeschlagen.«

»Die Bombensicherung, ja, so muss es gewesen sein.«

»Er hat sie geworfen.«

»Die Bombe?«

»Was denn sonst? Ich habe gesehen, wie sie durch die Luft flog.«

»Haben Sie nicht das Weite gesucht?«

»Da wusste ich ja noch nicht, dass es eine Bombe war.«

Die Gabel mit dem Kuchenbissen in der Hand hielt der Essende inne.

»Die Bombe fiel auf den Wagen der Exzellenzen.«

»Fiel auf die Majestäten?« Die Kuchengabel zitterte.

»Fiel eben nicht auf die Majestäten. Die Geistesgegenwart des Fahrers rettete die Situation.«

»Die Geistesgegenwart?«, echote der Kuchenesser.

»Der Fahrer wich dem Wurfobjekt aus.«

»Ist es zu glauben?« Der andere stopfte Cremetorte in seinen Mund und kaute erregt.

»Ich sah den Thronfolger, wie er schützend den Arm über seine Frau legte.«

»Die Erzherzogin?«

»Und dann, Sie werden es nicht glauben ...«

»Was? Was denn?« Der Kuchen war vergessen, der dicke Jude starrte den anderen an.

»Die Bombe prallte vom Arm der Majestät ab, rollte über das offene Verdeck des kaiserlichen Automobils und explodierte zwei Wagen weiter.«

»Explodierte also doch?«

»Mit gewaltiger Wirkung. Da flog so manches durch die Luft. Der Blitz, der Qualm, die Schreie.«

Der Kuchenesser griff zu seinem Gläschen Slibowitz und kippte es in einem Schluck. »Und Ihnen ist nichts geschehen?«

»Gottlob war ich weit genug weg. Aber ich habe noch etwas anderes gesehen.«

»Bitte, bitte erzählen.« Der Esser hatte seinen Teller beiseitegeschoben, pickte aber noch mit dem Finger darin.

»Der Mann, der die Bombe geworfen hatte, würgte und schluckte, er wand sich unter Krämpfen.«

»Würgte, wieso?«

»Die Appel-Allee führt an der Miljacka vorbei, wie Sie wissen.«

»Selbstredend, direkt am Fluss.«

»Der Mann, dem es elend zu gehen schien …«

»Verständlich, weil sein Anschlag gescheitert war.«

»Der Mann sprang ins Wasser hinunter. Er sprang einfach in den Fluss.«

»Und dann? Ertrank er?«

»Bei dieser Hitze führt die Miljacka ja kaum noch Wasser. Der Mann hat sich wahrscheinlich etwas gebrochen, jedenfalls lag er hilflos da unten.«

»Und dann? Bitte mich nicht auf die Folter spannen.«

»Die Menge hat sich auf ihn gestürzt. Man rannte zum Fluss und zerrte ihn heraus. Die Menge hätte ihn wahrscheinlich umgebracht, wäre unsere Polizei nicht dazwischengegangen.«

»Das hätte ich nicht gedacht, dass unsere Landsleute sich derart ereifern, nur weil ein Habsburger ermordet werden soll.«

Darauf sahen die beiden Männer einander an und begannen zu lachen. »Nein, das möchte man wirklich nicht glauben, dass sich wegen eines toten Habsburgers die Leute in die Haare kriegen!«

Mehr bekamen die drei am Nebentisch nicht mit, da weitere Menschen mit Neuigkeiten ins Straßencafé gestürmt kamen. Die beiden Herren hatten Jiddisch gesprochen, weshalb Alexandra und Philipp das meiste verstanden hatten.

»Jetzt ist es also so weit«, sagte Marijan voll Inbrunst.

»Was ist so weit?« Alexandra war blass geworden.

»Die Kugel ist aus dem Lauf. Der Widerstand gegen Habsburg formiert sich.«

»Der Anschlag ist gescheitert«, erwiderte Philipp kühl.

»Die Flamme der Revolte ist jetzt nicht mehr zu löschen.«

»Seien Sie froh, dass Ihre Flamme nur ein paar Unschuldige

getroffen hat«, widersprach der junge Korff. »Was glauben Sie, wäre geschehen, wenn Österreichs Thronfolger von serbischen Attentätern ermordet worden wäre?«

»Ein Schrei der Erleichterung wäre durch die Monarchie gegangen.« Marijan sah ihn triumphierend an.

Philipp blickte zu Alexandra und erkannte in ihren Augen das gleiche Befremden über die Äußerung Marijans.

»Sie sind ein Idiot«, antwortete Philipp schlicht. »Sie reden über Dinge, von denen Sie keine Ahnung haben. Wenn das Attentat geglückt wäre, hätten wir es mit einem Strafgericht seitens Österreichs zu tun gehabt, das seinesgleichen suchen würde. Glauben Sie wirklich, den Serben ginge es besser, wenn der Thronfolger tot wäre? Verstehen Sie nicht, dass der Kaiser den Aufstand dieser lächerlichen Provinz mit aller Härte niederschlagen müsste? Sarajevo würde in Angst und Elend versinken, wenn der schlimmste Fall eingetreten wäre. Sie sind ein gefährlicher Pyromane, Marijan. Sie haben keine Ahnung, was Sie mit Ihren Brandreden anrichten.«

Nicht nur Marijan starrte den jungen Korff ungläubig an, Alexandras Überraschung war bei Weitem größer. So hatte der nette Pipp noch nie gesprochen. So messerscharf hatte sie ihn nie denken sehen, so beeindruckend war er ihr niemals vorgekommen. Es war ihm gelungen, Marijan zum Verstummen zu bringen, den Nationalisten, den Österreichhasser.

»In diesem Fall weiß ich wirklich nicht, was ich noch länger an diesem Tisch soll«, antwortete er schneidend. »Du entschuldigst mich, Alexandra?«

Er wollte aufstehen, sie hielt ihn fest. »Mach dich nicht so wichtig. Du hast deine Meinung, und Philipp hat seine. Wir bleiben jetzt trotzdem hier sitzen, trinken unseren Kaffee und essen ein Stück Kirschkuchen, den ich in der Vitrine entdeckt habe. Danach spazieren wir wie besprochen am Fluss entlang. Und sollte der Thronfolger an uns vorbeifahren, müssen wir nicht jubeln, aber wir werden auch keine Bombe werfen.«

Sie schaute von einem jungen Herrn zum anderen. Alexandra spürte Marijans Widerstand, doch schließlich lenkte er ein und setzte sich wieder auf seinen Platz.

»Es ist ein viel zu schöner Tag, um sich mit solchen Gräueln zu beschäftigten«, nickte Alexandra zufrieden. »Außerdem ist das Bombenunglück ja schon passiert. Zweimal am Tag wird in Sarajevo bestimmt keine Bombe geschmissen.«

Philipp drehte sich nach der Kellnerin um. Währenddessen entdeckte Alexandra ein paar Tische weiter einen schmächtigen jungen Mann, fast ein Junge noch, mit dichtem schwarzem Haar, einem Oberlippenbärtchen und ängstlichen Augen. Er hatte sein Glas leer getrunken, klammerte sich daran und starrte vor sich hin. Inmitten des heiteren Kaffeehaustreibens schien der Junge ein ernstes Problem zu haben. Alexandra hätte hingehen und ihn trösten mögen, so traurig und verwirrt sah er aus. Am liebsten hätte sie gesagt: »Schauen Sie doch, wie herrlich der Tag ist. Warum können Sie sich nicht an der Wärme und dem blauen Himmel erfreuen so wie alle anderen?«

Stattdessen wandte sich Alexandra zur Kellnerin, um Kirschkuchen zu bestellen. In diesem Moment wurde ihre Aufmerksamkeit, auch die von Marijan, Philipp und der Kellnerin, abgelenkt, da sich über die Brücke eine Kolonne von sechs Wagen näherte. Alle hoben die Blicke. Für einen Augenblick trat in dem sommerlichen Café Stille ein.

41
Extraausgabe

Niemand traute sich näher. Dort stand der schmächtige Junge mit den angstvollen Augen, stand auf der Straße, auf die er vor wenigen Sekunden gestürzt war, um das Thronfolgerpaar zu erschießen. Die Stimmung war bereits wieder so sonnig und heiter wie vor dem Moment, den alle im Café beobachtet hatten. Nur ein wenig Blut auf dem Pflaster zeigte an, dass nichts mehr so war wie zuvor und dass es nie wieder so sein würde.

Vor Alexandras Augen holte der Junge etwas aus der Anzugtasche. Eine Kapsel, eine Phiole? Er nahm sie in den Mund, zerbiss sie und schien eine bestimmte Wirkung zu erwarten. Er lehnte sich gegen einen steinernen Poller in seinem Rücken. Dabei ließ er die Arme hängen, die Pistole in seiner Hand war unübersehbar. Die Wirkung der Kapsel setzte ein, der junge Mann wurde von Krämpfen geschüttelt. Er riss den Mund auf, fiel auf die Knie und erbrach sich in einem breiten Schwall auf das Pflaster. Statt das Ende der Übelkeit abzuwarten, sprang er gleich wieder auf die Füße und hielt den Lauf der Pistole an seine Schläfe. Er schloss die Augen und spannte den Hahn. Es gab keinen Zweifel, was er vorhatte.

Philipp Korff hatte die Tat stehend beobachtet und war, als das Unvorstellbare eingetreten war, ein paar Schritte näher gelaufen. Er stand nur eine Armlänge von dem Jungen mit der Pistole entfernt. Bevor jener abdrücken konnte, schlug Philipp ihm den Arm beiseite, der Schuss löste sich nicht. Der junge Mann unternahm keinen zweiten Versuch, sich das Leben zu nehmen. Er sah Philipp an, als ob er sich fragen würde, ob er dem Fremden danken oder ihn verfluchen sollte, weil er sein Leben gerettet hatte.

In diesem Moment brach sich etwas Bahn, was man gemeinhin als das Wüten der Menge bezeichnete. Dutzende Menschen hatten mit angesehen, was Alexandra und Philipp, was auch Marijan beobachtet hatten, das Attentat auf den ranghöchsten Mann nach dem Kaiser. Nachdem alle unter Schock gesehen hatten, wie die beiden Majestäten leblos zusammensanken, wie der mitfahrende Gouverneur sich über den bewusstlosen Thronfolger beugte und der Fahrer des kaiserlichen Wagens geistesgegenwärtig die Schwerverletzten vom Schauplatz des Anschlags entfernte, erwachte die Menge endlich zum Leben. Mehrere Leute rempelten Philipp beiseite und stürzten sich auf den Jungen, der die Waffe noch in der Hand hielt. Die Menge entriss ihm die Pistole und begann, auf ihn einzuprügeln. Die Menge hätte dem Burschen gewiss den Garaus gemacht, wären die örtlichen Gendarmen nicht zur Stelle gewesen, die den Attentäter zwar auch mit Säbelknäufen malträtierten, ihn aber vor dem Blutrausch der Menge beschützten. Nach Kurzem gelang es den Offiziellen, den Burschen aus dem Menschenknäuel herauszulösen und abzuführen. Er und die meisten verschwanden aus Alexandras Blickfeld.

Marijan saß bewegungslos da, blass wie das Tischtuch, das sich in der Sommerbrise bewegte. Die Kellnerin war während des Attentats hinter einen Tisch gesprungen, jetzt tauchte sie vorsichtig auf. Philipp kam zu Alexandra zurück. Ein Glas war umgekippt, er stellte es ordentlich hin.

»Da haben Sie Ihre Revolte«, sagte er zu Marijan. »Was hier geschah, ist nie wiedergutzumachen. Es wird alles verändern. Alles.«

Alexandra beobachtete, wie der großspurige Marijan, der politische Agitator, mucksmäuschenstill dasaß, die Lippen zusammenpresste und schließlich sagte: »Der Thronfolger.«

Philipp beugte sich zu Alexandra. »Wir sollten gehen.«

Dankbar ließ sie sich von ihm aufhelfen. »Franz Ferdinand hat noch gelebt.«

»Hast du die blutige Fontäne gesehen, die aus seinem Hals hervorschoss? So etwas überlebt keiner.« Philipp nahm ihren Arm und manövrierte sie zwischen den lautstark diskutierenden Leuten hindurch.

Sie verließen das Café und machten sich entlang des Kais auf den Weg zu Onkel Dragos Automobil, um Sarajevo zu verlassen. Alexandra drehte sich noch einmal um. Marijan saß da wie versteinert.

»Extraausgabe! Der Thronfolger und Gemahlin von Verschwörern ermordet!«, schrie der Zeitungsausrufer über die Ringstraße. Er war einer von Hunderten, die die neuesten Blätter im Stundentakt unter den Wienern verteilten. Die Blätter wurden den Zeitungsausrufern aus den Händen gerissen. *Extraausgabe! Extraausgabe!,* tönte es von allen Seiten.

Livia ließ sich die Sonderausgaben der großen Wiener Tageszeitungen geben, die Neue Freie Presse und die Reichspost. Heute waren sich die Liberalen und die Konservativen weitgehend einig. Der tödliche Schlag hatte nicht nur gegen das Haus Habsburg, sondern gegen die herrschende Staatsmacht stattgefunden. Wenn der Stellvertreter des Kaisers durch eine Bluttat zu Tode kam, war das ein Angriff auf die Ordnung, der alles im Reich unterworfen war. Dies konnte von Franz Joseph nicht hingenommen werden, die Konsequenzen mussten kategorisch ausfallen.

Livia packte die Zeitungen in ihre Tasche, kehrte zum Wagen zurück und ließ sich von Kortner hinaus an die Donau bringen. Sie hatte die Fahrt in die Stadt auf sich genommen, da die Neuigkeiten sonst erst mit mehrstündiger Verspätung im Kahlenbergerdorf eingetroffen wären.

Kaum in der Villa angekommen, lief sie in Maxims Zimmer. »Wir müssen die Kinder zurückholen«, rief sie atemlos.

Er hatte den Telefonhörer in der Hand. »Ich habe gerade mit

dem Ministerium gesprochen. Jetzt warte ich auf Verbindung mit Sarajevo.«

»Weißt du schon mehr als die Zeitungen?«

»Was schreiben sie denn?«

»Die serbische Regierung bestreitet jede Mittäterschaft an dem Attentat.«

»Weil sie Angst haben. Weil sie sich der möglichen Folgen bewusst sind.« Maxim behielt den Hörer am Ohr.

»Die Serben berufen sich darauf, dass die Täter aus dem besetzten Bosnien stammen, also de facto Österreicher sind.« Livia setzte sich an den Bettrand.

»Das hat sich die serbische Regierung klug ausgedacht. Damit wird sie aber nicht durchkommen. Besonders, da ausgerechnet der Thronfolger sterben musste.«

»Was meinst du damit?«

»Mit Franz Ferdinand haben die Friedliebenden am Wiener Hof ihren wichtigsten Fürsprecher verloren. Da Ferdinand tot ist, rückt automatisch Hötzendorf in die vorderste Linie, und der wird dem Kaiser Tag und Nacht in den Ohren liegen, gegen Serbien militärisch vorzugehen.«

»Militärisch?« Sie starrte Max an. »Mit welchem Ministerium hast du gesprochen?«

»Nicht mit dem Kriegsministerium, nein. Äußere Angelegenheiten.«

»Mit Graf Berchtold?«

Maxim lächelte über Livias Annahme, am Tag nach dem Attentat den Außenminister persönlich an den Apparat zu kriegen. »Berchtold hat Wichtigeres zu tun, als zwei junge Österreicher in die Heimat zurückzuholen. Ich sprach mit einem Staatssekretär, aber der will natürlich noch nichts sagen.«

»Was sollen wir denn tun?«

»Ich versuche Potiorek in Sarajevo zu erreichen oder zumindest seinen Attaché.«

Immer wenn die Not groß war und alle anderen die Nerven verloren, wurde Maxim vollkommen ruhig. So kannte ihn Livia, so war er immer gewesen. Wie bedauerlich es auch war, Renè konnte ihr in der jetzigen Situation nicht helfen.

»Es wird ihnen schon nichts passiert sein, was meinst du?« Sie rückte näher zu Max und forschte in seinem Blick.

Mit der gesunden Linken legte er den Hörer beiseite und nahm Livias Hand. »Sei ganz beruhigt. In Sarajevo sind zwei Schüsse gefallen, mehr nicht. Wahrscheinlich waren Philipp und Xandi zu diesem Zeitpunkt ganz woanders. Vielleicht waren sie bei Hilde auf dem Land. Ich versichere dir, die Kinder sind in Sicherheit.«

»Wenn du nur nicht so krank wärst.« Sie erwiderte seinen Händedruck.

»Ich fühle mich schon besser.« Er setzte sich auf. »Ich glaube wirklich, Hochsingers Therapie schlägt gut an.«

»Einen Schlaganfall darf man nicht auf die leichte Schulter nehmen.«

»Trotzdem habe ich das unbestimmte Gefühl, dass sich jetzt alles zum Guten wenden wird. Das ist auch dringend nötig, denn ich werde gebraucht.«

»Gebraucht? Wenn Philipp und Xandi erst wieder hier sind, kannst du dich ausruhen.«

»An ausruhen ist nicht zu denken«, entgegnete er freundlich. »Das Wetter schlägt um, Sturm kommt auf.«

»Ein Sturm?«

»Krieg, Livia, es wird Krieg geben.« Er streichelte ihren Arm. »In unserem Reich warten die Falken seit Jahren darauf, den Völkern auf dem Balkan eine Lektion zu erteilen.«

Livia erstarrte förmlich. »Krieg? Aber unser Friedenskaiser ...«

»Franz Joseph ist auch nur ein Rad im Getriebe seiner eigenen Macht. Der Kaiser wird sich nicht gegen die allgemeine Stimmung stellen können.«

»Aber Krieg, Max, tatsächlich Krieg? Nach so vielen Jahren des Friedens ...«

»Wahrscheinlich wird es eine regionale Angelegenheit bleiben und ist rasch vorüber. In Wien wird man kaum etwas davon spüren.«

»Krieg heißt doch immer …«

»In meinem Fall heißt Krieg, dass ich Aufträge zu erfüllen habe. Der Erzherzog hat die Verträge mit der Firma Korff nie offiziell annulliert. Sie müssten noch Gültigkeit besitzen.«

»Du scheinst dich ja regelrecht darüber zu freuen.«

»Das tue ich nicht. Aber von heute an kommt eine Maschine in Gang, mit mir oder ohne mich, und diese Maschine rollt Richtung Serbien.«

Er hob den Hörer wieder ans Ohr. »Himmelherrgott, kriege ich jetzt endlich eine Leitung? Fräulein, ein Skandal, seit geschlagenen zwanzig Minuten warte ich auf meine Verbindung.« Er zwinkerte Livia zu, zum Zeichen, dass seine Erregung nicht ernst gemeint war.

Livia schmunzelte, dabei war ihr traurig zumute. Sie hatte die vergangenen Tage angenehm empfunden, weil Maxim nicht mit voller Kraft agierte. Die meiste Zeit hatte er nur dagelegen und auf sein geliebtes Wasser geschaut. Das Zusammenleben mit diesem Maxim war einfacher, fließender, ruhiger gewesen. Livia konnte besser darüber nachdenken, was zu tun war. Eine Rückkehr in ihr altes Leben war unmöglich, doch Maxims Heimkehr hatte einiges verändert. Livias Schritt zu Renè war plötzlich nicht mehr so selbstverständlich. Sie hielt ihn immer noch für richtig, aber über den Zeitpunkt würde man ja wohl nachdenken dürfen.

Momentan gehörte ihre Sorge einzig und allein dem Wohlergehen der Kinder. Sie hatte darüber auch mit Renè gesprochen, und er sah das ein. Solange Philipp und Alexandra nicht wohlbehalten in Wien waren, musste alles andere warten.

Livia stand auf. »Sag mir bitte Bescheid, wenn du irgendetwas Neues erfährst.«

Er küsste ihre Hand. »Lässt du mir eine Zeitung da?«

»Du kannst beide haben. Ich möchte eine Zeit lang nicht an das Unglück denken.« Livia legte sie auf den Nachttisch.

»Wenn es wirklich Krieg gibt …« Mit gesenktem Kopf ging sie hinaus.

»Livia?« Er rief sie zurück.

»Ja?«

»Ich muss dringend geschäftlich mit Julius sprechen, habe ihn in der Bank aber nicht erreicht. Wärst du so nett …?«

»Ich schicke ihm ein Telegramm, dass er herauskommen soll.«

»Vielen Dank.«

»Soll ich Zeska auch informieren?«

»Nein, mit Theo telefoniere ich später.«

»Und dann ruhst du dich aus.«

Er legte zwei Finger auf den Mund und schickte ihr einen luftigen Kuss. »Versprochen.«

42
Wie in alten Zeiten

Katrin hatte Sehnsucht nach jemandem, den sie nur wenige Augenblicke im Leben gesehen hatte. Sie sehnte sich nach ihrem Kind. Dabei hätte es keinen schlechteren Zeitpunkt geben können, sich ein Kind zu wünschen, denn es herrschte Krieg.

Der Krieg überzog nicht nur das Land, in dem der Funke an die Lunte gelegt worden war, der Krieg fraß sich in rasender Eile fort. Einige hatten die Entwicklung kommen sehen, trotzdem hofften die meisten, dass ihre Familie, dass sie selbst verschont bleiben würden. Niemand blieb verschont.

Das Ultimatum an Serbien war so aggressiv abgefasst worden, dass die serbische Regierung es unter keinen Umständen annehmen konnte. Außenminister Berchtold hatte den österreichischen Gesandten in Belgrad angewiesen, dass er, wie immer die Serben reagieren sollten, die diplomatischen Beziehungen abbrechen und das Land sofort verlassen müsse. Berchtold instruierte den Gesandten mit den Worten: »Es muss unbedingt zum Krieg kommen.«

Krieg war das, was sich die Männer an den Schaltstellen der Macht erhofften. Man sah den Krieg nicht als Zerstörer und Todbringer an, sondern als Medizin für einen maroden, erschöpften Staatskörper. Man bezeichnete den Krieg als Heilsbringer oder als reinigendes Gewitter. Die Zeitungen wurden nicht müde, immer neue bilderreiche Bezeichnungen für das Töten zu erfinden. In jenen angstvollen sommerlichen Tagen, als die Welt darauf wartete, wie sich der greise Kaiser entscheiden würde, war die Entscheidung insgeheim schon gefallen, nicht in Wien, sondern in Potsdam.

Franz Joseph I. zögerte mit dem Schlag gegen Serbien, da er die dicht verästelte europäische Bündnispolitik kannte. Er holte sich daher für den Angriff Rückendeckung bei den Deutschen. Kaiser Wilhelm II. sicherte seinem Verbündeten per Telegramm die volle deutsche Unterstützung zu, selbst für den Fall, dass sich daraus *ernste europäische Konsequenzen* ergeben sollten. Auch Bulgarien, Rumänien und die Türkei boten ihre Loyalität an, falls Österreich-Ungarn sich entschloss, Serbien eine Lektion zu erteilen.

Trotzdem ließ das Manifest des Kaisers noch fast einen Monat auf sich warten. Franz Joseph wusste, griff Österreich Serbien an, würde Russland seinem Verbündeten zu Hilfe kommen. Serbien musste daher in kürzester Zeit niedergerungen werden, um einen Zweifrontenkrieg zu vermeiden. Die Haltung Italiens als Bündnispartner war zweifelhaft. Nur Schulter an Schulter mit dem Deutschen Reich war für Österreich der Angriff zu wagen.

Russland hatte sich in den letzten Jahren finanzpolitisch Frankreich angenähert. Im Zuge eines französischen Staatsbesuches in St. Petersburg wurde die französisch-russische Allianz offiziell bekräftigt. Hierin lag der eigentliche Grund für Wilhelms Kriegslust, er hatte weniger mit den Russen, mehr mit den Franzosen alte Rechnungen zu begleichen. Die bekanntermaßen schlecht gerüstete russische Armee, die irgendwo in den Tiefen des Riesenreiches stand, gedachte Wilhelm rasch zu erledigen, danach würde er sich mit Wucht gegen Frankreich werfen. Franzosen und Russen standen wiederum mit England in enger Verbundenheit, was eine Gefahr zur See bedeutete, da die Briten immer noch die Hoheit auf den europäischen Gewässern besaßen. Deutschlands Marine musste dagegen erst aufgerüstet werden. Kurz, es war kompliziert.

Zugleich war es in seiner Wirkung auch einfach, da die unheilvolle Entwicklung fast ohne das Zutun von Regenten, Regierungen und gewiss ohne das Zutun der Völker geschah. Alles passierte sozusagen automatisch. Zog jemand gegen den Bündnispartner eines anderen Landes in den Krieg, musste der Bündnispartner ebenfalls in den Krieg ziehen, den im Gegenzug wieder der Bündnispartner der anderen Partei angreifen würde. Alles vollzog sich in der Art von fallenden Dominosteinen, und es geschah unglaublich schnell. Am 28. Juni 1914 waren Erzherzog Franz Ferdinand und seine Frau ermordet worden. Im August standen einander bereits die mächtigsten Nationen Europas kriegerisch gegenüber. Der Begriff *Entente* bezeichnete die Geschlossenheit der Länder Frankreich, England und Russland. Ihnen standen die *Mittelmächte* Deutschland und Österreich gegenüber.

Krieg in Serbien, Mobilmachung in Russland, Aufrüstung in Deutschland waren Ereignisse, die Katrin mit trostlosen Gefühlen erfüllten, doch das Säbelrasseln hatte mit ihrem und Raphaels Schicksal wenig zu tun. Zusammen hatten sie Indien vor Kriegsausbruch verlassen, da abzusehen war, dass der britisch regierte Subkontinent bald kein angenehmer Aufenthaltsort mehr für zwei Österreicher sein würde.

Man hatte Raphael das linke Bein abnehmen müssen. Die Ärzte im britischen Lazarett hatten diese Entscheidung sofort bei Hofteuffels Einlieferung getroffen. Die Amputation erfolgte knapp unter dem Hüftgelenk, da die Sepsis bereits weit fortgeschritten war.

Danach hatten sich Raphaels Wut, seine Verzweiflung und sein Lebensüberdruss vor allem gegen Katrin gerichtet. Er litt unter entsetzlichen Schmerzen und warf ihr vor, sie hätte ihn lieber sterben lassen sollen. Er ertrug es nicht, von ihr betrachtet zu werden. Er bezeichnete sich als Krüppel, der ihr Leben verpfuschen würde, sollte sie weiterhin bei ihm bleiben. Er, der als Mann bei ihr versagt hatte, wollte mit der Vorstellung, ihr in seinem erbärmlichen Zustand auch noch zur Last zu fallen, nicht leben. Doch er hatte nicht mit Katrins Hartnäckigkeit und ihrer allumfassenden Liebe gerechnet. Unverbrüchlich stand sie zu dem an Leib und Seele zerstörten Mann. Seine Flüche, seine Wutausbrüche und Weinanfälle ließ sie über sich ergehen, Katrin pflegte Raphael hingebungsvoll und brachte ihn schließlich über Tausende von Kilometern einigermaßen wohlbehalten nach Wien zurück.

Hofteuffels Wohnung im vierten Stock erwies sich als untauglich für jemanden, der gerade lernte, sich auf Krücken dahinzuschleppen. Katrin machte sich auf, eine Wohnung zu ebener Erde zu finden.

Während sie wieder einmal durch die Wiener Gemeindebezirke unterwegs war, blieb sie an einem Straßenübergang stehen. Es war die Hörlgasse, die von der Rossauer Kaserne zur Votivkirche hochführte. Katrin wollte die Straße gerade überqueren, als sie eine Frau bemerkte, die ihrer kleinen Tochter beibrachte, auf dem Bürgersteig erste wackelige Gehversuche zu machen. Als das Kind der Bordsteinkante zu nahe kam, riss die Mutter das Mädchen an sich und hob es auf ihre Arme. Die Kleine lachte und rief: »Alleine, alleine!«

»Das hast du ganz alleine geschafft, bravo, Marianne.«

Mutter und Tochter lachten, während Katrin die Tränen über die Wangen liefen. Ihr Mädchen war ungefähr im gleichen Alter wie das Kind auf der anderen Seite. Dieses Mädchen hätte sogar ihre Tochter sein können, ohne dass Katrin sie erkannt hätte. Als ein Automobil hupend herankam, sprang sie von der Fahrbahn. Danach war ihr so elend zumute, dass sie ihren Weg nicht fortsetzen konnte. Spontan lief sie in die Votivkirche und zündete eine Kerze für ihre Tochter an, wo immer sie auch sein mochte. Von da an ließ sie der Gedanke, dass es irgendwo in oder um Wien ein Menschenkind gab, das ihre Tochter war, nicht mehr los.

Niemand außer Livia oder Maxim konnten ihr verraten, wo sie suchen und mit wem sie sprechen sollte. Daher war es Katrins dringender Wunsch, die beiden so bald wie möglich wiederzusehen. Der Anlass dafür war ein sonderbarer, ein wehmütiger, ein trauriger.

Obwohl der Sommer sich in all seiner Schwere über das Land legte, hatten die Korffs beschlossen, die Sommerresidenz im August bereits wieder aufzugeben und in die Jasomirgottgasse zurückzukehren. Maxims Anwesenheit in der Firma war erforderlich. Philipp und Alexandra waren unversehrt nach Hause zurückgekehrt. Das Bankhaus Hahn war dabei, seine Geschäfte auf die Kriegswirtschaft umzurüsten. Kurz, man nahm dieses Jahr früher Abschied von der Donau, und Livia gab ein letztes Sommerfest. Insgeheim hatte sie ihre eigenen Pläne damit.

Es war fast wie in alten Zeiten. Die Hahns, die Zeskas, Hofteuffel und Katrin, Ludwig, Philipp und das Gastgeberpaar hatten sich im großen Kreis versammelt. Doch der Schein des unbeschwerten Sommerfestes verflüchtigte sich, kaum dass alle bei Sonnenuntergang an der Donau saßen. Vor langer Zeit war Livia hier einmal aus dem Fluss gestiegen und hatte sich am Fuß verletzt. Maxim war mit Katrin spazieren gegangen und hatte ihr seine Liebe nicht zu gestehen gewagt. Hier hatte Alexandra mit Raphael Hofteuffel über Heimat und Tradition philosophiert. Philipp hatte sich an diesem Ort in seine Cousine verliebt. Auf den Marmorplatten vor dem Pavillon hatten Maxim und Katrin ihren einzigen gemeinsamen Tanz getanzt.

Es schien, als wäre all dies geschehen, als die Welt noch jung war und als man selbst sich noch jung gefühlt hatte. Die Korffs und ihre Freunde und Verwandten fühlten weniger das eigene Alter als das Alter der Zeit. Sie fühlten, dass ihr schönes, unbeschwertes Leben unwiederbringlich zu Ende ging. Die Jahrzehnte, in denen das Schicksal Österreichs mit der Person eines einzigen Monarchen in Einklang gebracht worden war, gingen zu Ende. Nicht weil der Kaiser bald sterben würde, sondern weil mit ihm der Glaube an das Gottesgnadentum der Monarchie sterben sollte. Der Krieg war nur der äußere Anlass dafür. Er war der Stahlbesen, der die sanfte, die künstlerisch blühende Zeit hinauskehren würde aus der Welt im Herzen Europas, ohne dass irgendjemand wusste, was danach kommen mochte.

An jenem Augustabend, als bereits Krieg herrschte, saßen

Menschen beisammen, die das Leben allesamt verwundet hatte. Bei Raphael war die Verwundung am offensichtlichsten. Da er nicht imstande gewesen wäre, den Weg von der Villa bis an den Donaustrand auf Krücken zu humpeln, hatte Katrin ihn im Rollstuhl hierher gebracht. Auch Maxim saß in einem fahrbaren Stuhl, ein Diener stand dahinter bereit. Maxims Blessuren waren nicht äußerlich wie die Hofteuffels, aber man sah ihm an, dass das Leben ihn beugte. Livia hatte heute Abend einen zusätzlichen Gast eingeladen, es war an der Zeit, den Tenor Renè Desny ihren Freunden vorzustellen. Maxims Rechnung war nicht aufgegangen. Livia hatte seine Krankheit wohl ernst genommen, ihn bedauert und gepflegt, doch ihre Liebe zu Renè hatte darunter nicht gelitten. Egal, ob Krieg herrschte und alle Kräfte sich sammeln mussten, um das Bankhaus Hahn und die Firma Korff mit der neuen Situation in Einklang zu bringen, Livia wollte ein neues Leben beginnen. Sie bestand auf ihrem Glück. Wunderbar sah sie aus in dem malvenfarbenen Sommerkleid, doch Sorge und Anspannung standen auch ihr ins Gesicht geschrieben.

Flankiert von Vater und Großvater war Alexandra erschienen und saß, eingekeilt zwischen den beiden Hahns, möglichst weit von Philipp entfernt. Einzig der sonst so düstere Ludwig legte heute eine unverständlich gute Laune an den Tag. Niemand konnte sich erklären, wieso der Kriegsbeginn ihn lustig stimmte. Katrin hatte für sich einen Korbsessel neben Raphaels Rollstuhl gestellt. Als ob sie immer noch zum Personal gehören würde, nahm sie an der Unterhaltung der Übrigen kaum teil. Den Blick gesenkt wartete sie auf eine Gelegenheit, mit Maxim oder Livia die Frage nach ihrem Kind zu besprechen.

Philipp wurde aufgefordert, die Ereignisse, deren Zeugen er und Alexandra geworden waren, noch einmal zu schildern. Sein Vollbart war dichter geworden, der Junge verwandelte sich immer deutlicher in einen Mann.

»Ich bin überzeugt davon, dass der Attentäter von der Gelegenheit, die sich ihm bot, überrascht worden ist. Vor der Tat sah er nicht wie ein Mann aus, der ein Gewaltverbrechen plant. Ein schmächtiger, unauffälliger Bursche, weiter nichts.« Philipp trank Weißwein. »Der ganze Irrsinn wäre wohl auch gar nicht passiert, hätte das Fahrzeug des Thronfolgers auf der Brücke nicht so ungeschickt manövriert. Vielleicht hatte es ein Missverständnis wegen der Route gegeben, jedenfalls legte der Fahrer plötzlich den Rückwärtsgang ein. Er wollte die Richtung wechseln und kam direkt vor dem Café zum Stehen. Der Erzherzog und seine Frau waren uns in diesem Moment so nahe wie du jetzt mir, Papa.« Philipp holte tief Luft. »Und dann stand Princip auf.«

»Princip?«, fragte Camilla Zeska ihren Mann.

»Der Mörder«, erwiderte Theo leise.

»Er stand auf, die Pistole in der Hand. Es waren keine besonderen Schießkünste nötig, um auf diese Entfernung jemanden zu treffen. Princip rannte auf das Auto zu und hat geschossen. Trotz der Nähe ging die erste Kugel in die Wagentür und durchschlug sie offensichtlich, denn die Erzherzogin sank mit einem Schrei zur Seite. Ihr Mann hat sich über sie gebeugt.«

»Franz Ferdinand hat etwas gesagt«, warf Alexandra ein.

Er sagte …« Philipp schüttelte den Kopf. »Ich weiß nicht, ob ich es richtig verstanden habe.«

»Sag es, Pipp.«

»Sag du es lieber.«

Alexandra schaute in die Runde. »Der Erzherzog hat gerufen: *Sofferl, stirb nicht, bleib am Leben für unsere Kinder.*«

Die Reaktionen der Anwesenden waren so sanft wie die Brise, die endlich etwas Abkühlung brachte. Niemand konnte sich über das Attentat noch besonders ereifern, da sich seitdem einschneidendere Ereignisse dazwischengeschoben hatten.

Philipp fuhr sich durch den Bart. »Dann fiel der zweite Schuss, und er traf unübersehbar. Er riss dem Thronfolger eine Wunde am Hals. Potiorek hat sich noch über ihn gebeugt, im nächsten Moment hat Franz Ferdinand das Bewusstsein verloren.«

»Und ist nie wieder aufgewacht.« Theodor Zeska nickte versonnen.

Hofteuffel beugte sich im Rollstuhl vor und langte nach dem Weinglas. Die leichte Decke verrutschte und legte seinen Beinstumpf frei. Katrin machte eine rasche Bewegung, um das Malheur zu bereinigen. Ein Blick von Hofteuffel sagte ihr, dass es dafür keinen Grund gab. Das leere Hosenbein fiel über die Stuhlkante. Es war allen anzumerken, dass sie versuchten, woanders hinzusehen.

»Da bist du ja.« Unvermittelt stand Livia auf. Sie machte ein paar Schritte auf den Tunnel zu.

Geführt von Hallhuber kam ein großer Mann aus der Dunkelheit. Renè überreichte Livia einen Blumenstrauß. Sie führte ihn zu der Runde vor dem Pavillon.

»Darf ich vorstellen? Das ist Renè Desny. Er ist erster Tenor am Theater an der Wien.«

Als ob der Sänger von ihr instruiert worden wäre, ging er zielstrebig auf Maxim zu und streckte ihm die Hand entgegen. »Guten Abend, Herr Korff.«

»Nehmen Sie Platz, Herr Desny.« Maxim schüttelte die dargebotene Hand. »Fühlen Sie sich wie zu Hause.« Das leise Funkeln in Livias Richtung, sein kleines böses Lächeln bemerkte sie wohl, ignorierte es aber. Renè nahm neben Theodor Zeska Platz.

43
Phoenix

Er schlug sie. Woher hatte er die Kraft? Woher floss Maxim diese ungeheure Kraft zu? Er hätte Livia in diesem Moment alles Üble auf der Welt antun können. Am liebsten hätte er sie umgebracht. Weil er sie liebte? Weil er sie hasste, weil er sie nicht gehen lassen wollte? Weil er es nicht ertrug, dass sie ihn wegen eines Naturburschen mit Schmalzstimme verließ?

Als es am Wasser zu dunstig geworden war, hatten sich alle für den Rest des Abends in die Villa aufgemacht. Schrecklich war es gewesen, Hofteuffels Fahrt im Rollstuhl mit anzusehen. Katrin hatte allein nicht die Kraft gehabt, ihn den Hügel hochzuschieben, Hallhuber hatte mit angepackt. Maxim hatte denselben Weg auf seinen eigenen Beinen zurückgelegt. Die Schmerzen hatten endlich nachgelassen. Nachdem er das Mittel von Professor Harmachis abgesetzt hatte, waren schlimme Schmerzen aufgetreten. Der ägyptische Freund hatte ihm eingeschärft, die Entwöhnung langsam zu vollziehen, doch Maxim hatte für langsame Schritte keine Zeit. Es herrschte Krieg, er musste die Kriegsmaschine Österreichs beliefern, dafür wollte er im Vollbesitz seiner Kräfte sein. Die Entzugserscheinungen, unter denen er litt, hatten Livia in Besorgnis gestürzt und ihn selbst fast um den Verstand gebracht. Doch allmählich wurde es besser.

Während des Abends hatte Maxim Katrin beobachtet und sie verändert gefunden, doch um nichts weniger anziehend. Die meiste Zeit aber hatte er seine Augen nicht von Livia lassen können. Jedes Anzeichen junger Verliebtheit hatte er an ihr registriert. Ihre ausgelassene Mädchenhaftigkeit hatte ihn an ihre gemeinsame erste Zeit erinnert. Wie jung sie damals gewesen waren!

René Desny entsprach leider nicht dem üblichen Klischee eines Tenors: Er war weder korpulent noch dumm, noch wollte er sich permanent über seine Gesangspartien unterhalten. Maxims Gegenspieler war ein imposanter, gebildeter, feinfühliger Mann, und das bedeutete Gefahr. René stellte das Neue für Livia dar, das Langersehnte, das Schlupfloch in ein anderes Leben, das ihr Maxim nie geboten hatte.

Als alle oben in der Villa waren, hatte der Tenor erwartungsgemäß etwas zum Besten gegeben. Camilla hatte ihn förmlich darum angefleht. Desny war klug genug gewesen, keinen Operettengassenhauer zu singen, der ihn in einem billigen Licht gezeigt hätte. Er entschied sich für Richard Wagners *Der Worte sind viele gemacht* und das Werk *Extase,* was Maxim als persönlichen Affront ansah. Ludwig hatte die Noten herausgesucht und den Sänger begleitet. Und so hatte der Tenor mühelos den Abend an sich gerissen, was im Hause Korff sonst ausschließlich Maxim zustand.

Mit übertriebener Herzlichkeit hatte sich Livia von René verabschiedet, schlangenhaft war sie an seinem Arm gehangen. Die Neugier der Gäste über ihre ungenierte Vertrautheit war ihr gleichgültig. Nachdem alle gegangen waren, hatte Maxim sich zu Bett begeben und Livias üblichen Besuch vor dem Schlafengehen erwartet.

»Brauchst du noch etwas?« Sie war bereits im Negligé. Es schien sie nicht zu kümmern, dass sie sich ihm in ihrer kaum verhüllten Nacktheit präsentierte. Doch genau das machte ihn verrückt. Obwohl er seinen rechten Arm nur mit Mühe bewegen konnte, riss er Livia an sich.

»Was soll das?« Auf seinen glühenden Blick setzte sie nach: »Mach dir nicht die Mühe, Max. Ich kann mir vorstellen, was deine leidenschaftliche Attitüde auslöst, aber vergiss nicht, du bist immer noch ein kranker Mann.«

Niemand durfte Maxim als kranken Mann bezeichnen, nachdem er sich einen Abend lang einem vor Gesundheit strotzenden Mann gegenübergesehen hatte. Livias Kälte verwandelte sich bei Maxim in Hitze, Wut und Rage. Er wollte ihr keine Gewalt antun, aber er wollte sie haben, jetzt sofort. Ihn widerte ihr vertrautes Geplänkel eines eingespielten Ehepaares an, ihn widerte Livias Nüchternheit an, die als Zeichen dafür stand, dass sie in ihren Gedanken und Sehnsüchten bei dem anderen war. Ihn ekelte seine durchschaubare Besitzerhaltung an, Livia genau dann wiederhaben zu wollen, wenn sie ihm zu entschlüpfen drohte.

»Du darfst mich nicht verlassen«, zischte er, während er sie in seiner Armbeuge festhielt. »Liebst du mich denn gar nicht mehr?«

»Was würde das ändern, wenn ich immer noch Gefühle für dich hätte?« Sie wehrte sich.

»Alles würde es ändern. Ich bin ein Scheusal manchmal, ich weiß, aber du bist immer noch die Liebe meines Lebens.«

Es gelang ihr nicht, seinem Griff zu entkommen. »Warum machst du durch diese Lüge alles noch schlimmer?«

»Welche Lüge?«

»Du liebst mich seit Langem nicht mehr, Max. Du hast mich geliebt, solange ich deinem Aufstieg nützlich war und deiner Karriere. Zu Beginn, als du noch nicht allein fliegen konntest, hast du mich vielleicht geliebt. Aber kaum hattest du dich in diesen Phoenix verwandelt, dem alles gelingt und dem keiner sich in den Weg stellen darf, bist du allein hochgeflogen und hast mich auf die Erde zurückgeschleudert.«

»Redet ihr so miteinander, du und Renè, wenn ihr zu zweit seid? Bringt er dir bei, von emporfliegenden Phoenixen zu sprechen? Ist das dein neuer Stil?«

Da sie ihn nicht loswerden konnte, biss ihn Livia in die Hand. »Was ich mit Renè bespreche und wie wir miteinander umgehen, kann für dich von keinerlei Bedeutung sein.«

Der Biss schmerzte, er wollte Livia abschütteln, aber ihre

Zähne blieben in seiner Handfläche verkeilt. Maxim schleuderte sie auf das Bett, schlug ihr mit der Linken ins Gesicht, schlug sie auf die Schultern, den Rücken, auch auf den Kopf. Livia schrie nicht, sie keuchte nur und versuchte, seinen Schlägen auszuweichen.

Nach Sekunden sank Maxim zurück und rang nach Atem. »Wir haben zusammen ein Kind«, stöhnte er. »Wir haben ein gemeinsames Heim, du bist Teilhaberin meiner Firma. Ich will, dass du bei mir bleibst. Ich will, dass wir zu unserer Liebe zurückfinden.«

»Du willst«, sagte sie steinern. »So war es schon immer. Du bestimmst, du nimmst die Zügel in die Hand. Ich gehorche dir aber nicht mehr, und selbst wenn du mich halb totprügelst.«

Sie hätte aufspringen und das Zimmer verlassen können, aber Livia blieb liegen und schaute Maxim in die Augen. Sie wollte die Auseinandersetzung jetzt, wollte sie ein für alle Mal, um dann für immer damit abzuschließen.

»Wenn du es wünschst, werde ich sofort aus der Villa und der Jasomirgottgasse ausziehen«, sagte sie. »Ich werde die gesamte Schuld auf mich nehmen, aber ich will, dass du mich gehen lässt.«

»Warum, Livia?« Er beugte sich zu ihr. »Ich werde mich bessern, ich will unserer Liebe eine neue Chance geben.«

»Das sagst du, weil du Angst hast, dass du in deinem schillernden Korff-Imperium mutterseelenallein dasitzen könntest und niemand wäre um dich als deine Angst, deine Leere und deine Lieblosigkeit.«

»Brauchst du das, mich in diesem Licht zu sehen? Kannst du dich anders nicht von mir losreißen, als wenn du mich zum Monster verzerrst? So schlecht bin ich nicht. Ich habe Kraft und Energie, ich will wieder für dich da sein, will dich auch in die Firma mehr einbeziehen. Ich möchte, dass es so wie früher zwischen uns wird, als wir in deinem unterirdischen Labor die tollsten Dinge angestellt haben.« Vorsichtig senkte er die Hand und streichelte ihre Brust. »Die allertollsten Dinge, weißt du noch?«

»Lass das.« Sie schob ihn beiseite.

Damit schlug Livia nicht nur seine Hand weg, sondern auch seine Vernunft, jedes Kalkül und alle Freundlichkeit. Maxim fühlte sich plötzlich wie ein Raubvogel, der sich auf sein Opfer stürzte. Nicht aus Hunger oder Gier, sondern weil er eben ein Raubvogel war. Maxim riss Livia das dünne Gewebe vom Leib, öffnete seinen Morgenmantel, spreizte ihre Beine und betrachtete sie. Indem er sie festhielt, drang er in sie ein. Er war ein Falke, der Beute machte. Es trieb ihm das Blut in den Kopf, raubte ihm fast die Sinne, es trieb ihm die Tränen in die Augen. Denn größer noch als sein verletzter Stolz sagte ihm sein pochendes Herz, dass er damit ihre gemeinsame Liebe endgültig zu Grabe trug. Indem er Livia seine Männlichkeit aufzwang und sie vergewaltigte, gab er ihr die Möglichkeit, die letzten Bande zu ihm zu zerreißen. Nichts war ihnen geblieben, nicht einmal der Respekt füreinander. Indem Maxim Livia verzweifelt liebte, gab er sie endgültig frei. Er wusste es und konnte doch nicht anders.

Nachdem es vorbei war, verließ sie lautlos sein Zimmer, fast als wäre sie sein heimliches Liebchen, das vom Hauspersonal unentdeckt bleiben wollte. Maxim ließ sich auf das Bett sinken und starrte in den Abgrund, den er soeben aufgetan hatte.

Maxim war eingeschlafen. Er schlief tief, als die Tür zum zweiten Mal aufging. Maxim fuhr hoch.

»Livia?«

»Schläfst du schon? Ich dachte, vielleicht arbeitest du noch.«

»Ludwig?«

»Ich habe Licht bei dir gesehen.«

»Was willst du?«

Maxims jüngerer Bruder trug das Haar offen, einige graue waren im letzten Jahr dazugekommen. Im Halblicht des Zimmers hätte man ihn für eine Frau halten können.

»Heute war ich auf der Ringstraße.« Er blieb im Türrahmen stehen. »Ich habe zugesehen, wie die jungen Männer hinausziehen, wie sie der Fahne folgen. Sie sahen so glücklich aus, diese jungen Kerle. Das Glück, etwas für ihr Vaterland zu tun, stand ihnen ins Gesicht geschrieben.«

»Und um mir das zu erzählen, weckst du mich?« Maxim schlug die Decke zurück und griff nach dem Morgenmantel. »Wie spät ist es?«

»Und was habe ich getan?«, fuhr Ludwig unbeirrt fort. »Ich stand nur dabei. Dieser Moment war ein Sinnbild meines Lebens. Immerfort stehe ich nur am Rand, während die anderen das Leben anpacken, es herausfordern, sich in seine Arme werfen.«

Maxim ahnte, dass er den Bruder nicht ohne Tröstung fortschicken konnte. »Du stehst nicht am Rand, Ludwig. Du bist ein großer Künstler. Das warst du immer.«

»Fang nicht davon an. Ich selbst habe mich jahrzehntelang mit dieser Lüge betrogen, dass ich irgendetwas bin, was an einen Künstler heranreicht. Ich werde es niemals sein.« Er trat näher. »Ich bin nur ein halber Komponist, ein halber Dichter, ein halber Mensch. Nichts kann ich ganz, nichts bringe ich zu Ende. Ich habe es so satt, immer nur *halb* zu sein.«

Sanftmütig nahm Maxim die hagere Hand des Bruders und zog ihn neben sich auf das Bett. »Kann man das nicht auch anders sehen? Könnte es nicht sein, dass du ein Universalkünstler bist?«

»Das habe ich mir auch eingeredet, aber es fruchtet nichts, lieber Bruder. Ich muss endlich das Halbe in mir aufgeben, muss endlich ganz werden.«

Das Morgengrauen konnte nicht mehr fern sein. Es kam Maxim unwirklich vor, um diese Zeit mit dem Kleinen über die menschliche Existenz zu philosophieren. »Was können wir also zu deiner Ganzheit beitragen?«, antwortete er, da ihm jedes Mittel recht war, um noch ein wenig Schlaf zu kriegen.

»Als ich die jungen Männer heute mit den Blumen an ihren

Bajonetten beobachtet habe, entschloss ich mich, auch etwas für unser Land zu tun. Ich werde einrücken, Max.«

»Das wirst du nicht.« Maxims Antwort war nüchtern, nur die Lautstärke verriet seine ängstlichen Gefühle.

»Ich habe mich bereits als einjährig Freiwilliger gemeldet.«

»Sie werden dich gar nicht nehmen«, widersprach Max. »Du bist körperlich nicht in der Lage, auf dem Schlachtfeld Dienst zu tun.«

»Als Schwächling, so hast du mich immer gesehen, als Parasit. Das hast du von unserem Vater übernommen. Auch für ihn war ich eine Enttäuschung.«

»Aber nein. Was ich sagen wollte, ist nur …«

»Ich war bei der Musterung«, fiel Ludwig ihm ins Wort. »Der Stabsarzt hat mich tauglich geschrieben.«

Maxim sprang auf die Beine. »Das ist unmöglich! Du hattest als Kind die Schwindsucht. Man hätte deine Lunge untersuchen müssen.«

»Ich habe meine Krankheit nicht verschwiegen. Trotzdem bleibt es dabei: Leichten Dienst kann ich tun.«

Eine kurze Erleichterung ließ Maxim aufatmen. »Das bedeutet, du kommst nicht an die Front?«

»Vielleicht doch. Ich habe angegeben, dass ich mich für die Fernmeldetechnik interessiere. Man könnte mich als Funker einsetzen, sobald ich die Grundausbildung hinter mir habe.«

»Ludwig … Ludwig, ich beschwöre dich …« Maxim legte die Hände auf die Schultern des Bruders.

»Mein Entschluss steht fest, Max. Ich bin gekommen, dich als Familienoberhaupt um deinen Segen zu bitten.«

»Den verweigere ich dir. Ich werde dich nicht dafür segnen, dass du ins Feld ziehst und als Krüppel wiederkommst.«

Mit eigenartigem Lächeln antwortete Ludwig: »Vielleicht komme ich gar nicht mehr zurück.«

Maxim nahm das Gesicht des Bruders in beide Hände. »Was ist das nur mit dir? Warum ist dieser Hang zum Tod ständig um dich?« Er streichelte Ludwigs Wange. »Auch damals, als du Pankau zum Duell gefordert hast, wolltest du eigentlich sterben. Warum liegt dir nichts am Leben?« Gemeinsam mit dem Bruder wandte Maxim sich zum Fenster, wo die ersten grauen Umrisse zu sehen waren. »Wir haben den herrlichsten Sommer. Dort fließt unser Fluss. Wir haben die Natur, wir treiben Geschäfte, wir lieben die Kunst und die Frauen. Warum zieht es dich immer wieder deinem Grab entgegen?«

Ludwigs Glieder wurden in den Armen des Bruders weich. »Weil ich so bin, Max. Dir ist die Freude am Leben in die Wiege gelegt worden. Du besitzt Feuer und Überzeugungskraft, du umarmst das Leben. Das konnte ich nie.«

Maxim schwieg eine Weile. »Dabei kannst du so viel mehr, als ich je konnte«, sagte er schließlich leise. »Dir fügen sich die Worte, wenn du Gedichte schreibst, du beherrschst das Klavierspiel in einer Perfektion, dass du als Pianist leben könntest.« Er umarmte Ludwig innig. »Geh nicht, mein Bruder, geh nicht hinaus in den Tod. Lass dich nicht totschießen für sinnlose Begriffe wie Fahne und Vaterland. Bleib bei mir.« Zum zweiten Mal in dieser Nacht kamen Max die Tränen. »Ich brauche dich, mein kleiner Bruder. Ich flehe dich an, lass mich nicht allein.«

Ludwig erwiderte die Umarmung, so standen sie lange.

»Es ist entschieden.« Er trat zurück. »Ich will nicht sterben, Maxim, ich möchte nur für irgendetwas nützlich sein. Ich muss es tun. Bitte gib mir deinen Segen, Bruder.«

Fassungslos stand Maxim vor dem schmächtigen Jüngeren, der den Kopf senkte. Mit einer trostlosen Geste legte Maxim seinem Bruder die Hand aufs Haupt. »Meinen Segen hast du.«

Ludwig verschwand in der Dunkelheit, ohne die Tür hinter sich zu schließen.

44
Der Krieg

Erschreckend harmlos begann sich der Krieg in das Leben der Menschen hineinzufressen. Er ergoss sich in die Herzen, überwucherte die Gedanken, verhärtete die Gefühle, doch es geschah fast unsichtbar. Konnte sich der Wiener denn nicht weiterhin sagen, dass die Welt in Ordnung war? Ging er nicht in sein Stammlokal und aß und trank, was ihm schmeckte? Trug die Wienerin nicht die eleganten Kleider, für die sie berühmt war, fuhren keine glänzenden Automobile über die Ringstraße und überholten blank polierte Kutschen? Schloss Schönbrunn strahlte im Sonnenschein der prachtvollen Herbsttage. Im Schloss Belvedere plätscherten die Wasserfontänen wie eh und je, und die weiße Hofburg prangte im Halbrund um den Heldenplatz und erzählte vom Glanz und der Glorie dieser Monarchie.

Allerdings gingen mitunter Herren mit ernsten Gesichtern in die Hofburg hinein, selten um ihrem alten Kaiser Bericht zu erstatten, häufiger um sich neuen aggressiven Plänen zu widmen oder ängstlich das Scheitern solcher Pläne zu diskutieren. Zum Beispiel, dass sich die Russen unter ihrem Oberbefehlshaber Nikolai Nikolajewitsch den österreichischen Grenzen schneller näherten als erwartet.

Sonst verlief das Leben in Wien weiter wie gewohnt, fröhlich und skandalös und vor allem in dem festen Glauben, dass der Vater im Himmel sich wie stets auf die Seite des sympathischen Wieners stellen würde. Vierzig Jahre lang hatte sich das Kaiserreich an keiner größeren Kriegshandlung beteiligt. Wien war das letzte Mal während der Türkenbelagerung vor dreihundert Jahren Schauplatz einer Schlacht gewesen. In all diesen Friedensjahrzehnten war der Krieg für die Österreicher zu einem Phantom verblasst, dessen grausames Antlitz sie sich nicht mehr vorstellen konnten.

Im Sommer 1914 waren die Männer auf beiden Seiten der Front von einem sagenhaften Freudentaumel erfasst worden. Sie zogen in der Überzeugung ins Feld, dass der Krieg ein Neubeginn, ein längst fälliger Aderlass sein würde, der das gestockte Blut der Völker wieder zum Fließen bringen sollte. Die Männer freuten sich auf einen hitzigen Tanz der Waffen, auf den Aufmarsch farbenprächtiger Uniformen und das Blitzen von Säbeln und Helmen. Am Ende des großen Donnerns, so glaubten sie, würde die Welt aussehen wie am Morgen nach einem reinigenden Gewitter.

Im Herbst 1914, spätestens aber im Winter spürten die Wiener, dass der Krieg möglicherweise kein Neubeginn war, sondern das Ende, der grausamste Ausdruck menschlicher Unzufriedenheit, Hoffart, Verbohrtheit und der Verachtung des Lebens.

Zuallererst wurde es den Soldaten klar. Der Blumenstrauß, den ihnen ein hübsches Mädchen an die Uniform gesteckt hatte, war längst verwelkt. Der sommerliche Taumel war verklungen und einem kalten Herbstregen gewichen, der durch die Uniformjacken drang, später durch die schweren Mäntel. Die Stiefel waren verdreckt, bald zerschlissen, das unausgesetzt herniederregnende Wasser griff die Waffen an und die Seelen der Männer.

Tausende waren tot. Das ist nur ein Satz. Tausende waren tot. Der Tod von Tausenden Menschen bedeutete, dass Zehntausende, Millionen Schüsse abgefeuert worden waren. Explosionen, Trommelfeuer Tag und Nacht, Lärm und Gestank, Schmerzensschreie, Schreie der Angst und der Todesnot, das unausgesetzte Erlöschen des Lebens. All die Gebete und das

Gestammel, ein gnädiger Gott möge den Einzelnen, gerade ihn erretten, nützten nichts. Gottes Antwort wurde übertönt vom hysterischen Hurra der Offiziere, die einen Pass, einen Fluss, manchmal nur eine Wiese erobern wollten.

Aber die Generalstabspläne hielten vor der grausamen Wirklichkeit nicht stand. Österreich musste zusehen, wie Russland schneller mobil gemacht hatte als erwartet. In unglaublich kurzer Zeit führte die russische Heeresleitung ihre Soldaten aus der Tiefe des Reiches an die Grenzen heran. Österreich konnte sich nicht wie geplant zuerst nach Süden gegen Serbien wenden und später Russland im Osten bekämpfen. Beide Offensiven mussten zugleich vorangetrieben werden. Das führte zu Verwirrung, Pannen und lächerlichen Missverständnissen. Eisenbahnzüge mit ganzen Regimentern wurden an die falsche Front geschickt. Kanonen kamen nicht dort an, wo sie gebraucht wurden. Der Nachschub blieb aus, an manchen Frontabschnitten wurde das Essen knapp. Wie sollte man kämpfen, wenn man nichts im Magen hatte?

Die Österreicher trieben die Serben zwar fürs Erste zurück, besetzten sogar die Hauptstadt Belgrad, doch als der Winter anbrach, waren die Serben wieder da. Die halb verhungerten Soldaten des Kaisers hielten dem serbischen Ansturm nicht stand und mussten sich wieder hinter die alten Grenzen zurückziehen.

Schon im ersten Kriegswinter kamen die Aufmärsche an allen Fronten zum Stehen, in Frankreich, Russland, Polen und auf dem Balkan. Der Einsatz von Zehntausenden Menschenleben, die gigantische Materialschlacht brachten als vorläufiges Ergebnis – nichts. Nichts für die Angreifer, nichts für die Verteidiger. Alle martialischen Anstrengungen brachten nur Tod, Verstümmelungen, Blindheit, Nervenleiden, den schmerzlichen Verlust eines Vaters, Bruders, eines Ehemannes. Das waren die Folgen des Krieges nach wenigen Monaten. Viele beteten bereits für einen raschen Frieden. Wie sollten sie wissen, dass ihre Leidenszeit gerade erst begonnen hatte?

Eine Ahnung des Kommenden konnten die Wiener aber nicht verleugnen. Wenn man die Meldungen der Zeitungen genauer las, schmeckte das Backhuhn nicht mehr richtig, und der Wein wurde zum Vehikel für die Flucht aus der Wirklichkeit in eine Wiener Postkartenidylle.

Auch die Liebe, die sich gern für unsterblich hielt, wurde von der inneren Aushöhlung ergriffen. Livia liebte Renè und legte all ihre Hoffnung in eine Zukunft mit ihm. Sie saßen einander im Café Sperl gegenüber, draußen regnete es.

»Wieso Berlin?«

»Es ist ja nur für ein halben Jahr«, beruhigte er sie. »Zunächst ist es lediglich eine Gastrolle.«

»Aber weshalb willst du überhaupt weggehen aus Wien? Hast du hier nicht alles, was du willst, große Rollen, die Liebe deines Publikums und …« Livia stockte, da dieses Argument eigentlich von ihm kommen müsste. »Und mich«, sagte sie.

Renè hielt den Blick auf seinen Kamillentee gesenkt. Sie hatten sich nicht wie sonst in der Wohnung getroffen, einander geliebt und waren vor der Vorstellung ins Sperl gegangen. Sie trafen sich im Kaffeehaus wie ein Paar, das den großen Liebesrausch hinter sich hatte und gesittet beisammensaß.

»Ich mag Berlin«, antwortete er, ohne aufzublicken.

»Aber die dortige Königliche Oper ist doch nicht mit Wien zu vergleichen. In Wien finden die wichtigen Uraufführungen statt, hier dirigieren die großen Genies. Berlin ist dagegen nur Provinz.« Livia fragte sich, wieso sie sich in der Position befand, ihm das Bleiben in Wien schmackhaft machen zu müssen.

»In Berlin bezahlen sie besser«, erwiderte er ohne rechten Schwung.

»Deshalb willst du fort, wegen der Gage?«

»Für mich ist es ein wichtiger Grund, denn ich verfüge nicht über maßlosen Reichtum wie du.«

Livia schob ihre Hand über seine. »Aber das ist nicht der einzige Grund, Renè, nicht wahr?«

»Du hast recht.«

»Was ist es dann, mein Geliebter?«

»Du wirst Maxim niemals aufgeben.«

»Was?« Ihre Überraschung war so groß, dass sie kaum merkte, wie er seine Hand zurückzog. »Wie kommst du darauf?«

»Es war ein Fehler von dir, mich zu euch einzuladen. Als ich draußen an der Donau gesehen habe, wie du lebst, diesen Frieden, diesen Reichtum, das Wohlleben an dem herrlichen Ort ... Was hätte ich dir denn zu bieten, das dem auch nur annähernd gleichkäme?«

»O Gott! Das bekümmert dich?« Sie lachte laut heraus. »Friede an der Seite von Maxim? Es ist das Gegenteil, es ist mein Untergang, meine ununterbrochene Niederlage.« Sie suchte nach Worten. »Reichtum und Wohlleben, das imponiert dir? Hast du den goldenen Käfig nicht gespürt, in dem wir dort alle saßen? Wirkliche Freiheit besitzt im Gegenteil du, Renè, weil du ein Künstler bist, schöpferisch, weil du deine Welt auf der Bühne jeden Abend neu erfindest.«

»Hübsch gesagt.« Er lächelte. »Aber meine Welt ist eine Pappmachéwelt mit albernen Perücken und dummen Gesangstexten. Ich bin ein armer Schlucker, Livia, ein Clown, der imstande ist, hohe Töne zu produzieren. Vor hundert Jahren hätte man mir nicht einmal ein ordentliches Begräbnis gewährt. Leute meiner Zunft wurden damals draußen vor der Stadt verscharrt.«

»Wir zwei haben uns gefunden, Renè, wir gehören zusammen. Was soll ich denn noch hier, wenn du nach Berlin gehst?« Sie warf sich gegen die Lehne.

»Du bist hier geboren, deine Familie lebt hier. Ich bin nur ein Fremder in deinem schönen Wien.« Treuherzig, zugleich entschlossen sah er sie an. »Lass mich das Engagement annehmen, Livia, nur für ein halbes Jahr. Danach hat sich vieles bestimmt geklärt, auch für uns beide.«

Während sie seinen Blick erwiderte, wurde Livia innerlich grau. Was sie auch dagegenhalten mochte, Renè hatte seine Entscheidung schon getroffen. Renè würde fortgehen. Warum liefen alle Männer vor ihr davon, dachte sie in selbstzerstörerischer Unvernunft. Zuerst Raphael, dann Maxim, dessen Flucht innerhalb ihrer Ehe stattgefunden hatte, und jetzt Renè, den sie für ihre Rettung hielt. Niemand konnte die Rettung des anderen sein.

Livia trank ihren Kaffee aus. Sie redeten noch eine Zeit lang, doch in ihr breitete sich der dunkle, giftige Tropfen aus, der das Bild einer trostlosen Zukunft in sich trug.

Schließlich zog Renè die Taschenuhr. »Ich sollte mich einsingen gehen.«

»Jetzt schon?«

»Es ist die höchste Zeit.«

Die Wanduhr des Café Sperl hing genau hinter ihm. An den Zeigern dieser Uhr las Livia seine Lüge ab. Lange vor der Zeit wollte er fort von ihr, und Livia ließ ihn gehen.

45
Der Saal der Namenlosen

Niemand hätte geglaubt, das sich ein Krieg, der generalstabsmäßig geplant, von Ministerien verwaltet und von der Armee ordentlich durchgeführt wurde, so rasch in eine Metzelei, in ein sinnloses Schlachten verwandeln würde. Menschen, deren halbe Gesichter fortgerissen worden waren und die trotzdem weiterlebten. Amputierte, denen weder Arme noch Beine blieben. Männer, die nach tagelangem Trommelfeuer in Zitterneurosen verfielen, nicht aufhörten, zu weinen, und manchmal an den Krämpfen des Zitterns starben. Ein Dämon hatte sein Haupt in der Monarchie erhoben, der Dämon der zerstörten Menschlichkeit.

Von all dem ahnte Katrin noch nichts. Sie hatte einen Namen bekommen, Eberhard Moser. Den Namen eines Mannes, der als Gefreiter eingerückt war, an der serbischen Front verwundet und in ein Lazarett nach Wien gebracht worden war.

Während täglich von Wien aus frische, unverbrauchte Truppen die Züge nach Goražde, Lemberg und Krakau bestiegen, war die Zahl der heimkehrenden Regimenter wesentlich kleiner. Die Männer waren stiller und dankbarer. Diejenigen, die es heil überstanden hatten, trauten sich den Hinausziehenden nicht in die Augen zu schauen. Man hätte darin lesen können, dass nichts als das Grauen auf die Neuen wartete.

Särge trafen in Wien ein, Bahren mit Verwundeten. Sie erreichten selten die großen Hauptbahnhöfe, sondern wurden auf Nebengleise umgeleitet. Man lud die Toten und die Bahren der

Männer, die dem Tod entronnen waren, auf den Bahnsteigen ab. Dort sah man Kopfverbände, halb verborgene Gesichter, fehlende Gliedmaßen. Die Schmerzenslaute der Geretteten gingen im Zischen und Stampfen der Züge unter. Man verteilte die Kranken auf die Wiener Spitäler und Lazarette. Die schlimmsten Fälle, jene, die dem menschlichen Auge schwer zumutbar waren, kamen in ein Lazarett, das versteckt hinter einem Erlenhain auf der Salmannsdorfer Höhe lag.

Katrin musste sich ausweisen, bevor sie eingelassen wurde. Kein Krankenhausangestellter, ein Unteroffizier prüfte ihre Papiere und brachte sie zu einer Ordensschwester, die die Verwundetenlisten durchblätterte.

»Moser ... Moser«, murmelte die alte Frau. »Eberhard Moser?«

Katrin nickte.

»Ich habe einen Gustav Moser und einen Robert. Aber ein Eberhard ...« Ihr Finger glitt über das Papier. »... ist leider nicht dabei.«

»Haben Sie auch genau nachgesehen? Moser ist ein häufiger Name.«

Die Ordensschwester schlug das Register zu.

»Heißt das, er ist gestorben?« Katrin sah eine ohnehin schwache Hoffnung in diesem Augenblick erlöschen.

»In den meisten Fällen heißt es das. Für die Liste der Gefallenen müssten Sie allerdings auf das Magistrat gehen«, fügte die Schwester hinzu. »Wir sind nur zuständig für die Lebenden.«

Der Unteroffizier, der Katrin hereingebracht hatte, beugte sich zu der Nonne. »Sie könnte es noch im Saal der Namenlosen versuchen.«

»Saal der Namenlosen?«, fragte Katrin hellhörig.

»Es gibt Fälle, bei denen ein Verletzter draußen im Feld sein Soldbuch verloren hat«, antwortete der Unteroffizier. »Manche sind bei der Einlieferung so schwer verwundet, dass sie ihren Namen nicht sagen können. Manche sind vor Schmerz oder aus

Verzweiflung verrückt geworden. Solche Fälle liegen dann im Saal der Namenlosen.«

»Könnte ich diesen Saal betreten?«

Der Soldat und die Nonne sahen einander an. »Sie wüssten ja noch nicht einmal, wen Sie suchen sollten«, entgegnete sie.

»Doch.« Katrin zog eine Fotografie hervor. »Das ist der Mann. So hat er vor dem Krieg ausgesehen.« Es war das Bild eines bärenstarken Kerls, dem man von der Konstitution her zutrauen würde, mit bloßem Finger einen Nagel aus der Wand zu ziehen.

»Wir haben hier alle Hände voll zu tun«, widersprach die Schwester. »Täglich beliefern uns die Fronten mit neuen Verwundeten. Fremde stören da nur.«

»Lassen Sie die Frau doch einen Blick hineinwerfen«, mischte sich der Unteroffizier ein. »Was soll es schon schaden, wenn sie sich vergewissert? Wer ist dieser Eberhard Moser?«, fragte er Katrin. »Ihr Verlobter?«

»Er ist der Einzige, der mich zu meiner Tochter bringen kann.« Der Unteroffizier beschrieb Katrin den Weg, sie bedankte sich. Selten war ihr ein Korridor so lang, ein Weg so von Angst erfüllt vorgekommen. Am Eingang mit der großen Schwingtür blieb sie stehen.

Den Namen Eberhard Moser hatte Katrin von Maxim erhalten. Keine ihrer Begegnungen war seltsamer, keine düsterer verlaufen. Die Jasomirgottgasse war ihr wie ein Mausoleum erschienen. Der behäbige Bau hatte nie Leichtigkeit oder Freude ausgestrahlt, doch diesmal schien der Hausherr gleich einem untoten Fürsten jedes Leben in seinem Palais ausgelöscht zu haben. Wie Phantome waren die Dienstboten vorbeigehuscht. Nur Hallhuber war mittlerweile so verkalkt, dass er Katrin entgegen der herrschenden Stimmung fröhlich begrüßt hatte.

»Ja, Kathi, dass man Sie wieder einmal sieht. Ich höre, Sie waren in China.«

»Ich bin nur bis Indien gekommen, lieber Hallhuber.«

»Da muss es aber bestimmt ganz anders aussehen als bei uns«, lächelte der alte Mann.

»Es ist vor allem wärmer, Hallhuber«, erwiderte Katrin, die in der Eingangshalle fror.

»Was sprechen die in Indien eigentlich für eine Sprache?« Er hatte Kathi zu Maxim gebracht.

Korff war nicht in seinem Atelier, wie sie gehofft hatte, da dort oben immer schönes Licht hereinfiel. Er saß im graugrünen Salon, wo man sogar im Sommer ins Frösteln kam.

»Guten Tag, Herr Korff.«

»Kathi.« Er gab ihr seine Hand, die Katrin eiskalt erschien. »Entschuldigung, ich habe hier nicht einheizen lassen.«

Der November war nicht mehr weit. Man hatte in Wien seit Wochen keine Sonne gesehen. Trotzdem antwortete sie: »Mir ist es recht so.«

»Setzen wir uns.« Er trug einen schwarzen Gehrock, dessen Schöße er zur Seite schlug, bevor er Platz nahm.

»Wie geht es Ihrer Gesundheit, wenn ich fragen darf?« Sie setzte sich auf die Biedermeierbank.

»Ich bin wieder der Alte.« Seine Worte schienen ihn selbst zu irritieren, er zog die Brauen zusammen. »Der Alte bin ich, ja, der alte Korff.«

Katrin verstand nicht ganz, was er meinte, doch da er in diesen Tagen wahrscheinlich viel um die Ohren hatte, wollte sie so rasch wie möglich auf ihr Anliegen zu sprechen kommen.

Aber Maxim ließ es nicht zu. »Sie sehen reizend aus«, sagte er mit dem gleichen Ernst.

»Was? Das stimmt nicht. Ich bin erschöpft, nicht besonders froh, und ich habe Schnupfen.«

»Erschöpft sind Sie? Wie geht es Raphael?«, fragte er folgerichtig.

»Er hat seine guten und schlechten Tage, wie wir alle wahrscheinlich zurzeit.«

Wenn Katrin vermutet hatte, dass Maxim nun über Raphael

sprechen würde, täuschte sie sich. Etwas Unerwartetes geschah, er schien ihr gar nicht recht zugehört zu haben.

»Es ist eine alte Wahrheit, dass die Geschäfte im Krieg besser laufen als in Friedenszeiten.« Er schaute aus dem Fenster, wo schattenhaft die gegenüberliegende Fassade zu sehen war.

»Geschäfte, Herr Korff?«

»Alles, was vor dem Krieg war, hat sich in sein Gegenteil verwandelt. Die Widerstände der Ministerien, die gesellschaftliche Ächtung, das Misstrauen des Erzherzogs, alles ist wie fortgeblasen, seit wir begonnen haben, auf unsere Feinde einzudreschen. Ich war noch nie so erfolgreich, und gleichzeitig war ich meinem Untergang noch nie so nahe.«

Sie war durch sein Benehmen verwirrt. »Welcher Untergang?« Erst jetzt bemerkte Katrin, dass Maxim den Kopf jedes Mal zwanghaft nach links drehte, wenn sie etwas sagte. Auch kam ihr seine rechte Seite sonderbar leblos vor. Bei der Begrüßung war ihr das nicht aufgefallen, doch sein eiskalter Händedruck bekam nun eine andere Bedeutung.

»Geht es Ihnen gesundheitlich wirklich wieder gut?« Unsicher schaute sie zur Tür. Normalerweise wäre längst ein Diener eingetreten und hätte etwas zu Trinken serviert.

»Der Untergang«, wiederholte er. »Was ist der Untergang? Das ist, wenn dir alles in den Schoß fällt, was dir nichts bedeutet, und alles, wofür du gekämpft hast, ist verloren. Das, liebe Kathi, ist der Untergang.«

»Wofür haben Sie umsonst gekämpft, Herr Korff?«

»Für die Liebe, für meine Liebe natürlich. Was denn sonst?«

Ihr war unbehaglich zumute. Der Besuch nahm eine Wendung, mit der sie nicht gerechnet hatte. Was quälte Korff, was hatte ihn verändert? Über die Liebe wollte Katrin lieber nichts hören, doch Maxim kam regelrecht in einen Redefluss.

»Ich habe dich geliebt, Kathi. Seit du siebzehn warst, kenne ich dich und habe dich mit aller Ehrerbietung geliebt.« Maxim sah sie mit den Bernsteinaugen an, die im Augenblick einen kalten Glanz ausstrahlten. »Heute lebst du mit einem Krüppel zusammen, aber ihn liebst du. So verhält sich das mit der Liebe, alles ist unvorhersehbar.« Er lachte heiser.

Als Katrin etwas erwidern wollte, redete Maxim einfach weiter. »Ich wollte auch Livia lieben. Viele Jahre habe ich mich darum bemüht. Aber mit der Zeit sind die altbekannten Gespenster über diese Liebe hereingebrochen, die Gewöhnung, die Abenteuerlust nach anderen Frauen, die Angst vor dem Tod, das ewige Dilemma des Mannes. Trotzdem hatte ich vor, den Herbst unserer Liebe in einen neuen Frühling zu verwandeln. Wie sinnlos, wie dumm, wie lächerlich habe ich mich gemacht.«

»Wenn Sie sie wirklich lieben, ist daran nichts Lächerliches.«

Brüsk fuhr er Katrin an: »Dazu brauche ich nicht dich, mir das zu sagen. Das lasse ich mir von einer Hausdame nicht unter die Nase reiben.«

»Ich bin nicht Ihre Hausdame«, entgegnete sie ruhig. »Schon lange nicht mehr.«

Sein Kopf kam hoch. Er starrte Katrin an, als ob er ihre Gegenwart erst jetzt bemerken würde. »Entschuldige, entschuldige, Kathi, was rede ich denn da? Ich weiß gar nicht, was heute mit mir los ist.«

»Ihre Gesundheit, Herr Korff. Sie sollten …«

»Nein, kein einziges Wort mehr über mich. Ich bin unmöglich, ich war unhöflich. Weshalb bist du zu mir gekommen? Was kann ich für dich tun? Verzeihung, was kann ich für Sie tun?«, korrigierte er sich.

»Ich komme wegen meines Kindes, Herr Korff. Ich habe eingesehen, dass ich damals einen großen Fehler gemacht habe. Darum möchte … Nein, ich muss meine Tochter wiederfinden, ich will sie kennenlernen. Aber um sie zu finden, brauche ich Ihre Hilfe.«

Maxim stand auf und setzte sich neben Katrin auf die dunkelgrüne Bank. »Gut, ich verstehe. Frag mich alles, was du wissen möchtest.«

»Danke, Herr Korff.«

So kam Katrin an den Namen Eberhard Moser. Auf diese

Weise hatte sie mit ihren Nachforschungen begonnen, hatte die ältere Schwester von Moser gefunden und von ihr erfahren, dass deren Bruder eingerückt war. Mosers Schwester hatte Katrin auch die Fotografie gegeben.

Nach langer, umständlicher Suche stand Katrin nun mit bangem Herzen am Eingang des Saales für die Namenlosen. Sie drückte die Schwingtür auf. Katrin war auf einen Schock vorbereitet gewesen, trotzdem hatte sie den Eindrücken, die sie nun überfielen, nichts entgegenzusetzen. Hier lagen Menschen ins Unbeschreibliche verzerrt. Die Frontärzte wurden manchmal abfällig als Metzger bezeichnet. Während Katrin an den Betten vorüberging, begriff sie den Grund dafür. Die Rettung manches Verwundeten war nur mit gröbsten Eingriffen möglich gewesen. Bedeutete es wirklich eine Rettung, so weiterzuleben? Wäre der Tod nicht gnadenvoller? Dabei sah Katrin nur die Verletzungen des Fleisches. Was der donnernde, fahnenschwingende Irrsinn in den Seelen der Männer angerichtet hatte, ließ sich erst ahnen, wenn so ein Mann aufschaute, wenn plötzlich zwei Augen unter blutgetränkten Binden die Besucherin verfolgten. Dann gab es keinen Irrtum mehr: Der Krieg war der Beweis dafür, dass der Teufel lebte.

Katrin kannte Eberhard Moser nicht, doch sie wünschte ihm, dass er nicht hier liegen sollte. Sie hoffte, dass es für diesen Mann Gnade gegeben hatte. In einer Ecke abseits des Fensters stand ein Bett. Der Mann auf dem Bild in Katrins Hand hatte volles Haar, einen zünftigen Bart und breite Schultern. Der Mann in diesem Bett strahlte die Zartheit eines Kindes aus. Das Haar war weiß geworden und so schütter, dass die Kopfhaut durchschimmerte. Am Hals, wo ein chirurgischer Schnitt gesetzt worden war, fehlte der Bart. Mit jedem Schritt, den Katrin näher kam, wuchs ihre Überzeugung, dass sie Eberhard Moser gefunden hatte. Hätte sie nicht hinlaufen und sich freuen müssen, weil er noch lebte? Beklommen setzte Katrin Schritt vor Schritt. Warum lag Moser im Saal der Namenlosen? Weshalb hatte er den Ordensfrauen nicht sagen können, wie er hieß?

Katrin zog einen Stuhl heran und setzte sich. »Guten Tag, Herr Moser. Ich heiße Katrin Hierzer.« Da sie keine Bewegung wahrnahm, fragte sie: »Können Sie mich hören?«

Wie tot lag Moser da. Hatte der Krieg ihm sein Gehör oder den Verstand geraubt?

»Ich habe Ihren Namen von Maxim Korff bekommen. Wissen Sie, wer Maxim Korff ist?«

Der Kopf des Weißhaarigen bewegte sich, unendlich langsam drehte er sich zu Katrin.

»Können Sie sprechen?« Ihr Blick fiel auf die Wunde am Hals, die ein Verband nur teilweise verbarg.

»Luftröhrenschnitt«, flüsterte der Liegende.

»Wenn es Sie zu sehr anstrengt, zu sprechen, kann ich etwas zu schreiben holen.«

Moser schüttelte den Kopf. »Es geht.«

Es schien ihr undenkbar, sofort auf ihre eigene Frage zu sprechen zu kommen, darum sagte Katrin: »Wie ist denn das passiert?«

»Ein Feldarzt hat das gemacht, hat mich gerettet.« Moser sprach stockend, der Ton kam von weit hinten. »Eine Kugel steckte in meinem Hals. Ich war am Ersticken. Er hat operiert, draußen im Feld. Rundherum Explosionen, das Schießen, das Schreien. Er hat mir einen Gummischlauch eingesetzt. Ich konnte wieder atmen. Während mich die Sanitäter auf der Bahre forttrugen, hat den Arzt eine Granate zerfetzt.«

Der Tod war in Wien noch etwas Abstraktes. Man sah Soldaten auf Krücken, mit Narben, man sah mehr Blinde als früher. Aber die Wirklichkeit, wie Moser sie schilderte, hörte Katrin jetzt zum ersten Mal.

»Dann verstehe ich, warum man Sie irrtümlich in diesen Saal gelegt hat. Durch den Luftröhrenschnitt waren Sie stumm, nicht wahr? Sie konnten Ihren Namen nicht sagen. Weshalb korrigieren Sie das jetzt nicht?«

»Ich will hierbleiben. Hier ist es nicht so überfüllt. Ich bin gern unter den Namenlosen.« Er hob den Kopf ein wenig. »Die wollen mir keinen Spiegel geben. Würden Sie mir sagen, wie ich aussehe?«

Sie haben mit dem Mann auf diesem Foto nichts mehr gemein, wäre die ehrliche Antwort gewesen. »Sie haben ganz schön abgenommen«, sagte Katrin stattdessen. »Bis Sie entlassen werden, wird man Sie hier ordentlich aufpäppeln.«

»Ich komme hier nie wieder raus.« Er atmete ein und aus, ein Vorgang, der für ihn immer noch etwas Staunenswertes hatte. »Was macht Herr Korff heute? Wie geht es ihm?«

»Seine Geschäfte nehmen ihn gefangen, wie immer. Woher kannten Sie beide sich?«

»Ich habe bei ihm als Mechaniker gearbeitet.«

Katrin zog den Stuhl näher an das Bett heran. »Herr Moser, ich brauche eine Auskunft von Ihnen.«

Seine Augen, milchig und matt, musterten sie.

»Vor zwei Jahren hat Maxim Korff Ihnen ein Kind übergeben. Einen frisch geborenen Säugling.«

Durch nichts ließ Moser erkennen, dass er verstand, was sie meinte.

»Dieses Mädchen war meine Tochter. In meiner damaligen Lage …« Sie stockte, das Bekenntnis fiel ihr schwer. »Meine Lebenssituation hat mir verboten, das Kind zu behalten. Die Korffs waren sehr hilfsbereit und fanden jemanden, der sich um meine Tochter kümmern wollte. Heute möchte ich wissen, wo mein Kind ist und unter welchen Umständen es lebt. Ich möchte meine Tochter wiedersehen.«

Der Mann wandte den Kopf und starrte stumm zur Decke.

»Lebt sie? Geht es ihr gut oder … ist sie etwa gestorben?«, fragte Katrin erschrocken.

»Das weiß ich nicht.«

»Sie haben das Kind nicht selbst behalten, aber Sie müssen doch wissen, wer es in Obhut nahm.«

»Als Herr Korff mich um Hilfe gebeten hat, erzählte ich ihm von einem älteren Ehepaar, das keine Kinder bekommen konnte.«

»Wie heißen die Leute, wo wohnen sie?«

»Sie heißen Berger. Ihre Wohnung war in Döbling. Dorthin habe ich das Kind gebracht.«

»Wo in Döbling?« Katrin verfluchte, dass sie vergessen hatte, etwas zu schreiben mitzubringen.

»Sie leben nicht mehr dort. Sie sind weggezogen, schon vor dem Krieg.«

»Wohin?«

»Das weiß ich nicht.«

»Aber die Leute müssen Ihnen doch ... Haben Sie keinen Kontakt zu ihnen? Haben Sie nie erfahren, wie es dem kleinen Mädchen geht?«

»Nein.«

Katrin seufzte. »Berger? Berger – es gibt kaum einen häufigeren Namen. »Haben Sie wirklich keine Ahnung ...?«

»Ich habe nur gehört, dass sie aufs Land gezogen sind, angeblich in die Wachau. Aber ob das stimmt ...«

»Wer könnte etwas darüber wissen? An wen kann ich mich wenden?«

Katrin stellte noch mehrere Fragen, aber keine seiner Antworten brachte sie auch nur einen Schritt weiter.

Ein hässliches Geräusch machte dem Gespräch ein Ende. Es kam von einem Mann, der unter seinen Verbänden kaum zu erkennen war. Er begann zu schreien, doch es hörte sich wie ein verzweifeltes Gackern an. Unfähig zu sprechen, verrückt vor Schmerzen, gefangen in einem Zustand größter Hilflosigkeit, ließ der Verwundete sein grausiges Krächzen hören. Zwei Pfleger kamen herein. Der eine hielt den Soldaten nieder, der andere gab ihm eine Spritze. Bald hörte das Gegacker auf. Als die Pfleger gingen, blieb einer am Bett eines anderen Patienten stehen. Er fasste ihn an den Hals.

»Der hat es hinter sich.«

Der andere drückte die Schwingtür auf. Gemeinsam rollten sie das Bett mit dem Toten hinaus.

46
Die Glocken

Völker und Nationen positionierten sich neu und rissen den einzelnen Menschen mit. Familien wurden getrennt, Wirtschaftszweige verfielen, neue Unternehmen stiegen als Kriegsgewinner empor. Die kleinen Dinge des Lebens mussten sich den epochemachenden unterordnen.

Obwohl der Krieg auch dem Bankhaus Hahn zu schaffen machte, hatte der Patriarch nicht vergessen, was innerhalb der Familie geschehen musste. Julius wusste mittlerweile, wozu seine temperamentvolle Enkelin fähig war. Er erkannte die Abenteurerin in ihr, die Renegatin, das schwarze Schaf. Doch gerade sie durfte nicht aus der Reihe tanzen. In Alexandra lag Julius' ganze Hoffnung.

Vor hundert Jahren hatte Elias Hahn ein starkes Familienunternehmen gegründet. Jeder Hahn, der seitdem auf dem Drehstuhl des Firmenchefs Platz genommen hatte, war eine Führernatur gewesen. Bedauerlicherweise hatte Julius selbst einen schwachen Erben in die Welt gesetzt. Abel war ein bequemer, entschlussschwacher Mensch, ihm fehlte der aggressive Instinkt, den das Wirtschaftsleben brauchte. Julius' Sohn war ein Buchhalter, ein Bürohocker, ein Parvenü. Es schmerzte den Vater, so über seinen Sohn urteilen zu müssen, dennoch war Abel für ihn ein Thronfolger, der übergangen werden musste, um Platz für kraftvolles Blut zu schaffen. Alexandra besaß dieses Blut, sie hatte die Härte und die nötige Durchsetzungskraft. Sie würde die erste Frau an der Spitze des Hahn-Imperiums sein. Sie durfte sich daher nicht weiterhin mit läppischen Liebesabenteuern zerstreuen, sondern musste sich auf ihre wahre Aufgabe vorbereiten. Insgeheim hatte es dem alten Mann imponiert, wie raffiniert sie vorgegangen war, um ihren Großvater aus dem Feld zu räumen, damit sie Philipp in Venedig treffen konnte. Dort hatte sie nicht nur seine verbotene Zärtlichkeit genossen, sondern sogar einen Plan entwickelt, wie es zur Vermählung kommen sollte. Mit eiserner Faust hatte Julius durchgegriffen. Er hatte sogar einen befreundeten Polizeioffizier eingeschaltet, um Alexandra zur Vernunft zu bringen.

Kaum hatte er angenommen, die Sache mit Philipp sei abgetan, war Marijan Nikolic auf der Bildfläche erschienen. Hier lag ein weiteres Problem: Alexandras Interesse für Politik. Das Bankhaus Hahn sympathisierte mit Vertretern der Sozialdemokratie, weil es im geschäftlichen Interesse lag, doch Alexandra hatte ihren sozialdemokratischen Enthusiasmus auf die emotionale Ebene verlagert und sich in einen roten Schwadroneur verliebt, einen Taugenichts. Mittlerweile war Marijan gottlob ein abgelegter Verehrer, doch an seiner Stelle war nun wieder Philipp aufgetaucht. So ging das nicht weiter, Alexandras amouröse Vulkanausbrüche mussten ein für alle Mal ein Ende haben, entschied Julius.

»Das muss ein für alle Mal ein Ende haben«, schleuderte er seiner Enkelin entgegen. »Ich dulde das nicht länger.«

Wie so oft stand Alexandra vor dem prasselnden Kaminfeuer im Stammhaus auf dem Rudolfsplatz. Stark und lodernd wie eine Flamme kam sie sich selbst gerade vor und ahnte noch nicht, wie rasch Julius ihr Feuer löschen würde.

»Noch ein Jahr, dann bin ich volljährig, Großvater. Dann kann ich tun und lassen, was ich will.«

»Stimmt genau. Ein Jahr lang unterstehst du noch meiner Aufsicht. Und ich gedenke, dieses Jahr zu nützen.« Den Gehstock in der Hand, den er mittlerweile kaum noch fortlegte, stellte sich Julius auf das Mittelornament des Teppichs. »Nächste Woche beginnt die Ballsaison in Wien. Du begleitest mich auf das Fest bei Eszterhazys. Bei diesem Anlass wirst du Graf Anton von Bürgkh vorgestellt werden.«

»Anton, der Riese? Nennt man ihn nicht so?«, fragte sie noch arglos.

»Er ist tatsächlich ziemlich athletisch gebaut, hört man.«

»Und wozu soll ich diesen Koloss kennenlernen?«

»Zunächst wirst du einfach nur mit ihm tanzen.«

»Zunächst?« Alexandra begann zu begreifen. Ihr wurde heiß und kalt. »Versuchst du wieder einmal, meine Herzensangelegenheiten zu arrangieren, Großvater?« Sie formulierte es salopp, obwohl sie den alten Geier am liebsten angeschrien hätte, sich nicht in ihr Leben zu mischen. Alexandra wusste nur zu gut, was Julius eines Tages von ihr erwartete. Sie wusste, dass die Zeit unerbittlich gegen sie tickte. Der Patriarch war Ende siebzig, er würde das Zepter bald aus der Hand legen. Alexandra wusste auch, dass darin der Grund für den Verzweiflungsschritt des geliebten alten Ekels lag.

Julius begann unter der schweren Wappendecke auf und ab zu gehen. »Wir Hahns sind ein altes Geschlecht von Kaufleuten. Wir haben von Österreich, von der Stadt Wien viel Gutes erfahren. Wir durften Reichtum und Ansehen erwerben. Aber wir sind ein jüdisches Geschlecht, wie ich dir in Erinnerung rufen darf, ein jüdisches Kaufmannsgeschlecht. Das wird nicht überall geschätzt. Die Altösterreicher, die Nationalen, die Ritterkreuzträger missgönnen uns unseren Aufstieg und Wohlstand. Eine Familie wie die unsere muss vorsichtig sein. Niemals dürfen wir vergessen, dass es einflussreiche Kreise in Wien gibt, die uns Juden für betrügerische Levantiner und Halsabschneider halten. Jude zu sein ist selbst im aufgeklärten Wien eine komplizierte Angelegenheit. Es verlangt Diplomatie und Geschick, das Wohl unserer Familie in die neue, die unabsehbare Zeit hinüberzuretten. Daher fordere ich von dir Loyalität, Einfühlungsgabe und Klugheit, Alexandra.«

Sie tat einen hastigen Schritt auf ihn zu. »Und aus Loyalität soll ich diesen riesenhaften Grafen heiraten?«

Der Widerschein der Flammen spiegelte sich in Julius' Gesicht. »Du sagtest vorhin, dass ich vorhabe, deine Herzensangelegenheiten zu arrangieren. Es wurde tatsächlich etwas arrangiert«, fuhr er todernst fort. »Und du bist bei diesem Arrangement die Hauptperson.«

»Nein, Großvater, bitte … Nein…!«

Mit vor Angst aufgerissenen Augen lief Alexandra auf ihn zu, aber sie erreichte Julius nicht mehr. Zwischen dem Kaminfeuer und dem farbenprächtigen Teppichgemälde verließen sie die Kräfte. Alexandra stürzte ohnmächtig zu Boden. Unfähig, sich zu bücken, klingelte Julius nach den Lakaien, die seine Enkelin auf die Chaiselongue betteten. Wenig später traf Dr. Hochsinger ein. Er untersuchte die Bewusstlose und stellte einen leicht erhöhten Puls fest. Minuten später kam Alexandra wieder zu sich.

Das Kleid war weiß. Das Kleid hatte eine Schleppe, um deren Fluss sich sechs Brautjungfern kümmern mussten. Am Arm ihres Vaters schritt Alexandra durch das Mittelschiff des Stephansdomes. Sie war der jüngste Spross einer jüdischen Familie und trat den Gang zu ihrer Vermählung in der altehrwürdigen katholischen Kathedrale an. Vorne am Altar, am Ende ihres Weges, erwartete sie *der Leuchtturm*. Alexandra hatte den Spitznamen erfunden, als sie Graf Anton von Bürgkh zum ersten Mal zu Gesicht bekommen hatte. Auf dem Fest der Eszterhazys hatte man die beiden einander vorgestellt. Bei Antons Anblick hatte Alexandra schmunzeln müssen.

»Warum lächeln Sie?« Bürgkh hatte eine vollklingende Stimme, mit der er mühelos selbst den größten Saal füllen konnte.

»Ich lächle, weil ich mir vorstelle, wie umständlich es für Sie sein muss, sich zu einer kleinen Tanzpartnerin wie mir zu bücken.«

»Sie sind nicht klein, Alexandra, lediglich zierlich«, antwortete er gut gelaunt.

»Sie sollten sich besser eine größere Partnerin suchen.«

»Ich möchte es aber lieber mit Ihnen probieren.«

Wenn Anton lächelte, entstand ein lustiges Grübchen an seinem Kinn. Er hatte rostrotes Haar, einen schmalen Oberlippenbart und neugierige Kinderaugen. Man bekam ein fröhliches Gefühl, wenn man ihn anschaute, und ein fröhliches Gefühl war etwas, das Alexandra in ihrem Zustand gut gebrauchen konnte. Was war ihr denn geblieben? Die Erinnerung an eine Liebe zu ihrem Cousin, ohne den sie einmal geglaubt hatte, nicht leben zu können. Für einen trügerischen Augenblick waren sie noch einmal zusammengekommen, ein verirrter Kuss auf Onkel Dragos Gut, einen Tag, bevor die Welt zusammengestürzt war. Seit dem Sommerfest an der Donau hatten sie einander nicht mehr gesehen. Wie allen aus der Familie war auch Philipp die offizielle Hochzeitseinladung zugesandt worden.

Dort stand er, zusammen mit seiner Familie. Ernst sah er aus, doch nicht verschlossen. Philipp war einer, der alles verstand, er war weiser, als man es seinem Alter zutraute. Indem sie ihn hinter dem Brautschleier betrachtete, grüßte Alexandra ihn noch einmal liebevoll. Mit Philipp wäre das große Glück vielleicht möglich gewesen. Das große Glück?

Der Mann, auf den Alexandra im weißen Kleid zuschritt, hatte nicht von vornherein das Zeug, sie glücklich zu machen. Trotzdem fühlte sie sich nicht als Opferlamm, das zur Schlachtbank geführt wurde. Irgendetwas war an Anton, das ihr gefiel, vielleicht sein Witz.

»Ihr Großvater sagt, ich soll mich mit Ihnen übers Reiten unterhalten«, hatte er auf dem Fest bei Eszterhazys gesagt.

»Möchten Sie sich denn gern übers Reiten unterhalten?«, hatte sie gefragt.

»Es gibt nichts Langweiligeres, als sich über das Reiten zu unterhalten.« Sein freches Lächeln mit dem Grübchen. »Eigentlich brauchen wir gar nicht zu reden. Wir tanzen einfach.« Damit hatte er sie aufs Parkett geführt. Bedachte man den Größenunterschied, hatten sie in jener Nacht ein ziemlich harmonisches Tanzpaar abgegeben.

Nein, Alexandra konnte Julius nicht böse sein. Er hatte ihr keinen degenerierten Adeligen und keinen langweiligen Großbürger ausgesucht. Anton stellte eine solide Mischung dar, fröhlich, ohne dandyhaft zu sein, gebildet, ohne sich etwas darauf einzubilden.

Dort saß der Großvater, der alte Geier, an der Seite von Alexandras künftigen Schwiegereltern. Julius trug den traditionellen Gehrock mit Vatermörder-Kragen, dazu eine hellgraue Krawatte, wahrscheinlich als Ausdruck seiner Freude. Wie gern hätte sie ihn als ihren Feind angesehen, als den Übeltäter, der ihr durch eine Zwangsheirat das Leben verpfuschte. Dennoch liebte sie den alten Mann, weil sie spürte, sehr viel von ihm war auch in ihr. Julius tat alles, um das Familienunternehmen in die nächste Generation zu retten. Er hatte Alexandra bekämpft und besiegt, aber sie liebte ihn trotzdem.

Obwohl sie sich bemühte, das Kirchenschiff hoheitsvoll zu durchschreiten, warf sie doch hin und wieder Blicke auf die Anwesenden. Onkel Maxim sah verändert aus. Er war sehr krank gewesen. Aber auch nach seiner angeblichen Genesung strahlte er etwas von einem mächtigen Baum aus, in den der Blitz gefahren war. Er war noch der Alte, der Fuchs, der Held, der Teufel, aber ein Riss ging durch sein Wesen. Alexandra brachte diesen Riss mit Livia in Verbindung. Jeder, der Livia mochte, hatte aufgeatmet, als sie sich endlich einen Liebhaber genommen hatte. Vielleicht war das nicht ihre Absicht gewesen, doch spät zahlte sie Maxim seine vielen Affären heim. Ihr Geliebter war nicht in den Stephansdom eingeladen worden, das verstand sich. Andererseits, Alexandra kicherte innerlich, hätte der Tenor während der Feierlichkeiten ein Agnus Dei singen können.

Hofteuffel war auch da, das freute sie, an seiner Seite Kathi. Dass ausgerechnet diese beiden ein Paar geworden waren, stellte das beste Beispiel dafür dar, wie unvorhersehbar das Leben war. Unter dem Brautschleier schüttelte Alexandra den Kopf: Trauer und Hoffnung, Angst und Zärtlichkeit, alles durfte das Leben für sie bereithalten, nur Gewöhnung und Abstumpfung sollten nicht dabei sein. Sie kannte das Los vieler arrangierter Ehen und hoffte zutiefst, dass Anton ihr das ersparen würde.

Alexandra hatte den Leuchtturm erreicht. Er trug eine goldbeschlagene Sturmhaube mit Doppeladler unter dem Arm, auf seiner Uniformbrust prangte ein silberner Panzer, dazu rote Hosen und Reitstiefel. Es war in dieser Zeit nicht ungewöhnlich, dass Männer von Stand in Uniform heirateten. Anton war bei den berittenen Dragonern als Oberleutnant der Kürassiere eingerückt und hatte seine Marschpapiere bereits erhalten. In wenigen Tagen würde Alexandras Mann in den Krieg ziehen.

Abel Hahn führte seine Tochter an die Stufen des Hochaltars heran. Dieser Altar stammte nicht aus der Entstehungszeit des Domes. Das gotische Original war im Frühbarock derart von Würmern zerfressen gewesen, dass man es austauschen musste. Das neue Gemälde im Zentrum zeigte die Steinigung des heiligen Stephanus, darüber thronte die Statue der Immaculata. Ja, Alexandra hatte den Glauben, zu dem sie konvertiert war, sorgfältig studiert. Sie fand das Neue Testament erfrischender als die Geschichten aus der Tora. Sie fand das Christentum wendiger, geschmeidiger und damit eigentlich *jüdischer*, als sie erwartet hatte. Sie hatte sich auch über die Kathedrale informiert, in der sie heiratete, die Metropolitankirche des Erzbischofs von Wien und zugleich das heimliche Wahrzeichen Österreichs.

Anton gab die Sturmhaube seinem Trauzeugen, dem jüngeren Sohn der Bürgkhs, und übernahm seine Braut aus der Hand ihres Vaters. Abel Hahn weinte, eine seltene Gefühlsäußerung dieses sonst so lauwarmen Menschen. Die Domorgel hatte seit Eintreten der Braut unaufdringlich präludiert, nun schwieg sie, während Alexandra und ihr Kürassier auf roten Polstern niederknieten und der Bischof im Ornatmantel auf die beiden zutrat.

Alexandra wusste, was sie tun und antworten musste. Was sie fühlen sollte, wusste sie nicht. Das war das Beängstigende dieses Tages und des Lebens überhaupt zurzeit. Man traute sich nicht, etwas Dauerhaftes zu fühlen, man kam sich wie in einer Blase vor, durch die man nur verschwommen nach draußen sah. Dahinter lag das Leben mit all seinen Hoffnungen und Plänen, da draußen lag auch irgendwo die Liebe. Es war unmöglich, zu behaupten, dass sie Anton eines Tages lieben würde, aber sie konnte ihn gut leiden. Wenn man diese vom Tod überschattete Zeit bedachte, war das schon viel.

Das Zeremoniell dauerte nur wenige Minuten. Als Alexandra am Arm des Leuchtturms den Stephansdom verließ, begannen hoch über ihr die Glocken zu läuten.

47
Die Karpaten

Ludwig Korff saß eingegraben unter der Erde. Über ihm stützten Fichtenbalken den Unterstand. Fichten waren das Einzige, was es in dieser Höhe reichlich gab, Fichten und den Tod.

Österreich-Ungarn hatte im ersten Kriegswinter eine Million Mann verloren, die Hälfte davon an der russischen Ostfront. Mit Ostgalizien und der Bukowina waren der Monarchie fruchtbare Agrargebiete und wichtige Ölfelder verloren gegangen. Die Deutschen dagegen hatte ihr Ziel, ihre Ostgebiete zu behaupten, erreicht. Die Abhängigkeit der k. u. k. Monarchie von Deutschland wurde militärisch und politisch immer drängender. Die russischen Truppen standen kurz davor, in die ungarische Tiefebene einzufallen. Es war kriegsentscheidend, dass die Österreicher die Karpatenpässe so lange wie möglich hielten. Die Festung Przemyśl wurde von den Russen seit Monaten belagert und drohte wegen Nahrungs- und Munitionsmangel zusammenzubrechen. Der Entsatz der Festung stellte für die k. u. k. Heeresleitung das wichtigste Ziel dar, war aber bereits einmal gescheitert. Diese Offensive allein hatte vierundneunzigtausend Männern das Leben gekostet.

Seit Wochen saß Ludwig nahe einem Dorf namens Bircza fest. Sein Kampf war ein anderer als der grausame Stellungskrieg, den die zweite Armee in eisiger Höhe führen musste. Ludwig kämpfte gegen seinen eigenen Vorgesetzten, Generalmajor Jasko Szurmay. Der gehörte zur großen Gruppe österreichisch-ungarischer Offiziere, die es überflüssig fanden, die modernen technischen Nachrichtenmittel zu nutzen. Szurmay hielt sich an den Glauben, dass jeder Krieg mit schnellen, vernichtenden Offensivschlägen am besten zu gewinnen sei. Die neumodische Funk- und Fernmeldetechnik konnte ihm gestohlen bleiben.

In annähernd zweitausend Metern Höhe, in Kälte, Sturm und Eis gab es keine schnellen Offensivschläge, die Vernichtung kam von ganz anderer Seite. Die Westkarpaten waren für militärische Operationen ungeeignet, da sie kaum zu passieren waren. Der Winter 1914 hatte sich mit ungewöhnlicher Härte eingestellt, doch der Generalstab hatte es versäumt, die Soldaten mit entsprechender Winterausrüstung zu versorgen. Wenige Wochen, nachdem Ludwig seine Fernmeldestation eingerichtet hatte, standen die militärischen Operationen, aber auch die Versorgung der Truppe vor dem Ende. Der unerträgliche Frost hatte allein in Ludwigs Regiment Hunderte Tote gefordert. Die Kälte war der schlimmere Feind als die Russen in ihren gut ausgebauten Stellungen.

Gerade hatte Ludwig die Verlustmeldung eines einzigen Tages an die Leitstelle in Czernowitz durchgegeben, als ein Infanterist ohne Dienstgrad den Unterstand betrat und den Gefreiten Korff zu sprechen wünschte. Der Mantel des Soldaten war so steif gefroren, dass jede Bewegung knarrte. Sein rechter Stiefel hatte keine Sohle mehr und war mit Bandagen umwickelt. Er trug eine Fellmütze mit heruntergeklappten Ohrschützern, die bei den Österreichern nur Offiziere besaßen; der Mann musste die Mütze von einem Russen erbeutet haben. Er stellte sein Gewehr in die Ecke.

»Gefreiter Korff, ich melde mich zur Einsatzbesprechung«, sagte er mit einer Stimme, die sonst wohl Klang besaß, durch die Kälte aber in ein Krächzen umschlug.

»Mit wem habe ich die Ehre?« Ludwig hängte den Hörer des Feldfernsprechers ein.

»Ja, Herr Ludwig, erkennen Sie mich nicht?« Der Soldat wischte sich Eiskristalle aus dem Bart.

»Aber … aber das kann doch nicht sein.« Langsam, ungläubig stand Ludwig auf. »Sind Sie es, sind Sie es wirklich?«

»Jawohl, Schütze Arsch Hannes Gattinger meldet sich zur Stelle«, antwortete der Soldat und schlug lachend die Hacken zusammen.

»Gattinger, Sie sind … Sie müssten doch …«

»Ich müsste tot sein, da haben Sie schon recht. Bin ich aber nicht. Man hat an mir den Galgenstrick gespart, weil man glaubt, dass eine russische Kugel die Arbeit genauso gut verrichten kann.«

»Gattinger – Gattinger!« Der zarte Ludwig freute sich so unbändig, inmitten der eisigen Fremde ein vertrautes Gesicht zu sehen, dass er auf den ehemaligen Chauffeur seines Brudes zustürmte und ihn umarmte. »Gattinger, wie schön, Sie zu sehen.«

Gattinger ließ die unerwartete Zärtlichkeit erstaunt über sich ergehen. »Ich freue mich auch, gnädiger Herr.«

»Man hat Sie also …?«

»Begnadigt, ja, gleich nach Kriegsausbruch. Meine Hinrichtung war schon im Juni festgesetzt, aber Dr. Riegler hat noch einen allerletzten Aufschub erwirkt. Kurze Zeit später purzelten in Europa die Kriegserklärungen. Das hat mich gerettet.«

Ludwig trat einen Schritt zurück. »Aber gab es denn eine Generalamnestie? Wurden alle zum Tode Verurteilten in Kriegsdienst gestellt?«

»Natürlich nicht.« Gattinger nahm die Mütze ab. »Das hat wohl Ihr Herr Bruder für mich arrangiert.«

»Maxim hat für Sie interveniert? Er hat mir nichts davon erzählt.«

»So ist der gnädige Herr eben«, lächelte Gattinger. »Er hat mich zwar nie im Gefängnis besucht, aber in Wirklichkeit war er es, der mich gerettet hat.«

»Mein Gott, setzen Sie sich doch, Gattinger. Wollen Sie einen Tee?« Ludwig wandte sich zu dem Rechaud, auf dem er für sich und den Generalmajor Kaffee kochte.

»Einen Tee, gern, gnädiger Herr.«

»Hören Sie auf mit dem Gnädigen. Hier draußen haben wir praktisch den gleichen Rang.«

»Wie ist es Ihnen ergangen, Herr Korff?« Gattinger nahm auf Ludwigs Feldbett Platz.

»Mir geht es besser und bequemer als Zehntausenden Kameraden. Ich sitze gemütlich hier drinnen und gebe Meldungen durch. Manchmal muss ich mit meinem Feldtelefon auch zum Pass hinaufstapfen, manchmal komme ich im Tiefschnee nur kriechend voran, aber im Großen und Ganzen habe ich es besser als die meisten.« Er schöpfte eine Handvoll Schnee in den Topf und stellte ihn auf die Flamme. »Was haben Sie in diesem Kriegsjahr erlebt?«

Gattinger stützte sich auf die Ellbogen. »Ich war an der Front. An mehreren Fronten. Mehr ist dazu nicht zu sagen.«

»Doch, Hannes, dazu ist mehr zu sagen. Ich möchte, dass Sie es mir genau erzählen. Eines Tages, wenn der ganze Irrsinn vorüber ist, werde ich darüber schreiben, ein Buch oder ein langes Gedicht. Ich weiß noch nicht. Auch ich habe Schreckliches gesehen, dabei musste ich noch keinen erschießen und niemanden mit meinem Bajonett durchbohren. Erzählen Sie von der Front, Hannes.«

Gattinger starrte mehrere Sekunden vor sich hin.

»Wenn du da draußen im Graben liegst, bittest du Gott nur noch um eins: lieber einen schnellen Tod als das schreckliche Leid ertragen, die unbeschreiblichen Verwundungen, die rund um dich passieren. Nach ein paar Tagen gibt es keine richtigen Stellungen mehr. Du liegst in Granatlöchern, weil dein Schützengraben kaputt geschossen wurde und eingestürzt ist. In so einem Loch steht das Wasser knietief. Die Füße sind geschwollen, die Stiefel taugen nichts mehr. Jeden Augenblick erwartest du den Tod.«

Gattinger massierte seine kahle Kopfhaut, während er weitersprach. »Eine Granate schlägt ein. Sie begräbt die Toten rund um dich im Erdreich. Die nächste Granate reißt diese Leichen wieder hervor. Der entsetzliche Gestank. Willst du dich tiefer in dem Loch eingraben, stößt du mit der Schaufel überall auf Tote. Draußen, auf freiem Feld, ist alles übersät mit Schwerverwundeten. Keiner von denen kann hinter die Kampflinie geschafft werden, dazu ist das Artilleriefeuer zu dicht. Wenn es warm ist, müssen sie in der Gluthitze verschmachten, in der Kälte bleibt ihnen die Gnade des Erfrierens. Die, die überleben, sind verrückt geworden. Sie antworten nicht mehr, wenn du sie ansprichst.«

Ludwig nahm das kochende Wasser von der Flamme und goss den Tee auf. »Die Offiziere schicken die Männer als Maschinengewehrfutter hinaus, und wenn die Reihen sich lichten, muss ich den Nachschub an Menschenmaterial herbeibeordern«, sagte er leise.

Gattinger nahm die Blechtasse. »Mit zweitausend Mann bin ich eingerückt, von meinem Regiment sind sechsunddreißig übrig geblieben.«

»Aber Sie sind unverletzt?«

Gattinger sah ihn an. Dann öffnete er für einen Moment den Mantel.

»O Gott.« Ludwig prallte zurück. »Das ist …«

»Halb so schlimm.«

Gattinger nahm gerade den ersten Schluck, als die Plane zur Seite geschlagen wurde und Generalmajor Szurmay eintrat.

»Nanu?«, sagte er angesichts eines teetrinkenden Soldaten in der Funkstelle. »Was machen Sie hier?«

Gattinger sprang auf und erstattete Meldung.

»Ich kenne diesen Soldaten aus Wien«, erklärte Ludwig. »Er ist früher unser Chauffeur gewesen.«

»Chauffeur? Na schön. Raus mit Ihnen.« Szurmay winkte Gattinger aus dem Unterstand und wandte sich an Ludwig. »Geben Sie mir Czernowitz. Von dort brauche ich eine … eine Dings … Wie heißt das? Ich will die Heeresleitung sprechen.«

»Eine Rufumleitung.« Ludwig machte das Feldtelefon bereit.

»Die wollen den aktuellen Bericht über Przemyśl von mir haben, ausgerechnet von mir.«

Die Leitung herzustellen, war umständlich, Ludwig gelang es erst nach zehn Minuten. Er übergab Szurmay den Hörer, der mit einem Offizier sprach, den er offenbar gut kannte.

»Servus. Hör zu, der Bericht über Przemyśl. Hauptgesichtspunkt: Die Festung ist sowieso nicht viel wert. – Was? Man kann nicht vergessen machen, dass die Festung seit jeher unser Stolz war? Alles kann man vergessen machen, lieber Freund. Zweitens: Wenn die Festung kapituliert, dann wohlgemerkt nicht durch Feindgewalt, sondern durch Hunger. Hunger ist das Wichtigste.« Er schüttelte unwillig den Kopf. »Was, das geht nicht? Weil man dann draufkommen würde, dass die Festung ungenügend verproviantiert war? Gut, dann schreibst du: Es war unmöglich, genügend Proviant anzuhäufen, weil der Proviant bei Einnahme der Festung sowieso dem Feind in die Hände gefallen wäre.« Der Generalmajor presste den Hörer an sein Ohr. »Wie er ihm dann in die Hände gefallen wäre, durch Hunger? Nein, dann selbstverständlich durch Gewalt. Sei nicht so schwerfällig.«

Während Szurmay sprach, behielt Ludwig mit steinerner Miene seine Regler und Anzeigennadeln im Blick. Schließlich warf der Vorgesetzte ihm den Hörer hin.

»So, fertig. Schluss für heute. Ich gehe essen.«

Ludwig lauschte noch einen Augenblick dem feinen Summen, das aus dem Hörer drang. Es war der Beweis dafür, dass von diesem menschenvernichtenden Ort eine Leitung hinausführte in die Ferne, in die Ebene und von dort nach Wien, wo Ludwigs Klavier stand, wo seine Bücher ihn erwarteten und sein Bruder. Er wünschte sich, gesund nach Hause zu kommen. Nun, da er Gattinger in seinem Regiment wusste, war Ludwig mit einem Mal erfüllt von einer unerklärlichen Hoffnung.

48

Zu ebener Erde und unter dem Dach

Livia ließ sich Zeit. Manchmal fürchtete sie, es könnte Renè langweilig werden, wenn sie auf diese langsame Art zu ihrer Seligkeit fand. Renè war der erste Mensch, mit dem sie überhaupt darüber sprechen konnte. Als Frau redete man nicht über die Stationen des Glücks, weder vor der Ehe noch später. Die Frau tat, was dem Mann Freude bereitete. Ihre eigene Freude stellte sich dabei eher zufällig ein.

Livia saß auf René, er umfasste ihre Brüste. Draußen dämmerte es schon. Viel Zeit blieb ihnen nicht mehr, bald musste er zur Vorstellung. Sie bewegte sich sachte, hielt inne, bewegte sich schneller, Renè machte ihren kleinen Tanz bereitwillig mit. Er gab ihr den Widerstand, den sie brauchte, was Maxim übrigens nie begriffen hatte. Maxims Technik waren kräftige, manchmal wilde Stöße, er besaß Ausdauer, aber ihm fehlte Renès Feingefühl.

»Oh«, machte Livia.

»Ich liebe dich«, flüsterte er.

Sie hörte seine Stimme von weit her. Sie wimmerte, presste sich an ihn und machte sich zu einem himmeljauchzenden Galopp auf. Langsam, glücklich sank sie in seinen Arm. Livia genoss die Zuckungen, die ihr Unterleib noch vollführte, und spürte, dass Renè bereit war, sie weiter zu lieben. Doch nachdem sie einander lange geküsst und gestreichelt hatten, zog er sich aus ihr zurück.

»Willst du nicht auch …?« Sie wünschte sich sein Glück und

seine Hemmungslosigkeit. Renè nahm sie zärtlich in die Arme und schlug die Decke über beide.

»Ich war feige«, sagte er nach einer Pause, in der sich Livias Atem beruhigte. »Verzeih, dass ich mich so feige von dir zurückgezogen habe.«

»Zurückgezogen? Ich würde eher sagen, dass du gerade wunderbar vorgeprescht bist.« Sie strich über sein glatt rasiertes Kinn.

»Das meine ich nicht. Ich meine die Flucht vor dir. Aus Feigheit wollte ich vor dir davonlaufen.«

Sie rückte ein wenig von ihm ab. »Bitte erklär mir das.«

»Nachdem ich bei euch an der Donau war, hatte ich Angst, dass ich deinen Erwartungen niemals entsprechen würde. Du bist eine reiche, verwöhnte Frau, kommst aus wohlhabenden Verhältnissen und kanntest nie etwas anderes. Ich bin ein armer Musiker. Meine Mutter war Lehrerin, sie hat sich alles vom Mund abgespart, damit ich studieren konnte. Mit dem, was ich am Theater verdiene, werde ich dir nie ein standesgemäßes Leben bieten können.«

Sie wollte ihm ins Wort fallen.

»Lass mich ausreden. Wenn du mich so anschaust, schaffe ich das sonst nicht mehr, was ich dir sagen will.«

»Was denn sagen?«, erwiderte Livia ängstlich. Die Erinnerung an das triste Gespräch im Café Sperl machte sie misstrauisch.

»Du glaubst, dass du dich an meinen Lebensstil gewöhnen könnest, an eine Wohnung wie diese, an meine Verpflichtung, jeden Abend ins Theater zu gehen. Weil du mich liebst, glaubst du, all das auf dich nehmen zu können. Du glaubst, dass du aus deiner Welt davonlaufen kannst.«

Livias Augen wurden groß und traurig. Sie wusste, was er ihr nun sagen würde, spürte, dass dies nur die Trennung bedeuten konnte.

»Und weißt du, was?« Ein breites Lächeln überzog sein Gesicht. »Ich glaube das mittlerweile auch. Ich glaube, dass du und ich unendlich glücklich werden können. Ich glaube, dass es Zeit ist, unser gemeinsames Leben zu beginnen. Nicht wie bisher mit diesen heimlichen Treffen und der Liebe am Nachmittag, bevor ich ins Theater muss. So darf es zwischen uns nicht weitergehen. Ich liebe dich unendlich, Livia, und deshalb frage ich dich, ob du mich nach Berlin begleitest.«

Noch bevor sie antworten konnte, haspelte er weiter. »Ich werde dir auch weiterhin nicht viel bieten können. Meine Gage an der Königlichen Oper ist anständig, aber wir werden uns keine Wohnung in dem Stil leisten können, wie du es gewöhnt bist. Außerdem … «

Rasch legte Livia ihm die Hand auf den Mund. »Sei still. Bitte sei still und lass mich das genießen.«

»Was denn?«

»Das Glück, du Dummkopf. Das Glück kommt nicht allzu oft vorbei, zumindest in meinem Leben war das so. Darum lass mich diese glückliche Minute in vollen Zügen auskosten.«

»Mein Vorschlag macht dich glücklich?«, fragte er ehrlich überrascht.

»Dein Vorschlag ist meine Rettung.« Sie schmiegte sich an ihn. »Als du neulich sagtest, du gehst nach Berlin, als du so kühl und distanziert warst, dachte ich, mein Leben wäre endgültig zu Ende. Denn ich kann nicht mehr bei Maxim bleiben, es ist unmöglich. Unsere Ehe macht mich kaputt.«

»Aber könntest du ihn denn verlassen, jetzt, da er krank ist?«

»Ich verstehe diese sonderbare Krankheit nicht«, antwortete sie. »Manchmal ist er ganz der Alte, besitzergreifend, frech und fröhlich. Und dann, über Nacht, kommt er mir vor wie ein alter Mann. Dann habe ich Angst, etwas Tödliches könnte sich in ihm ausbreiten, und fürchte, dass er nicht mehr lange leben wird.«

»Trotzdem würdest du ihn verlassen?«

»Ich kann doch nichts für seine Krankheit.«

»Ich frage dich noch einmal, Livia: Würdest du trotz alledem mit mir nach Berlin gehen?«

»Ja«, antwortete sie fest. »Das will ich. Das muss ich. Ich

muss weg von Wien, aus dieser Todesstadt. Alles vergeht hier, alles stirbt …« Ihre Worte verwirrten sich, sie verstummte.

»Findest du? Ich kenne Wien anders.« Er legte sich bequemer hin. »Ich glaube, in Wien muss die Musik erfunden worden sein. Und die Leute hier sind immer irgendwie … lustig.«

»Böse sind die Wiener, abgrundtief böse«, widersprach sie.

»Vielleicht durchschaut man das erst, wenn man sie besser kennt. Aber zugleich sind sie auch Gaukler, sie lieben das Dramatische. Ich habe den Eindruck, dass in Wien immer Theater gespielt wird.«

»Da hast du recht«, sagte sie leise. »Wien ist eine einzige riesige Theatervorstellung.«

»Und ich muss gleich in meine Theatervorstellung.« Renè schaute auf die Uhr.

»Sag mir noch …« Sie rollte sich auf den Bauch. »Wie ist Berlin?«

»Du kennst Berlin nicht? Eine Frau wie du?« Er langte nach dem Oberhemd.

»Nein«, sagte sie mädchenhaft. »Maxim führt Geschäftsbeziehungen mit vielen Ländern, aber vor den Deutschen hat er eine sonderbare Scheu.«

»Weil er bei den Deutschen mit seinem Wiener Charme nicht durchkommt.« Renè stieg in die Hosen.

»Warte.« Sie griff nach der wollenen Überdecke.

»Höchste Zeit«, sagte er beim Griff zu den Stiefeletten.

Livia schlang sich die Decke um und folgte ihm in den Flur. »Ich muss dich noch einmal küssen.«

»Wir werden uns noch oft küssen.« Er drückte ihr einen Schmatz auf.

»In Berlin, mein Liebster.« Sie lächelte.

»Berlin, Geliebte. Es wird wunderbar.«

Die Wohnungstür klemmte wie gewohnt, er riss sie mit Gewalt auf und stürmte die Treppe hinunter.

Livia stand mit der Decke da wie eine griechische Göttin. »Berlin.« Versonnen schloss sie hinter ihm die Tür.

Raphael saß am Tisch, die Krücken waren an seinen Stuhl gelehnt. Die Wohnung war klein und ging auf den Hinterhof.

»Du wirst deine Tochter finden«, sagte er und breitete die Serviette auf den Schoß. »Du kannst gar nicht anders, als sie zu suchen, jetzt, da du weißt, wo sie sein könnte.«

»Aber die Wachau ist groß, wenn man nach einem einzelnen Kind sucht.« Katrin brachte das Essen auf den Tisch.

»Ein kleines Mädchen, das als Pflegekind aufgenommen wurde. So viele wird es da draußen nicht geben.«

»Die Bergers geben das Kind mit Sicherheit als ihre Tochter aus, und sie hat sich inzwischen an ihre Pflegeeltern gewöhnt. Ich weiß nicht, ob ich den Mut habe, mich dazwischenzudrängen.«

Während Katrin ihm vom Püree auftat, schaute Raphael zu ihr hoch. »Du bist die Mutter.« Mit der Gabel machte er eine Kuhle und goss zerlassene Butter auf den Kartoffelbrei.

Den Löffel in der Hand hielt Katrin inne. »Du bist so … so erstaunlich gelassen bei dieser Neuigkeit.«

»Wieso auch nicht?«

Sie setzte sich ihm gegenüber. »Raphael, ich kümmere mich den ganzen Tag um dich, deine Gesundheit und unseren Haushalt. Ich tue es gern, weil ich dich liebe. Doch falls ich mein kleines Mädchen wiederfinden sollte und es zu mir nehmen darf, werde ich mich auch um sie kümmern müssen.«

»Das versteht sich von selbst.« Er begann zu essen.

Katrin behielt ihn im Blick, zuerst überrascht, dann verstört, weil es dazu so viel zu sagen gegeben hätte. Doch Raphael schwieg und aß. Mit beiden Händen schlug sie auf die Tischkante, dass die Wassergläser zitterten. »Raphael, was ist los mit dir? Du verschweigst mir etwas.«

»Ich verschweige es dir gar nicht, ich habe nur einige Zeit gebraucht, um mir selbst darüber klar zu werden.«

»Worüber?«

»Dass ich dich verlassen werde.«

»Du mich? Du … mich?« Mit offenem Mund starrte sie ihn

an. »Das kannst du gar nicht in deinem Zustand.« Augenblicklich ärgerte sie sich über ihre Bemerkung.

»Genau das dachte ich selbst auch lange.« Er nahm einen Bissen. »Du hast mich vor dem sicheren Tod bewahrt, Kathi. Ohne dich läge ich jetzt irgendwo in einem Grab in Indien. Solange man ein solches Maß an Abhängigkeit von einem anderen Menschen für selbstverständlich hält, glaubt man, dass ein Leben ohne diesen Menschen unmöglich wäre.«

»Worauf willst du hinaus?« Ohne gegessen zu haben, ließ sie die Gabel sinken.

»Ich habe den Großteil meines Lebens allein verbracht und war immer auf mich gestellt.«

»Das weiß ich ja.«

»Dann kamst du. Ich habe mich in dich verliebt.«

»So wie ich mich in dich.«

Raphael aß weiter. »Doch wenn wir ehrlich miteinander sind, dauerte unsere Liebe nur für die Frist einer außergewöhnlichen Zugfahrt.«

»Die Reise nach Allahabad, ja, das war schön.« Ihre Miene entspannte sich. »Das war zauberhaft.«

»Zauberhaft, findest du? Obwohl ich dich nicht lieben konnte?«

»Du hast mich auf deine Art geliebt und ich dich.«

Er schüttelte den Kopf. »Deine vornehme Zurückhaltung ehrt dich. Jetzt ist aber nicht die Zeit dafür. Ich habe dich mit dem Mund befriedigt. Ich habe dir zugesehen, wie du wollüstig selbst Hand an dich gelegt hast. Wir haben die bescheidenen Liebesspiele gespielt, die mit einem impotenten Mann eben möglich sind.«

»Hör auf. Das hört sich so freudlos an. Ich habe es aus Liebe getan. Und ich liebe dich immer noch.«

»Ich glaube dir, obwohl es eigentlich kaum zu glauben ist. Liebst du mich auch, wenn du meinen Beinstumpf wäschst, wenn du mir ins Bett helfen musst oder mich im Rollstuhl durch die Stadt fährst? Liebst du mich, wenn du mich weinen hörst in der Nacht oder wenn ich betrunken meinen Lebensekel an dir auslasse?«

»Auch dann, Raphael. Es gibt nämlich keine halbe Liebe. Du bist mein Mann, und ich bleibe an deiner Seite.«

Er sah sie verwundert an. »Du bist wunderbar, du bist besonders. Trotzdem will ich es nicht. Wir müssen auseinandergehen.«

»Das können wir nicht«, entgegnete sie hilflos.

»Verstümmelt wie ich bin, wäre ich allein nicht lebensfähig. Meinst du das?«

»Das habe ich nicht gesagt.«

»Aber du denkst es, und das ist natürlich.« Ruhig nahm er ein paar Bissen. »Schon die alten Phönizier kannten Beinprothesen. Die Piraten des 16. Jahrhunderts hielten ihre Holzbeine für ein selbstverständliches Fortbewegungsmittel.«

»Du willst dir eine Prothese machen lassen?« Sie schob den Teller beiseite. »Aber der Überrest deines Beines ...«

»Ist sehr kurz, ich weiß. Ich habe mit einem Spezialisten gesprochen. Er sagt, dass er für mich etwas konstruieren könnte. Entscheidend ist aber, ich werde bald zu meiner nächsten Reise aufbrechen.«

»Eine Reise ... ohne mich?«, fragte sie, obwohl sie die Antwort kannte.

»Ohne dich.«

»Weshalb stößt du mich von dir, Raphael?«

»Natürlich muss es dir so erscheinen. Ich bin überzeugt davon, dass jedem von uns ein anderer Weg bestimmt ist. Darum bin ich so erleichtert, dass du dein Kind finden und ihm eine Mutter sein willst.«

»Meine Liebe zu dir und meine Sehnsucht nach dem Kind haben nichts miteinander zu tun.« Katrin fuhr sich übers Gesicht, es nützte nichts, sie musste weinen. »Warum, Raphael? Warum nur?«

»Du warst für mich ein Traum von Liebe, Kathi, der schönste Traum seit Livia. Aber ich muss aufhören, zu träumen. Vor allem muss ich aufhören, mich in die Abhängigkeit zu dir fallen zu lassen.«

»Was war ich – ein Traum?« Ihr Blick wurde klar, ihre Stimme wurde hart. »Ich bringe täglich deinen vollgeschissenen Nachttopf hinaus. Ich mache dir die Wärmflasche, wenn du frierst. Ich massiere deinen Beinstumpf, wenn du die Schmerzen von einem Bein, das nicht mehr da ist, kaum erträgst. Was ist daran so traumhaft?«

Abwehrend hob er die Hände. »So habe ich es nicht gemeint.«

»Was meinst du dann mit deinem *Traum von Liebe?*« Sie stand so vehement auf, dass der Stuhl zurückrutschte und gegen die Wand prallte.

»Wir haben Dinge zusammen erlebt, wie nur ganz wenige Paare«, antwortete er. »Unsere Zeit in der alten Wohnung, die Monate auf Reisen, Indien, das alles war unsagbar schön. Ich war mit einer geliebten Frau zusammen, in einem geliebten Land. Ich werde immer voll Inbrunst daran denken.«

»Ach so, dann hast du deinen Traum also in vollen Zügen genossen?« Ihre Tränen waren versiegt, Katrin zog die Nase hoch. »Du und deine geliebte Frau, du und dein geliebtes Indien. Weißt du was? Du bist noch eigennütziger und selbstsüchtiger als dein Freund Maxim. Der macht wenigstens keinen Hehl daraus, dass er sich nimmt, was er will. Du dagegen gibst dich als sensibler Feingeist aus, der keine Frau glücklich machen kann und sich in seinem schmerzvollen Versagen zurückzieht. Du darfst entscheiden, wann eine Liebe ein gelebter Traum ist und wann sie aus heiterem Himmel enden muss. Aus heiterem Himmel, Raphael!«

»Wahrscheinlich habe ich das verdient.« Er tauchte die Gabel ins Püree und nahm einen großen Bissen.

»Hör auf zu essen!« Mit einer gewaltigen Bewegung wischte Katrin seinen Teller, sein Glas und alles, was dabeistand, vom Tischtuch, dass die Dinge durch den Raum flogen und zerschellten. In Klecksen hing das Püree an den Möbeln.

Raphael saß regungslos da. Schließlich langte er nach seinen Krücken. Katrin wollte ihm helfen.

»Lass mich. Ab jetzt muss ich es auch ohne dich können.« Er hievte sich hoch.

Sie starrte auf die Bescherung. »Entschuldige, Raphael, entschuldige.«

Auf den Krücken schaffte er es bis zum rotseidenen Sessel und ließ sich hineinfallen.

»Wohin soll deine Reise diesmal gehen?« Katrin bückte sich nach den Scherben. »Es ist doch überall Krieg.«

»Ich möchte in die Vereinigten Staaten.« Er legte die Krücken zu Boden. »Von dort will ich auf eine Insel im Karibischen Meer.«

»Raphael, du bist verrückt«, sagte sie, die zerbrochenen Teile in der Hand.

»Und du bist sehr normal. Deshalb darf ich dir nicht länger zur Last fallen.«

»Ich liebe dich. Raphael, ich liebe dich.« Sie wollte in seine Nähe.

Sein Blick hielt sie auf Distanz. »Finde dein Kind, Kathi, werde glücklich mit ihm. Das wünsche ich dir von ganzem Herzen.«

Sie brachte das zerbrochene Geschirr in die Küche, holte Besen, Eimer und Scheuerlappen. Katrin schaute aus dem Fenster der ebenerdigen Wohnung. Der Kastanienbaum war schön, aber er nahm ihnen auch die ganze Sonne.

49

Die Fahne

»Hast du es getan, Hannes?«

Ludwig Korff und Hannes Gattinger waren so vermummt, dass außer ihren Augen nichts zu erkennen war. Sie kauerten unter einem Felsvorsprung, neben ihnen, hinter ihnen, überall duckten sich Männer in den Schnee. Sie hockten da, warteten und wussten, dass sie womöglich nur noch Minuten zu leben hatten. Einige beteten, manche starrten vor sich hin. Einige boten der Todesangst die Stirn, indem sie lachten, rauchten, redeten, als ob dies ein Ausflug im Schnee sei und nicht der Opfergang, den ihnen Tausende Kameraden schon vorgemacht hatten.

»Ist das denn wichtig?«, Gattinger rieb sich die Hände. »Es ist geschehen. Und es ist schon lange her.«

»Für mich ist es wichtig.« Der schmale Korff blickte zum kräftigen Gattinger auf. »Vielleicht werden wir gleich tot sein, Hannes. Vielleicht ist es das Ende unserer Welt. Ich habe dem Tod in Gedichten und Kompositionen viele Gesichter gegeben, erst jetzt lerne ich ihn richtig kennen. Der Tod ist nicht mysteriös, nicht der große Geheimnisvolle im schwarzen Mantel. Der Tod ist einfacher als das Leben. Warum wir Menschen ihn verteufeln oder verklären, das ist nur die Angst. Ich habe in letzter Zeit oft die Augen von toten Kameraden gesehen. Da ist nichts drin, Hannes, nichts spiegelt sich, nicht einmal der Himmel. Ich möchte glauben, dass es eine Erleichterung ist, zu sterben.«

Der große Kerl schaute den Bruder seines früheren Herrn an. Etwas Liebevolles war in Gattingers Blick, etwas Beschützendes. Er dachte an Maxim Korff. Der gnädige Herr würde diesen Krieg bestimmt überstehen. Er war einer, der alles überstand, der sich auf den Trümmern aufrichtete und wusste, was als Nächstes zu geschehen hatte.

Dieser Krieg war der Untergang Österreichs, sogar ein einfacher Mann wie Gattinger begriff das. Die Österreicher mochten vieles sein, aber Krieger waren sie keine. Österreicher zu sein kam Gattinger in den Sekunden vor dem Sturmangriff wie eine Auszeichnung vor. Es fühlte sich an wie in den Tagen, wenn die Winzer in den Hügeln rund um Wien ein Traubengesteck über die Tür hängten, das anzeigte, dass der heurige Wein zur Verkostung bereit sei. In und um Wien freuten sich alle auf diese Wochen, strömten nach Grinzing und Neustift am Walde und tranken den luftigen, feinen, ein bisschen sauren jungen Wein. Sie schauten über die Hänge bis zur Donau, und das war das Schönste, was es geben konnte auf der Welt. Dann war es eine Lust zu leben. Auch wenn in den Weingärten und Lokalen keine großartigen Dinge besprochen wurden, nichts, was die Welt veränderte, stellte es doch das pure Leben dar, das Leben, nicht wahr? Wo konnte es schöner sein, wo verstand man so viel vom Leben wie in Österreich?

Gattinger wollte sich über die Augen wischen, die feucht geworden waren, doch die Tränen waren zu Eis erstarrt. Traurig wurde das Leben erst, wenn die Weingestecke über den Türen welk wurden und die Trauben schrumpelten. Dann kamen Herbst und Winter. Der Wiener war ein Frühlingsmensch, der Wiener war ein Jüngling. Er wollte nicht in den Kampf ziehen, das Erschießen der Russen überließ er getrost den Deutschen. Die Deutschen hatten nichts Jünglinghaftes an sich, das waren Männer. Der Österreicher aber wurde niemals alt.

Gattinger schüttelte den Kopf. Wo führten diese Gedanken hin? Sollte er nicht besser prüfen, ob der Verschluss seines Gewehres geölt war, um nicht einzufrieren? Es war einerlei. Wenn sie gleich losstürmten, würde man ohnehin nicht sauber schießen können. Im Tiefschnee, im Sturm sah man den Gegner kaum und schoss aufs Geratewohl. Eine Kugel würde geflogen kommen, eine Granate würde einschlagen. Fertig.

Gattinger wandte sich zum Bruder seines gnädigen Herrn. »Hör zu, Ludwig.«

Der andere hielt sein Feldtelefon umarmt, als wäre es ein Ofen, der ihn wärmen sollte. »Ja, Hannes?«

»Ich hätte damals alles getan, um dich vor dem Duell mit Pankau zu retten. Ich wollte nicht, dass du von diesem Taugenichts erschossen wirst.«

»Und deshalb hast du ihn erwürgt?«, fragte Ludwig mit großen Augen. »Du bist in die Kleeblattgasse geschlichen, hast ihm aufgelauert und mit bloßen Händen umgebracht?«

»Ja, irgendjemand hat das getan«, nickte Gattinger. »Aber nicht ich. Ich war es nicht, Ludwig.«

»Wirklich?«

»Willst du mein Ehrenwort?«

»Wenn du es sagst, glaube ich dir.« Der Schal vor Mund und Nase war verrutscht, Ludwig zog ihn wieder hoch. »Ich war sicher, dass du der Mörder bist und zugleich mein Beschützer.«

»Nein. Jemand anderes hat das getan.«

»Wer?«

»Das weiß ich nicht.«

»Hast du mit Maxim darüber gesprochen?«

»Nur ein einziges Mal, und das war bereits nach Pankaus Tod.« Gattingers Augen wurden milde. »Der gnädige Herr sagte, er sei vollkommen überrascht gewesen, als du verschont geblieben warst. Er war darüber sehr glücklich. Er glaubt, dass im rechten Moment ein Wunder geschehen ist.«

Ludwig blickte in das eisige Treiben. Der Nebel und der Sturm verschleierten, dass sie unter einer Felszinne saßen, zu der selbst im Sommer nur wenige heraufstiegen. Sie aber hatten sich im Winter eingegraben und sollten von hier aus die Russen zurückschlagen. Nichts konnte irrsinniger sein als ein solches Vorhaben, zu dem alte Männer in gut geheizten Räumen in Wien den Befehl gegeben hatten.

»Irgendwer muss es aber getan haben«, murmelte Ludwig. »Ich werde es nicht mehr erfahren.«

In diesem Moment tauchte ihr Oberleutnant aus dem Nebel auf, der freundliche Offizier, der seine Leute gut behandelte und den sie mochten. Er setzte ein Gesicht auf, wie man es macht, wenn man eine schlimme Nachricht fröhlich übermitteln möchte. Er hatte die Fahne des Regiments dabei, Rot und Gold, drei Buchstaben auf goldenem Grund. Er schwenkte die Fahne nicht, sondern rammte sie in den Schnee.

»So, Herrschaften, wir machen jetzt einen Spaziergang«, rief er gegen den Eiswind. »Wir schlagen sie zurück, und dann pflanzen wir diese Fahne im russischen Schützengraben auf. Wenn das erledigt ist, trinken wir Slibowitz, und für jeden gibt es eine Extraration Büchsenfleisch.« Er zwang sich zu einem Lächeln. »Je schneller wir es hinter uns bringen, desto schneller sind wir wieder zurück. Seid ihr bereit?«

Niemand hatte mit einem freudigen Hurra gerechnet, doch das schale Gemurmel der Männer konnte der Oberleutnant nicht hinnehmen.

»Seid ihr bereit?«, rief er markig.

»Bereit, Herr Oberleutnant!«, tönte es aus Hundert Kehlen.

»Dann folgt mir nach!« Er zog den Säbel. Während der Offizier losrannte, rief er Ludwig zu: »Korff, Sie bleiben mit Ihrem Apparatus dicht hinter mir.«

»Jawohl.« Ludwig sprang auf.

Gattinger sprang ebenfalls auf. »Und ich bleibe hinter dir.«

»Danke, Hannes. Gott schütze dich.«

»Und Sie genauso, gnädiger Herr.«

Ihre Blicke trafen sich. Ludwig hängte sich das Feldtelefon über die Schulter und folgte dem Oberleutnant auf die Anhöhe, hinter der die Russen warteten.

Die Fahne lag im Schnee. Der Dreck, den die Granate hochgeschleudert hatte, beschmutzte die Fahne. Der Oberleutnant war mit dem Gesicht nach unten gefallen. Über ihn rannten die Männer seiner Kompanie hinweg. Ein Ausweichen gab es nicht, der Hohlweg war zu schmal. Sie schrien jetzt alle, nicht aus Begeisterung, sondern weil man die Todesangst nur mit Schreien bekämpfen konnte. Sie rannten die Anhöhe hoch, wo die Granaten und die Maschinengewehre warteten. Sie rannten und erwarteten die Kugel und den Tod.

Das Feldtelefon war in den Schnee gefallen, Ludwig konnte sich nicht erklären, warum. Er hatte den Apparat gerade noch getragen, griffbereit, falls der Oberleutnant etwas durchgeben wollte. Jetzt sah er das Feldtelefon vor sich liegen, sah seine Hand, die den Hörer umklammerte.

»Ich helfe dir!«, rief einer. »Komm zurück!« Das war Gattingers Stimme.

»Ich muss vorwärts.« Ludwig schaute auf.

»Lauf zurück, bevor du ohnmächtig wirst.«

»Warum soll ich ohnmächtig werden?« Da spürte Ludwig mit einem Mal, dass das Weiß rund um ihn nicht mehr der Schnee war. Als Gattinger ihn auffing, flüsterte er: »Wir müssen doch stürmen. Ich habe es dem Oberleutnant versprochen.«

»Unser Oberleutnant hört nichts mehr. Der kann dein Telefon nie mehr benützen.«

Gattinger warf einen Blick auf den abgetrennten Arm im Schnee. »Und du auch nicht.«

»Hannes?«

»Ja, ich weiß.«

Der große Mann hob Ludwig auf seine Arme. Tief sank er mit der Last im Schnee ein und wankte zur Felszinne zurück, wo die Sanitäter bereitlagen.

»Sani! Hierher«, rief Gattinger. Sein Gesicht war feucht und rot, fein pulste das Blut aus Ludwigs Schulter, pulste unaufhörlich. »Sanitäter!«

Die Soldaten mit der Rot-Kreuz-Binde bahnten sich einen

Weg zu dem Verwundeten. Bis sie ihn erreicht hatten, presste Gattinger seine Hand auf das blanke Fleisch an Ludwigs Schulter. Das Blut quoll zwischen seinen Fingern hervor.

»Abbinden! Schnell!«

Die Sanitäter redeten nicht viel, machten Lederriemen und eine Spritze bereit. Mit festen Griffen banden sie die Wunde ab.

»Hilf uns, ihn in den Unterstand zu bringen«, sagte der eine.

»Ich kann nicht«, antwortete Gattinger.

»Warum?«

»Ich muss stürmen.«

»Bist du verrückt? Keiner zwingt dich. Trag ihn mit uns hinunter.«

»Nein.« Gattinger richtete sich über Ludwig auf, der im Schnee lag. Rosenroter Schnee überall. »Leben Sie wohl, gnädiger Herr«, sagte er.

»Leb wohl, Hannes.« Ludwigs Augen schlossen sich.

»Für Kaiser und Vaterland!«, schrie Hannes Gattinger und rannte zum zweiten Mal den Hügel hoch.

»Wieder einer, der den Verstand verloren hat«, sagte der Sanitäter.

Weiter oben, wo man über den Hohlweg nicht hinaussehen konnte, hörte Gattinger das Explodieren der Granaten. Er hatte die höchste Stelle fast erreicht.

Zuletzt bleibt nur die Liebe

50
Die linke Hand

Maxim verstand nicht, wohin ihn die Krankheit entführte. Er ahnte es, und es machte ihm Angst. An Tagen, wenn er beim Erwachen nichts von der sonderbaren Lähmung spürte, hoffte er inständig, dass es ausgestanden sei. Dann sprang er aus dem Bett und beschloss, wieder ganz der Alte zu sein.

Wenige Stunden später ließen seine Kräfte mit grausamer Gewissheit nach. Seine rechte Seite wurde taub. Ihm war, als ob sich sein Körper auf die linke Hälfte zurückzog. Es begann damit, dass er das rechte Bein nachschleifte. Er merkte es selbst nicht, hörte nur, wie der rechte Schuh über das Parkett schlurfte. Minuten später konnte er nicht mehr schreiben. Obwohl Maxim Linkshänder war, hatte man ihn als Kind zum Schreiben mit der rechten Hand gezwungen. Wenn seine Schreibhand plötzlich zur Seite sank und er die Feder nicht mehr halten konnte, wenn der Arm schlaff an seiner Hüfte herabhing, atmete Maxim tief durch, um die panische Angst zu verjagen. Er wechselte den Füller in die linke Hand und schrieb weiter.

Einmal war ihm diese unselige Verwandlung von Max, dem Kraftstrotzenden, zu Maxim, dem Lahmen, bereits in Gesellschaft passiert. Als er es merkte, hatte er rasch eine Sitzgelegenheit aufgesucht, den leblosen Arm in den Schoß gelegt und seinen Zustand verschleiert. Niemand außer Kortner wusste Bescheid. Der Chauffeur war ein nüchterner Mensch, diskret und praktisch. Geschickt hatte er seinem Herrn auf die Beine geholfen und ihn unauffällig zum Automobil gebracht.

In den Stunden, wenn die Lähmung Maxim übermannte, fühlte er sich wie ein Greis. Würde das Alter so für ihn aussehen? Weshalb ereilte es ihn schon jetzt? Wenn er Schwiegervater Julius mit seinen annähernd achtzig Jahren ansah, hatte Maxim die Hoffnung, dass das Alter auch seine guten Seiten bot. Wenn er allerdings während einer Lähmungsphase in den Spiegel schaute, blickte ihm ein grausiges Morgen entgegen.

Maxim hatte mit Professor Harmachis korrespondiert und ihn nach Wien eingeladen, damit der Ägypter ihn heilen möge. Die zögernde Antwort hatte Maxim in der Annahme bestärkt, das Harmachis selbst nicht wusste, weshalb das vor Wochen abgesetzte Pflanzengift bleibende Schäden hinterlassen hatte.

»Unser Haus wird zum Sanatorium«, sagte Maxim zu Kortner, während sie zum Franz-Josefs-Bahnhof fuhren.

»Wie bitte, Herr Korff?«

»Zu meiner Hinfälligkeit kommt jetzt auch noch mein verwundeter Bruder hinzu. In naher Zukunft sehe ich bei uns nur noch Krankenschwestern ein und aus gehen.«

»Wenn ich Sie richtig verstanden habe, will Ihr Bruder nicht sofort nach Hause kommen. Er möchte erst in ein Heeresspital.«

»Das könnte Ludwig so passen«, konterte Maxim. »Deshalb fahren wir ihn ja abholen. Der dumme Kerl ist imstande und lässt sich ins Lazarett bringen, weil er sich schämt.«

»Wofür schämt sich Herr Ludwig, wenn ich fragen darf?«

»Er hat geglaubt, der Krieg würde seinem Leben einen neuen Sinn geben. Ich habe ihm gesagt, dass der Tod allein der einzige Sinn des Krieges ist.« Maxim massierte seine rechte Hand, die er kaum spürte. »Ludwig hat einen Arm verloren, das ist hart. Aber es gibt Millionen, die es schlimmer getroffen hat.«

»Mein Schwager ist vorige Woche gefallen«, sagte Kortner mit Blick in den Rückspiegel.

»Mein Beileid, lieber Kortner.«

»Wo soll ich parken?« Sie näherten sich dem weitläufigen Bahnhof.

»Nicht am Haupteingang. Die Leute brauchen nicht zu sehen, wie Sie mich im Rollstuhl durch die Halle fahren.«

»Selbstverständlich.« Kortner nahm die Kurve.

Philipp erwartete seinen Vater auf dem Bahnsteig.

»Weißt du, warum ich dich hergebeten habe?«, rief Maxim, während Kortner ihn näher rollte.

»Nein, Papa.«

»Wie ich Ludwig kenne, könnte er auf die Idee kommen, sich vollständig von uns zurückzuziehen. Deshalb soll dein Onkel sehen, dass wir uns freuen, von ganzem Herzen freuen, ihn wieder hierzuhaben, dass ihn die ganze Familie willkommen heißt.«

»Alle, bis auf Mama.«

Ein kurzer Blick zwischen Vater und Sohn. »Alle, bis auf Mama«, nickte Maxim und wandte sich zum Chauffeur. »Von hier aus kann mein Sohn mich schieben. Wenn Ludwig sieht, dass ich auch ein Krüppel bin, wird er sich gleich viel wohler bei uns fühlen.«

Respektvoll trat Kortner zurück. »Ich erwarte Sie dann beim Wagen.«

Philipp schob seinen Vater auf den Perron hinaus. »Ich frage dich lieber nicht, wie es dir geht, Papa.«

»Daran tust du gut«, schmunzelte Maxim. »Grässlich geht es mir. Hast du etwas von Livia gehört?«

»Eine Karte kam. Darauf kündigt sie einen längeren Brief an.«

»Soso«, war alles, was Maxim dazu sagte.

»Ich muss dich später in einer anderen Angelegenheit sprechen.«

»Geht es um die Belegschaft?« Er schaute hoch. »Sag es mir lieber gleich.«

»Wir verlieren zu viele Fachkräfte. Die meisten sind eingerückt, einige schon gefallen. Wir können die Dezimierung des Fachpersonals nicht länger mit Ruthenen und Tschechen ausgleichen. Uns fehlt die Zeit, die Leute richtig auszubilden. Die Vorarbeiter haben bisher das Schlimmste verhindert und fehlerhafte Akkumulatoren aussortiert. Aber so geht es nicht weiter.«

Maxim schaute auf das Gleis, wo sich der Zug, in eine schwarze Wolke gehüllt, langsam näherte. »In unserer Lage können wir noch froh sein, dass sich das Geschäft mit Indien wegen des Krieges erledigt hat.«

»Ich verstehe nicht, warum uns die Armee die besten Männer wegnimmt. Die Korff-Werke stellen immerhin kriegswichtiges Material her.«

»Wahrscheinlich nicht wichtig genug.« Maxim stützte sich auf die Armlehne. »Ja, wenn wir Granatenhülsen produzieren würden, sähe die Sache anders aus. Ich werde mit dem Erzherzog darüber sprechen.«

Sie wurden eingehüllt vom Rauch der Lokomotive. Einen Moment später wurden sie umfangen von der Erbärmlichkeit, dem Elend und dem Grauen dieser Welt. Sie sahen, was niemand sehen sollte und was die Männer, die aus dem Zug ausgeladen wurden, am liebsten verheimlicht hätten. Es war etwas anderes, in der Zeitung von den namenlosen Helden, den tapferen Kämpfern und unvergessenen Gefallenen zu lesen. Maxim und Philipp schauten in diesem Augenblick in den Rachen des Teufels, in das hämische Maul, das die Opfer des Krieges ausspie. Die Gesichter der Krankenschwestern, die die Verwundeten begleiteten, die Gesichter der Soldaten, die die Bahren auf den Bahnsteig hievten, erzählten davon, dass die menschliche Seele das unausgesetzte Grauen nur für eine Weile ertragen konnte. Diese Gesichter zeigten kein Mitgefühl mehr, keine Trauer oder Verzweiflung, sie waren leer. Die Begleiter verrichteten ihre Pflicht, als ob sie nicht zerschundene Menschen, sondern Fleisch aus dem Zug heben würden. Männer waren hinausgezogen, Fleisch hatte man nach Wien zurückgebracht.

Maxim war in letzter Zeit manchmal zum Weinen zumute. Er tat es nur, wenn er allein in seinem Zimmer war. Angesichts dieser Bilder ließen sich die Tränen nicht zurückhalten. Er trug sein Taschentuch auf der rechten Seite, mühsam holte er es mit der linken Hand hervor. Philipp bemerkte zwar, dass sein Vater sich über die Augen wischte, blieb jedoch gefasst.

Er ist der Stärkere von uns beiden, dachte Maxim. Er ist ruhiger, besonnener. Das korffsche Feuer ist in ihm domestiziert. Er könnte es weiter bringen als ich. Philipp ist meine Rettung. Wenn es ihn nicht gäbe, hätte ich die Geschicke der Korff-Werke in die Hände von Theodor Zeska legen müssen. Philipps Entschluss, in die Firma einzusteigen, war die Rettung in letzter Sekunde. Er wird später zu studieren beginnen, er wird es nachholen. Zurzeit ist Philipp im Betrieb unverzichtbar.

»Da seid ihr ja!«

Maxim kannte die Stimme, konnte den Mann aber nicht gleich ausmachen. Er richtete sich im Rollstuhl auf. Sein Herz begann zu klopfen, als ob er eine Geliebte erwarten würde.

Dort tauchte Ludwig auf, der schmächtige Bursche, Ludwig, der geliebte kleine Bruder. Wie sah er aus? Maxim musste zweimal hinsehen, um ihn wiederzuerkennen. Straff und aufrecht kam Ludwig daher, der sonst am liebsten gebückt dahinschlurfte. Sein Haar war akkurat geschnitten. Der verwundete Bruder kam auf den älteren zu, der im Rollstuhl saß.

»Grüß dich Gott, mein Lieber.« Ludwig beugte sich zu ihm.

Maxim sah es nicht kommen, und er konnte nichts dagegen tun. Er heulte Rotz und Wasser. Plötzlich wusste er, dass diesem lieben Menschen sein ganzes Herz gehörte, er liebte seinen Bruder, hatte ihn immer geliebt und beschützt. In Friedenszeiten waren sie stets männlich lässig miteinander umgegangen. Doch der Krieg änderte alles. Wenn einer dem Tod entschlüpft war, hatte die falsche Männlichkeit ein Ende.

»Dass du nur wieder da bist.« Maxim wusste gar nicht, wohin mit seiner vielen Liebe. Er hob den linken Arm, Ludwig sank an seine Brust. Sie küssten einander auf die Wangen und hielten den anderen lange fest.

»Verzeih, dass ich dich nur links umarme«, sagte Maxim. »Zu mehr bin ich leider nicht imstande.«

»Und ich dich nur von rechts«, lachte Ludwig. »Da siehst du es: Die Korff-Brüder ergänzen einander auf das Prächtigste. Das Leben hat an uns gezerrt, aber zusammen sind wir immer noch komplett.«

Aus tränennassen Augen sah Maxim seinen Bruder an. »Zusammen, ja.«

Ludwig richtete sich auf. »Servus, Philipp.«

»Gut schaust du aus, Onkel Ludwig.« Auch Philipp schloss den Heimgekehrten in die Arme.

»Weißt du auch, warum? Weil ich im Zug eine großartige Idee hatte.« Die Jacke seiner Uniform war verrutscht. Darunter sah man den Verband. Der linke Ärmel baumelte leer herab. »Kommt, lasst uns sofort heimfahren.« Ludwig löste sich von Philipp. »Ich möchte meine Idee gleich in die Tat umsetzen.«

»Du willst heim?«, rief Maxim überrascht. »In deinem letzten Brief stand, dass du niemanden von uns sehen willst.«

»Das habe ich geschrieben, bevor ich losfuhr. Dazwischen liegt eine dreitägige Fahrt, auf der ich Zeit zum Nachdenken hatte. Als ich meinen miesepetrigen Brief an dich schrieb, war mir der fabelhafte Einfall noch nicht gekommen.«

»Was für ein Einfall? Heraus damit.« Maxim betrachtete das vertraute Gesicht. Seit ihrer Kindheit hatte er um den Kleinen Angst gehabt, der das Leben so gerne floh. Jetzt aber, nachdem Ludwig die Gewalt des Krieges erfahren hatte, schien ein neuer Geist, ein neuer Lebenswille in ihn eingezogen zu sein.

»Wollen wir nicht zuerst zum Auto?«, schlug Philipp vor.

»Nein, sag es uns jetzt und hier.« Maxim lachte. »Sonst platzt du ja förmlich.«

»Ich werde komponieren«, rief der Bruder.

»Hast du das nicht immer getan?«, entgegnete Maxim ein wenig enttäuscht.

»Sinnloses Zeug, ohne Kraft und Überzeugung. Jetzt weiß

ich, was ich komponieren muss. Es wird ein Klavierkonzert sein, und ich selbst werde es spielen.«

Vater und Sohn blickten einander betreten an. Maxim fragte sich, woran man erkennen könne, ob jemand in den Kriegswirren den Verstand verloren hätte.

»Da guckt ihr natürlich sofort auf meinen leeren Ärmel«, lächelte Ludwig. »Da guckt ihr auf meinen Armstumpf und denkt, dem Ludwig ist das Gehirn erfroren, oben in den Karpaten.« Fröhlich schaute er von einem zum anderen. »Ich meine es ernst. Ich werde ein Konzert schreiben, und ich werde es selbst spielen.« Er hob den gesunden Arm. »Es wird ein Klavierkonzert für die rechte Hand. Na, was sagt ihr jetzt?« Auf ihr Schweigen setzte er nach: »Brahms hat eine Chaconne für die linke Hand geschrieben, Saint-Saëns einhändige Etüden. Ich werde der Erste sein, der ein ganzes Klavierkonzert zustande bringt. So etwas hat es noch nie gegeben.«

»Ja, so etwas hat es noch nie gegeben«, antwortete Maxim zärtlich.

Philipp rollte den Vater in die Bahnhofshalle. Ludwig blieb an der Seite seines Bruders. Rund um sie begrüßten Männer, die vom Tod verschont worden waren, ihre Familien. Eingehängt bei ihren Frauen machten sich die Soldaten auf den Weg nach Hause.

51
Der Untergang der Lusitania

Die Zeit hatte eine andere Gangart als der Mensch. Die Zeit stürmte voran, ihr Ziel war der Sieg oder der Tod oder die Überwindung von irgendetwas. Eine feindliche Festung musste überrannt werden, ein Kaiserjubiläum wollte begangen sein, ein Leichenzug verlangte Trauerkleidung. Der Mensch aber wollte verweilen und genießen, der Mensch wollte sich in der schönsten Jahreszeit wohlig einrichten.

Sie tranken Wein zusammen, Philipp aß ein Schmalzbrot, Alexandra streute Schnittlauch auf ihre Semmel. Sie hatten über die Niederlage der Dritten russischen Armee diskutiert, erwogen die Konsequenzen, doch vor allem genossen sie die Gegenwart des anderen.

»Und das deutsche U-Boot, das die Lusitania versenkt hat?«, fragte Alexandra.

»Die Deutschen feiern das als großen Sieg.« Mit halb geschlossenen Augen schaute Philipp über den Innenhof des Lokals in der Faßziehergasse. Jeder Tisch war besetzt, überall brannten Kerzen, über ihnen hingen bunte Lampions. Wer konnte sich etwas Friedlicheres vorstellen? »Vielleicht wird sich der Torpedo, den das U-Boot abgeschossen hat, am Ende gegen die Deutschen selbst richten. Man versenkt nicht ungestraft ein Schiff, auf dem hundertdreißig Amerikaner sind.«

Alexandra goss ihm Wein nach.

Er bedankte sich mit einem Nicken. »Ich mag die Amerikaner.«

»Was gefällt dir an ihnen?«

»Schwer zu sagen. Vielleicht ist es leichter, ein guter Mensch zu sein, wenn man nicht den ganzen Ballast unserer Geschichte mit sich schleppen muss. Wir Europäer sind alt geworden, unsere große Zeit liegt hinter uns. Die da drüben sind jung.«

»Möchtest du wieder einmal hinüberfahren?«

»Vielleicht muss ich das sogar. Zeska und ich wollen mit Wilson und Taft besprechen, was passieren würde, falls die USA in den Krieg eintreten.«

»Du fährst nach Amerika«, sagte Alexandra schwärmerisch, als ob sie seine düstere Prognose nicht gehört hätte.

»Gott sei Dank nicht auf der Lusitania.«

Sie legte das Messer weg. »Wie das wohl sein mag, wenn man auf einem Schiff ist, das untergeht? Das ist kein schneller Tod. Es dauert Stunden, bis ein Schiff versinkt. Was geht einem da durch den Kopf?«

»Die Liebe«, sagte er. »Vor allem die Liebe.«

Ein solcher Satz aus Philipps Mund machte Alexandra einen Augenblick sprachlos. »Glaubst du wirklich?«

»Wenn der Moment gekommen ist, hat man für Hass und Zwietracht keine Zeit mehr. Man denkt an die Liebe der Menschen, mit denen man sein Leben verbracht hat. Es ist so viel Liebe in der Welt, Xandi.«

»Mitten im Krieg?« Ihr Ausdruck wurde weich. Kurz strich sie über seinen Ärmel.

»Gerade im Krieg. Was hat man denn noch, wenn man die Liebe verloren hat? Nichts als Schmerz und Verzweiflung. Dafür ist des Menschen Herz aber nicht gemacht.«

»Warum hast du früher nie so zu mir gesprochen, damals, als es schön war mit uns zwei?«

»Weil ich ein junger Fant war, ein eitler Geck, das verwöhnte Kind meiner Eltern.«

»Was hat dich verändert?«

»Ich weiß nicht.« Er überlegte. »Mein Vater kämpft mit seinem Untergang. Meine Mutter hat ihn verlassen. Ich weiß nicht, wie ich Papa helfen soll. Ich glaube, ich habe noch nie einen unglücklicheren Menschen gesehen. Onkel Ludwig dagegen ist erfüllt von Freude und Schöpferdrang. Er schreibt und komponiert und füllt viele Notenseiten mit seinem Werk. Tag und Nacht hämmert er auf sein Klavier ein. Weil er nur mit der rechten Hand spielt, klingt es ungewohnt, aber es klingt auch schön, obwohl er all das Schreckliche, was er erlebt hat, in seine Musik packt.« Jungenhaft sah Philipp Alexandra an. »Vielleicht hat mich das verändert.«

Weiter hinten begann ein Schrammelquartett ein Wienerlied zu spielen. Süßlich jubelten die Geigen.

»Ach nein, nicht schon wieder.« Philipp seufzte ungehalten.

»Gefällt's dir nicht?«

»Immer dieser Blick in die Vergangenheit. In Wien schaut man stets zurück. Da brauchen wir uns nicht zu wundern, wenn wir von vorne überrollt werden.«

»Weißt du noch, wie wir den amerikanischen Tanz hingelegt haben? Wie hieß der?«

»Onestep.«

»Der Onestep, ach ja, das war fein.« Sie lachte still.

»Unser erster Abend.«

»Ich war so aufgeregt. Dabei habe ich dich davor überhaupt nicht gemocht. Unser erster Kuss, weißt du noch?«

»Nie werde ich den vergessen.«

»Das war Liebe«, nickte Alexandra nachdenklich. »Ja, das war die Liebe. Mir kommt es vor, als läge das unendlich weit zurück.«

»So ist es auch.«

»Dabei sind es nicht einmal drei Jahre.«

»Unsere Zeit ist ins Galoppieren gekommen, Xandi, und wir laufen atemlos mit.«

Als der Stehgeiger sich ihrem Tisch näherte, steckte Philipp ihm ein Kronenstück zu und wollte ihn freundlich weiterwinken. Der Mann missverstand die Geste und holte sein Quartett heran. Drei volle Lieder mussten die beiden über sich ergehen lassen, bevor der Geiger die Krone für abgegolten hielt und mit der Truppe weiterzog.

»Wie geht es deinem Mann?«, fragte Philipp.

»Anton? Gut. Man hat ihn nach Meran versetzt. Dort wartet sein Regiment darauf, wie die Sache mit den Italienern weitergeht.«

»Es war abzusehen, dass Italien Österreich in den Rücken fallen würde.«

Kurz war es zwischen ihnen still.

»Ist das nicht wunderbar, dass wir heute so beisammensitzen können? Keiner stört uns. Keiner will uns trennen. Wie schwierig war das all die letzten Jahre. Jetzt sind wir wie zwei alte Freunde, die nichts zu bereuen haben.«

»Ich finde es auch schön. Weißt du, was mich trotzdem traurig macht?«

Ihre großen Augen warteten auf Antwort.

»Dass ich nicht mehr so wie früher an dich denke. Ich vermisse das Gefühl, als ich mich nach dir so sehr gesehnt habe, dass ich glaubte, zu zerspringen, wenn ich dich nicht küssen darf. Geht es dir genauso, dass du nicht mehr genau weißt, wie sich das anfühlt, mich zu lieben?«

»Nein«, antwortete sie, ohne eine Sekunde nachzudenken. »Nein, mir geht es nicht so.«

»Was willst du damit sagen?«

»Ich weiß noch genau, wie es ist, dich zu lieben, Pipp.«

Das Kerzenlicht blendete ihn, er konnte ihr Gesicht nicht deutlich sehen und schob die Kerze beiseite.

»Ich verstehe nicht ganz. Du bist verheiratet.«

»Natürlich.«

»Dein Mann ist im Krieg.«

»Ich kenne meine Pflichten, Pipp. Mir ist bewusst, was von mir erwartet wird. Trotzdem werde ich immer wissen, wie es ist, dich zu lieben.«

»Dann heißt das, du … Heißt das …?«

»Ja«, sagte Alexandra schlicht. »Ja, natürlich. Aber wir können dieses Thema nicht besprechen und wir werden es nicht besprechen.«

Fassungslos sah er sie an. »Gott, Alexandra, du liebst mich immer noch?«

»Vielleicht mein Leben lang, Philipp. So etwas soll es geben.«

»Das ist schrecklich. Nein, es ist wunderschön.« Er nahm ihre Hand. »Ich habe dich belogen. Auch ich habe nichts von dem vergessen …«

»Psst, nicht sprechen.« Sie drückte seine Hand einen Moment lang und zog sich dann zurück. »Es ist viel Liebe in der Welt, Pipp. Du hast es selbst gesagt.«

»Ja, Xandi.« Es verstrichen Sekunden, vielleicht eine ganze Minute. »Und was machen wir jetzt?«

»Nichts, mein Lieber. Weiterleben, Pipp. Wir leben einfach weiter.« Sie berührte ihn nicht mehr.

Die Karaffe war leer. Philipp machte dem Kellner ein Zeichen. Die Musiker setzten zu einer neuen süßen Melodie an. Diesmal fand Philipp, dass nur Musik wie diese zu diesem Abend passte. Glücklich lehnte er sich zurück.

52
Kathi

Das dröhnte durch das Haus, das schepperte und rasselte, das brach sich in wilden Tönen Bahn. Es war die rollende, rasende Gewalt eines Sturmangriffs, verkörpert durch Musik. Es war ein musikalisches Gewitter im Inneren und wurde zum Echo des Frühlingsgewitters draußen. Maxim genoss beides. Er lag auf dem Ruhebett im Arbeitszimmer und schaute auf die Donau, die sonderbar zerhäckselt aussah, zerrissen durch Regenschlieren, wild erhellt durch Blitze, erschüttert von den Einschlägen des Donners und untermalt von Ludwigs Klaviergewalten. Die Bäume bogen sich gefährlich tief, das Wasser troff auf die Gesimse, weil die Dachrinnen die Wassermassen nicht mehr fassen konnten. Aufgewühlt vom Regen wälzte sich die Donau wie ein brauner Wurm dahin, der bald über die Ufer treten würde. Die Fenster standen offen, Maxim kümmerte die Lache auf dem Parkettboden nicht. Während sich die Natur entlud, vergaß er, darüber nachzudenken, was kommen mochte. Im Zustand des Betrachters lag er da, schaute auf das rasende Wasser, und sein Bruder machte die Musik dazu.

»Gnädiger Herr?« Hallhuber hatte bestimmt geklopft, aber im Paukenkonzert des Donners hatte Maxim es überhört.

»Kommen Sie nur herein.«

»Ein Besuch war da.« So alt und gebückt der Haushofmeister auch war, er setzte seinen Ehrgeiz daran, das weiße Haar vom Hinterkopf nach vorn zu bürsten, damit man die Glatze nicht sehen sollte.

»Unangemeldet?«, fragte Maxim unwillig. »Ich mag jetzt niemanden sehen.«

»Das habe ich auch gesagt. Man hat sich daher entschuldigt und ist wieder gegangen.«

»Warum erzählen Sie mir dann überhaupt davon, Hallhuber?«

»Wegen dem Wetter, gnädiger Herr.«

»Was hat das Wetter damit zu tun?«

»Ich meine nur, weil unsere Kathi jetzt bei diesem Gewitter zum Bahnhof zurücklaufen muss.«

»Kathi? Die Kathi? Unsere Kathi war da?« Als ob der Blitz in ihn eingeschlagen hätte, fuhr Maxim hoch, rollte herum, wollte aus dem Bett springen und vergaß, dass sein rechtes Bein gelähmt war. Hart landete er auf dem Fußboden.

»Um Gottes willen, Gnädiger, haben Sie sich wehgetan?«

»Reden Sie nicht, Hallhuber! Holen Sie die Kathi zurück.« Er rieb sich den schmerzenden Ellbogen. »Nein, warten Sie! Wann haben Sie sie fortgeschickt?«

»Vor zehn Minuten.«

»Dann holen Sie sie zu Fuß nicht mehr ein. Stopp! Kortner soll den Wagen fertig machen. Und zwei Mann sofort zu mir!«

»Zwei Mann?«

»Von den kräftigen. Die werden mich ins Auto tragen.«

»Aber Herr Korff …«

»Stehen Sie nicht da, laufen Sie!« Maxim hob die Hand. »Halt!«

Der Greis wusste nicht, wie ihm geschah. Gerade war er zu einem Kranken ins Zimmer getreten, in der nächsten Sekunde hatte sich das Wetterleuchten von draußen in die Villa verlagert. Selbst auf dem Boden liegend war Maxim Korff imstande, den Gewalten zu befehlen.

»Ja, gnädiger Herr?«

»Geben Sie der Köchin Bescheid. Was Feines zum Abendessen heute, was besonders Feines. Drei Gedecke. Ludwig und ich speisen mit Kathi zusammen.«

»Gewiss, gnädiger Herr.«

»Zuerst aber den Wagen, Hallhuber!«, schrie Max. »Worauf warten Sie?«

»Gewiss …« Auf seinen verbrauchten Plattfüßen watschelte der Haushofmeister davon.

Maxim überlegte fieberhaft. So, wie er aussah, wollte er sich Katrin nicht präsentieren. Zum Umziehen blieb aber keine Zeit. Wenn einer nicht laufen konnte, musste er eben kriechen. Auf seiner linken beweglichen Seite zog sich Maxim an den Kleiderschrank heran. Über ihm lehnten der schwarze Spazierstock mit dem Silberknauf und der braune Spazierstock mit dem Hornknauf. Maxim entschied sich für den silbernen, weil er der hübschere war. Er brachte ihn zum Umfallen, umklammerte den Silbergriff und erhob sich auf den linken Ellbogen. Mit dem Rücken drängte Maxim gegen die Wand und schob sein Körpergewicht, nur auf das linke Bein gestützt, langsam nach oben. Er keuchte, er ächzte. Als er das Gleichgewicht zu verlieren drohte, stützte er sich auf den Stock.

Maxim stand. Er wartete ein paar Sekunden, bis sich sein Atem beruhigte. Mit einem hopsenden Schritt erreichte er die Schranktür. Langsam hob er die rechte Hand. So viel Kraft war noch in ihr, dass er den Schlüssel herumdrehen konnte. Max trug seine Hausjacke, bequeme Hosen und die grauen Pantoffeln. Gegen die Pantoffeln konnte er nichts machen, über alles andere wollte er den leichten Regenmantel werfen, den hellen, der ihm so gut stand. Es dauerte quälend lange, doch zu guter Letzt schaute ihm im Spiegel Maxim Korff entgegen, der seinen Regenmantel trug. So konnte er Kathi begegnen, so würde sie den Mann wiedererkennen, der Max einmal gewesen war. Hüpfend machte er sich auf den Weg zu Treppe. Wenn er umzufallen drohte, dienten ihm die Wände als Stütze. Als er den Absatz erreichte, stürmten ihm schon zwei Hausdiener entgegen, die ihn nach unten trugen.

Im strömenden Regen erwartete Kortner seinen Herrn mit dem Overland. Die Diener halfen Maxim auf den Rücksitz.

»Fahren Sie«, rief er. »Wir müssen sie finden. Um jeden Preis«

»Natürlich, Herr Korff.«

Minuten nur, nachdem Hallhuber Kathis Besuch angekündigt hatte, machte sich Maxim auf die Suche nach ihr. Es war Liebe, was half es denn? Es war eben einfach Liebe, wie sollte man es wohl sonst nennen? Da fuhr er, der alte Korff, durch den Regen, Maxim Korff mit der gelähmten Hand und dem gelähmten Bein, beides hatte er sich selbst zuzuschreiben. Man gewann die Liebe nicht mit Lüge und Betrug. Sie verschloss sich, wenn sie mit Raffinesse eingefangen werden sollte. Die Liebe kam nur freiwillig und von selbst. Irgendwann drehte man sich zufällig um, und da saß sie dann auf einem Stuhl. Vielleicht war die Liebe auch die ganze Zeit da gewesen, aber man hatte sie nur nicht gesehen.

Dort fuhr Maxim, der sein lächerliches, unnützes Dasein am liebsten fortgeworfen hätte. Aber dann, an einem stürmischen Gewitternachmittag brauchte diese eine Frau nur an seine Pforte zu klopfen, scheu und unaufdringlich, und Maxims Lebensekel, sein Überdruss wurden vom Sturm fortgeblasen, weggeschwemmt vom Regen, der in unendlichen Strömen herabstürzte. Es war ihm einerlei, dass er Kathi nicht wie früher treffen konnte, elegant und weltgewandt. Früher wäre er ihr zu Pferd gefolgt und im Galopp an sie herangesprengt. Heute musste man ihn ins Auto heben, damit er die Verfolgung aufnehmen konnte. Und wenn schon.

»Nach rechts«, rief er. »Dort muss sie langgelaufen sein.«

Die Scheibenwischer machten ein rhythmisches Geräusch. Obwohl sie mit voller Kraft arbeiteten, kamen sie gegen die Wassermassen kaum an.

»Könnte es nicht sein, dass das Fräulein sich irgendwo untergestellt hat?«, fragte der Chauffeur über die Schulter.

»Die Kathi stellt sich nicht unter. Wenn die Kathi zum Bahnhof will, dann läuft sie auch bis zum Bahnhof.« Max hielt nach allen Seiten Ausschau.

Und dann, als der Regen am dichtesten war und das Gewitter direkt über ihnen stand, hatte Maxim sie gefunden. Er erkannte die schmale Silhouette, ihren Gang, ihr Haar, wenn auch durchnässt, er erkannte sie mitten im Wettertreiben. Maxim ließ Kortner halten. Er lehnte sich zurück und seufzte tief. Nach all den Jahren hatte er sie endlich gefunden.

Der Chauffeur stieg aus und öffnete den Schlag für das Fräulein. Katrin schien viel zu erstaunt zu sein, um der Aufforderung gleich zu folgen. Das Wasser rann ihr übers Gesicht. Schwer hing ihr die Jacke um die Schultern.

Maxim verstand ihr Zögern, schließlich war er hinter ihr hergeprescht wie die wilde Jagd. Er wollte das Richtige tun, und dazu musste er das Unmögliche tun. Max stützte den Silberstock auf das Pflaster und hievte sein Gewicht nach vorn. Kortner wollte ihm beispringen, aber ein pantherhafter Blick seines Herren ließ ihn innehalten und respektvoll zurücktreten. Mit unendlicher Anstrengung zog Maxim sich an dem Stock empor. Bis er vor Katrin stand.

Max trug keinen Hut, er trug Pantoffeln an den nackten Füßen. Er stand da, auf den silbernen Stock gestützt, und betrachtete das Gesicht der Frau, die er immer geliebt hatte, immer, immer, seit dem Tag, als sie als siebzehnjähriges Mädchen in sein Haus gekommen war.

»Katrin, wie schön, dass Sie hier sind«, sagte er, als ob eine leichte Brise sie herbeigeweht hätte und nicht das Maigewitter, das sich mit voller Wucht entlud. »Was verschafft mir die Ehre?«

Katrin war so nass, dass es keinen Unterschied mehr machte, ob sie einstieg oder im Regen stehen blieb. »Sie werden ja ganz nass«, sagte sie.

»Ja, es ist Frühling. Es ist so schön«, erwiderte er ohne rechten Sinn.

»Wollen Sie nicht wieder einsteigen?« Sie machte eine Geste, hinter der man Fürsorge ahnte.

Max schüttelte den Kopf und schenkte ihr einen Blick, der sagte: Lass mich nur. Ich stehe vor dir, weil ich es will. Lass mich nur bei dir sein. Mit niemandem auf der Welt stünde ich lieber hier. Zärtlich und demütig war sein Blick, die Bernsteinaugen waren noch dieselben. »Sie wollten mich besuchen?«

»Ja, Herr Korff.«

»Dann besuchen Sie mich doch.«

»Ich habe nämlich ein Anliegen an Sie.«

»Wenn Sie wollen, fahren wir ins Haus, und Sie sagen mir Ihr Anliegen dort.«

»Gestatten Sie, dass ich es Ihnen gleich sage?« Ein Lächeln. »Weil nass sind wir ja beide schon.«

»Da haben Sie eigentlich recht. Sprechen Sie nur.«

»Es geht um meine Tochter.«

»Haben Sie sie inzwischen gefunden?«

»Nein. Aber ich habe erfahren, wo ich sie suchen muss.«

»Wo ist sie denn?«

»Draußen in der Wachau. Genaueres weiß ich nicht. Aber mit Ihrer Hilfe könnte ich es vielleicht in Erfahrung bringen, Herr Korff.«

»Mit meiner Hilfe?« Die Hand, die auf den Stock gestützt war, begann zu zittern. Aber Maxim gab nicht nach, er stand und blies Regentropfen von der Nase. Er schüttelte den Kopf, weil ihm das Wasser in die Augen lief.

»Ja, ich bitte Sie um Ihre Hilfe, Maxim.« Katrins schönes Haar fiel schwer über die Stirn. Sie sah ihn an, und ihre Augen waren voll Vertrauen, voll Ruhe.

Es kostete ihn unendliche Anstrengung, aber langsam und vorsichtig hob er den rechten Arm. Unsicher näherte sich seine Hand Katrins Stirn. Seine Finger berührten sie und strichen sacht und leise das Haar zurück. Ein Schmetterling, der vorbeigeflogen wäre, hätte nicht zärtlicher sein können als die Finger von Maxims gelähmter Hand.

»In die Wachau willst du?« Er lächelte, sein Kinn begann zu beben. Er würde nicht weinen, nicht vor seiner Hausdame. »Das könnte aber eine längere Reise werden, bis wir dein Kind gefunden haben.«

»Ich weiß. Ich würde es auch verstehen, falls Sie nicht so viel Zeit aufbringen können.« Sie machte einen winzigen Schritt zurück.

»Ach, die Zeit ...« Er lächelte. »Die Zeit hat sich verändert, weißt du? Die Zeit bleibt niemals gleich. Ich glaube, ich werde die Zeit jetzt schon finden.«

Der alte Korff konnte sich kaum noch auf den Beinen halten, aber sein junges Herz jubelte. Maxim schaute in Katrins gutes, liebes Gesicht. Bis nach Indien war er ihr gefolgt, umsonst. Diesmal brauchten sie nicht so weit zu fahren. Es war nur ein kleines Stück, zuerst durch die Wienerstadt, wo schon die Bäume blühten und die Menschen die leichten hellen Kleider trugen, vorbei an Schönbrunn, wo der oberste Beamte des Staates vom Stehpult aus seine untergehende Welt regierte. Sie würden den Wienerwald durchqueren und schließlich wieder an die Donau kommen, dort, wo sie am schönsten war. Gleich am Ufer erhoben sich die Weinreben in der Sonne und reichten hinauf bis zu den höchsten Hängen. In den Dörfern verbrannten die Winzer das Herbstlaub und banden die frischen jungen Triebe hoch. Katrin und Max würden Rast machen und den Traubenmost probieren. Sie würden sich nach einem Kind erkundigen, das jetzt ungefähr zweieinhalb Jahre alt sein musste.

»Ich finde, das sollten wir tun«, nickte er. »Zusammen.«

»Und der Krieg?«, fragte Katrin. »Mit jedem Monat wird es schlimmer.«

»Ja, der Krieg. Der herrscht. Aber nicht für immer. Kommen Sie, steigen Sie ein, Kathi. Fahren wir nach Hause. Ludwig wird sich freuen, Sie zu sehen. Ich bin überzeugt, er wird Ihnen etwas vorspielen, gleich nach dem Essen.«

Mit einer Geste lud er Katrin ein. Es war fünf Uhr nachmittags. Später, wenn das Gewitter abziehen würde, konnten sie vielleicht noch ein paar Sonnenstrahlen genießen.

Die Personen

Maxim Korff, 43, Industrieller, Erfinder des Korff-Akkumulators
Livia Korff, 37, seine Frau, Tochter des Bankiers Julius Hahn
Philipp Korff, 17, deren Sohn, Internatsschüler
Ludwig Korff, 39, Maxims jüngerer Bruder, Komponist und Literat
Katrin Hierzer, 25, Hausdame im Hause Korff
Hannes Gattinger, 31, Chauffeur bei Korffs, ihr Verlobter
Julius Hahn, 74, Patriarch des gleichnamigen Bankhauses
Abel Hahn, 42, sein Sohn, Livias Bruder
Alexandra Hahn, 16, Julius' Enkelin
Raphael Hofteuffel, 39, Archäologe, Maxims Freund
Theodor Zeska, 51, Geschäftsmann, Maxims Kompagnon
Camilla Zeska, 36, seine Frau
Marijan Nikolic, 21, Sozialdemokrat
Renè Desny, 36, Sänger am Theater an der Wien
Graf Anton von Bürgkh, Oberleutnant der Kürassiere